Mira Morton

Ich will kein Autogramm

Roman

Impressum

3. überarbeitete Auflage, November 2015

Coverdesign: Mira Morton & János Rudolf
Foto u. Bildgrafiken Cover: Fotolia LLC
41 East, 11th Street, New York 10003, NY, USA
Satz: János Rudolf

www.miramorton.com

Herstellung und Verlag: BoD – Books on Demand, Norderstedt

ISBN: 978-3-7347-8534-4

Gesetzt nach den Regeln der Rechtschreibreform.

Bibliografische Information der Deutschen Nationalbibliothek:
Die Deutsche Nationalbibliothek verzeichnet diese Publikation in der Deutschen Nationalbibliografie; detaillierte bibliografische Daten sind im Internet über dnb.dnb.de abrufbar.

Weil es ab und zu auch Märchen braucht.
Love, Mira

Die Hochzeit

Samstag

Zitternd drücke ich am Handy die Kurzwahl-Taste für meine beste Freundin Tini.

»Tini, Hilfe! Hast du schon Norberts Status auf Facebook gesehen?«

»Mara, ich bitte dich, beruhige dich. Was ist denn los? Was soll ich denn gesehen haben?«

»Tini, der hat glatt vor zehn Minuten seinen Status auf *verheiratet* geändert. Ist das zu fassen?«

»Was? Dein Ex-Freund hat gerade geheiratet?«

»So ist es. Und ein Wahnsinn ist das.«

»Warte einen Moment. Mein iPad ist eh offen, und der Idiot ist ja nach wie vor mit mir auf Facebook befreundet. ... Ah ja, da steht es. Echt.«

»Uah – Tini!!! Siehst du das Hochzeitsfoto? In der Sekunde hochgeladen. Märchenhochzeit im Schlossgarten mit eintausend Gästen? So eine Sauerei!«

»Pah, das ist aber ein falscher Kerl. Und zu dir hat er immer gesagt, es darf nur eine kleine, feine Hochzeit mit den Trauzeugen sein. Falls ihr je heiraten solltet. Und jetzt das? ... Übrigens. Ist das Anna?«

»Ja, die Schlampe ist Anna. Die Ach-Mara-ich-hab-mich-halt-Hals-über-Kopf-in-Norbert-verliebt-Tussi Anna!«

»Pass auf, wir gehen aus. Zu Sanni. Es ist zwar erst vier am Nachmittag, aber immerhin Samstag. Na gut, der Norbert hätte seiner Fuffi kaum an einem Dienstag das Jawort gegeben. Egal, wir treffen uns in einer halben Stunde bei Sanni im Tino's. Okay?«

»Du bist die Beste! Ja, okay. So wie die Dinge liegen, werde ich mich nachher restlos betrinken. So was kann er doch nicht machen! Oder?«

»Doch kann er, weil er von Anfang an ein … Norbert war. Von mir aus kannst du dich gerne volllaufen lassen, aber ehrlich, wert ist er es nicht. Das haben wir doch gerade wieder einmal bestätigt bekommen, nicht wahr?«

»Du hast recht, Tini. Mal schauen. Bis später dann!«

»Bis gleich, Mara! Baba und dickes Bussi.«

Ich tippe auf ›Anruf beenden‹ und bin nach wie vor außer mir vor Zorn. Mein verlogener Exfreund hat Anna glatt geehelicht. Und das Schlimmste daran habe ich Tini gar nicht sagen können! Ich bin nämlich der Meinung, dass diese Anna verdammt gut in ihrem Märchenprinzessin-Brautkleid aussieht.

DAS TUT WEH!

Und das kann ich nicht einfach so wegstecken.

Wie *ich* wohl in dem Kleid ausgesehen hätte?

Wie eine sich rollende Tonne in Spitzen und einer Schleppe hinten dran vermutlich.

Ich hasse dich, Norbert!

Ich hasse dich! Ich verachte dich! Ich … ach, mir ist nur zum Weinen. So ein Schlamassel aber auch. Und ich habe noch gedacht, er ist mir längst egal. Soll er doch ins Bett steigen, mit wem er will.

Apropos.

Wieso finden Männer im Handumdrehen irgendwelche willenslose Flittchen? Die Herren der Schöpfung bleiben nie alleine. Fakt ist, eine intelligente, na ja vielleicht ein klitzekleines bisschen übergewichtige, jedoch immerhin erfolgreiche Frau trifft ausschließlich auf Idioten. Nicht einmal gut genug für heißen Sex. Warum ist das eigentlich so? Steckt da ein Plan dahinter?

Soll ich jetzt mit zweiunddreißig Jahren vermodern, oder was?

Zögernd bewege ich mich von meinem Computer weg und trotte ins Bad.

Uargh! Kein Wunder, dass er nicht mich geheiratet hat! Ich sehe ja echt zum Davonlaufen aus. Wann war ich denn das letzte Mal beim Friseur? Der Kosmetikerin?

Hm, vor drei Monaten, oder so.

Ich spüre, wie die Schwerkraft meine Mundwinkel nach unten zieht. Mit verheulten Augen hüpfe ich unter die Dusche. Schnell wasche ich mir auch noch das Haar, laufe ins Schlafzimmer, ziehe mir ein rotes Kleid an – das brauche ich jetzt. Gut, der Fummel zwickt. Doch ich habe einen Body darunter angezogen, und der macht bekanntlich ein wenig schlanker.

Zurück im Badezimmer werfe ich mir sämtliche Farben ins Gesicht, die herumliegen. So. Haare föhnen. Uff, das dauert bei mir immer. Schließlich reichen meine braunen Locken bis unter den Busenansatz.

Geschafft.

Autoschlüssel, Geldbörse, Sonnenbrille, Schuhe und ab ins Tino's!

***

Ehrlich, ich kann mich überhaupt nicht auf die Straße konzentrieren. Zu viele Bilder überschwemmen mein Gehirn. Der Schlossgarten irgendwo in der Nähe von Wien schiebt sich vor mein geistiges Auge: Norbert im eher geschmacklosen, in Silber schillernden Anzug, dazu Knopfaugen und Annas strahlendes Gesicht. Die viel zu vielen Gäste!

Himmel, was hab ich eigentlich falsch gemacht? Warum hat er mir immer erklärt, wenn wir einmal heiraten, dann dürfe das nichts *Großes* sein? Weil er Hochzeiten an und für sich sowie diese klassisch weißen Spitzen-Tüll-Brautkleider hasst? Die Vorstellung, seine gesamte Verwandtschaft einladen zu müssen, ebenso. Klar. Meine auch.

Und jetzt?

Jetzt hat er das plötzlich alles vergessen? Weil Anna die heiß ersehnte Märchenfee ist, oder warum? Während ich, die scheinbar hirnamputierte Idiotin vom Dienst, mit einem Top-Journalistengehalt sein Wirtschaftsstudium finanzieren durfte? Weil er ja ewig studiert musste, während ich mit Publizistik in Mindestzeit fertig war? Sauber.

Ich war also der Geldautomat. Der Futterspender. Und kaum hat er seinen Abschluss in der Tasche gehabt, ist er mit meiner süßen Kollegin Anna ins Bett gestiegen!

Pah, wie ich die beiden hasse!

Ah, wenigstens ist da gerade ein Parkplatz frei geworden.

Na ja, irgendein Glück muss man ja haben. Sogar ich.

***

Tini ist schon da und läuft auf mich zu. Sie umschlingt mich mit ihren langen, dürren Armen. Ich drücke mich kurz an sie. Just in diesem Moment wird mir bewusst, dass auch meine aller-allerbeste Freundin eine Bohnenstange ist. Und ich ein Fass!!!

»Mara, das ist heute nicht dein Tag, was?«, meint Tini ehrlich zerknautscht.

»Nein, das kann ich wahrlich nicht behaupten.«

»Mäuschen, Engelchen! Ich hab euch ja schon sooo vermisst! Wollt ihr mit eurem Sanni denn gar nichts mehr zu tun haben? Und überhaupt, ihr schaut aus wie sieben Tage Regenwetter! Also, was ist los?«, fragt uns Sanni, Sohn des Lokalbesitzers Tino, leicht vorwurfsvoll.

Dennoch küsst er uns auf die Wangen und dann mitten auf den Mund. Anschließend drückt und herzt er uns. Das darf sich bei uns nur Sanni erlauben. Er hat da so etwas Ähnliches wie einen Sonder-Sonderstatus.

»Sanni, wir haben Land unter. Norbert hat heute geheiratet. Ich denke mal, wir brauchen das Stärkste, das du zu bieten hast«, klärt ihn Tini über die Gesamtlage auf.

Normalerweise hätte ich mich über diese Tratscherei maßlos geärgert, aber bei Tini und Sanni geht das in Ordnung. Sanni, eigentlich Sandro, ist schwul und unser bester Freund. Deshalb sind wir ja auch hier. Diese Krise erfordert Alkohol, Freunde und gnadenlose Aufrichtigkeit.

Ach ja, und nur er darf mich *Engelchen* nennen. Jeden anderen würde ich dafür enthaupten.

Sanni dreht sich zu mir.

»Engelchen?! Das tut er dir an? Nein, ich kann es nicht glauben. Nein, so ein Schuft.«

Sanni schnauft schwer.

Es geht ihm aber auch alles immer so zu Herzen. Doch dafür lieben wir ihn. Sanni lebt nicht nur mit, er leidet auch richtig mit.

Irgendwie sammelt er sich wieder und marschiert zielstrebig zur Theke. Währenddessen packe ich mein iPad aus. Doch bevor ich schauen kann, ob Norbert weitere Hochzeitsfotos hochgeladen hat, oder welche Schlangen aus unserem ehemaligen Freundeskreis ihm zur Hochzeit gratulieren, schnappt Tini mein Tablet und verstaut es in ihrer Handtasche.

»Mara. Sicher nicht. Das ist masochistisch. Lass es!«

»Aber ich …«, stammle ich.

»Nichts da. Vergiss es. … Schau mal, die Rettung naht.«

Ich sehe mich um.

Sanni ist auf dem Weg zu uns: Mit einer Flasche Prosecco, drei Gläsern, einer Flasche Grappa, drei Schnapsgläsern sowie Erdnüssen. Wow! Und das alles balanciert er an den herumstehenden Gästen vorbei. Tatsächlich schafft er es ohne Unfall bis hin zu unserem kleinen Tisch in der Nische. Ein wahres Kunststück.

»Also, meine Süßen. Zuerst einen Grappa … das hilft immer. Alte italienische Weisheit.«

Er drückt jeder von uns ein Schnapsglas in die Hand.

»Salute!«, und schwups, schon spülen wir die Medizin in den Magen.

Sanni öffnet den Prosecco, gießt die Sektflöten voll und meint, »Engelchen! Jetzt wird es aber Zeit. Vergiss endlich diese … diesen … hm, ja *Mann*. Schau ihn dir doch einmal an. So was von stillos. Rein menschlich. Und wie der immer gestylt ist? Also echt. Kein Sinn für Feines. Der geht gar nicht für meine Principessa! Engelchen, du verdienst einen Mann. Und zwar einen richtigen. Mit Knackarsch und einen, der dich auf Händen trägt. Also hör auf deinen Sanni. So, und jetzt trinken wir. Also auf dich, Mara!«

»Ja genau, auf dich und auf den Richtigen«, schließt sich Tini an.

Ich sage nur: »Prost!«

Bitte! Woher soll ich denn jetzt einen Traummann aus dem Ärmel zaubern? Hallo, das ist mir doch schon die letzten vierzehn Monate nicht gelungen. Wieso soll das jetzt auf einmal funktionieren? Also ich sehe da schwarz und stürze das nächste Glas hinunter.

Sanni steht auf und entschuldigt sich, er muss ja auch noch die anderen Gäste bedienen. Rosa, seine Ablöse, wird erst um sechs auftauchen.

Tinis Handy läutet.

Na super, mich ruft ja nicht einmal irgendjemand an. Wen habe ich denn schon? Meine Kollegen aus der Arbeit. Sogar meinen Chef. Natürlich Tini und Sanni. Aber dann? Finstere Nacht am Freundschaftshimmel. Ist ja auch kein Wunder, ich wohne ja mehr in der Redaktion als bei mir zu Hause.

Mit wem quatscht sie denn da so lange und lacht auch noch so verräterisch?

Mist, mein Kleid zwickt noch mehr als zuvor. Dabei habe ich erst zwei Gläser vom Prosecco getrunken. Gut, ein paar von den Nüsschen habe ich auch gegessen. Aber die können sich doch nicht postwendend auf meine Hüften werfen, oder?

Ein weiteres Mal schwirrt da dieses unschöne Bild durch meinen Kopf: Ich im Brautkleid von Anna. Eine erbärmliche Gestalt in dieser Traumrobe. Ich sehe es vor mir, wie die Gäste verhalten lächeln, sobald einer zynisch meint: »Oh, was für eine wunderschöne Braut!«

Und schon rinnen sie. Blöde Tränen.

Es ist eine Ewigkeit her, dass ich geweint habe. Weil ich doch keine Heulsuse bin!

Das ist Sanni. Der findet immer alles berührend.

Ich normalerweise nicht.

Wie auf Kommando steht er neben mir, beugt sich herunter und drückt mich ganz fest. Wortlos. Doch ich höre ihn kurz seufzen.

Tadelnd schaue ich ihn an und versuche, zu lächeln.

»Hey, Sanni. Es wird schon wieder. Keine Sorge. Du weißt, ich bin eine von den Toughen.«

»Ja. Bist du, Engelchen. Sicher doch. ... Na klar.«

Schnief.

»Du hast natürlich völlig recht.«

Danke Sanni, jetzt lass es aber einmal gut sein. So fühle ich mich ja gleich noch beschissener.

Das denke ich mir aber nur. Sagen kann ich Sanni so etwas nicht.

Sanni macht einen Abgang. Er muss weiterarbeiten.

Tini hört endlich auf zu telefonieren und kann sich mit ihrer gesamten Aufmerksamkeit meinem Elend widmen. Doch ich habe es bemerkt, dieses verdammt verdächtige Funkeln in ihren Augen!

»Raus mit der Sprache, Tini. Mit wem hast du da so ewig geflirtet?«, frage ich sie.

»Ach«, kommt lang gezogen. »Das war nur Steve.«

»Who the fuck is Steve?«, schieß ich sie an.

»Mmh, ja also, ich habe dir das jetzt noch nicht erzählen können. Aber ich habe doch gestern dieses Event für die Juristen gemacht. Also du weißt schon. Diesen Kongress für fünfhundert internationale ...«

»Und?«, fahre ich dazwischen. »Tini, ich will nichts über diesen Kongress wissen, sondern einfach nur, wer Steve ist.«

»Na ja, am frühen Abend, also da war ja quasi schon alles gelaufen, auf jeden Fall hat mich einer der Gäste, also dieser zuckersüße Amerikaner, noch auf einen Drink eingeladen.«

Pause.

Ich kann mich fast nicht mehr halten.

Was wird das heute? Mein Weltuntergangstag? Mein Ex heiratet und meine beste Freundin und Mit-Ritterin im Singledasein hat sich so mir nichts dir nichts verknallt?

»Weiter im Text, Tini.«

»Ja also, und dann haben wir eben noch in einer Hotelbar, gleich neben dem Kongressgebäude, etwas getrunken.«

Tini hat rote Wangen und fährt sich durch ihr kurzes, blondes Haar. Will sie schon wieder eine Schweigeminute einlegen?

»Wenn du jetzt noch einmal mit *Ja also* anfängst, erwürge ich dich! Ich will Fakten.«

So, jetzt muss sie ja einmal auf den Punkt kommen.

»Ja, ähm die Fakten.«

Wieder nichts.

Und dann sagt sie es so schnell, dass ich es fast nicht verstehen kann: »Ja, naja, wir sind dann im Bett gelandet, und er ist einfach nur süß und will mich heute Abend wiedersehen.«

Ups.

Das verlangt tatsächlich nach einer Pause.

Diesmal von mir.

Um das erst einmal zu verdauen, trinke ich gleich zwei Gläser Prosecco hintereinander.

»Er kommt her?«, lautet meine logische Schlussfolgerung.

»Na ja. Nein. Ich habe ihm gesagt, meiner besten Freundin gehts nicht gut, und daher können wir uns heute nicht treffen.«

Hach. Mir rinnen die Tränen herunter.

Da ist Tini, wie es scheint, frisch verliebt und verzichtet nur wegen mir auf dieses Treffen mit Steve? Aber wer weiß, vielleicht ist sie ja mittlerweile zur Überzeugung gelangt, dass er ein Ausrutscher war.

Hat aber irgendwie nicht so geklungen.

»Du bist so süß, Tini!«

Jetzt muss ich schniefen.

»Aber hey, wenn dir etwas an ihm liegt, dann triff ihn doch. Oder er soll herkommen?«

Auf meine geradezu heroische Selbstlosigkeit trinke ich das nächste Glas.

Sanni hat in der Zwischenzeit eine neue Flasche gebracht. Die erste ist leider schon tot.

Tini umarmt mich stürmisch.

»Ja?«, strahlt sie mir ins Gesicht, »Dir würde es echt nichts ausmachen, wenn er herkommt?«

Bevor ich Nein sagen kann, hat sie einen Knopf am Handy gedrückt und erzählt Steve brühwarm, dass sich die Situation geändert hat, und er ja gerne nachkommen könne.

Währenddessen verdrücke ich die restlichen Nüsse.

In dem Moment taucht Sanni mit zwei Mal Pasta für uns auf.

Mmh. Lecker.

»Danke, du bist ein Schatz«, himmle ich die Pasta an, spreche aber zu Sanni, der hinter mir steht.

»Weiß ich, Engelchen. Dein Sanni ist für dich da, und das in allen Lebenslagen. Lasst es euch schmecken! Sorry, aber ich weiß gerade nicht, wo mir der Kopf steht! Ihr seht es ja, diese Hütte ist voll. Zu voll! Doch sobald Rosa kommt, bin ich ausschließlich bei euch.«

Seine scheinbare Hilflosigkeit, diesem Desaster Herr zu werden, bekräftigt er mit einer theatralischen Geste: Er wirft die Arme flehentlich gen Himmel und verdreht die Augen.

»Passt schon, Sanni. Danke«, nuschle ich in Richtung meines davoneilenden Freundes, da bereits die ersten Nudeln von meinen Zähnen gekaut werden wollen.

Inzwischen hat Tini ihr Gespräch beendet.

»Mara, er kommt hierher. Zu uns. Ungefähr in einer Stunde. Oh, ich bin ja so aufgeregt und gespannt, wie du ihn finden wirst!«

»Hmpf ... oh ... schischer schuper«, bringe ich undeutlich hervor. Sprechen und kauen zugleich ist eben gar nicht so easy zu bewerkstelligen.

Dabei fällt mir auf, egal wie schlecht es mir geht, mir schmeckt es immer. Ich hab sie einfach nicht, diese Esshemmung à la Oh-Gott-mir-geht-es-dreckig-und-ich-bringe-nichts-hinunter. Im Gegenteil. Wenn ich mich hundsmiserabel fühle, liebe ich etwas Deftiges umso mehr. Ob das ein Gen-Defekt ist? Tini hat das nämlich nicht.

Watet *sie* knöcheltief in einer Krise, dann isst sie nichts.

Geht es ihr gut, hat sie keinen Appetit. Und sobald sie aufgeregt ist, so wie jetzt, erst recht nicht.

Kein Wunder also, dass sie ganze zwölf Kilo weniger auf die Waage bringt als ich! Etwas Gutes hat es dennoch, denn ich sehe definitiv gesünder aus. Jawohl.

Tini wirkt immer so ausgemergelt und blass. Vielleicht liegt das auch an ihrem fast weiß-blonden Haar und dem hellen Make-up. Kann sein. Wenigstens bin ich um mindestens zehn Zentimeter größer als sie. Das streckt etwas und macht optisch dünner.

Hach!

Die Wahrheit ist, beste Freundinnen, die gertenschlank sind, sollten verboten werden. Es ist immer wieder bitter, diese Formel-eins-Figur vor Augen zu haben. Ich weiß ja, dass ich nicht wirklich unansehnlich fett bin, aber spindeldürr eben auch nicht.

Das nächste Glas Alkohol verschwindet in meinen Eingeweiden. Tini schaut mich ein wenig tadelnd an.

»Sag einmal Mara, jetzt ist schon die zweite Flasche halbleer und wir sitzen wie lange hier? Eine Stunde?«

»Ja, und?«

»Na ja, ich meine ja nur.«

»Was meinst du *ja nur*?«

»Dass dir bald sauschlecht sein wird.«

»Na und?«

»Was, na und? Hast du vergessen, dass du dich immer stundenlang übergeben musst, wenn du zu viel trinkst?«

»Nein, und?«

»Was jetzt, *nein und*? Willst du mich fertigmachen? Botschaft an Mara: Sauf nicht so viel. Du wirst kotzen!!!«

Das ist wohl wahr.

Darauf trinke ich schnell noch ein Gläschen und stoße innerlich auf das dämliche Brautpaar an.

Und wünsche ihnen die Pest an den Hals. Und Anna, dass Norbert sie auch betrügt. Ach, mir fallen noch tausend weitere Gemeinheiten ein.

Die Überraschung

Sonntag

Keine Ahnung, wie viel Zeit vergangen ist. Keine Ahnung, wo ich bin.

Aber eines weiß ich: Mir ist kotzübel.

In meinem Kopf hämmert es, mein Gaumen und meine Zunge fühlen sich grausig an, und alles dreht sich.

Kommando ans Gehirn: Augen öffnen.

Autsch!

Keine gute Idee.

Wieder schließen.

Schließen!!!

Was zum Geier ist hier passiert? Das war nicht meine Wohnung, die ich da eben erblinzelt habe. Vorsichtig hebe ich noch einmal meine Lieder.

»Oh, Mist«, entfährt es mir.

Ich kenne da nichts.

NICHTS!

In diesem Moment öffnet sich geräuschvoll eine Tür. Ich spähe in die Richtung, aus welcher der Lärm gekommen ist.

Verdammt, da steht ein Typ in Boxershorts und T-Shirt und grinst mich an?

Moment, ich muss meinen Blick scharfstellen.

HILFE!

Wer ist denn das? Was habe ich getan???

Der Fremde kommt schwungvoll und zielgerichtet auf mich zu. Ich muss kurz stöhnen.

»Good morning, Dear!«

Was ist denn das für ein seltsamer Alptraum? Niemand in meinen Träumen spricht Englisch. Nie.

Ich weigere mich, das hier zu glauben.

Was, wenn das aber doch die Realität ist? Tja, in dem Fall brauche ich einen neuen Kopf.

Oder Medikamente. Starke.

Naja, ein paar Antworten wären auch nicht schlecht.

Mühsam quetsche ich die erste wichtige Frage heraus: »Wo bin ich?«

Und ja, auf Deutsch. Was soll der Blödsinn auch?

»Im Hotel Prinzessa, Mara«, antwortet Mister Ich-bin-das-Model-einer-Sportzeitschrift.

Aber wenigstens versteht er mich.

»Und warum?«

Tja, ich kann nicht anders. Dröhnender Kopf hin oder her, es gehört Licht in das Dunkel meiner Gesamtsituation gebracht. Wie sehr es in meinem Hirn auch hämmert, ich muss meine Lage hier analysieren.

»Because ... weil du su besoffen waarst.«

Bravo! Ein Neffe von *Arnold*?

»Wer bist du?«

Nicht charmant, aber wichtig zu wissen. Selbst wenn ich mich nachher heulend in einer dunklen Ecke verstecken werde, muss ich erfahren, was zum Teufel hier los ist.

»Oh, you don't remember? Ähm, du erinnerst nicht? I am Steve. Hi!«

»Steve!?«

Steve!

Dem Himmel sei Dank.

Beruhigt sinke ich tief ins Kissen zurück.

Nein! Ich schnelle wieder hoch. Bitte, ich werde in meinem Suff doch hoffentlich nicht Steve abgeschleppt haben? Tinis Steve???

»Wo ist Tini?«

»Oh Tini, she is with me in the other room. Sorry, mein Deutsch is not so good. Tini ist bei mich in die andere Zimmer.«

»Okay, alles klar. Danke, Steve.«

»I tell her, du sein wach.«

»Ja, sag ihr das bitte, Steve. Und danke.«

Steve trollt sich.

Oh Gott! Das ist noch einmal gut ausgegangen. Wenn ich mal großzügig über mein Befinden und meine Orientierungslosigkeit hinwegsehe. Die zentralen Fragen sind nämlich, wo ich eigentlich wirklich bin und was zur Hölle passiert ist? Und mir ist nach wie vor speiübel. Hotel Prinzessa. Fünf-Stern-Hotel mitten in Wien. So ein Blödsinn!

***

Eine Stunde später bin ich im Bilde.

Tini hat mich gnädigerweise aufgeklärt. Wir sitzen im Kaffeehaus dieses Luxustempels. Doch Prinzessa.

Besonders wohl fühle ich mich in den Klamotten von gestern nicht. In meinem Kopf pocht es nach wie vor. Schweigend rühre ich den Kaffeeschaum hin und her. Meine Stimmung fällt in die Kategorie *peinlich berührt.* Sofern man das so ausdrücken kann.

Die Kurzfassung lautet nämlich: Ich habe mich niedergekübelt und musste mich zum ersten Mal übergeben, noch kurz bevor Steve aufgetaucht ist. Weil ich trotzdem partout nicht nach Hause fahren wollte und auf einem Barbesuch bestanden habe, waren alle - inklusive Sanni - dazu gezwungen, mich zu begleiten.

In der Bar gab es natürlich ganz viel Wodka für die lustige Mara, den ich angeblich auch noch in Gesellschaft eines Russen hinuntergekippt habe. Um die Wette, versteht sich. Klingt klischeehaft, soll aber so gewesen sein.

Als krönenden Abschluss habe ich noch eine Bruchlandung am harten Fliesenboden der Bar hingelegt. Das ist für meine Freunde das Signal gewesen, mich aus dem Lokal zu schleifen. Bis hin zu Steves Hotel, günstigerweise gleich um die Ecke.

Weil der Gute ohnehin eine Suite gemietet hatte, haben sie mich schnell ins Wohnzimmer verfrachten können. Dort habe ich dann auch genächtigt.

Sanni hat geholfen, mich nach oben ins Hotelzimmer zu bringen, und ist danach abgedüst. Tini hat einfach die Zwischentüre offen gelassen, um mich zu hören, sollte mir ein weiteres Mal schlecht werden.

Ach ja, wie der Russe geheißen hat, weiß Tini auch nicht mehr. Dafür aber, dass wir uns geküsst haben.

Wobei Tinis genaue Worte dazu waren: »Ihr habt euch abgeschleckt. ... Grausig. Echt!«

Sogar mir dämmert, dass das keine Glanzleistung gewesen ist. Zumal ich mich beim besten Willen an keinen Russen erinnern kann. An die Bar nur nebulos.

Während ich versuche, alleine durch Geisteskraft den Kaffeeschaum zum Explodieren zu bringen, sehe ich sehr wohl, dass Steve und Tini verliebte Blicke austauschen. Sie halten auch Händchen. Na wie herzig.

Darauf wird mir gleich wieder schlecht. Mein Magen ist mehr als flau. Ein eindeutiges Zeichen dafür, dass ich dringend die Toilette aufsuchen sollte.

Ganz dringend!

Ich lasse alles liegen und stehen, springe auf und renne los …

***

Wieder zurück gelingt es mir sogar, Tinis verdächtig fröhliches Grinsen zu ertragen. Mein Bauch hat sich auch beruhigt.

»Was ist, Tini?«

»Oh, ich habe nur kurz deine Assistentin gespielt und dein Telefon abgehoben. Die Redaktion hat gerade angerufen. Trudi. Du sollst sie dringend zurückrufen.«

»Mein Gott, was wollen die denn schon wieder? Da nimmt man sich *einmal* ein ganzes Wochenende frei, und schon verfolgen sie mich.«

»Ruf sie an, dann weißt du es. Aber keine Sorge, es ist etwas Tolles.«

Etwas Tolles?

Ich habe Angst vor Tinis Vorstellung von toll.

Aber was bleibt mir übrig?

Pflichtbewusst nehme ich mein Handy und tippe auf Trudis Namen. Ein wenig neugierig hat mich Tinis kryptische Anmerkung ja schon gemacht.

Außerdem mag ich Trudi.

Sie ist nämlich unsere … na ja, in Wirklichkeit existiert gar kein Begriff für all das, was Trudi so macht. Sagen wir es einmal so, Trudi ist die Ober-Checkerin in der Redaktion unseres Zeitungsverlages. Ohne sie würde nichts laufen. Gar nichts. Da wüsste keiner, wohin mit sich. Da hätte niemand einen Dienstplan. Was es aber gäbe, kann ich in einem Wort zusammenfassen: Chaos. Deshalb können wir uns alle glücklich schätzen, dass es Trudi gibt, die alles für jeden organisiert.

Auch sonntags.

»Hallo Trudi, ich bin es. Mara. Du hast versucht, mich zu erreichen.«

»Gott ja, gut, dass du so schnell zurückrufst. Pass auf. Ich hab die Jackpot-Dienstreise des heurigen Jahres für dich.«

Ich ahne Schlimmes.

»Also, die Fakten: Du fliegst morgen, elf Uhr, Businessclass, Fensterplatz, von Wien nach Barcelona und checkst im Hotel Zea ein. Fünf-Sterne-Schuppen, direkt am Strand. Der Grund: Das wäre eigentlich Walters Dienstreise gewesen, aber er hat heute ins Spital müssen. Seine Frau liegt in den Wehen, und da will er natürlich nicht morgen nach Barcelona und so weiter und so fort. Also, Walter hat dir bereits seine Vorbereitungen für das Interview gemailt. Du verbringst einen Tag, nämlich den Dienstag, von in der Früh weg mit Damian Stanton. Selfmade-Millionär, Milliardär, was weiß ich. Mitgründer und CEO dieses berühmten Start-ups, du weißt schon, die mit diesen Kontrolliere-dich-selbst-und-alles-andere-Apps und futuristischen Was-weiß-ich-was-Geräten.«

Ich habe Mühe, diesem Redeschwall geistig zu folgen.

»Für deine Story sind bei uns im Wirtschaftsmagazin vier Seiten reserviert, Rubrik: *Ein Tag mit.* Für die Tageszeitung machst du eine Vollseite. Bilder haben wir schon. So, das war es. Check-in ist morgen um neun Uhr dreißig am Flughafen Schwechat. Alles klar, Mara?«

Puh! Das fragt sie noch? Diese geballte Ladung an Infos muss ich erst einmal verdauen. So rasend gut geht es mir ja noch nicht.

»Trudi, ich hoffe, ich kenne mich aus. Aber bitte, warum in Gottes Namen soll ich dahin? Gibt es denn sonst niemanden, den das interessiert?«

»Mara, hast du etwas geschluckt? Der Wirtschaftsressort-Chef kann nicht, das war seine Story. Du bist die Nummer zwei hier, also fliegst du. Und ich kann dir garantieren, alle werden dich beneiden. Mara, hey, du wohnst im Zea! In Barcelona! Du weißt schon, dass so etwas nur alle fünf Jahre einmal als Dienstreise bei uns ansteht, oder?«

»Okay, okay. Ich gebe mich geschlagen. Auch wenn ich jetzt nicht behaupten kann, dass ich die Sache so prickelnd finde. Aber ich fliege.«

»Brav so. Ticket holst du in der Früh bei mir. Alles ist auf dich umgebucht. Übrigens, laut Wetterbericht hat es die drei Tage dann um die fünfunddreißig Grad, also leichte Business-Garderobe einpacken.«

Ja, Superchecker-Bunny vergisst nie etwas.

Dann fliege ich eben morgen nach Barcelona. Na und?

Besser als ein öder Wochenstart in Wien. Und die fünfunddreißig Grad klingen verlockend. Hier ist es bloß kalt und September. Ich freunde mich gerade wirklich mit dieser Idee an.

»Passt schon Trudi, ich bin morgen so gegen acht Uhr bei dir.«

Tini und Steve schauen mich gespannt an.

»Was steht an? Barcelona weiß ich schon«, will Tini wissen.

»Also, ich fliege morgen auf Dienstreise. Walters Frau scheint beschlossen zu haben, das Baby demnächst auf die Welt zu bringen. Also wird mir die Ehre zuteil, an seiner Stelle zu fliegen und eine Story über irgendeinen Internet-Typen zu machen.«

»Aber das klingt doch nach einer coolen Abwechslung!«, scheint sich Tini für mich zu freuen.

»Wenn du meinst? Ich fühle mich derzeit nur leider nicht so gut, dass ich wegen eines Ausflugs nach Spanien vor Freude in die Luft springen könnte.«

Tini grinst.

»Jetzt tu nicht so. Komm, wir bringen dich nach Hause. Mein Auto steht ohnehin vor der Türe und Steve«, Tini schickt einen verliebten Blick in seine Richtung, »hat hier schon alles bezahlt. Wir können also gehen.«

»Was echt? Danke Steve. Aber ich muss doch noch das Hotel zahlen.«

»No, no. Is bezahlt«, winkt Steve lachend ab.

»Das wäre aber nicht nötig gewesen«, stammle ich ein wenig verlegen.

»Passt schon«, meint Tini großzügig.

Sie hat die Rechnung, die sicherlich astronomisch hoch war, ja auch nicht beglichen. Aber seis drum.

Dann halt ab nach Hause und packen, sofern ich das heute noch hinbekomme.

Der Flug

Montag

Der Figur ist es durchaus zuträglich, sich das ganze Wochenende übergeben zu müssen. Während mein rotes Kleid am Samstag echt gespannt hat, fühle ich mich in meinem fast bodenlangen Sommerrock und dem luftigen Top dazu bestens.

Zugegeben, der Fummel hat ein Gummiband, ist aber ideal zum Fliegen. Ich fühle mich wohl, also durchaus ein Grund, lächelnd zum Gate zu gehen.

Nein, das darf jetzt aber nicht wahr sein, oder?

So viel Pech kann kein Mensch auf einmal haben.

Halluziniere ich?

Nein. Da stehen sie: Norbert und Anna. Händchen haltend.

Ich hasse es, aber sie sieht schon wieder absolut super aus. Lässige Jeans, ärmelloses Top. High Heels.

Blöde Kuh!

Hätte ich nur auch eine enge Hose angezogen.

Und weniger Pasta gegessen.

Ob meine Sonnenbrille ausreicht oder nicht, ich versuche, hinter ihr und meinen Locken zu verschwinden.

Nur nicht auffallen.

Die VIPs werden schon in die Maschine gebeten. Das einfache Volk muss noch warten.

»Passagier Tamara Dohm wird gebeten, zum Gate zu kommen. Tamara Dohm zum Gate A neun nach Barcelona bitte.«

Hallo, das bin ja ich!

Wieso rufen die mich denn jetzt überhaupt aus? Die anderen Passagiere stehen doch auch alle …

Plötzlich besinne ich mich. Am liebsten würde ich mir mit der flachen Hand auf die Stirn schlagen. Hat Trudi nicht etwas von wegen Businessclass gemurmelt?

Tja Mara, jetzt bist du aufgeflogen!

Ich schieße nach vorne zum Schalter. Allerdings laufe ich dabei einen kleinen Umweg, damit Norbert mich nicht entdeckt. Vielleicht hat er die Ansage ja gar nicht mitbekommen?

Geschafft!

Ich zeige der Dame meine Bordkarte und plötzlich meint jemand hinter mir: »Ja hallo, Mara. So ein Zufall! … Ah, Businessclass fliegt die Dame von Welt.«

Für einen kurzen Moment denke ich, im Erdboden versinken zu müssen.

Aber warum eigentlich?

Nur weil dieser Trottel diese Schlampe geheiratet hat? Das ist doch kein Grund dafür, dass ich mich genieren muss. Nein, sicher nicht.

Erhobenen Hauptes werde ich das hier mit Norbert hinter mich bringen.

Mit einem geschäftsmäßigen Lächeln drehe ich mich um. So grazil wie möglich.

»Hallo Norbert. Ja, Businessclass. Und du?«

Das *ihr* vermeide ich ebenso wie jeden Blickkontakt zu Anna. Mir persönlich ist es nämlich ganz gleich, ob sie jetzt verheiratet sind oder nicht.

Da sehe ich, wie er kurz rot anläuft und Anna einen Schritt nach hinten macht.

Geht doch!

»Äh, also, wir fliegen auf Hochzeitsreise«, erklärt mir Norbert.

Peinlich, was?

Ich ignoriere die Info.

Die Airline-Bedienstete sieht mich streng an. Botschaft: An ihrer Stelle würde ich jetzt weitermachen, damit auch die anderen Passagiere in den Flieger kommen!

Gebongt.

»Na, dann guten Flug.«

Ätsch, den Frischvermählten bleibt nur die Holzklasse, während ich bei den VIPs einchecke.

Norbert ist sprachlos.

War das cool oder was?

Ich laufe die Gangway nicht entlang, sondern ich schwebe. Ja, ich fühle mich richtig großartig dabei. Norbert hat nämlich gar nicht gut ausgesehen. Vielleicht vom Feiern, vielleicht aber auch, weil er immer schon ein Loser war.

Und ich weiß, dass ich ihn zumindest jetzt gerade ausgestochen habe. Er ist doch der Schnösel von uns beiden.

Das wird er nicht so schnell vergessen.

Ha, ein Punkt für mich.

Eindeutig.

Super!

Die Sache mit der Hochzeitsreise blende ich am besten aus. Das versaut mir nur meine Stimmung.

Mist!

Es läuft wie mit dem dummen Scherz, ›Denke nicht an sieben rosa Elefanten.‹

Weil man dann, woran denkt?

Klar, an sieben rosa Elefanten.

In meinem Fall also an diese dämlichen Flitterwochen. Schließlich sind Norbert und Anna genau dahin unterwegs. Und ich? Ich kenne noch nicht einmal jemanden, der auch nur zum Knutschen in Frage käme! Von Sex, heiraten und Kinder kriegen mal ganz zu schweigen.

Am besten, ich denke nicht zu viel darüber nach. Ich setze einen Fuß vor den anderen, und ab in die Maschine.

An Bord sehe ich zum ersten Mal nach, welche Platznummer mir zugeteilt wurde. Ah, da ist ja mein Platz! Oh, da lungern ja Sonnengläser im Haar, versteckt hinter einer Zeitung auf meinem Businessclass-Sitz am Fenster. Meine Laune kippt gänzlich. Das geht jetzt gar nicht.

Auf gar keinen Fall!

»Entschuldigen Sie bitte, aber da muss wohl ein Irrtum vorliegen. Sie sitzen nämlich auf meinem Platz«, erkläre ich der Zeitung.

»Kann ich mir nicht vorstellen, dass hier ein Fehler vorliegt«, knurrt es zurück, ohne dass ich wirklich hinter das aufgeschlagene Blatt spähen kann.

Ein Deutscher, so viel habe ich gehört. Mit einer goldenen *Ray-Ban* im Haar und Jeans an den Beinen. Mehr kann ich von ihm nicht sehen.

Na bravo.

Der Charme in Person.

»Kann ich bitte einmal Ihre Bordkarte sehen?«, fragt mich eine Stewardess.

Ich zeige sie ihr.

Sie läuft rot an. Was ist?

»Ah. Ja, Frau Dohm. Leider, es ist so, dass wir tatsächlich Ihre Sitzplatzreservierung ändern mussten.«

Ich ziehe eine Augenbraue hoch.

»Und jetzt?«, frage ich sie forsch.

Verschwörerisch und leise murmelt sie, »Wissen Sie, VIP-Service wird bei uns großgeschrieben, da kann ich auch nichts machen. Aber hier am Gang, gleich daneben, haben wir für Sie reserviert.«

Okay, also im Klartext: Ich bin ein Niemand und die Sonnenbrille samt Zeitung ist ein VIP? Deshalb darf er am Fenster sitzen und ich nicht? Ich schaue sie verschnupft an, sehe jedoch ein, dass sie ihre Meinung wohl nicht ändern wird. Sie wirkt so entschlossen, gleichzeitig aber zumindest auch peinlich berührt.

Eh egal.

Fenster ade, dann halt nur bequemer Sessel am Gang.

»Na gut, wenn es sein muss«, gebe ich mich geschlagen.

»Sehr freundlich von Ihnen, dass Sie Herrn Maass Ihren Platz überlassen Frau Dohm. Darf ich Ihnen dann vielleicht ein Glas Sekt bringen?«

Friedensangebot?

»Ja, gerne.«

Habe ich mir nicht erst gestern geschworen, nie mehr in meinem Leben Alkohol anzurühren? Und jetzt gedenke ich wieder, Sekt zu trinken?

Am Vormittag? Halleluja.

Mit mir geht es echt bergab.

Seufzend nehme ich das Glas entgegen und kippe es hinunter. Die Zeitung neben mir rührt sich keinen Millimeter.

Schlussendlich packe ich mein iPad aus und lehne mich damit gemütlich zurück. Jetzt werde ich einmal lesen, was mir Walter so alles an Infos für das Interview geschickt hat. Ich habe nämlich noch keinen blassen Schimmer, wer der Typ genau ist, den ich da einen Tag lang nicht mehr aus den Augen lassen soll.

Aber ich bin Wirtschaftsjournalistin. Eine erfolgreiche und gefürchtete noch dazu. Meine Kollegen in der Redaktion behaupten das zumindest.

Um ehrlich zu sein, ich weiß gar nicht, was sie damit meinen. Ich bin ja der Meinung, dass ich die Nettigkeit in Person bin.

So, und jetzt zu den Dateien und diesem, – wie heißt er doch gleich? – ach ja, Damian Stanton. Sicher so ein eingebildeter Yuppie.

***

»... in fünfzehn Minuten auf dem El Prat Airport in Barcelona. Derzeit beträgt die Außentemperatur vierunddreißig Grad Celsius, der Himmel ist wolkenlos. Wir würden uns freuen, Sie demnächst wieder als Gast auf einem unserer Flüge begrüßen zu dürfen.«

Was? Wir sind schon da?

Hab ich jetzt echt den gesamten Flug verschlafen? Und das Essen gleich noch dazu? Das darf jetzt nicht wahr sein.

Ist es aber.

In meinen Augen wieder einmal ein Grund, um mich gehörig über mich selbst zu ärgern. Offensichtlich hat mich dieser Samstag mehr Kraft gekostet, als ich geglaubt habe. Ist ja nicht zu fassen.

Oder war es der Sekt von vorhin?

Egal.

Mein iPad, welches vermutlich die ganze Zeit über auf meinem Schoß gelegen hat, verstaue ich und schaue kurz nach links. Genau in dem Augenblick schießt die Zeitung nach oben.

Hat der Typ mich jetzt etwa beobachtet?

Das ist nicht fair. Weil ich für meinen Teil immer noch nicht weiß, wie Mister Ich-bin-super-wichtig-weil-ein-VIP aussieht. Sicher wie ein Alien. Sonst würde er sich wohl kaum so penetrant versteckt halten. Aber was geht mich das überhaupt an?

Genau! Nichts.

Da wir schon im Landeanflug sind, schaffe ich es nicht mehr aufs Klo. Blöd, weil ich eigentlich ziemlich dringend müsste. Zur Ablenkung ordne ich den Inhalt meiner Riesenhandtasche. Alles drinnen: Laptop, Netzteil plus Ladekabel, iPad, ebenfalls mitsamt passendem Ladekabel und iPhone. Notizblock, Kulis und zirka eintausend andere Sachen.

Wobei? Kann man den ganzen Krimskrams in einer Handtasche mit nur zwei Fächern ordnen?

Nein, geht eh nicht.

Ergo: Ich krame absolut sinnlos darin herum, es hilft aber, mir die Zeit zu vertreiben und nicht ans WC zu denken! Oh! So ein stilles Örtchen kann einen magisch anziehen, wenn man muss.

Wann landen wir jetzt endlich? Ups, erst in zwölf Minuten. Bitte, ich muss echt dringend!

Da hilft nur eines: Weiter ablenken.

Am besten wäre, ich schließe die Augen und lasse den Sonntag Revue passieren. Das mache ich.

Ich denke sofort an Tini und Steve. Daran, was das zwischen den beiden eigentlich ist. Ist der Typ der Lottojackpot oder nutzt er meine Freundin nur für ein kleines Abenteuer in Wien aus? Na ja, gut ausgesehen hat er ja. Geld dürfte er auch haben, sonst hätte er sich die Suite im Prinzessa sicherlich nicht leisten können. Aber so schnell, wie das Ganze gekommen ist, schaut es für mich verdächtig nach einer Affäre aus. Arme Tini! Vor lauter Kopfweh und Übelkeit habe ich ja keine Energie gehabt, um mit ihr darüber zu sprechen.

Was also, wenn Steve sie nur ausnutzt? Und sie dann mit gebrochenem Herzen dasteht?

Sobald ich im Hotel bin, muss ich dringend mit ihr facebooken.

Hups? Was war das jetzt für ein Rumpeln? Ich reiße meine Augen auf. Ach so, wir sind gelandet. Gott sei Dank. Info an Blase: Die nächste Toilette ist in Sicht.

Kaum erlischt das Fasten-Seat-Belt-Signal, stehe ich schon. Ich werfe einen letzten Blick auf den Zeitungs-Typen und ein kleiner Gedankenblitz amüsiert mich.

Vielleicht ist Mister VIP mindestens hundert Jahre alt und mittlerweile längst verstorben. Wahrscheinlich wird er, und damit auch seine dämliche Zeitung, nur durch die bereits eingetretene Leichenstarre aufrecht gehalten.

Hahaha. Sein Problem! Flugs ziehe ich den Reißverschluss der Tasche zu und bin schon wenig später in der Ankunftshalle. Und am Klo. Wo sonst?

***

Ich bezahle das Taxi und finde mich mit offenem Mund vor dem *Zea* wieder. Wow, das nenne ich einmal ein Hotel! Erinnert mich an ein ultramodernes Segel. Und das ganze Gebäude spiegelt den blitzblauen Himmel wieder.

Was hat das Ding?

Dreißig Stockwerke oder so?

Und davor ist gleich der Strand.

Nicht übel.

Barcelona, – ich komme!

Nein, besser noch: Barcelona, – ich bin schon da!

Nach dem Einchecken und einem kurzen Flash in meinem Zimmer, nobel, edel, modern, also echt geil, werfe ich mich in ein luftiges Sommerkleid. Dezentes Make-up ins Gesicht. Hohe Sandalen an die Füße. Dann schnappe ich mir meine Sonnenbrille und die Handtasche und ab geht es an den Beach auf einen Cappuccino. So viel wird auf dieser Arbeitsreise ja wohl drinnen sein.

Gleich neben dem Hotel belege ich eines dieser dunkelbraunen Loungesofas und ordere mir einen Kaffee. Dabei komme ich mir richtig cool vor. Mara Dohm, Business-Lady von Welt.

Jap, das bin ich. Ist natürlich reiner Blödsinn. Aber es macht Spaß, mich so zu fühlen.

Und schon ist der Kellner mit meiner Bestellung zurück. Das läuft ja bestens hier. Traumhafte Aussicht, perfekter Service, – was will ich mehr?

Nein! Also wirklich!

Das habe ich nicht bestellt und darf jetzt aber auch wirklich nicht wahr sein. Da steuert doch glatt eine Hochzeitsgesellschaft auf mich zu. Okay, vermutlich wollen sie nur in das Strandlokal, in dem ich gerade sitze.

Nein, nein, sie haben sicher nicht die Absicht, mich in den Wahnsinn zu treiben. Tun sie aber.

Himmel, was machst du mit mir?

ICH HABE NIEMANDEN ZUM HEIRATEN! ICH WEISS!!! DANKE.

Also echt, dieser Hochzeitszinnober nervt. Dabei habe ich mich doch vor ein paar Sekunden noch pudelwohl gefühlt.

Völlig entnervt bezahle ich, lasse meinen Cappuccino stehen und wandere den Strand entlang. Auf der Suche nach einem anderen Lokal. Am besten eines für Singles, falls es so etwas überhaupt gibt.

Ich watschle von einer Strandbar zur nächsten.

Nirgendwo ein freier Sitzplatz. So eine Sauerei! Und was bin ich für ein Idiot, dass ich mein tolles Sofa aufgegeben habe?

Nur wegen einer Braut. Bloß weil sie Anna auf unheimliche Art und Weise verdammt ähnlich gesehen hat. Auch die Unbekannte hat in ihrem weißen Traumkleid, wie soll es denn auch anders sein, umwerfend ausgeschaut.

Und alle wirkten superhappy.

Und … AUS!

Ha! Da erspähe ich einen Minicouchtisch mit zwei Minicouchsesseln daneben. Der Tisch gehört mir!!!

Zielgerichtet steuere ich auf den einen Sessel zu, werfe meine Handtasche darauf und setze mich in den anderen. So, basta.

Hier bewege ich mich den ganzen Nachmittag nicht mehr weg. Das ist der perfekte Ort um Walters Dateien zu lesen und eine Runde mit Tini zu chatten.

Barcelona, - wir sind wieder im Geschäft.

Die Begegnung

Montag

Der Kellner gestikuliert wild. Offensichtlich versucht er mir zu erklären, dass der Tisch reserviert sei. Demzufolge auch die Stühle.

Hat sich die gesamte Welt gegen mich verschworen?

Mit meinen spärlichen Brocken Spanisch und ein wenig Englisch gelingt es mir aber, fünfzehn Minuten und ein Glas Rotwein herauszuhandeln.

Der Mann rauscht ab, während ich mich grantig zurücklehne.

Der Platz ist doch richtig lauschig! Vor mir der Strand, schräg hinter mir mein Hotel und die Stadt. Also echt, heute bin ich wieder einmal richtig vom Pech verfolgt. Steht eigentlich irgendwo auf meiner Stirn: *Schubs mich herum*?

Ah, der Kellner erscheint mit meinem Rotwein. Ich lächle ihn zuckersüß an. Dann bedanke ich mich mit einem Augenaufschlag, gefolgt von einem, »¡Gracias!«

Vielleicht hilft bemühte Höflichkeit, und er lässt mich hier doch bis zum Abend sitzen?

Haben die Spanier nicht den Ruf, äußerst charmant zu sein?

Wie auch immer.

Mit einem Schulterzucken ziehe ich mein iPad aus der Tasche und gehe auf Facebook. Schau mal einer an, Tini hat mir schon eine Nachricht geschickt.

Martina Sommer
Huhu Mara! Gut angekommen? Wie ist das Hotel? :-)

Tamara Dohm
Hi Tini! ES IST GRANDIOS!!!
Und heiß hier ...
Was ist denn bei dir los?

Martina Sommer
Viel zu tun, hab heute noch die Verabschiedung der 500 Juristen plus Lunch gehabt. Jetzt muss ich schauen, dass alles abgebaut wird. Aber wird schon. ;-)

Tamara Dohm
Und was ist mit Steve?

Martina Sommer
Der fliegt morgen zurück nach Boston ... :-(

Tamara Dohm
Und dann? Was wird dann?

Martina Sommer
Weiß noch nicht

Tamara Dohm
Hast du ihn denn gefragt?

Martina Sommer
Nein, eigentlich nicht. Aber wir sehen uns heute Abend ... :-)
Abschied feiern. ;-)

Tamara Dohm
Sag mal, hast du dich echt in ihn verliebt?

Martina Sommer
JA!!!!!!

Tamara Dohm
Und jetzt?

Martina Sommer
Was und jetzt? Weiß ich ja auch nicht!
Boston ist SOOOO weit weg ...
Und die Flüge sind ja auch nicht grad billig.

Tamara Dohm
Ich fin

»¡Perdone, señora!«

Was will er jetzt? Der Kellner steht vor mir und hat so etwas ... Dringliches im Blick.

Gut, versuchen wir es einmal auf Englisch.

»Yes?«

»La mesa ya está reservado.«

»Pardon?«

»Sorry, Miss. Here is reservado.«

»Why?«

»I need the table. ¡Reservado!«

»Okay.«

Launische Unterhaltung. Mieses Ergebnis.

Missmutig zücke ich meine Geldbörse und bezahle mein Getränk. Vor Wut könnte ich in den Tisch treten.

Meine Laune ignoriert der Spanier, stattdessen bekomme ich von ihm das Wechselgeld zurück.

Ich beobachte, wie diese Spaßbremse auf die Promenade hinausläuft.

Wow!

Mein Herz klopft.

Mit einem vermutlich recht einfältigen Gesichtsausdruck sitze ich regungslose da. Zu einer Statue erstarrt. Nur äußerlich, denken kann ich noch.

Wo haben sie denn diesen Typen rausgelassen?

Edel-Boutique?

Plakatwand?

Wirklich, ich bin nicht leicht zu beeindrucken, aber so ein Bild von einem Mann ist mir noch nie über den Weg gelaufen.

Der Kellner quatscht auf diesen Adonis ein. Hallo? Warum zeigt er dabei in meine Richtung?

Oh, ich verstehe. *Er* bekommt meinen Tisch.

Zuerst die Zeitung und jetzt ein griechischer Gott? Und immer muss es mein Platz sein? Ist das einfach nur Zufall oder nennt man das Schicksal?

Der schwarzhaarige Riese mit dem Strohhut spricht noch immer mit dem Kellner. Soll er doch.

Ich gehe ja schon.

Habe verstanden!

MARA IST HEUTE UNERWÜNSCHT!

Ich glaube, ich werfe mich auf mein Hotelbett und ertrinke eine Runde in Selbstmitleid. Scheint der perfekte Zeitpunkt dafür zu sein.

Mein iPad landet ein weiteres Mal in meiner Tasche. Die Sonnenbrille stecke ich mir ins Haar. Dann gehe ich quasi auf die beiden Männer zu. Das muss ich leider tun, wenn ich aus diesem verdammten Lokal wieder hinauskommen will.

Ups!

Hat sich mein dünner Absatz im Spalt zwischen den Holzdielen verhängt? Verflucht aber auch.

Ui! Mein Körper führt den begonnenen Schritt fertig aus. Ich kippe ungelenk nach vorne und lande direkt in den Armen dieses Fremden. Bravo!

Lässt er mich je wieder los?

Und du Herz, hör auf so laut zu klopfen. Da kann ich nämlich nicht denken.

Aber riechen. Und es riecht nach Meeresluft und einem südländischen Kräutergarten. Ob ich mich da hineinlegen kann?

Ich erhasche seinen Blick. Deutlich sehe ich ein verräterisches Lächeln, das seine Mundwinkel umspielt. So, als ob er sich wahnsinnig zusammennehmen müsste, um nicht vor lauter Lachen laut loszubrüllen!

Blöd nur, dass ich immer noch sprachlos bin, und ihn vermutlich recht einfältig ansehe.

Oder ungläubig anstarre?

Irgendwie fühle ich mich ein wenig schwach. Meine Knie sind weich wie Matsch. Der Schönling hat etwas an sich, das wie ein Magnet auf mich wirkt.

Blödsinn. Ich stehe auf Hirn, nicht auf schöne Fassaden. Hab ich nach Norbert gelernt.

Trotzdem mustere ich ihn verstohlen. Ich kann nicht anders.

So ein ebenmäßiges Gesicht habe ich noch nie gesehen. Zumindest kann ich das von dem Teil seines Gesichtes behaupten, der nicht von der *Ray-Ban* beziehungsweise seinem schwarzen Strohhut verdeckt wird. So eine gerade, geradezu gemeißelte Nase kenne ich bei einem Mann auch nicht. Perfekt geformter Mund, kantige Züge, Dreitagebart und ein kleines Grübchen am Kinn. Sein Haar ist kinnlang und leicht wellig.

Pah ist der schön!

Mist, warum futtere ich eigentlich immer diese dummen Nüsse und werfe Tonnen an Schokolade in mich hinein?

Nur gut, dass ich die Gene von meiner Oma geerbt habe. Das ist der eher zähe und schlanke Teil meiner Familie. Sonst könnte ich mich sowieso nur mehr durch die Gegend rollen.

Mir ist heiß. Sehr heiß. Okay, da scheint auch die Sonne her und es hat sicher so fünfunddreißig Grad. Oder?

Doch. Daran muss es liegen.

Behutsam stellt er mich in die Vertikale zurück. Ich lasse es einfach geschehen. Mein rechter Schuh steckt irgendwo hinter mir in einer Spalte des Holzbodens. Da stehe ich also: sprachlos, rote Backen, halb-barfuß.

Toller Auftritt, Frau Dohm.

Das kann was.

Er bückt sich und zieht wortlos den Schuh aus der Rille. Dann kniet er sich vor mich hin und zieht mir die hochhakige Sandale über. Was? Bin ich jetzt so etwas wie Cinderella??? Und er Prinz Charming? In schwarzer Jeans, eng anliegendem, ebenso schwarzen T-Shirt und irgendwelchen bunten Bändern am Handgelenk? Kommt da noch eine Kutsche?

Sicher. Außer, die Tabletten hören auf zu wirken.

Still. Ich hasse diese idiotischen Kommentare meiner Stimme im Kopf.

Okay. Ich muss mich zusammenreißen, ich bin ja keine fünfzehn! Wie wahr.

Also werde ich mich wie eine Erwachsene für die edle Rettung bedanken.

»Danke! Das ist mir jetzt aber sehr unangenehm. Entschuldigen Sie ...«

»Keine Ursache. Es war mir ein Vergnügen.«

»Ja dann, also, vielen Dank für Ihre Hilfe. Sonst wäre ich vermutlich hier auf den Beton geknallt.«

Er grinst.

»Vermutlich. Aber ich war ja da.«

»Ja, Sie waren da. Gott sei Dank.«

»Gott sei Dank.«

»Na dann.«

»Nun, dann werde ich vielleicht einmal ...«

Hört die Peinlichkeit dieses Gesprächs denn nie mehr auf? Ich glaube, ich muss da einen Schlusspunkt setzen.

»Also, danke noch einmal. Ich glaube, ich gehe jetzt besser. Sie haben ja offensichtlich den Tisch reserviert und der Kellner hat ihn wie ein Löwe für Sie verteidigt.«

Was jetzt? Soll ich ihm auch gleich noch von meiner Oma erzählen? Ist doch so etwas von egal, ob er jetzt meinen heißgeliebten Platz bekommt oder nicht. Tatsache ist, ICH muss gehen! Wie immer.

»Ja? ... Aber nein, nein. Das möchte ich wirklich nicht.«

WAS?

Stopp Mara. Abwarten.

Ja eh!

»Also, das war jetzt nicht ganz verständlich. Was ich sagen wollte, ist, es würde mich freuen, wenn Sie an den Tisch zurückkehren. Schließlich benötige ich nur einen Stuhl, und es wäre schön, wenn Sie mir Gesellschaft leisten.«

Schweigen.

Bei der Gelegenheit fällt mir auf, dieser Wahnsinnskerl spricht Deutsch! Deutsch-Deutsch.

Aber das ist einerlei.

Danke, liebes Universum!

»Aber natürlich nur, wenn Sie das möchten?«, schiebt er nach.

OB ICH DAS MÖCHTE???

»Ja, aber gerne ... Es ist ja sonst alles so voll hier rundherum.«

»Nun, dann kommen Sie doch bitte.«

Er nimmt meinen Oberarm und zieht mich, sanft aber bestimmt, an den von mir zuvor verlassenen Tisch zurück.

Wie aus dem Nichts steht auch der Kellner mit seinem breiten Lächeln wieder neben uns.

Meine Tasche gleitet zu Boden.

Mir wird gerade klar, dass ich mich hier in eine tolle Situation manövriert habe.

Was soll ich denn jetzt mit diesem Typen anfangen?

Zugegeben. *Typ* hat er nicht verdient. Dafür ist er zu cool, zu sexy und zu schön. So viel Ehrlichkeit muss sein.

Dafür, dass er da jetzt nur aus Mitleid mit mir herumsitzt, bin aber ich mir zu schade.

Zu schade? Du bist echt so was von blöd!!! Nenne mir eine einzige Situation in deinem Leben, in der du mit so einem Mann an einem Tisch gesessen hast! Egal jetzt, wie er dich findet.

Ah, das ist ja etwas ganz Neues! Bis jetzt ist es mir entgangen, dass meine innere Stimme mich sogar anschreien kann. Tut sie jedoch gerade.

»Was darf ich Ihnen bestellen?«

Seine tiefe Stimme katapultiert mich aus meinen Gedanken.

»Ähm, vielleicht ein Glas Rotwein?«

Ist meine neue Lösung für einfach jedes Problem simpel Alkohol?

Der griechische Gott und der Kellner brabbeln neben mir irgendetwas in Spanisch zusammen. Ich verstehe beinahe nichts. Na ja. *Vino tinto* habe ich kapiert. Das war es auch schon.

Der Ober zischt ab.

Der Namenlose schweigt mich an. Ja, das geht auch. Wir reden einfach *nicht* miteinander. Ich habe es gewusst, das hier ist eine super-idiotische Situation.

Ah, jetzt dreht er sich zu mir.

»Oh, wie unhöflich von mir! Ich habe mich noch gar nicht vorgestellt. Ich bin Tom.«

Gentlemanlike schüttelt er meine Hand.

War das jetzt ein Angebot, uns zu duzen? Ich bin verwirrt.

»Freut mich Tom, ich bin Mara.«

So kann nichts passieren.

Soll er doch sagen, wie es weitergeht. Klassische Rollenbilder abfeiern, das kann ich. Vorausgesetzt ich will gerade.

»Mmh, Mara. Ein wunderschöner Name.«

»Na ja, eigentlich Tamara. Das ist dann wieder weniger aufregend. Aber meine Freunde nennen mich Mara.«

»Trotzdem schön.«

Weil ich keinen blassen Schimmer habe, was ich jetzt sagen könnte, betrachte ich stattdessen das Meer.

Himmel!

Ja! Tom verunsichert mich. Ich fühle mich gerade wie ein hässliches Entlein neben dem stolzen und wunderschönen Schwan. Bitte! Wann kommt denn endlich der Alkohol???

Meine Rettung ist im Anmarsch. Mit einem Riesentablett. Flasche Wein, Gläser, Wasser, Tapas, Brot. Alles drauf.

Kein Wunder, dass die beiden bei der Bestellung so endlos diskutiert haben.

Tom bedankt sich artig auf Spanisch, ich schließe mich mit meinem spanischen Danke an. Mein Wortschatz ist eben immer noch ein wenig, na sagen wir einmal, wenig abwechslungsreich.

Der Mann mit der Gelfrisur löst sich in Luft auf, und meine Hand schnappt sich automatisch das leere Glas.

Tom nimmt die Flasche und schenkt uns ein.

»Also, auf unser Zusammentreffen, Mara.«

»Ja, ähm, auf unser Zusammentreffen, Tom.«

»¡Salud!«

»¡Salud!«

Sicherheitshalber nehme ich einen wirklich kräftigen Schluck.

Warum? Keine Ahnung.

Doch. Um mein Herz zu beruhigen. Mein Magen flattert auch.

»Was machst du hier in Barcelona, Mara?«

Also doch per Du.

»Ja, na ja, ich bin geschäftlich hier. Auf Dienstreise sozusagen.«

»Aha.«

Pause.

Ach so. Jetzt sollte wohl vermutlich ich ihm eine Frage stellen. Wie blöd von mir.

»Und du?«

Er lacht.

»Ich bin ebenso beruflich hier. Da haben wir ja wohl etwas gemeinsam.«

Schweigen.

Also wenn sich unser Gespräch so weiterentwickelt, dann wird dieser Nachmittag noch zu einem Alptraum. Dass mich Tom mit seinem Aussehen schier fesselt, wiegt dieses unterhaltungstechnische Debakel leider nicht gänzlich auf.

Tom rückt seinen Stuhl so an meine Seite, dass auch er aufs Meer hinausblicken kann.

»Du entschuldigst? Aber ich habe mich schon sehr auf diesen Ausblick gefreut.«

»Nein, nein, das passt schon, Tom. ... Ist ja auch wirklich toll hier!«

»Ja, ich liebe Barcelona. Wann immer ich kann, komme ich hierher.«

»Ach ja? Ich bin leider zum ersten Mal da. Aber ich finde es richtig schön!«

Wie lange werden wir noch über absolut Nichts dahinschwatzen?

»Was? Du bist zum ersten Mal in dieser Traumstadt? Also wenn du nichts dagegen hast, dann würde ich dir wahnsinnig gerne ein klein wenig mehr von Barcelona zeigen.«

»Wirklich?«

»Natürlich. Wann hast du denn zu arbeiten?«

»Erst ab morgen früh.«

»Ich auch. Na, dann bitte, lass mich heute Abend dein Reiseführer sein. Abgemacht?«

Tom nimmt seine Sonnenbrille ab und legt sie auf den Tisch. Mit dem Glas in der Hand wendet er sich wieder mir zu und ... WAHNSINN!!! ... strahlt mir mit den leuchtendsten tiefblauen Augen entgegen, die ich jemals gesehen habe!

Für einen kurzen Moment gehe ich verträumt in ihnen unter.

Jäh pfuscht meine Logik dazwischen: Was ist mit ihm? Hat er einen Sehfehler? Wo sind all die Models, die sich üblicherweise an der Seite solcher Männer tummeln? Warum sitzt er mit mir hier und will sogar den Abend mit mir verbringen?

Vielleicht ist er ja stockblöd und nur schön? Und stockblöd halte ich nicht aus. Geht gar nicht.

Bisher hat er sich nicht doof verhalten. Aber wer weiß.

Aber seine Augen! Die sind viel zu klar und durchdringend für einen Unterbelichteten. Bin ich sooo bedürftig?

Eventuell täusche ich mich nämlich gerade ganz gewaltig.

»Mara?«

»Ah, entschuldige. Ja gerne, Tom. Aber wenn du schon etwas anderes vorhast, dann mach dir bitte meinetwegen keine Sorgen!«

»Ich mach mir keine Sorgen, Mara. Ich freue mich bloß auf einen wundervollen Abend in deiner bezaubernden Begleitung!«

Er beugt sich zu mir.

»Und ich verspreche, dir diese Stadt zu Füßen zu legen.«

Danke! Hat er den Satz aus einem Film? Trotzdem fühle ich, wie ich rot anlaufe, und hebe schnell mein Weinglas auf Wangenhöhe, um ihm zuzuprosten. So sieht er das wenigstens nicht … Hoffe ich zumindest.

»Zum Wohl. Und danke, Tom. Ich freue mich auch.«

»Na, dann essen wir hier noch eine Kleinigkeit und anschließend erobern wir Barcelona!«

Der Rest des Rotweins verschwindet auf einen Sitz in meinem Inneren. Verdammt! Ich fühle mich wie ein Wurm und habe keinen blassen Schimmer, was das hier werden soll.

Warum verunsichert mich dieser Mann so dermaßen? Hallo? Meine Hände schwitzen. Ich glaube sogar, dass mir das Wasser unter den Achseln hervorrinnt, während mein Gesicht in Flammen steht. Bitte! – Wir sitzen im Schatten! Und ich bin ja kein doofes Küken! Auch keine dämliche Tussi.

Oder etwa doch? Vielleicht seit … na ja, seit gerade eben?

Aber die Aussicht auf einen Abend in der Stadt mit ihm …

Also mmh.

Das klingt doch wirklich verlockend, denn langsam sehe ich die unzähligen Vorteile dieses Angebots.

Halt, Mara. Himmelst du diesen Tom gerade an? Was wissen wir über ihn? NICHTS!

Ähm, ich glaube fast, dass ich das tue. Und der Rest interessiert mich gerade Nüsse.

Penetrant läutet mein Handy in der Handtasche. Reflexartig hebe ich ab, ohne auf das Display zu schauen.

»Dohm.«

»Mara, Tini hier.«

»Oh Tini, entschuldige bitte! Dich habe ich ja ganz vergessen.«

Gleichzeitig deute ich Tom ein *Entschuldigung* für diese Unhöflichkeit. Er winkt ab. Also kein Problem.

»Ja Mara, mich hast du ganz vergessen. Nicht böse sein, aber die Unterhaltung mit dir über Steve wäre mir *wichtig* gewesen.«

»Tini, bitte sei nicht böse. Aber die Dinge ... also, jetzt geht es gerade nicht so gut.«

Tom lauscht offensichtlich gespannt, sein Blick sagt aber, ›*Macht doch nichts, sprich ruhig weiter.*‹

»Okay, also du hast jetzt keine Zeit für mich, Mara. Gut. Mir geht es wirklich nicht sonderlich. Aber egal. Ruf mich halt an, wenn es dir in den Kram passt.«

Noch bevor ich etwas antworten kann, hat Tini bereits aufgelegt.

Tom fragt nichts.

Besser so.

Denke ich zumindest, da derzeit ein Kampf in meinem Inneren tobt. Also eigentlich wäre es meine Pflicht, Tini sofort zurückzurufen. Aber andererseits sitze ich hier am Meer, mit einem Traummann an meiner Seite, der mir übrigens wieder mein Glas füllt.

Am Ende trägt die egoistische Mara den Sieg davon. Die gute Mara kann nur mental, ›Bitte entschuldige, Tini‹ murmeln.

Ich schalte mein Handy ab, lächle meinem griechischen Gott in die Karibik-blauen Augen und proste ihm zu. Bei der Gelegenheit streift er mich mit seinem Handrücken.

Wir fahren auseinander! Durch meinen Körper jagt eine Energiewelle, begleitet von einem erotischen Schauer. Mir ist schwindlig.

Sowas gibt es ja gar nicht. Also echt, das ist mir noch nie passiert. Nicht einmal mit Norbert in unserer besten Zeit.

Langsam verebbt dieses Kribbeln. Und ich bin mir sicher: Gäbe es diese verdammten Schmetterlinge im Bauch, dann wären sie an dieser geballten Ladung an Elektrizität soeben verstorben!

So wie vermutlich meine letzten Hirnzellen gerade eben ...

Die Nacht

Montag auf Dienstag

Ich kuschle mich in meine Decke und umarme meinen Polster. Noch etwas müde schließe ich die Augen und stelle mir vor, Tom wäre hier bei mir ...

Mein Tom.

Oder nicht mein Tom?

Doch mein Tom.

Schließlich haben wir uns ja geküsst. Zum Abschied. Draußen vor dem Hotel.

Dieser Abend mit ihm war zauberhaft! Das war mit Abstand der schönste meines Lebens. Und mit Abstand der beste Kuss meines Lebens. Zuerst ganz sanft auf den Mund gehaucht, dann hat mich Tom plötzlich beinahe besitzergreifend an sich gedrückt. Mit einer Hand hat er in mein Haar gegriffen, meinen Kopf leicht nach hinten gezogen und dann hat er mit mir geschmust ... Aber so richtig. So, dass meine Beine zittern mussten, mein Bauch flattern und mein ... hm.

Ich drücke mein Kissen fest an mich. Dann lasse ich meinen Gedanken wieder freien Lauf.

Durch diese intensive Mischung aus Genuss und Fassungslosigkeit habe ich bei der Küsserei die ganze Zeit über die Augen geschlossen gehabt. So konnte ich nichts sehen. Schade eigentlich. Ich wüsste nur zu gerne, wie Tom dabei dreingesehen hat. Ob es für ihn auch so besonders war wie für mich?

Was ich empfunden habe, hat es in sich gehabt. Ich darf gar nicht daran denken, sonst zieht sich unter meinem Nabel gleich wieder alles zusammen.

Toms Kuss war so ... fordernd. So leidenschaftlich. So umwerfend. Gleichzeitig auch zärtlich und beschützend. Ach! Und dann noch sein Geruch. Nach Meer, herben Kräutern und - Mann. Und das, nachdem wir Stunden unterwegs waren.

Ich umarme meinen Polster. Tom. Er ist so unglaublich eloquent. Weiß alles über diese Stadt. Und er hat Humor.

Aber vor allem hat er etwas in mir geweckt. Noch immer fühle ich diese Hitze in meinem Körper und das Kribbeln in meinem Bauch. Ich sehe ihn vor mir: Groß, stark und unter seinem T-Shirt haben sich Muskeln abgezeichnet, von denen ich gar nicht gewusst habe, dass es sie gibt. Woher kommt dieses unbändige Verlangen nach diesem Body?

Pieps. ... Pieps. ... Pieps. ... Was jetzt? - SMS?

Okay, ich schaue auf mein Handy am Nachttisch.

Tini?

Oh, Mist.

Tini

Ich weiß ja nicht, was mit dir los ist – aber ich bin jetzt auf FB

Schnell krame ich mein iPad aus der Handtasche und gehe auf Facebook.

Tamara Dohm

Oh Tini! Ich weiß, ich bin die schlechteste beste Freundin der Welt ...

Martina Sommer
Ja, bist du! Sag mir SOFORT, was heute los war.

Tamara Dohm
Kurzfassung? Ich glaub, ich hab meinen Traummann kennengelernt. :-)

Martina Sommer
WAS? Wo? Wer? Warum???

Tamara Dohm
In einem Strandlokal. Er heißt Tom und ist ein griechischer Gott, sag ich dir!

Martina Sommer
Und weiter?

Tamara Dohm
Tini, er ist einfach nur zum Anhimmeln!!! *SCHMACHT*
Naja, wir haben den Abend miteinander verbracht. Er hat ein Taxi gemietet.
Wir haben uns die Stadt angesehen: Columbus Statue, Gaudi Häuser, Sagrada Familia ... Und dann waren wir in einem Restaurant auf einem Hügel essen, wow, da hat man auf ganz Barcelona gesehen. So schön!!! Und nobel. Wahnsinn sage ich dir.

Martina Sommer
Und sonst? Wer ist er, woher kommt er, was macht er???

Tamara Dohm
Er heißt Tom und kommt aus Berlin.

Martina Sommer
Mehr weißt du nicht???

Tamara Dohm
Nein.

Martina Sommer
Aber du wirst doch wohl wissen, was er beruflich macht?

Tamara Dohm
Nein.

Martina Sommer
NEIN???

Tamara Dohm
Sei nicht so! Wir haben uns über Gott und die Welt unterhalten und viel gelacht. Hey, es war EIN Abend ... :-) (Und ein traumhafter noch dazu!!!)

Martina Sommer
Ja, aber du hast dich verliebt!

Tamara Dohm
Scheint so. Apropos: Was ist jetzt mit Steve?

Martina Sommer
Alles geklärt :-)
Er fliegt zwar morgen zurück, kommt aber in drei Wochen wieder. Er hat sich in mich verliebt, ich mich in ihn. Alles Weitere wird sich zeigen. Wir werden sicher einen Weg finden – sagt er.

Tamara Dohm
Und was sagst du???

Martina Sommer
Ach Mara. Ich möchte einfach wirklich mit ihm zusammen sein.
Ich muss mit ihm so viel lachen und er ist echt ein Gescheiter.
(Und sowas von gut im Bett :-))
Also, ich glaube auch, dass wir das zwischen Boston und Wien irgendwie hinbekommen werden.
Na ja, Geld scheint er ja genug zu haben, und er meint, er könne sicher jeden Monat auf ein paar Tage kommen ...
Das wird schon ;-)

Tamara Dohm
Gratuliere! Das klingt ja echt gut. Ich wünsche es dir so, Tini. Und ich hab echt ein schlechtes Gewissen wegen heute ...

Martina Sommer
Brauchst du nicht. Versteh ich ja, wenn die Liebe anklopft ;-)
Aber sag: Was ist mit deinem Interview morgen?

Tamara Dohm
Frag mich nicht. Ich hab noch nicht einmal Walters Sachen gelesen. Aber ich hab meinen Wecker auf 6:00 gestellt, dann hab ich 2 Stunden ...

Martina Sommer
OH!!! Jetzt ist es aber schon eins! Also, dann ab ins Bett – toi, toi, toi!
Und halt mich auf dem Laufenden ...

Tamara Dohm
Mach ich. Ich drücke dich ganz fest ...

Martina Sommer
Ich dich auch. Schlaf gut :-)

Puh, schon so spät?

Ich lege mein Tablet weg und krieche unter die Decke.

Zurück zu meinem Herzklopfen, zurück zu meinem Tom.

Ja, auch zurück zu meinen bisher offensichtlich verborgenen Sehnsüchten ...

Das Interview

Dienstag

Es ist acht Uhr dreißig. Ich bin so etwas von sauer. Was glaubt dieser Mister Stanton eigentlich, wer er ist? Ich fliege da nach Barcelona, und er lässt mich warten? Zugegeben, nach Barcelona zu kommen, ist ja nicht die schlechteste Idee gewesen. Vor allem, wenn ich an gestern Abend denke.

Aber trotzdem.

Pass auf Junge, mich zu verärgern, ist nicht gut. Vor allem nicht in der Früh. Das wissen echt alle! Nur du nicht.

Ich sitze auf einer Couch in einem Besprechungszimmer. Klar, superedel eingerichtet. Cappuccino vor mir. Leise Musik im Hintergrund.

Die Tür geht auf und ein etwa vierzigjähriger Buchhaltertyp betritt den Raum.

»Damian Stanton. Nice to meet you, Missis Dohm. I am very sorry for the delay. How are you?«

Uff!

Ja, mir tut mein Herumsitzen auch leid. Meine Augen funkeln. Ich beherrsche diesen zornigen, leicht überheblichen Blick bestens.

Doch ich besinne mich. Schließlich bin ich doch eine hoch-professionelle Journalistin von Welt. Also strecke ich ihm höflich die Hand hin und begrüße ihn. Dann bedanke ich mich brav dafür, dass ich ihn heute begleiten darf.

Schleimerisch. Gebe ich zu.

Aber so ist das nun einmal in meinem Geschäft. Meine Waffen sind nicht zu erwartende Fragen im Interview, nicht unhöfliches Herumgezicke.

Und schon traben wir los.

Na, das wird anstrengend werden! Dass die ganze Chose in Englisch stattfinden wird, habe ich ja komplett übersehen. Aber dieser *Nerd*-CEO ist Amerikaner und spricht kein Wort Deutsch.

Halleluja, das wird ja ein wunderbarer Tag werden!

***

Mittlerweile ist es knapp vor sechzehn Uhr, und ich kann ein kleines Stoßgebet zum Himmel schicken. Mister Stanton ist eigentlich ganz sympathisch und sehr korrekt. Geduldig hat er all meine Fragen beantwortet. Auch die unangenehmen.

Wie etwa, wie sie mit den gesammelten Daten umgehen und wofür sie die denn wirklich verwenden? Wie das mit einer Kooperation mit dem amerikanischen Geheimdienst aussieht? Ob sich Mister Stanton seine Gadgets auch selbst kaufen würde, obwohl er sich damit datentechnisch an seine Firma ausliefert? Wie das mit Kinderarbeit bei ihrem asiatischen Produzenten ist, den Arbeitsbedingungen dort und so weiter halt.

Ohne Emotion hat er jede einzelne Frage beantwortet.

Ehrlich? Ich bezweifle es.

Dafür weiß ich jetzt alles über die Firmengeschichte, den unglaublichen Erfolg und das neue Produkt, das heute mit viel Brimborium dem einfachen Volk schmackhaft gemacht werden soll. Auch habe ich in Erfahrung gebracht, dass sein

Partner das *Brain* ist, auch so bezeichnet wird, jedoch nie in Erscheinung tritt. Der will das einfach nicht.

Wird schon wissen warum.

Zweihundert geladene Gäste verfolgen seit drei Uhr die Produktpräsentation und die diversen Reden. Ja, es ist eh eine interessante Firma, keine Frage. Möglicherweise die neue Nummer eins am IT-Himmel.

Vielleicht aber auch nicht.

Wir werden ja sehen.

Jetzt muss ich in den großen Saal latschen, denn auf Großbildleinwand wird noch der neue, weltweite Werbespot vorgestellt. Mister Stanton werde ich heute nicht mehr treffen, wir haben im Eilzugstempo das Interview erledigt. Ihn hat es gefreut, dass es beendet ist, mir ist es nicht unrecht. Ich dränge mich in den überfüllten Hotelsaal.

Ob ich Tom heute Abend wiedersehen werde? ...

Blut schießt in meinen Kopf.

Ich Riesendummkopf!

Natürlich habe ich keine Ahnung, in welchem Hotel Tom wohnt, noch habe ich seine Handynummer. Oder er meine. Dabei hat er sich doch mit, »Also bis morgen, Baby« bei mir verabschiedet?

Nun ja, also morgen ist heute.

Aber wo, wann und wie finde ich ihn wieder?

Hach. Was soll ich nur tun?

Irgendetwas muss ich mir später einfallen lassen.

Uninteressiert bemerke ich, dass die da jetzt voll auf Drama setzen. Der Riesensaal wird verdunkelt. Rechts und links von der ohnehin schon riesigen Leinwand fahren offensichtlich vollautomatisch weitere aus.

Dann betritt jemand die Bühne. Stanton.

Er hält das Mikrofon in der Hand, sein Gesicht erscheint überdimensional auf allen Leinwänden. Dramatische Musik beginnt. Er lächelt.

Kommt mir bekannt vor, diese Art von Produktpräsentation. Ein Schelm, wer denkt, die hätten bei einem Apfel Anleihen genommen.

Stanton plauscht.

Die Gäste sind verzückt.

Ja eh. Super Sache.

Mich interessiert aber eher, wie ich Tom wiedersehen kann.

»Ladies and Gentlemen! And now it is an extraordinary honor and pleasure to present the new face of Vitate-Technologies to you. This is the man walking the future with us. This is the man, you will see all over the world for us: on TV, the internet, on billboards. Please welcome the amazing Oscar winning German, our dear friend, Aiden Trenton!«

Okay. Nun feiern sie ihr neues männliches Werbegesicht ab. Aiden Trenton? Doch, an den Namen kann ich mich dunkel erinnern. Einer von den neuen Superstars. Aber egal. Ich lese Bücher, gehe kaum ins Kino, meide die Flimmerkiste und Klatschzeitschriften. Eine Eigenheit, die ich mir selbst in Zeiten wie diesen erlaube. Dafür weiß ich alles über Börsen, Verschwörungstheorien, UFOs und Aliens. Zählt das nichts?

Obwohl, irgendetwas klingelt da. War das nicht der Deutsche, der in dem Film …? Hach, keine Ahnung. Aber ich werde in den nächsten Sekunden ja wohl erfahren, wie der Typ aussieht. Vielleicht erinnere ich mich dann an ihn. Gesichter merke ich mir eindeutig besser als Namen.

Die Musik wird lauter.

Stanton geht ab. Das Licht wird eine Nuance schwächer.

Jetzt ist es finster.

Und dann kreischen irgendwelche Frauen auf.

Ticken die noch richtig? Wir sind auf der Produktpräsentation einer Technikfirma. Also echt jetzt. Wie ich dieses Tussigehabe hasse!

Am Podium scheint sich etwas zu tun.

Da ich aber ganz hinten stehe, verstellen mir die Wildgewordenen die Sicht. Ich sehe nur einen kleinen Ausschnitt der Großbildleinwand, denn sogar die Schlipsträger vor mir sind aufgesprungen!

Manche steigen glatt auf ihre Stühle.

Und applaudieren frenetisch! Und schreien, »Aiden! Aiden!«

Hat man so etwas schon gesehen? Hab ich dazu noch Worte?

Sind hier jetzt alle komplett übergeschnappt? Dabei ist der Typ noch nicht einmal auf der Bühne.

Die Musik verstummt, der Werbefilm beginnt.

Okay, ich gebe es zu. Dem Jubel nach zu schließen, ist die Menge begeistert. Leider verstehe ich auch vom Text kaum ein Wort, denn alle rufen und pfeifen wild durcheinander.

Der letzte Ton vom Werbespot verklingt, ohne dass ich auch nur einen Blick auf das ›ach so tolle Werbegesicht‹ werfen konnte. Liegt daran, dass ich mich wieder hingesetzt habe. Aber egal. Ich glaube, mir reicht es.

Für meine Artikel habe ich alles, Aiden Trenton und den Spot werde ich einfach nachgoogeln.

Ein Spotlight geht an. Denke ich, weil es vorne verdammt hell geworden ist.

»Buenas tardes, Barcelona! Good afternoon, Ladies and Gentleman!«

Mich durchzuckt ein Blitz.

DIESE STIMME KENNE ICH!

Jetzt hält auch mich nichts mehr. Ich schnappe mir meinen Stuhl und klettere darauf. Alle anderen haben mir das schließlich vorgemacht.

Und dann sehe ich direkt in diese unvergleichlichen, blauen Augen. – Auf der Leinwand.

TOM???

Was bitteschön macht mein Tom auf der Bühne? Und was soll das mit Aiden Trenton? Meine Absätze rammen sich in das Leder der Sitzfläche, während ich regungslos dastehe und den Großbildschirm mit meinem Blick löchere ...

Und ich

... starre auf die Leinwand ...

... starre auf die Leinwand ...

... starre auf die Leinwand.

Plötzlich erwache ich aus der Spontan-Hypnose und bin stinkwütend. Was soll das alles? Hat der sich gestern einen Mordsspaß mit einer Dumpfbacke gegönnt, oder was? Einem Trampel, die ihn nicht erkannt hat?

Sehr lustig, Herr Superstar!

Hollywoodreif Ihre Performance.

Ich werde Zeuge eines Spontan-Amoklaufs der anwesenden Damen. Im Business-Kostümchen und trotz hoher Haken stürzen sie in Richtung Bühne. Dabei fuchteln sie mit Was-weiß-ich-was herum. Großaufnahme: Mister-Tom-Aiden-Superstar-Zahnpasta-Lächeln schreibt Autogramme.

TOM SCHREIBT AUTOGRAMME???

AIDEN SCHREIBT AUTOGRAMME.

Scheiße ist das!

Ich will kein Autogramm, ich will meinen Tom zurück! Und ich will auf gar keinen Fall irgendeinen Aiden!!!

Wie von einer Tarantel gestochen, springe ich vom Stuhl und rausche zur Türe hinaus. Während ich in Richtung Aufzug renne, verfluche ich Tom mitsamt seinen Küssen und gleich auch noch alle Süßigkeiten dieser Welt, die ich je in mich hineingestopft habe.

***

In stehe vor dem Fenster und fixiere das Meer. Eine Sekunde lang vielleicht. Mist, ich kann mich gerade auf gar nichts konzentrieren. Tom und Aiden vernebeln selbst den Ausblick auf Barcelona.

Okay, also werfe ich mich aufs Bett und schlage Tom grün und blau. Also meinen Polster. Dabei heule ich mir die Seele aus dem Leib. Hey, was ist denn mit mir los?

Ich weine so gut wie nie. Und was ist das für ein Übel, welches mit Norberts Hochzeit angefangen hat und nun offensichtlich kein Ende nehmen will?

Aber Norbert ist mir egal. Ganz im Gegenteil zu Tom, wie ich allen rationalen Einwänden zum Trotz gestehen muss.

So ein verlogener Macho!

Eingebildeter Idiot.

Spielt ein dermaßen saudoofes Spiel mit mir.

Super, der wird sich gestern innerlich vor Lachen gebogen haben.

Na, die kleine Tussi hat keine Ahnung, wer da vor ihr steht? Ist das nicht herzig? Die fragt mich nicht gleich um ein Autogramm und ein Foto? Oh, wie lustig. Na, mit der gehe ich doch glatt einmal aus. Und wenn die dann erst erfährt, wer ich wirklich bin … hahaha … zum Brüllen!

Ja, das ist tatsächlich zum Brüllen! Aber zum Brüllen vor Wut und nicht, weil es mich so amüsiert.

Außerdem brennen meine Augen, denn die Wimperntusche hat sich vermutlich überallhin verteilt. Unglücklicherweise ist es so etwas von unerheblich, wie ich aussehe!

Interessiert ja niemanden.

Wie von Sinnen schlage ich daher weiter auf das Kissen ein.

Nicht mit mir!

Ich bin kein Spielzeug, Mister Superstar!

Mistkerl.

Mara ist eine gestandene Journalistin. Und eine erfolgreiche. Na ja, in Österreich halt. Also Millionen habe ich keine verdient. Aber man kennt mich. Offen gestanden aber auch nur die, die sich für Wirtschaft interessieren und unsere Blätter lesen.

Trotzdem.

Ich bin *kein* Spielzeug. Ich steh weder auf die Sado-Maso-Abteilung noch bin ich eine Lachnummer.

Und überhaupt ... war das gestern alles gelogen?

Gespielt?

Ha. War nicht schwierig für dich, was?

Das tut weh.

Dabei will ich es nicht einmal so recht glauben. Doch was bleibt mir anderes übrig? Die Fakten sprechen für sich. Ich *muss* es daher wohl glauben.

***

Wut und Erschöpfung wirken sich bei mir ganz offensichtlich wie ein Schlafmittel aus. Wie lange ich insgesamt *weg* war, weiß ich nicht. Meine Handyuhr zeigt neun Uhr abends.

Was jetzt?

Automatisch zücke ich mein iPad. Keine Nachricht von Tini. Okay, die ist gerade im Abschiedsschmerz.

Von Sanni auch nichts. Na gut.

Tamara Dohm
Hallo Tini! Tom ist leider ein Arschloch, er ist nämlich in Wirklichkeit

Ich starre auf den Text und lösche ihn wieder. Nein, ich habe jetzt nicht die Kraft, Tini die Misere zu erklären.

Achtlos werfe ich das Tablet auf mein Bett. Dann reiße ich mir mein Kostüm herunter und steige unter die Dusche.

Passt. Jetzt sehe ich wenigstens wieder wie ein Mensch aus. Wie ein hässlicher, nasser, aber doch.

Mit dem Badehandtuch um meinen Busen geschlungen, sitze ich am Bett. Und jetzt?

Keine Schokolade, kein Eis, nichts zum Naschen in dieser Nobelbude. Oh, da ist wenigstens ein kleines Fläschchen Wein in der Minibar. Das nehme ich mir.

Aus Mangel an Ideen schalte ich den Fernseher ein.

Nicht aus Interesse, Spanisch verstehe ich ja sowieso nicht, sondern der Einsamkeit wegen. Da spricht wenigstens irgendwer mit mir.

Aha.

Scheint eine Nachrichtensendung oder so zu sein.

Auch gut.

Ob ich mir wenigstens mein nasses Haar föhnen sollte?

Gibt es das?

Eine unsichtbare Kraft knallt mich aufs Bett zurück.

Tom!

Im Fernsehen.

Inmitten einer jubelnden Menge an Fans.

Und im Arm ... eine Blondine.

Mein Herz klopft im Hals. Ich zittere. Aber ich kann nicht wegsehen.

Modelfigur. Cremefarbenes Kostüm, Hollywood-Lächeln, Riesensonnenbrille. Beide winken der Menge zu und verschwinden gemeinsam in einer schwarzen Limousine. Schnitt. Nächstes Thema.

Die Sprecherin hat seinen Namen erwähnt: Aiden Trenton. Mehr habe ich nicht verstanden.

Aber das stimmt gar nicht.

Denn eigentlich habe ich jetzt absolut *alles* verstanden. Der Typ hat mich wirklich einfach auf den Arm genommen. Jetzt bin ich zu tausend Prozent davon überzeugt.

Mit dem Zeigefinger drücke ich ganz fest den OFF-Knopf der Fernbedienung. Nun ist ja wohl auch klar, warum ich gestern weder etwas über seinen Job, noch über sein Privatleben erfahren habe.

Danke, Aiden-Tom!

Du hast echt die Gabe, dass ich mich hässlich, unbedeutend und dumm fühle. Aus dem Stand.

Mein Zimmertelefon läutet. Missmutig starre ich es an. Aber es hört nicht auf, zu klingeln.

Widerwillig hebe ich ab.

Eine Assistentin Damian Stantons lädt mich ein, heute um dreiundzwanzig Uhr ins *Gloom* zu kommen. Das ist die hauseigene Bar im sechsundzwanzigsten Stock.

Mister Stanton hat es offensichtlich für eine interne Party gemietet. Höflich, in Englisch bin ich immer höflich, weil ich gar nicht anders kann, sage ich dankend zu. Dann lege ich wieder auf.

Bin ich von allen guten Geistern verlassen, dass ich da gerade zugesagt habe? Wate ich nicht bis zu den Hüften im Weltschmerz?

Was will ich da auf einer gottverdammten Party?

Mich wieder einmal volllaufen lassen?

Die Bar

Dienstag

Ein Lob an meine Packkunst! Mein Gepäck reicht grundsätzlich für zwei Wochen, auch wenn ich, wie diesmal, bloß für zwei Nächte weg bin. Sonst hätte mich Stantons Einladung garderobetechnisch jetzt sicherlich völlig aus dem Konzept gebracht.

So aber bin ich gewappnet.

Verdanken kann ich das allerdings Tini, die mich immer und immer wieder, auch gegen meinen Protest zum Einkaufen verschleppt. Ginge es nach mir, wäre mein Kasten voll mit Jeans und T-Shirts, und das wäre es.

In Momenten wie diesen bin ich ihr aber dankbar.

Ich habe mich für ein buntes Minikleid samt High Heels entschieden. Dazu Make-up. Massig.

Also dafür, dass ich Tom umbringen könnte, ist mein Look sogar fantastisch.

Tini hat das auch schon bei mir festgestellt: Kaum geht es mir schlecht, fallen meine Wangen ein klein wenig ein. Und zack, ich mutiere zur Beauty.

Zumindest für die, denen der Blick in mein Inneres versperrt bleibt.

Mein Plan für heute Abend ist simpel. Ich fahre da jetzt mit dem Lift in den sechsundzwanzigsten Stock, trinke ein Glas mit Stanton, danke ihm noch einmal für das Interview und verziehe mich. Das ist professionell.

Inbrünstig hoffe ich, dass Tom nicht dort sein wird. Wieso auch? So ein Hollywoodstar ist sicher teuer und erscheint garantiert nicht auf einer Privatparty. Oder?

Na ja, sicher bin ich mir nicht. Deshalb muss ich auch zusehen, dass ich schnell wieder das Weite suche. Und das wäre auch schon der Grund für meine geplante Pünktlichkeit. Jeder weiß doch, dass Stars *niemals* pünktlich sind!

Alleine das. Tom ist ein Star! Zum Kotzen, die Vorstellung.

Kaum aus dem Lift gestiegen, laufe ich so einem typischen Security-Typen in die Arme. Er begrüßt mich auf Spanisch, ich erkläre in Englisch, dass ich ihn nicht verstehe. Warum war Esperanto eine Fehlgeburt? Schade.

Mein Gott, so eine Weltsprache hätte doch echt etwas. Dann wäre das Reisen nicht immer so kompliziert.

Scheinbar haben wir uns trotz all der Sprachschwierigkeiten verständigt. Er lässt mich hinein. Offensichtlich war der Firmenname das Codewort.

Gar nicht übel die Bar.

Nur kenne ich leider niemanden. Ich taxiere die Gäste.

Jetzt fühle ich mich richtig deplatziert. Wie schön, ich habe soeben Stanton erspäht. Er hat mich auch gesehen, lächelt und rast in meine Richtung.

Wir schütteln uns die Hände. Er bekräftigt, wie sehr er sich freue, mich noch einmal zu sehen.

Und schon habe ich ein Glas Champagner in der Hand, und wir stoßen auf die gelungene Präsentation an. Weltgewandt, wie ich es nun einmal bin, gratuliere ich ihm zu dem fantastischen Event.

Pah, eigentlich graust mir selbst vor meiner aufgesetzten Heuchlerei.

Seine Assistentin stößt zu uns. Sie stellt sich als Trudy vor. Haha! Das darf ja nicht wahr sein. Heißen denn alle Supercheckerbunnies rund um den Erdball Trudi oder Trudy?

Ich gebe es ja zu. Das ist pseudolustig. In Wahrheit fühle ich mich unter all den Fremden hier einsam. Unglücklicherweise amüsieren die sich nämlich großartig. Wirkt zumindest so. Dem eifrigen Gequatsche nach zu schließen, kennen sie sich auch schon ewig. Auf jeden Fall aber arbeiten sie zusammen. Auch das verbindet.

Die Musik ist aus.

Stanton hat sich das Mikrofon vom DJ gekrallt und bedankt sich bei allen für die tolle Show. – Eigentlich echt nett von ihm. Dann meint er noch, dass jetzt richtig gefeiert wird, es darf auch getanzt werden. Das Team von Vitate-Technologies soll heute Nacht ruhig auf den Putz hauen. – Na, mehr brauche ich nicht.

Ich schlürfe mein zweites Glas Champagner und stelle fest, dass mich das Grüppchen feiernder Menschen in Richtung Lokalmitte gespült hat. Auch gut. Ich werde jetzt einen stillen Abgang machen. Mein leeres Glas tausche ich ein letztes Mal gegen ein volles.

Ein Lächeln, ein Schluck, ein Meter. So komme ich schleppend, aber dennoch stetig, in Richtung des rettenden Fahrstuhls voran.

In dem Moment geht die Türe des Lifts auf. Zwei Männer wie aus *Men in Black* steigen aus: Schwarzer Anzug, weißes Hemd, schwarze Sonnenbrille. Headset. Sie stellen sich wie Säulen rechts und links vom Aufzug auf. Arme vor dem Körper verschränkt.

Ich bin noch rund vier Meter von ihnen entfernt und frage mich, was sie damit bezwecken.

Oh nein!

Aus dem Lift schreiten Hand-in-Hand: Tom und Blondchen!

Schreien wäre jetzt fehl am Platz. Daher kippe ich den Rest des Champagners auf einen Sitz hinunter. Schon alleine um meinen Puls zu beruhigen. Gleichzeitig verstecke ich mich, so gut ich kann, hinter einem breitschultrigen Mann.

Jubel bricht aus, die gesamte Belegschaft applaudiert und pfeift anerkennend. Stanton drängt sich an mir vorbei und fällt Tom um den Hals.

Ich bin gefangen! Die beiden Liftsäulen stehen nämlich immer noch wie angewurzelt vor meinem einzigen Fluchtweg. Gott, was mache ich nur?

Stanton zerrt an Toms Oberarm und schleift ihn mitsamt der Blondine mit. Direkt an mir vorbei. Bravo.

Tom sieht mich! Bravo.

Er lächelt kurz, sieht mich jetzt fragend an. Und zuckt mit den Achseln. Kaum merkbar. Soll das eine Entschuldigung sein?

Entschuldigung, ich habe ganz vergessen dir zu sagen, dass ich eine Freundin habe. Ach und entschuldige, ich bin nämlich ein Star, der sicher nichts vor dir wissen will.

Er lässt er sich von Stanton fortziehen. Blödmann.

Die zwei *Men in Black* bewachen nach wie vor den Fahrstuhl. Mir egal. Trotz Schnappatmung und eventuell auch roter Flecken im Gesicht stürze ich an ihnen vorbei in die Kabine.

Türe zu. Mir reicht es.

***

Ich mustere die weiße Wand in meinem Zimmer.

Stiere Löcher in sie hinein.

Aus Anstand oder Mitgefühl wird sie immer dunkler.

Nein, ich bin nicht traurig.

Oh nein. Ich bin wütender als stinkwütend.

Wäre ich jetzt zuhause, hätte mindestens eine Vase daran glauben müssen. Meine tadellose Erziehung bewahrt jedoch die Hoteleinrichtung vor der Zertrümmerung.

Fest steht, schlafen kann ich jetzt nicht. Facebooken mag ich nicht, SMS oder E-Mails verschicken auch nicht.

Da bleibt nur eines.

Ich fahre in den Empfangsbereich hinunter. Meine Mission: Ich suche mir ein nettes Lokal. Dort küble ich mich nieder und kotze mir anschließend Tom aus dem Leib, aus der Seele und ... was weiß ich, woraus noch?

Fantastischer Einfall!

Ja, go for it, Mara! Deine Pläne sind zurzeit durch nichts zu übertreffen!

Schweig! Ich bin erwachsen. Ich darf das. Herrgott, ich erlaube niemandem auf der Welt, so mit mir umzugehen!

Auch nicht Tom.

Genau.

***

Oh Wunder! Da ist ein freier Platz. Direkt am Strand.

Liebe auf den ersten Blick! Doch, das gibt es. Im Film. In Romanen. Und wer glaubt an so einen Kitsch? Teenager.

Und ich.

Es wird Zeit, dass ich wieder aufwache. Norbert. Das ist sicher alles nur wegen dir passiert.

Und dein Herzflattern gestern? Dieses Kribbeln im Bauch? Auch alles nur wegen Norbert?

Wegen mir. Weil ich einfältig bin. Dumm. Leichtgläubig.

Was weiß ich? Vielleicht hat mir das viele Arbeiten in den letzten Jahren nicht gut getan?

Ah. Da ist ja die Kellnerin.

Schon habe ich einen Cocktail in der Hand. Echt auf Zack, die junge Frau.

Auf dich, Mister Hollywood! Und dass du mir ja nicht noch einmal in die Quere kommst!

Ups, schon ist der Drink leer. Also tätige ich die nächste Bestellung und schaue aufs dunkle Wasser hinaus.

Kann das sein, dass der echt mit seiner Hollywood-Freundin hier ist und kein Wort darüber verloren hat?

Ist Tom wirklich so ein Schwein?

Aber klar ist er das.

Warum zweifle ich überhaupt daran?

Sie hat doch ihren Arm um seine Taille gelegt gehabt. Und er hat ihre Schultern umarmt. An dieser Körpersprache gibt es weder etwas zu deuteln, noch etwas zu rütteln.

Also die Fakten lauten: Tom ist Aiden. Aiden hat Hollywood-Blondie zur Freundin. Ich war nur eine Lachnummer. Und aus.

Gehirn ans Herz: Glaub es endlich, der hat dich verarscht!

Ja, ich kann auch richtig schnell trinken, wenn ich will. Die Kellnerin grinst, deutet auf das leere Glas, ich nicke, sie bringt den nächsten Cocktail. - Das nenne ich perfekte Kommunikation. Ist es nicht himmlisch, wenn wir Menschen uns selbst ohne Worte verstehen? Sie weiß, dass das heute nicht einer meiner besten Tage ist. Das sehe ich ihrer verständnisvollen Miene an. Und ich weiß, dass sie es weiß.

Wo sind eigentlich diese Außerirdischen, um einen zu entführen, wenn man dringend darauf wartet? Mein Blick sucht den wolkenlosen Himmel ab. Zu meinem Leidwesen macht es der Abschein der Großstadt fast unmöglich, Sterne und Planeten von UFOs auseinanderzuhalten.

Ist zwar nicht so, dass ich in meinem Leben bereits viele unidentifizierbare Flugobjekte gesehen hätte, aber wie schwierig das ist, weiß man als belesene UFOnautin!

Hirn an Mara: Was ist los? Wäre es nicht besser, du bezahlst die Drinks und haust dich ins Bett?

Diese ekelhafte Stimme ist sowas von unlustig.

Dabei gefällt es mir hier mit jedem Cocktail besser.

Und ich fühle mich auch so ... so ... na ja, berauscht eben.

***

Ich bezahle. Nicht billig, meine albernen paar Getränke.

Ich kann nicht mehr. Aufmunternd lächelt mir die Kellnerin zum Abschied zu. Sie schließen die Bar. Auch gut. Ich habe eh schon Schluckauf. Ja, neben dem Brechen eine weitere Wirkung, die übermäßiger Alkoholkonsum auf meinen Körper hat.

Leicht wankend folge ich der Promenade zurück ins Hotel. Beinahe übermütig winke ich dem Concierge zu, warte auf den Lift und fahre in den elften Stock.

Torkelnd stolziere ich auf meinen hohen Schuhen den Gang entlang, begleitet von meinen eigenen, »Hicks.«

WAS???

Das ... ist ... jetzt ... aber ... »Hicks.« nicht ... wahr ... »Hicks.« oder »Hicks.« ... doch?

»Baby, du hast mich aber wirklich lange warten lassen«, sagt mein gefallener antiker Held und erhebt sich vom Boden vor meiner Türe.

Mein Kommentar: »Hicks.«

Noch einmal: Tom hat am Boden vor meiner Zimmertüre auf mich gewartet. Im Hotelflur. Kurz fühle ich mich geschmeichelt und denke an all die Frauen, die dafür vermutlich ihr letztes Höschen geopfert hätten.

Aber verflucht, ich bin nicht so wie sie alle.

»Tom ... hicks ... ich bin ...«

Weiter komme ich nicht, da er schon bei mir ist. Er steht auf Tuchfühlung vor mir.

Ich könnte ihn umbringen! Und meine Tränen auch.

Wozu strahlt er mich an?

Ehe ich mich versehe, küsst er mich direkt auf den Mund.

Einen Moment lang verliere ich mich in seinem Kuss. Aber zum Glück hat sich mein Hirn nicht ganz abgeschaltet. Ich beende die Szene unfreiwillig mit einem nochmaligen, »Hicks.«

Tom lacht laut auf.

»Mara! Baby, hatten wir nicht heute um acht Uhr ein Date?«

»Was? Wir hatten kein Date, hicks, du hast doch nur gesagt, wir sehen uns, hicks, morgen am Abend, hicks, wieder. Das ist ja wohl kein, hicks, Date?«

Und überhaupt. Ist Blondchen schlafen gegangen, weil er jetzt Zeit für mich hat? »Hicks.«

Nein, Herr Tom-Aiden-ich-krieg-jede-ins-Bett jetzt ist aber Schluss mit lustig. Ich funkle ihn böse an.

»War es doch, Mara. Nachdem ich dich, ähm also, nachdem wir uns geküsst hatten, fragte ich dich, ob wir uns heute wiedersehen. Mein Vorschlag lautete, dich um acht unten am Eingang abzuholen, und du hast genickt. Also doch ein Date. Und ich war auch pünktlich zur Stelle, nur du nicht.«

Hallo?

Wie dreist ist das jetzt? Wir hatten keine Verabredung und zu allem Überfluss habe ich ihn doch noch vor ein paar Stunden zusammen mit seiner Freundin in der Bar gesehen! Und das weiß auch er.

Was soll das jetzt?

Oh, vor lauter Zorn ist mein Schluckauf vergangen.

Bestens. Nachweinen werde ich ihm nicht.

Aber zurück zu Tom, jetzt bin ich erst richtig auf Touren gekommen.

»Tom, danke. Aber, nein danke ... Ich bin keine kleine Tussi und blöd bin ich auch nicht. Wie du weißt, haben wir uns im Gloom gesehen. Um es zu präzisieren, ich habe dich *und* deine Freundin gesehen. Geh mit ihr spielen oder was auch immer, aber lass mich bitte in Frieden.«

Die Fernsehsendung erwähne ich gleich gar nicht.

Bebend vor Wut drehe ich mich von ihm weg und zur Zimmertür hin. Ich ignoriere ihn und krame in meiner Tasche nach der Keycard. Gut so, da ist das Ding ja. Ich ziehe es durch den Schlitz und schon bin ich Sicherheit.

Habe ich geglaubt ... eine Sekunde lang.

Aber Mister Hollywood ist ebenfalls in mein Zimmer gehuscht und hat bereits die Türe hinter sich geschlossen.

»Was soll das jetzt werden, Tom? Oder soll ich besser Aiden sagen? Ich könnte natürlich auch vor dir niederknien. Oder nein, noch besser: Schreibst du mir bitte ein Autogramm?«, säusle ich nach meiner Tirade zuckersüß.

Ah!

Diese Augen können auch morden.

Wer hätte das gedacht?

»Mara, lass den Unsinn. Du hast überhaupt keinen Grund, jetzt hier die Eifersüchtige zu geben.«

»Ich und eifersüchtig? Ha, wenn du dich da einmal nicht täuschst. Das ist doch pure Einbildung!«

»Doch, bist du. Und ich finde es entzückend. Aber ich kann dich beruhigen, Any ist lediglich eine Kollegin von mir.«

»Klar, und ich bin die Königin von Saba.«

»Mara!«

»Tom?«

»Herrgott, Mara. Any ist lesbisch. Die zieht oft mit mir herum, nur damit sie sich nicht outen muss. Das will sie nämlich nicht.«

Schweigen.

Jetzt würde ich doch ganz gerne einen kräftigen Schluck trinken.

»Mara? Alles okay? Du sagst ja nichts.«

Nein, ich sage nichts.

Im Moment dauert die Sache mit Nachdenken eben ein bisschen länger als sonst.

»Sie ist lesbisch?«

Wow, habe ich etwa doch noch eine kleine Zusammenfassung des bisher Gesagten zuwege gebracht? Was für eine Leistung. Gratuliere, Mara.

»Ja, ist sie. Und eine meiner besten Freundinnen noch dazu. Und das ist dann auch schon alles.«

»Nicht *deine* Freundin?«

Jetzt grinst er übers Gesicht. Eigentlich süß.

»Babe, nein. Nicht *meine* Freundin. Aber sag, was hast du denn heute Abend alles in dich hineingekippt?«

»Ich, oh ... nicht viel, also nur den Champagner oben in der Bar und eventuell ein paar klitzekleine Cocktails unten am Strand ...«

Dass mein Gesicht derzeit einer Tomate gleicht, weiß ich. Besser gesagt, ich fühle es. Peinlich bis zum geht nicht mehr!

Aus dem Nichts heraus umschlingt Tom mich mit seinen Armen und zieht mich an sich. Dann lehnt er ganz vorsichtig einfach seine Stirn an meine. Und schweigt.

So stehen wir eine Weile da.

Mir hat es die Sprache verschlagen.

Ehrlich jetzt! Keinen Plan, was ich dazu sagen soll. Meine Hirnzellen sind nämlich immer noch damit beschäftigt, die derzeitige Lage zu erfassen. Ist er jetzt ein mieser Lügner oder nicht?

Sanft küsst Tom mein Haar. Dann meine Augenlider. Leider wandern seine Lippen in Richtung meines rechten Ohrs.

Ich kenne das mit meinen Ohren. - Nicht gut, gar nicht gut. Mir wird heiß.

Oh, und wie!!!

»Baby, was hältst du davon, wenn wir zu mir gehen? Ich bin der stolze Besitzer einer vollen Bar und einer gemütlichen Sitzgarnitur. Ist das ein Angebot?«, flüstert er und knabbert gleichzeitig verführerisch an meinem Hals.

Ganz und gar unanständige Hitzeschauer jagen durch meinen Körper und meine Knie erinnern stark an Wackelpudding. Dessen ungeachtet frage ich mich, ob ich da jetzt einfach so mit ihm mitgehen sollte?

Oh, ich bitte dich! Sag ja nicht Nein, du blöde Kuh! Du hast uns mit deinen Verschwörungstheorien ja wieder einmal wirklich tief in die Sch... - ich will es gar nicht aussprechen - geritten.

Warum schreit meine innere Stimme seit Neuestem dauernd mit mir? Das muss ich ihr ... mir ... wie auch immer ... uns echt abgewöhnen.

Während ich noch am Grübeln bin, formuliert mein Mund, »Gerne, Tom!«

Elender Verräter!

Lächelt mein griechischer Gott gerade triumphierend? Auf jeden Fall lehnt er sich leicht zurück, hält aber nach wie vor meine Schultern fest. Also ehrlich, er sieht in seinem eng geschnittenen schwarzen Anzug so etwas von sexy aus! Weißes Hemd dazu, etwas geöffnet, was den Blick auf seine Wahnsinns-Brustmuskeln freigibt. Dann diese coolen Bänder am Handgelenk und diese verwegen kantigen Züge im Gesicht. Sein offenes Haar fällt in Strähnen in seine Wangen. Und zur Krönung diese himmlischen Augen ...

Ja, ich habe mich gerade selbst überzeugt. War nicht schwierig, das muss ich zugeben. Also gut, dann gehen wir zu ihm.

»Ähm, Tom? Wo wohnst du eigentlich?«

Er lacht.

»Hier im Hotel.«

Super.

Kurz fühle ich mich wieder etwas dumm. Doch das bedeutet auch, dass ich den Weg zu ihm auf jeden Fall hinbekommen sollte.

Hoffe ich. Zumal ich nur unter enormer Körperbeherrschung aufrecht zu stehen vermag.

***

Tom hat mich eng umschlungen gehalten und so sind wir hierhergegangen. War nötig, anders wären wir vermutlich nie angekommen.

Er schließt auf.

»Wow«, entfährt es mir.

»Ja, das kann man so sagen. Das Teil hier nennt sich auch Zea Wow Suite!«, lacht Tom.

Das nenne ich Luxus.

Natürlich kenne ich so etwas. Aus Katalogen oder dem Internet. Aber in der Realität ist es noch unglaublicher. Alles ist in Creme und Weiß. Dazu dunkle Holzböden, kuschelige Teppiche und klare Formen.

Superedel.

Ganz eindeutig auf den Geschmack der Reichen und Superstars getrimmt.

Tom führt mich auf eine Terrasse. Das Geländer ist aus Glas, und wir schauen direkt aufs Meer hinaus.

Atemberaubend, der Ausblick.

Es gibt eine weiße Loungegarnitur und Liegen in derselben Farbe, mit kleinen Tischchen daneben.

»Sitzen oder gemütlich auf den Liegen lümmeln?«, will Tom wissen.

»Liegen«, antworte ich, ohne nachzudenken.

Plötzlich bin ich putzmunter. Wie spät es wohl sein mag? Drei Uhr morgens vielleicht?

Er küsst mich aufs Haar und deutet mir, Platz zu nehmen.

»Ich komme gleich«, verkündet er und verschwindet kurz.

Ich versinke im Ausblick. Ein Teil der beleuchteten Stadt und das Meer liegen vor mir. Über mir – der Sternenhimmel. Wenn das keine Szene aus einem Kitschfilm ist, dann weiß ich auch nicht.

Und ich will tatsächlich Teil dieser Schnulze sein. Am besten die Besetzung für die Hauptrolle, und das für immer.

Kurz mache ich die Augen zu …

Sag einmal, geht es noch? Er macht schnips, und du glaubst einfach alles? Haben wir Beweise? Nein. Mara, geh ins Bett und schlaf deinen Rausch aus. Also ich sehe gerade schwarz für uns.

Danke. Es war gerade sooo schön! Und nur damit du es weißt, ich fühle mich gerade pudelwohl.

Ach! Das können Hündchen auch. Und dann werden sie ausgesetzt und sitzen auf der Straße.

Ist das zu fassen?

»Baby, es gibt Champagner!«

Tom ist mit einem Sektkübel, zwei Gläsern und einer Flasche Champagner zurück.

Klar, nichts anderes würde zu ihm und meinem Tagtraum passen.

Trotzdem bin ich verunsichert. Was ist, wenn es stimmt und er mich angelogen hat?

Gekonnt entkorkt er die edle Flasche, schenkt uns ein und stößt mit mir an.

Ich versuche, in seinen Augen zu lesen. Sein Blick ist ... zärtlich? Verliebt?

»Auf dich, Mara!«

»Auf dich, Tom! Oder Aiden?«

»Nein Mara, bitte bleib bei Tom. Aiden ist seit Ewigkeiten mein Künstlername, weil mein damaliger und extrem bescheuerter Agent gemeint hatte, dass man als Tom Maass sicher nicht die Welt erobern könnte.«

»Maass? ... Aber nicht echt jetzt, oder?«

Tom grinst verlegen.

»Doch! Und ja, ich gebe es zu. Ich war der Unhold, der dir deinen Fensterplatz im Flugzeug weggenommen hat. Aber das habe nicht ich zu verantworten, auch nicht die höflichen Damen der Airline. Das geht auf das Konto meines irrsinnigen Managers. Die Flugbegleiterinnen haben nur seine Anweisungen befolgt.«

»Ich kann es nicht glauben. Und du wusstest gestern im Lokal, wer ich bin?«

»Ehrlich? Ja, wusste ich. Ich habe deine Schönheit schon während des Flugs bewundert. ... Na ja, du hast ja eine Zeit lang geschlafen.«

Mir hat es die Rede verschlagen, also nippe ich wieder an meinem Glas.

Und muss in der Sekunde feststellen, dass es dieser letzte Schluck war, der mir ganz und gar nicht bekommen ist.

»Tom, wo ist das WC?«

Ich halte mir die Hand vor den Mund.

Sicher ist sicher.

Dieser Schuft lacht und läuft mit mir dorthin.

Tatsächlich schaffe ich es sogar noch, ihn streng anzusehen. Umständlich deute ich, dass er hinausgehen soll, was er auch auf der Stelle tut.

Dummer Alkohol aber auch …

Mir ist zum Heulen.

Das darf jetzt einfach nicht wirklich passieren, dass ich hier in dieser Edelsuite am Designerklo hänge und mich übergeben muss.

Universum! Bitte, hör mit diesem Schwachsinn auf. Das ist doch nur noch zum Genieren.

Nein, ich werde Tom nie mehr unter die Augen treten können.

Vielleicht ist das ohnehin besser.

Ich kann nicht mehr. Erschöpft umarme ich die Muschel und lehne den Kopf an die Klobrille.

Ich weiß, kein schöner Anblick. Aber habe ich eine Wahl?

Die Abreise

Mittwoch

Ich schnuppere wie ein Hund.

Meine Augen lasse ich sicherheitshalber geschlossen.

Jap! Tatsächlich.

Es riecht nach Kaffee.

Mein Kopf schmerzt, und ich fühle mich elend. Eindeutig, das ist nicht meine Woche. Und auch nicht mein Morgen. Gibt es keine Engel, die mich jetzt retten könnten?

Schlagartig öffne ich die Augen. Keine Sekunde zu früh, sonst hätte ich vermutlich den heißesten Anblick meines Lebens versäumt. Tom in Boxershorts, frisch geduscht, feuchtes, schwarz-glänzendes Haar, mit einem Tablett in der Hand!

Poah, hat der einen Body. Sonnengebräunt und einen Bauch zum Niederknien.

Ich ziehe mir die Decke sicherheitshalber bis unter den Hals. Nicht, dass er meinen Körper auch taxiert. Das fehlt mir noch.

»Frühstück, Baby.«

»Oh Tom, das ist aber ...«, stammle ich.

Wie zum Teufel kann ich mich auf der Stelle unsichtbar machen?

Ich schäme mich so. In HD-Qualität sehe ich mich am Edel-WC hängen. Ist das sexy, oder was?

Und dafür bringt Tom mir noch einen Kaffee ans Bett?

Graust ihm vor gar nichts?

Ich ziehe mir die Decke über den Kopf. Tom muss mich wohl während meines alkoholbedingten Komas zugedeckt haben. Hach, er hat mich offensichtlich auch ins Bett getragen. Mist.

»Mara, komm, trink erst mal Kaffee.«

Plötzlich höre ich mich schreien, »Tom, nein. Bitte lass das alles nicht wahr sein!«

Nein, ich weine nicht.

Dafür bin ich viel zu schockiert. Ich muss nämlich gerade feststellen, dass ich nur mein Höschen und meinen BH trage.

Nachdenken. Haben wir?

Keine Ahnung.

Wenn ich mich lange genug unter der Tuchent verstecke, dann vergisst er sicher, dass ich in seinem Bett liege. Vielleicht sogar, dass ich überhaupt existiere. Und dann geht er. Wenn die Bahn frei ist, sause ich in die Dusche. Dann in mein Zimmer und Adios, Barcelona.

So mache ich das.

Warum ist es in der Höhle, unter meiner Decke, plötzlich so hell?

»Mara, bitte! Mach dir keinen Kopf. Wegen gar nichts. Sweetheart! Es gibt Kaffee!«

Ich sage nichts und kneife noch fester die Augen zusammen.

»Baby, du magst doch Kaffee, oder?«

Ist das zu fassen?

Was hat er? Nerven wie Stahlseile und den Humor von *Charlie Chaplin*?

»Nein Tom, das geht nicht. Bitte. Geh spazieren oder irgendetwas, aber ich kann da nicht herauskommen.«

Jetzt lacht er schallend.

»Baby, ich bitte dich. Glaubst du, mir war noch nie übel? Und es war auch schon so spät gestern Abend. Du brauchst dich wirklich nicht vor mir zu verstecken.«

Dieses Miststück von Mann hält die Kaffeetasse unter die Bettdecke.

»Na, riecht der gut?«

Ich kann sein diabolisches Grinsen körperlich fühlen.

Nein, ich bleibe, wo ich bin.

»Mara! Pass auf. Ich schlage dir einen Deal vor. Ich gehe auf die Terrasse und trinke dort einen Mokka. Du machst dich in Ruhe frisch. Dein Gepäck steht bereits im Badezimmer. Wenn du fertig bist, treffen wir uns draußen auf ein Frühstück. Abgemacht?«

Statt einer Antwort schicke ich ihm einen verzweifelten Wolfs-Heuler.

Zu meiner eigenen Verwunderung versteht er und geht.

Vorsichtig luge ich aus meinem Versteck hervor. Die Luft ist rein. Mitsamt der Decke husche ich ins Bad.

Wahnsinn! Das ist kein Badezimmer, sondern gleich eine ganze Wellnessoase. Sogar ein Jacuzzi gibt es. Ich fasse es nicht. Vom Design einmal ganz zu schweigen.

Oh nein! Versehentlich habe ich in den Spiegel gesehen.

Hexe Was-weiß-ich-wer-sie-genau-ist schaut mir mit einem zerzausten Wuschelkopf und schwarzen Augenringen entgegen. Wunderbar. Wir führen hier *The Beauty and the Beast* auf. Nur dass ich das Ungeheuer bin.

***

So. Ich glaube, ich bin wieder ein Mensch. Geduscht, Haare gewaschen und geföhnt, Zähne geputzt, geschminkt, hellgelbes Business-Kostüm und ein schwarzgemustertes Top angezogen. Natürlich frische Unterwäsche darunter, schwarze Stilettos. Nein, *Biene-Maya*-Look ist das keiner.

Auf jeden Fall glaube ich, ihm nun erhobenen Hauptes gegenübertreten zu können. Selbst die Haare machen ausnahmsweise mit, denn sie fallen in lockeren Wellen über meine Schultern hinab.

Prüfend stelle ich mich noch einmal vor den Spiegel.

Passt.

Okay, Mara. Nun reicht es!

Tamara Dohm, du hast jetzt vier Tage lang alles unternommen, um wie die dümmste und größte Kuh dazustehen. Du hast ein Frauenbild erfüllt, das sowohl peinlich, als auch verachtenswert ist. Du hast dich drei Mal restlos betrunken, zwei Mal gekotzt und bist widerstandslos mit einem dir eigentlich Fremden mitgelaufen. Komm wieder zur Besinnung! Und zwar schnell!

Mit einem Mal stürze ich aus der Wattebausch-Wolke, die mich offensichtlich seit Samstag umnebelt hat, und lande im Hier und Jetzt.

Ich höre weiter in mich hinein.

Pass auf Mara. Du siehst passabel aus, hast einen tollen Job und bezahlst alles selbst. Du brauchst keinen Hollywood-Typen. Du brauchst einen Mann, der dein Leben in Wien mit dir teilt. Wien. Nicht Hollywood oder sonst wo. Also geh raus, benutze dein Hirn und erkläre ihm, dass das nicht funktioniert! Du am roten Teppich? Dass ich nicht lache.

Leidet meine innere Stimme unter Persönlichkeitsspaltung? War es nicht sie, die mich in die Arme von Tom getrieben hat?

Ja, war ich. Ich war doch die letzten Tage daueralkoholisiert. Entschuldige schon, nicht meine Schuld.

Gut. Kann ich nachvollziehen. Und es stimmt ja auch. Was bilde ich mir ein? Ein Superstar und die kleine Mara? Das geht nie und nimmer. Ich gehe jetzt zu Tom und erkläre ihm, dass das mit uns sowieso keinen Sinn hat.

Doch vorher muss ich noch wissen, wie spät es eigentlich ist. Ich suche nach meinem Handy.

Was???

Elf Uhr siebenunddreißig schon?

Um kurz nach vier geht mein Flugzeug.

Herrje, ich will aber gar nicht nach Hause fliegen.

Oder?

Nein, doch, ich will schon.

Geht das schon wieder los? Ich *muss* wollen. So einfach ist das.

***

Tom sitzt im Schatten. Ich klopfe an die Glasscheibe.

Er dreht sich zu mir.

»Wow, Mara, Baby. Du siehst aber toll aus!«

»Danke Tom. Hast du noch kurz Zeit für mich? Ich glaube, ich muss dir etwas erklären.«

»Natürlich, was für eine Frage, Darling. Komm, setz dich zu mir.«

»Danke, Tom.«

Recht steif nehme ich ihm gegenüber Platz.

»Also Tom. Was ich dir erklären will, ist Folgendes. Die Mara, die du vorgestern kennengelernt hast, die existiert eigentlich gar nicht.«

Tom zieht seine Augenbrauen hoch und schaut mich halb irritiert, halb belustigt an.

»Ach nein?«

»Nein. Ich sage dir, was los war. Am Samstag habe ich erfahren, dass mein Ex-Freund geheiratet hat. Und obwohl ich um nichts in der Welt mehr mit ihm zusammen sein möchte, hat mich das aus der Bahn geworfen. Frag mich jetzt nicht, warum. Ich weiß es nämlich auch nicht. Dann hat sich auch zu allem Überfluss meine beste Freundin Hals über Kopf verliebt. Dass das zu viel auf einmal für mich war, habe ich bis vor ein paar Minuten leider nicht einmal bemerkt.«

Er hört aufmerksam zu. Dreht seine Kaffeetasse hin und her. Was er jetzt denk? Ich weiß es nicht.

»Auf jeden Fall bin ich zur Alkoholikerin und Tussi mutiert. Aber das bin nicht ich, Tom. Weißt du, ich bin zuverlässig, arbeite viel und bin mit Leib und Seele Journalistin. Ich trinke selten so viel Alkohol, dass ich mich übergeben muss. Und ich denke eigentlich vorher nach, bevor ich etwas tue. Und latsche nicht einfach so mit einem Fremden mit.«

Tom sieht mich an, trinkt einen Schluck Kaffee und schweigt noch immer.

Na ja, was soll er auch schon groß dazu sagen?

»Tom, mir ist es auch nicht zugestanden, dich über Any auszufragen, oder über sonst jemanden. Trotzdem haben wir einen tollen Abend in Barcelona gehabt, für den ich dir sehr dankbar bin. Vielleicht hat alles so kommen müssen, dass ich wieder zu denken beginne. Es tut mir so leid, Tom! Du hast eine grauenvolle Mara kennen gelernt. Peinlich, echt. … Und … ich schäme mich dafür. … So, das habe ich dir erklären wollen. Jetzt nehme ich meinen Koffer und fliege wieder nach Hause. Danke dir nochmal. Auch dafür, dass du mich gestern ins Bett gebracht hast.«

Ich schaue zu Boden und lobe mich innerlich für meinen Mut. Leicht ist mir das nicht gefallen, aber es hat einfach sein müssen.

Mein Bauch grummelt, als hätte er Einwände. Aber ich weiß, dass es richtig ist, zu gehen.

Tom starrt aufs Meer.

»Mara, um ehrlich zu sein, so etwas in der Art habe ich schon vermutet. Weißt du, ich bin Schauspieler. Ich achte auf die Körpersprache. Und bei dir wusste ich sofort, dass du hinter der heiteren Fassade sehr unglücklich bist. Doch genau diese Frau, die verletzlich ist, hat mich …«

Ich lege behutsam meine Hand auf seinen Unterarm.

»Lass gut sein, Tom. Es ist besser, wenn wir beide wieder unserem eigenen Leben nachgehen. Unsere Leben passen doch nicht zueinander. Ich lebe in Wien und du irgendwo. Du bist ein Superstar und ich ein Niemand.«

»Moment noch, Mara. Also wirklich. Nicht so schnell. Vielleicht hast du recht, vielleicht auch nicht. Fakt ist, der Unsinn mit Superstar und Nobody stimmt auf keinen Fall. Ich erzähle dir etwas. Dafür muss ich aber ein wenig ausholen, ist das okay für dich?«

»Natürlich.«

»Setz dich doch etwas näher zu mir? Bitte?«

»Na gut.«

Er zieht meinen Stuhl ganz nahe an sich heran und nimmt meine Hand. Und schon wieder strömen Wärme und dieses dämliche Ich-fühl-mich-dir-so-nahe-Gefühl durch mich hindurch.

»Sieh mal, Mara. Als ich ein kleiner Junge war, da sagten sie über mich, ich sei hübsch, intelligent und super-schüchtern. Das hat dazu geführt, dass ich Verhaltensweisen an den Tag gelegt habe, die meine Lehrer in Rage versetzt haben. Später dann, in der Pubertät, ist es noch schlimmer geworden. Ständig wollten sie von mir Präsentationen vor allen oder Ähnliches. Ich habe alles verweigert. Zwischendurch habe ich sogar auf den regelmäßigen Schulbesuch verzichtet.«

Am liebsten würde ich ihn in die Arme nehmen. Aber ich halte mich zurück. Trotzdem spielt er mit meinen Fingern.

»Aus purer Verzweiflung heraus ist meine Mutter auf die Idee mit diesem Schauspiellehrer gekommen. Er sollte mir helfen, mit meiner Panik, vor anderen Menschen den Mund aufzumachen, fertig zu werden. Anfangs wollte ich mit ihm natürlich nichts zu tun haben. Aber nach einer Weile haben wir uns angefreundet. Wir haben miteinander zu arbeiten begonnen.«

Er lächelt mich an. Ich sehe ihn noch immer als kleinen, süßen, introvertierten Buben vor mir und kann diesen Jungen in seinen Augen sehen.

»Wir haben Thomas als Rolle entwickelt. Er war mutig und liebte die Bühne. Er hielt meine Vorträge in der Schule. So, dass sie mir sogar Spaß machten. Nun, wie diese Geschichte ausgegangen ist, weißt du ja mittlerweile. Dieser Lehrer war der Grund für meinen Eintritt an der Schauspielschule. Thomas ist jetzt Aiden. Aber es gibt auch noch Tom. Auch wenn für Tom immer weniger Platz in meinem Leben bleibt …«

Ich kann es fühlen. Noch ein paar Sätze mehr, und ich packe ihn ein und nehme ihn mit nach Hause. Was macht er da mit mir?

»Mara, ich werde vierzig. Möglicherweise ist das mit ein Grund für mein Verhalten. Oder aber, es ist einfach nur dieser innere Wunsch, dass Tom wieder mehr Raum in meinem Leben bekommt. Was es auch ist, nur Aiden zu sein, macht mich nicht glücklich. Auch Aidens Frauen machen mich nicht glücklich. Ich muss selbst erlauben, wieder Tom zu sein. Und bei dir Mara, da hatte ich von der ersten Sekunde an das Gefühl, einfach nur Tom sein zu können.«

Er sieht mich nicht an.

Wir sind an einem sonderbaren Punkt angelangt.

Beide. Das spüre ich, sogar meine Augen sind feucht. Seine Superstar-Aura ist wie weggeblasen, ersetzt durch einen sensiblen und verletzlichen Tom. Einen, den ich nur mehr umarmen und küssen möchte.

Genau so habe ich mir den Märchenprinzen an meiner Seite immer vorgestellt. Als Erwachsene und sogar schon als Teenager. Es hilft nicht, wenn ich mich selbst belüge, Tom vereint einfach alle meine geheimen Wünsche an einen Mann in sich.

»Ach Tom!«, seufze ich.

Wohin soll uns das hier führen?

Gerade habe ich mich noch einmal so richtig in ihn verliebt.

Bewusst. Und ganz und gar ohne den Einfluss flüssiger Drogen. Und trotzdem weiß ich gleichzeitig, dass das nie funktionieren wird. Also *muss* ich ihn gehen lassen. Ob mir das passt oder nicht.

»Mara, ich möchte nicht, dass wir so auseinandergehen. Jetzt schon gar nicht mehr.«

Er lässt meine Hand los. Fährt sich verlegen und irgendwie verunsichert durchs Haar. Aber er sieht zum Anbeißen aus.

Was soll ich nur tun? Sagen?

So ein Mist aber auch.

»Mara, ich bitte dich, lass es uns miteinander versuchen.«

Mein Herz setzt aus.

Wirf dich ihm an den Hals!

»Tom, mein Flugzeug geht in zirka vier Stunden. Ich muss los.«

Er ist schockiert. Seine Augen flackern.

Ich hasse mich. Aber habe ich eine Wahl?

Das mit uns wird niemals gutgehen. Und die Vernünftige zu geben, das beherrsche ich. Jahrelanges Training.

»Und ich kann dich nicht überreden, deinen Aufenthalt hier noch ein wenig zu verlängern? Uns eine Chance zu geben?«

»Tom, ich glaube, das wäre keine so gute Idee.«

Ich kann mir selbst kaum zuhören.

Die Kühle in Person. Richtig scheußlich, und ihm geht es auch nicht gut damit. Das spüre ich deutlich. Er sagt ja nicht einmal mehr *Baby* zu mir.

»Schade. Das ist wirklich schade, Mara«, flüstert er.

Ich sehe ihn besser gar nicht an.

Tom steht auf. »Okay, ich respektiere deine Entscheidung, Mara. Aber was hältst du davon, wenn wir wenigstens noch einmal zum Strand hinunter gehen?«

»Auf Wasser und einen Lunch?«, fügt er etwas gezwungen lächelnd hinzu.

Henkersmahlzeit?

Ich muss mich sammeln. Mir tut alles weh. Mein Brustkorb fühlt sich zu eng an.

Aber es geht nicht anders. Das mit uns kann nur ein Ende haben. Nämlich das, dass ich wieder alleine dasitze und ihm jahrelang nachweine.

Ich atme durch.

»Okay. Meinen Koffer könnte ich am Empfang abgeben und anschließend mit dem Taxi zum Flughafen fahren.«

»Wunderbar. So machen wir das. Noch etwas Mara, wenn wir jetzt hinuntergehen, dann ist es anders als am Montag. Nun wissen alle, dass ich hier bin. Und das ist immer schlimm. Nun geht Aiden mit dir an den Strand.«

»Kein Problem.«

Ich habe gerade die Chance meines Leben geopfert. Was kann es Schlimmeres geben?

Viel schwieriger wird es, standhaft zu bleiben. Im Millisekundentakt würde ich am liebsten schreien, ›Ja Tom. Bitte, lass es uns versuchen! Ich weiß, dass ich dich will und nichts anderes.‹

Was sind da ein paar kreischende Girls? Ehrlich, ich habe viel größere Probleme als diese Kinkerlitzchen.

Ich muss versuchen, Tom einfach nur als Freund zu betrachten.

Genau.

So wie Sanni. Und mit meinem Sanni-Tom gehe ich jetzt auf einen Lunch. Dann werden sich unsere Wege wohl oder übel für immer trennen.

Himmel!

Mir krampft sich mein Magen zusammen und ich hätte durchaus schon wieder Lust auf ein Glas Alkohol. Böse.

Aber da muss ich jetzt durch. Ich reiße mich zusammen und setze mir meine Sonnenbrille auf.

»Komm, ich bin gerüstet«, scherze ich.

Ob es bei Tom auch so ankommt, weiß ich nicht. Er hat irgendwie eine undurchschaubare Miene aufgesetzt.

»Warte, gib mir eine Minute, dann bin ich es auch«, meint Tom lakonisch. »Und Mara, wir können da nicht alleine hinunter. Zwei meiner Security-Leute werden dabei sein, Any auch.«

Mir ist zum Heulen. Ums Eck ist sein Bett. Warum sind wir nicht dort gelandet?

»Was? Muss das sein, Tom?«

»Muss es. Aber das Gute ist, keiner von ihnen versteht Deutsch. Wundere dich nur nicht, wenn Any zwischendurch den Arm um mich legt, oder so. Das ist ihre Rolle.«

Er wirkt ein bisschen verloren. Oder gar traurig?

Oh Hilfe! Kann es denn hier nicht einfach zu Ende gehen?

Ich fliege nach Hause, bin ein bisschen enttäuscht und lebe mein Leben so wie bisher?

Das ist untertrieben, weiß ich. Natürlich werde ich unendlich enttäuscht sein. Schließlich bin ich schon jetzt mit den Nerven am Ende.

Tom legt die Arme um meinen Nacken und zieht mich an sich.

»Mara, bitte. Gib mir eine Chance. Gib uns doch eine Chance. Zumindest eine kleine? Ja?«

Ich sehe ihm in diese mich durchbohrenden Augen.

Will ich das? Ihm eine Chance geben?

Natürlich will ich das.

Aber nein, das geht nicht.

Ich sehe da null Möglichkeiten für eine ernsthafte Beziehung zwischen uns. Das einzige Resultat wäre eine am Boden zerstörte Mara. Gebrochenes Herz inklusive. Und vermutlich würde ich mir dann eine Katze kaufen, statt je wieder einen anderen Mann anzusehen.

Vielleicht ist eine Katze eh die bessere Lösung. Ich habe mir schon immer eine gewünscht.

Was denke ich denn für einen Schwachsinn zusammen?

»Tom. Können wir es nicht als Freunde versuchen?«, schlage ich ihm ganz leise vor.

Nach wie vor fixiert er meine Augen. Was liest er in ihnen?

»Okay, Mara. Aber Freunde telefonieren, Freunde schreiben sich hin und wieder eine SMS und Freunde sehen sich. Oder verstehe ich unter Freundschaft etwas anderes als du?«

Mir verschlägt es wieder einmal die Sprache. Also wenn ich das richtig verstehe, dann will er, dass wir auch weiterhin Kontakt haben.

Hm. Spricht etwas dagegen?

Ja, nämlich dass du dich in ihn verliebt hast, brüllt diese vorlaute Stimme in meinem Kopf.

Sei ruhig, zische ich geistig. Ich bin erwachsen, ich kann das durchziehen.

Sicher doch. Na, das schaue ich mir nur zu gerne an. Aber eines sage ich dir, wenn du dann wieder zum Saufen anfängst, spreche ich kein Wort mehr mit dir.

»Ja, Tom. Ich verstehe unter Freundschaft dasselbe. Aber ehrlich, wie soll das laufen, wenn wir schon für einen Ausflug an den Strand deine Entourage mitschleppen müssen?«

»War ich im Flugzeug nach Barcelona alleine? Und dann, am Abend, als wir aus waren?«

»Ja, okay, warst du.«

»Siehst du. Dann lass mich mal machen. Vertraue mir einfach. Ich weiß genau, wann Aiden auf den Plan tritt und wann Tom.«

Sanft küsst er mich auf die Stirn.

»Komm, Aiden geht mit dir an den Strand, und Tom wird mit dir heimlich noch eine Runde quatschen und lachen. Ist das eine Idee?«

»Ja, das ist eine gute Idee. So machen wir das.«

Fühlt sich so das Ende an?

Kann nicht sein. Das hier hat etwas von Beginn. Ich fühle mich plötzlich richtig leicht.

Bin ich am Durchdrehen?

Tom nimmt sein Handy vom Tisch und telefoniert. Offenbar mit seinen Bodyguards. Er gibt ihnen klare Anweisungen und erklärt ihnen auch, dass Any mitmüsse.

Kurz verschwindet er im Schlafzimmer, kommt in zerschlissenen Jeans wieder, T-Shirt, wieder einmal mit Hut und Sonnenbrille.

Schade, jetzt sind seine Augen verdeckt, aber er sieht trotzdem einfach göttlich aus.

Und ja, es tut meiner Seele gut, mit diesem Traumtypen an den Strand in ein Café zu gehen. Auch wenn mein Herz laut schreit, *warum sagst du Trampel eigentlich Nein zu diesem Wahnsinns-Mann*?

Dennoch spüre ich jetzt eine gewisse Distanz zwischen uns. Obwohl wir viel mehr voneinander wissen als zuvor und dichter am wahren Kern unserer Wesen sind. Verwirrend.

Ich fühle mich ihm innerlich näher und doch scheint er jetzt ungreifbar geworden zu sein.

»Mara, können wir?«

»Ja, Tom.«

Kurz darauf treffen wir sie alle in der Lobby. Die zwei Männer von gestern, heute unauffällig in Jeans und T-Shirts, und Blondchen, in einem hinreißenden, bodenlangen Kleid und Flip-Flops.

Tom stellt sie mir vor: Jason, Will und Any.

Verschwörerisch lächelt mich Any an und meint, »Don't worry, Mara. We're going to rock the beach. And ... trust me, dear.«

Ja, ja, ich vertraue ihr eh, aber das ist auch unwichtig.

Ich flüstere ihr zu, dass Tom ja nur ein Freund ist.

Klar, und ich bin Gott, oder was?

Argh!

Any zieht ihre Sonnenbrille hoch und schaut mir in die Augen.

»Just friends? Mara, he has never done anything like that before!«

Himmel!

Dann hat er das halt noch nie zuvor gemacht. Es gibt für alles ein erstes Mal. Hoppla, wovon reden wir eigentlich? Er ist noch nie auf einen Kaffee an den Strand gegangen? Ich frag Any, was sie eigentlich meint.

»Falling in love. Head over heels«, flüstert sie.

Mein Herzschlag setzt aus.

Noch immer.

Gut, da ist er wieder. Mein Hirn auch.

Mit festem Blick schaue ich ihr in die Augen.

»Any, we are just friends. For sure.«

Any lächelt vielsagend.

Na meinetwegen. Sie darf ja denken, was sie möchte. Trotzdem kribbelt mein gesamter Körper auf eine sehr unanständige und nicht jugendfreie Art und Weise.

Das muss ich jetzt ausblenden.

Tue ich auch.

Im lockeren Gänsemarsch, wie eine Runde alter Freunde, zockeln wir an den Strand.

Anscheinend wurde für uns eine große Loungegarnitur im Sand reserviert.

Ich muss zugeben, geschickt gemacht. Die Sonnensegel sind so aufgestellt worden, dass man kaum sehen kann, wer in den Sofas mit den hohen Lehnen sitzt.

Wie komme ich mir vor?

Ich weiß es ehrlich nicht. Einerseits könnte ich Tom die Kleider vom Leib reißen, andererseits weiß ich, dass das hier nicht mein Leben sein kann.

Leider.

***

Vor lauter Plaudern und Lachen hätte ich fast die Zeit übersehen! Es ist jetzt halb drei, und ich muss dringend zum Flughafen. Bei diesem Gedanken fühle ich mich schwer. Und vorauseilend traurig.

Aber ich ziehe das durch. Ich habe ja gar keine Wahl.

Und vermisse Tom bereits jetzt ganz furchtbar.

Über alles Mögliche haben wir gesprochen. Noch einmal über seine verrückte Schulzeit, seine Anfänge im Schauspielgeschäft, meinen Job, meine völlig unaufgeregte Kindheit und Jugend. Auch über unsere besten Freunde haben wir uns gegenseitig ins Bild gesetzt. Lustig, auch er hat einen Freund in Wien: Fahri.

Das Schlimme ist, alles mit ihm fühlt sich so vertraut an.

Und genau jetzt muss ich nach Hause fliegen.

Tom schaut auch nicht allzu glücklich aus. Er hat mir ja schon gesagt, dass er mich nicht zum Flughafen begleiten kann, obwohl er es gerne möchte. Und wie zur Bestätigung, wie wahnsinnig die Welt von Aiden ist, zeigt er mir zwei Paparazzi. Sie lungern vor uns am Strand herum und tun so, als ob sie irgendetwas fotografieren würden.

Ich zweifle nicht daran, dass dem nicht so ist. Natürlich machen sie Fotos von Aiden. Und es schockiert mich. Und neben uns kichern irgendwelche Girls in sich hinein. Also ist dieser ganze Zinnober hier berechtigt.

Diese Fotografen sind auch der Grund dafür, dass unsere Verabschiedung beinahe kühl ausfällt. Während Any mich herzlich an sich zieht und mir ein, »See you« flüstert, steht Tom etwas hölzern neben mir. Dann nimmt auch er mich kurz in die Arme und drückt mir ein Küsschen rechts und eines links auf die Wange. Freundschaftlich eben.

»Du erinnerst dich Mara, wie Freundschaft für mich aussieht?«, fragt er mich.

»Ja, tue ich.«

»Baby, ich lasse dich ungern gehen. Aber hab einen guten Flug und bis bald!«

Meine Knie geben nach.

Oder ist es der Sand, der nachgibt?

»Ja, danke Tom. Bis bald.«

»Warte, wie heißt du auf Facebook?«

»Tamara Dohm, wieso?«

»Gut, weil dir ein gewisser Sam Mot eine Freundschaftsanfrage schicken wird.«

Das muss kurz sickern. Dann lache ich laut auf.

»Lustig dein Pseudonym! Sehr gelungen Tom.«

»Ja, finde ich auch. Also, take care, Baby.«

In seinen Augen glitzert es kurz. Wie ein Gletscher, der in der Sonne funkelt. Auch ich habe Tränen in den Augen, doch ich muss los.

Ich drehe mich um und gehe in Richtung Hotel.

Und nein, ich werde nicht zurückblicken.

Will geht hinter mir. Tom hat ihn mir mitgeschickt.

Und der gute Will holt meinen Koffer vom Hotel. Ich warte vor dem Eingang. Nun packt er mein Gepäck und anschließend mich in eine Limousine.

Er chauffiert mich zum Flughafen.

Mit jedem Meter, den wir uns vom Zea entfernen, fühle ich mich schwerer. Verlorener.

Mir egal, was er denkt. Tränen rinnen meine Wangen herunter.

Ich kann mit Will keinen Smalltalk führen.

Sorry, Will.

Aber meine Gefühle befinden sich auf einer Achterbahnfahrt. Doch mein Kopf weiß, dass es richtig war, was ich getan und gesagt habe.

Wenn mein Herz nur nicht so laut jammern würde.

Das Lokal

Donnerstag

War das ein Wahnsinn im Büro!

Wenigstens ist bei Sonja alles gut gegangen, und sie hat gestern ein gesundes Mädchen zur Welt gebracht. Nina. Walter wäre vor lauter Stolz heute fast geplatzt. So herzig, wie sehr er sich freut.

Der Rest war eine Qual.

Ich gehe die Stufen von der U-Bahn-Station hinauf.

Grauer Himmel.

Wie passend.

Mir ist kalt. Und eigentlich habe ich gar keine Lust, nach diesem langen Arbeitstag ins Tino's zu gehen.

Aber Barcelona war gestern. Tom auch.

Falsch. Tom war heute Morgen. In meinem Traum.

Heiß.

Leidenschaftlich.

Hach, ich darf nicht daran denken.

Am liebsten würde ich mich daheim verkriechen.

Aber Tini und Sanni würden mich köpfen, wenn ich jetzt nach Hause abbiege.

Demnach bleibt mir nichts anderes übrig, als im Stil von Miss Aufziehsoldat ins Lokal hineinzumarschieren. Wunderbar.

Das ist mein Leben.

Immer brav pflichtbewusst sein.

Und über die schönen Seiten des Lebens ... lese ich!

Die beiden sitzen bereits an unserem Stammtisch und grinsen mir voller Erwartung entgegen.

Eh klar.

Habe ich ernsthaft etwas anderes erwartet?

»Mara, Principessa, endlich!«

Sanni herzt und küsst mich wie immer: Wange links, Wange rechts, mitten auf den Mund.

Tini schließt sich ihm an.

Ohne Mund natürlich.

»Hallo Mara! Ich habe schon gedacht, du kommst gar nicht mehr!«

»Tini, glaubst du, ich bin eine Selbstmörderin?«, frage ich sie betont locker.

»Nein, eh nicht. Weil wir beide nämlich sonst zu dir nach Hause gekommen wären. Also, schieß los.«

»Hallo, jetzt lasst mich einmal Luft holen. Ach, und ich hätte gerne ein Cola Zero, wenn es geht, bitte.«

Sanni hüpft auf und holt es gleich selbst, obwohl er heute frei hat.

Tini mustert mich.

»Hier bitte, aber jetzt leg los, sonst muss dein geliebter Sanni vor lauter Neugierde sterben, Engelchen. Und das willst du doch nicht, oder?«

»Ja Mara, ich will auch alles über diesen Tom wissen! Und ich will auch wissen, was die Nachrichtensperre zu bedeuten hatte? Wolltest du mich informationstechnisch versauern lassen, oder was?«

Jetzt muss ich laut lachen. Ja, so sind sie, meine zwei besten Freunde. Sie bekennen sich offen zu schonungsloser Neugierde. Nichtsdestotrotz, selbst das mag ich an ihnen.

»Mmh, ich weiß gar nicht, wo ich anfangen soll?«, beginne ich sachte.

Sanni kann sich kaum halten und wetzt unruhig auf seinem Stuhl hin und her.

»Willst du Sanni fertigmachen, Engelchen? Ich weiß von meinem Mäuschen, dass du deinen Traummann getroffen hast. So, und jetzt weißt du nicht, wo du anfangen sollst? Ich sage es dir. Fang damit an: Wie sieht er aus? Hat er einen Knackarsch? Ist er gut im Bett? Meint er es ernst mit meinem Engelchen? Das interessiert deinen Sanni, und darauf will ich jetzt dringend Antworten hören.«

»Ich auch«, stimmt Tini ihm zu.

Ich habe es gewusst. Da muss ich durch.

Am besten schnell und schmerzlos.

»Also Leute, die Kurzfassung ist die: Ich bin am Montag Nachmittag in einem Lokal am Strand gesessen. Beim Hinausgehen stolpere ich einem Mann in die Arme. Er hat sich als Tom vorgestellt. Und na ja, dann haben wir Rotwein getrunken und geplaudert. Ich gebe auch zu, dass er einfach unglaublich toll aussieht. Dunkles Haar, blitzblaue Augen, athletischer Body, riesengroß und ja Sanni, er hat einen begehrenswerten Knackarsch. Auf jeden Fall wollte er mir unbedingt Barcelona zeigen, weil er es so gut kennt und ich gar nicht. Nach unserem Streifzug durch die Stadt hat er mich mit dem Taxi zurück zum Hotel gebracht. Und dort, also da haben wir uns dann geküsst. Das war es dann aber auch schon.«

An dieser Stelle muss ich einfach eine kurze Verschnaufpause einlegen und einen Schluck Cola trinken.

Die beiden starren mich aber so an, dass ich mich beinahe verschlucke. Sanni pfaucht, »Weiter, bitte!!!«

»Jetzt sei nicht so streng mit mir. Aber okay. Also am nächsten Tag war ich dann mit diesem Stanton wegen des Interviews unterwegs. Und zum Abschluss gab es das neue Werbevideo mit diesem Hollywoodstar. Und jetzt ratet Mal, wen ich da auf der Leinwand erblickt habe?«

Die beiden schauen mich an, als seien sie in einem Krimi gelandet.

»Na, was glaubt ihr?«, frage ich nochmals, denn es herrscht Stille.

»Was, wen? Keine Ahnung, Mara«, murmelt Tini.

Sanni schüttelt ebenfalls den Kopf.

»*Tom* natürlich! Bildfüllend auf der Leinwand! Er ist nämlich Aiden Trenton!«

So, diese Information soll sich einmal kurz durch ihre Hirnwindungen kämpfen. Ich nehme mir ein paar Nüsse aus der Schale. Wenn die Sache nicht insgesamt so traurig für mich wäre, würde ich mir spätestens jetzt einen Riesenspaß aus der Story machen. Kann ich aber nicht.

Tom fehlt mir ganz furchtbar. Obwohl ich ihn doch erst so kurz kenne.

Sanni fängt sich als Erster.

»Moment, du verarscht uns jetzt, oder?!«

Auch Tini steigt ein mit: »Haha Mara, das ist ja sehr witzig! Ich kenne ja deine Fantasie, aber ehrlich, wir wollen wissen, was da wirklich in Barcelona abgelaufen ist.«

»Hallo! Das ist die Wahrheit. Der Tom, der mir über den Weg gelaufen ist, ist Aiden Trenton. Das ist nämlich sein Künstlername. Und na ja, genau das ist auch das Problem. Es geht doch nicht, dass ich mich in so jemanden verliebe. Echt nicht.«

Missmutig starre ich Löcher in die Tischplatte. Sie trägt nämlich auch rein gar nichts zu meiner Aufmunterung bei.

»Pah! Das ist ja der blanke Wahnsinn! Du und Aiden Trenton! *Der* Aiden Trenton mit dem geilsten Hintern der Filmgeschichte?!«, stößt Sanni hervor.

»Ja Sanni, er ist *der* Aiden Trenton. Das mit dem geilsten Hintern stimmt vermutlich auch.«

»Mara, Mara. Mit der Geschichte schießt du aber echt den Vogel ab. Aber ehrlich, ich sehe das Problem mit euch beiden nicht«, gesteht Tini.

Sanni ringt mit sich und seinen Händen.

»Oh mein Gott, oh mein Gott, oh mein Gott! Aiden! Meine Ikone. Der Traum meiner schlaflosen Nächte. Der Hero aller Schwulen.«

Er schüttelt den Kopf so heftig, als würde er gleich dem ultimativen Irrsinn anheimfallen. Es sieht sogar so aus, als müsse er unglaubliche Qualen erleiden.

»Sanni, ich bitte dich. Reiß dich zusammen. Er ist auch nur ein Mensch«, schieße ich ihn an.

»Ein Mensch? Mara, du hast keine Ahnung! Ich vergöttere diesen Typen. Sanni würde ihm die Füße küssen, wenn er das nur wollte! Aiden Trenton könnte alles von mir haben. Und wenn ich sage alles, dann meine ich auch wirklich *alles*!«

Tini verdreht die Augen.

Ich schlage mir die Hände vors Gesicht.

»Sanni, wieso ist Aiden die Ikone aller Schwulen?«

Diese Frage ist mir gerade spontan eingefallen, weil ich sein Getue nicht nachvollziehen kann.

»Wo lebst du nur, Engelchen? Dieser Mann hat den Oscar für die Hauptrolle in *Forbidden Life of Marc* bekommen, in dem er einen schwulen Footballspieler mimt, der von seinem Manager gezwungen wird, eine Scheinehe einzugehen. Am Ende bringt er sich dann gemeinsam mit seinem Freund um. Hallo, sag gehst du nie ins Kino?«

Sanni ist persönlich beleidigt und gibt die Diva.

»Sanni, okay, den Film kenne ich nicht. Ich kenne gar keinen Film mit ihm. Aber das ist auch egal. Trotzdem ist er Tom und aus.«

»Mara, nichts ist aus. Ich will ihn sehen, zumindest anhimmeln dürfen, von mir aus auch nur ein Autogramm von ihm bekommen. Aber mit seinem Bild drauf«, jault Sanni daher.

Jetzt reißt mir aber der Geduldsfaden.

»Sanni!«, zische ich, »Ich will kein Autogramm von ihm und du auch nicht, ist das klar?«

Sanni ist sturzbeleidigt und schaut weg.

Egal.

Ich fange Tinis eindringlichen Blick ein. Sie schaut mich nahezu entgeistert an, fängt sich aber wieder.

»Okay, also du willst also nichts von diesem Aiden?«

»Tini, ich kann doch nicht ernsthaft eine Beziehung mit einem Schauspieler eingehen! Ich wohne hier in Wien. Und ich habe einen Beruf und ein Leben hier. Was bitte soll ich mit Aiden, tausend Bodyguards, seiner Pseudofreundin und all dem anderen Schnickschnack? Und wie glaubst du, sehe ich neben ihm am roten Teppich aus?«

Sanni verschluckt sich an seinem Prosecco.

»Sag einmal, spinnst du jetzt vollkommen? Willst du uns erklären, *du* wolltest den Typen nicht? Und er wollte dich etwa schon?«

»Genau so war es«, sage ich trotzig.

Auch Tini nimmt einen Schluck Prosecco. Ich trinke Cola, da ich ja gerade heroisch auf Alkohol verzichte.

»Mara! Bitte sag, dass das nicht wahr ist!«

»Was Tini?«

»Dass du so einen Mann triffst, er sich noch dazu offensichtlich auf den ersten Blick in dich verliebt, und du dich in ihn auch, und dann ziehst du, sorry für den Vergleich, den Schwanz ein?«

»Doch, das trifft es ganz gut. Nur habe ich nicht den Schwanz eingezogen. Vielmehr bin ich noch rechtzeitig zu mir gekommen. Welche Art von Zukunft sollte ich eurer Meinung nach mit Aiden Trenton schon haben?«

»Oh, da fällt mir einiges ein, Schätzchen. Jede Menge heißen Sex, die coolsten Partys dieser Erde, eine Wildcard für alles und jedes auf dieser Welt und noch einmal, den *Sexiest Man Alive* an deiner Seite. Aber du hast recht. Wir sind einfache Menschen, wir brauchen das alles gar nicht!«

Sanni scheint die Sache persönlich zu nehmen und schaut nun richtig, richtig beleidigt aus.

»Ausnahmsweise muss ich mich Sannis Meinung anschließen, Mara.«

»Seid ihr beide verrückt? Denkt einmal nach. Wie soll das überhaupt ablaufen, eine Beziehung zwischen Hollywood und Wien? Alleine wie das schon klingt! Und wie ernst glaubt ihr, nimmt mich, Mara-Durchschnitts-Frau, so ein Superstar wie Aiden? Klar, der wird mich als die Liebe seines Lebens betrachten und heiraten wollen. Aber sicher doch! Dass ich nicht lache. Wacht doch einmal auf. Wir leben hier in der Wirklichkeit und nicht im Kitschfilm.«

Ich bin fast ein wenig verzweifelt.

Verstehen Sanni und Tini denn gar nichts? Kapieren sie nicht, dass ich die Reißleine ziehen musste? Dass meine Alternative nur voraussehbarer Liebeskummer der übleren Sorte lautet? Und darauf kann ich wirklich verzichten, zumal es mir bereits nach nur zwei Tagen mit Tom miserabel genug geht.

»Mara. Vielleicht erzählst du einmal die ganze Geschichte?«, bittet mich Tini.

»Bitte, wenn du willst. Nachdem ich also erfahren habe, wer Tom ist, bin ich aufs Zimmer und habe eine Runde heulen müssen. Zu allem Überfluss habe ich ihn dann sogar aus dem Fernseher strahlen sehen. Mit einer Blondine an seiner Seite. Mehr habe ich in dem Augenblick nicht gebraucht. Aber ich habe mich wieder aufgerappelt und bin noch zur Party der Computerfirma. Und wieder sehe ich ihn, mit derselben Frau und zwei Bodyguards. Ich war so wütend! Und patsch, wer sitzt Stunden später am Boden vor meiner Tür?«

»Tom.«

»Aiden.«

»Genau. Beides richtig. Und einer von beiden hat meinen Rausch ausgenutzt und mich dazu überredet, mit ihm in seine Suite zu gehen. Und na ja, da ist mir dann schlecht geworden, und ich hab sein Designerklo vollgekotzt.«

»Was? Du hast dich schon wieder übergeben müssen? Sag einmal, du hörst aber auf der Stelle wieder mit der

Trinkerei auf, Mara. So kenne ich dich ja gar nicht! Einmal alle heiligen Zeiten, okay, aber das?«

»Ja ja, Tini. Keine Sorge, wie du siehst, trinkst gerade du den Prosecco, nicht ich.«

»Ich betrinkt mich ja auch nicht so hemmungslos wie du«, verteidigt sich Tini.

»Könnt ihr bitte aufhören zu streiten? Ich will wissen, wie es weitergeht«, wirft Sanni entnervt ein.

»Kannst du haben. Also, am nächsten Morgen habe ich mich geschämt. Nach dem Duschen habe ich dann versucht, Tom zu erklären, dass wir beide keine Chance haben. Ich glaube, er sieht das in Wahrheit auch so. Allerdings sind wir dann trotzdem samt Security-Typen und Any an den Strand gegangen. Dort haben wir uns am Nachmittag voneinander verabschiedet. Also unser Status lautet wohl einfach nur Freunde.«

»Moment mal, wer ist Any?«

Tini scheint etwas irritiert zu sein.

»Auch eine Schauspielerin, aber sie ist tatsächlich nur eine gute Freundin von Tom.«

»Aha.«

»Was ist denn das für eine Memme?«, will der fassungslose Sanni wissen. »Das kann ja nicht sein. Wollte der dich jetzt oder nicht? Irgendwie kapiere ich gar nichts mehr.«

»Ich auch nicht ganz. Aber ich glaube, er war mit der *Wir-bleiben-Freunde-Vereinbarung* ganz zufrieden. Und ich nehme mal an, dass selbst das nicht stattfinden wird.«

»Hast du seit gestern etwas von ihm gehört?«, fragt Tini im Verhörston.

»Ja, schon«, murmle ich.

»Na, was jetzt?«

»Na ja, wir sind jetzt auf Facebook befreundet. Am Abend hat er mir eine Nachricht geschickt.«

»Die da lautet?«, will Tini wissen.

»Oh, also er hat geschrieben ...«

Ich zücke mein Handy und öffne Facebook.

»Also. Hi Mara! Der Nachmittag mit dir heute war wunderschön! Mir hat es wirklich leidgetan, dass du so schnell abreisen musstest. Morgen fliege ich in die Staaten zurück. Aber Baby, in Gedanken bin ich bei dir! Ich umarme dich und wünsche dir schöne Träume ... Dein Tom.«

Beide schauen mich fassungslos an.

»Und du meinst, ihr habt nichts miteinander und selbst aus einer platonischen Freundschaft kann nichts werden? Mara, das ist Realitätsverweigerung der übelsten Sorte«, schnaubt Tini.

»Oh, der ist ja soo süß! Ich wusste es, mein Aiden ist ein Guter«, mischt sich Sanni ein.

Ich Idiotin! Warum habe ich das vorgelesen?

Ich packe mein Handy weg.

»Nein, wir sind bloß Freunde. Das ist alles. Und Sanni, denk mal nach, wie du mich immer nennst!«

»Aber das ist etwas ganz anderes.«

»Ist es nicht. So, und jetzt werde ich euch verlassen, ich bin nämlich immer noch saumüde von der Reise.«

»Kein Problem, wir sehen uns ja am Samstag. Lass dich drücken, Engelchen. Und vergiss nicht, ich liebe dich trotzdem!«

Schon schmatzt Sanni mich ab.

Bezahlen lässt er mich auch nicht. Wie immer.

Tini umarmt mich und meint noch, »Na, dann schlaf dich aus, meine Liebe. Aber eines sage ich dir, das letzte Wort wegen Tom und dir ist zwischen uns noch nicht gesprochen. Ach ja, und am Samstag musst du mir dann wegen Steve zuhören? Abgemacht?«

»Abgemacht! Habt noch einen schönen Abend.«

Ich mache einen Abgang.

Irgendwie hat mir das nicht gut getan, die Nachricht von Tom vorzulesen. Irgendein Teil von mir will nämlich ebenfalls nicht wahrhaben, dass wir nur Freunde sein sollen. Dieser innerliche Waschlappen wünscht sich viel mehr von ihm. …

Viel, viel mehr …

Der Abend

Vier Wochen später ...

Uff, Tini, Steve und Sanni ziehen die Türe hinter sich zu.

Ich gehe zurück ins Wohnzimmer und werfe mich auf mein Sofa.

Null Uhr siebenundzwanzig!

Wenigstens ist es Freitagabend und ich kann mich morgen ausschlafen.

Vor mir steht noch mein letztes, volles Glas Wein. Das schnappe ich mir vom Tisch, hole nach einem Schluck mein iPad und gehe online.

Ich scrolle ein wenig durch irgendwelche Nachrichten. Was mache ich mir hier eigentlich vor? Das Ziel ist doch klar: Tom soll mit mir skypen.

Das ist mittlerweile so etwas wie unser Ritual geworden. Abends, also zumindest auf meiner Seite der Welt, skypen wir. Doch ich warte immer, bis er mich anruft.

Ich will ja nichts von ihm.

Sicher, und ich glaub ans Christkind, quatscht meine innere Stimme ungefragt.

Sei still, brumme ich geistig zurück.

Ah, da ist er ja schon!

»Hi, Babe. Wie war dein Abend mit Tini und Sanni?«

»Oh, hallo Tom! Na ja, lustig wie immer. Und Steve ist echt ein Supernetter. Gott sei Dank. Also alles bestens. Sanni geht es auch gut.«

»Prima! Schade, dass ich nicht mit von der Partie war.«

»Du bist in L.A. mein Lieber!«

»Ja, bin ich, und ich vermisse dich!«

Ich könnte mich in seine Stimme hineinlegen. Doch bevor ich ihr auf den Leim gehe, nehme ich mich zusammen.

»Tom! Das sagst du jeden Abend. Aber wir haben uns doch geeinigt, dass ich *nur* eine Freundin bin. Und die vermisst man nicht.«

»Mara, hör auf. Wir wissen beide, dass du nicht *nur* eine Freundin für mich bist. Ich bin vielleicht *nur* ein Freund für dich, okay. Aber umgekehrt stimmt das nicht.«

»Lass uns nicht streiten, Tom. Wie war dein Tag? Wie war der Dreh?« ...

***

Resigniert schalte ich das iPad ab.

Wie lange haben wir jetzt wieder geskypt? Mindestens eine Stunde?

Es ist immer dasselbe. Während wir miteinander sprechen, fühle ich mich energetisiert und wie das blühende Leben. Kaum lege ich auf, bin ich traurig und einsam. Überhaupt denke ich andauernd an ihn. Warum muss er ausgerechnet ein Weltstar sein? Auf der anderen Seite der Erdkugel leben? Alles könnte so einfach sein.

Aber das ist halt so.

Jammern bringt nichts.

Ich lasse die Unordnung im Wohnzimmer sein und trotte in Richtung Schlafzimmer. Irgendwie kann ich nicht ohne Tom, aber mir sagt mein Verstand, dass es auch kein mit ihm geben wird. Also, was bleibt mir anderes übrig, als ihn ständig daran zu erinnern, dass es kein *uns* gibt?

Obwohl?

Wünschen würde ich es mir schon.

Sehr sogar.

Mara, was willst du von ihm? Such dir einen netten Mann in Wien und vergiss ihn. Wir wissen beide, Schauspieler sind nicht treu. Der sucht das Abenteuer, und du willst heiraten und Kinder bekommen. DAS. PASST. NICHT. ZUSAMMEN!!!

Ja, ich weiß, dass das nicht zusammenpasst. Traumkillerin!

Meine innere Stimme ist furchtbar wankelmütig. Mal so, mal so. Da soll sich einer auskennen. Im Moment ist sie wieder gegen Tom. Aber das passt schon. Besser, als anders herum.

Das Schlimme ist, als ich ein Teenager war, habe ich mir oft irgendeinen Star an meiner Seite herbeifantasiert. Und jetzt mit zweiunddreißig denke ich an Sicherheit und meinen Job.

Ich schlüpfe unter meine Decke und versuche zu schlafen, weil ich dann nicht mehr denken muss. Und mich auch nicht mehr so schwer fühle.

Und Tom, du darfst dich jetzt ruhig aus meinen Gedanken schleichen.

Hm. Ich bin immer noch wach.

Jetzt auch noch.

Tom ist bei mir. Na ja, in meinem Kopf eben.

Ja, ich bin noch munter.

Ich kann einfach nicht schlafen!!!

Okay, ich gehe fernsehen ...

***

Kling-Ling-Ling ... Kling-Ling-Ling ...

So doof läutet nur die Glocke meiner Eingangstüre.

Ich quäle mich aus dem Bett. Oh, ich muss gestern schlafgewandelt sein. Ich kann mich nur an die Couch erinnern. Na ja.

Langsam trotte ich ins Vorzimmer und beäuge meinen Aufzug: Ich trage einen Pyjama und bin barfuß. Super.

Das muss nun wohl oder übel reichen, für wen auch immer.

Ich öffne die Türe und sehe den größten Strauß roter Rosen aller Zeiten.

»Frau Dohm?«, fragt mich eine männliche Stimme hinter den Blumen.

»Ja, das bin ich.«

»Würden Sie bitte die Blumen nehmen? Dann habe ich da noch einen Brief für Sie.«

»Mach ich. Einen Moment, ich bringe schnell die Rosen in die Wohnung.«

Und das tue ich auch.

Dann gehe ich wieder zur Türe.

»Vielen, vielen Dank für die Zustellung. Brauchen Sie nicht noch eine Unterschrift oder so von mir?«

»Nein, danke. Hier ist der Brief. Alles bezahlt und erledigt. Schönen Sonntag noch.«

»Ihnen auch, danke. Auf Wiedersehen.«

Ich schaue auf den Brief in meiner Hand.

Langsam komme ich zur Besinnung. Wer bitte schickt mir denn so einen Riesenstrauß?

Tom?

Zuzutrauen wäre es ihm ja.

Ich nehme die Blumen vom Tisch und suche nach einer Vase. Klar, so eine Riesenvase besitze ich gar nicht. Also lege ich sie erst einmal ins Waschbecken und lasse Wasser ein.

Okay, vielleicht werde ich ja schlauer, wenn ich den Brief aufmache.

Mit einer Schere bewaffnet, mache ich mich über ihn her.

Heraus kommt eine schlichte Karte, auf der mit Hand geschrieben wurde:

Liebe Mara!

Ich weiß, es ist sozusagen ein spontaner Einfall oder gar Überfall, aber ich würde mich riesig freuen, wenn wir uns heute Abend im Manzinger zum Abendessen treffen. Ich habe auf jeden Fall einen Tisch reserviert und werde ab 20:00 auf Dich warten!

Bitte komm!

Dein Dich verehrender

T.M.

Puh!

Ich setze mich einmal aufs Sofa.

Tom ist in Wien?

Was soll das?

Das hätte er mir doch gestern auf Skype sagen können, oder? Vielleicht wollte er mich aber unbedingt überraschen und ist daher heimlich hierher geflogen?

Ich fühl mich ganz kribbelig.

Was mach ich nur?

Hingehen?
Daheimbleiben?
Doch hingehen?

Also mein Vorschlag wäre ...

Halt die Klappe, deine Vorschläge führen mich bloß in die Irre, keife ich meine innere Stimme an.

Tini! Ich muss sofort mit Tini sprechen.

***

Ich fröstle und stehe direkt vor dem Manzinger.

»Tini, Mara hier. Du, ich kann da jetzt nicht hineingehen. Ich komme zu dir.«

»Mara! Sicher nicht. Bist du schon im Lokal?«

»Nein, vor der Türe.«

»Und warum in Gottes Namen willst du jetzt nicht hineingehen?«

»Weil ich Schiss habe. Ich will ja nichts von ihm. Und wenn ich da jetzt reingehe, sieht es genau so aus, als ob ich ihn wollen würde.«

»Mara! Haben wir das heute nicht schon zwei Stunden lang diskutiert? Und haben Sanni und ich dir nicht dasselbe am Telefon gesagt? Hör endlich auf so zu tun, als würdest du nicht in Tom verliebt sein. Und wenn du da jetzt nicht hineingehst, dann komm ich hin. Und ich ruf Sanni an, der kommt dann auch gleich mit.«

»Tini! Warum bist du denn so sauer? Meine Knie schlottern, meine Hände zittern und ich schau furchtbar aus. Ich kann da nicht hinein.«

»Was hast du an?«

»Mein schwarzes Cocktailkleid und High Heels. Ach, und darüber einen von meinen gemusterten Gehröcken. Warum?«

Dabei ist mein Outfit sicher nicht mein Problem.

»Na, weil ich das eben wissen wollte. Und jetzt weiß ich, dass du super aussiehst. Mara, du hast Angst davor, dir selbst einzugestehen, dass du diesem Hollywoodhelden komplett verfallen bist. Also entweder du gehst ins Lokal, oder ich komme hin. Was ist dir lieber?«

»Okay, okay, ich glaube, ich gehe dann mal rein.«

»Gut so, ich bleibe dran, damit du nicht doch noch auf dumme Gedanken kommst.«

»Ja, Mama. Also, ich gehe jetzt ins Manzinger, obwohl, gescheit ist was anderes.«

»Himmel Mara! Was bitte soll da schiefgehen? Der Typ fliegt rund um den halben Erdball für dich, und du Mimose schaffst es nicht, ein Restaurant zu betreten?«

»Ist ja gut. Ich bin jetzt vor der Türe und mache sie auf. Ich melde mich später, Tini.«

»Und vergiss nicht zu lächeln, wenn du drinnen bist. Du bist schön, du bist klug, du bist super, Mara. Denk daran!«

»Pah, wenn das nur so einfach wäre. Bis später Tini!«

Ich lege auf und öffne leicht bibbernd die Eingangstüre zum Restaurant. Schon stürzt mir eine Angestellte entgegen.

»Guten Abend. Kann ich Ihnen helfen? Haben Sie reserviert?«

Ähm, was sag ich ihr bloß? Ich habe keinen blassen Schimmer, auf welchen Namen Tom den Tisch bestellt hat. Hilfe! Ich habe es ja gewusst, es ist saublöd, hierher zu kommen.

»Verraten Sie mir vielleicht Ihren Namen?«, fragt die Blondine im schicken Kostüm. Klar, ihr war mein Schweigen sicher auch unangenehm.

»Tamara Dohm.«

Dann schaut sie auf ihre Liste.

»Ah ja, wunderbar. Frau Dohm, Sie werden schon erwartet. Wenn Sie mir dann bitte zum Tisch folgen?«

»Oh ja, gerne.«

Ergeben trotte ich hinter ihr her.

Mein Herz pocht in meinen Ohren und ein heller, ätzender Ton mischt sich dazu. Hörsturz?

Ohnmacht im Anmarsch?

Ich reiße mich zusammen. Unsicher schaue ich mich um. Weit und breit sehe ich keine Spur von Tom. Auch keine kreischenden Autogrammjägerinnen.

Beinahe wäre ich auf die Empfangsdame aufgelaufen. Sie ist nämlich plötzlich stehengeblieben.

Verdutzt schaue ich an ihr vorbei zum Tisch.

Mir versetzt es einen Stich in der Brust.

Was mache ich jetzt bloß?

Oh Mara, du bist doch so ein Idiot!

Nun bin ich schwer damit beschäftigt, meinem Drang, davonzulaufen, zu trotzen.

Und schon springt er auf und kommt auf mich zu.

»Mara, was für eine Freude! Danke, dass du gekommen bist. Aber bitte, nimm doch Platz.«

Er küsst meinen Handrücken.

Sehr galant. Ich brauche allerdings noch einen Augenblick, um das hier zu verarbeiten.

Tobias Martens. TM.

In mir sackt alles zusammen.

Sogar meine Aufregung hat sich verabschiedet.

Tobias Martens. Nicht Tom Maass.

Himmel, wie konnte ich nur auf die dämliche Idee kommen, dass Tom mich hier überraschen will? Mara, du bist echt eine einfältige Gans.

»Tobias! So eine Überraschung.«

Und das ist echt nicht übertrieben.

»Was darf ich dir denn zu trinken anbieten?«, fragt mich Tobias, nachdem wir Platz genommen haben.

»Einen Prosecco bitte«, antworte ich, ohne groß darüber nachzudenken. Ja, den brauche ich jetzt.

»Gerne Mara, kommt sofort«, sagt er und leitet meine Bestellung an den Kellner weiter.

»Mara, ich war natürlich nicht sicher, ob du kommen wirst. Aber ich kann dir gar nicht sagen, wie sehr ich mich darüber freue, dass du hier bist.«

»Ja, ich freue mich auch, Tobias«, sage ich lahm.

Tobias strahlt bis über beide Ohren.

Grauenvoll.

Überhaupt frage ich mich, was das hier werden soll?

Ich kenne ihn doch nur durch meinen Job.

Tobias ist ein Softwareunternehmer aus Wien. Seine erste Firma hat er gewinnbringend ins Silicon Valley verkauft, da habe ich ihn das erste Mal interviewt. Dann noch ein paar weitere Male, da sein Firmenname zu einem Synonym für Auch – aus – dem – kleinen – Österreich – heraus – kannst – du – es - schaffen wurde.

Nach dem vierten oder fünften langen Interview haben wir uns zu duzen begonnen. Klar, Tobias schaut gar nicht übel aus, aber warum hat er mich mitsamt den roten Rosen eingeladen?

Der Ober serviert uns den Prosecco.

Tobias erhebt das Glas und prostet mir zu. »Auf dich Mara. Und danke noch einmal dafür, dass du heute Abend hier bist. Du machst mich damit zum glücklichsten Mann des Tages. Auf dich!«

Klirr. Unsere Gläser berühren sich.

Ich sag auch noch schnell, »Prost.«

Ich trinke erst einmal.

Habe ich etwas verpasst? Ist Tobias in mich verliebt? Und wenn ja, wann könnte das denn passiert sein? Ehrlich, ich kenne mich gar nicht mehr aus.

***

Zwei Stunden sind vergangen und nun bin ich sicher.

Tobias hat sich irgendwie schleichend, dafür aber scheinbar umso nachhaltiger, in mich verliebt. Das hat er mir vorhin ganz offen gestanden. Er hofiert mich, macht mir ständig zauberhafte Komplimente und bringt mich mit seinen Geschichten aus der Firma sogar zum Lachen.

Nach dem dritten Glas Prosecco ist meine Enttäuschung darüber, dass mir nicht Tom gegenübersitzt, verpufft. Seit einigen Minuten bombardiert mich meine innere Stimme.

Sie raunt Sätze wie:

Na, das wäre ja ein vernünftiger Mann für dich.

Also Mara, der ist in Wien, nicht in Hollywood. So etwas wolltest du ja, oder nicht?

Bemerkst du eigentlich, wie charmant Tobias ist? Und wie süß er lächeln kann? …

Zärtlich legt Tobias seine Hand auf meine.

»Mara, hast du Lust? Gehen wir noch auf ein Getränk in die Bar nebenan?«

Ja, Mara. Das machen wir.

Ehrlich, ich weiß nicht mehr, worauf ich Lust habe oder nicht. Ich fühle mich mit Tobias wohl, aber verliebt bin ich nicht in ihn.

Also wäre es jetzt blöd zuzustimmen und mitzugehen? Andererseits was schadet ein Besuch in einer Bar?

Tom! Warum bist es nicht du, der mich hier einlädt?

Und warum läuft eigentlich in meinem Privatleben absolut nichts richtig? Bin ich zum ewigen Singledasein verdammt?

Ich muss nachdenken.

Unzählige Male habe ich Tom erklärt, dass eine Beziehung nicht infrage kommt, weil er Schauspieler ist und am anderen Ende der Welt lebt. Und Tobias ist hier. In Wien. Er ist liebenswert, schlau und schaut nicht einmal schlecht aus. Hellbraunes Haar, dunkelbraune Augen, sportliche Statur. Sympathisches Lächeln.

Natürlich ist er meilenweit von Tom entfernt, auf jeden Fall, was das Aussehen betrifft. Er ist auch nicht annähernd so groß wie Tom. Tom ist auch viel charmanter, eloquenter …

Verflucht, aber Tobias ist hier. Und Tom ist es eben nicht. Also ist das doch eine Chance.

Vielleicht kommt die Liebe ja noch?

»Okay Tobias, lass uns noch in die Bar gehen.«

Tobias strahlt mich an.

»Aber gerne, Mara.«

Schnell begleicht er unsere Rechnung und steht auf. Er zieht vorsichtig meinen Stuhl nach hinten und reicht mir die Hand, um mir aufzuhelfen.

Gentleman der alten Schule, der Herr Softwarespezialist.

»Lass uns Wien erobern, Mara.«

Ich lächle ihn an.

Verhalten, das spüre ich, aber immerhin.

»Ja Tobias, lass uns zumindest diese Bar erobern. Dann sehen wir weiter«, bremse ich ihn ein wenig.

***

Meine hohen Schuhe habe ich im Vorzimmer ins Eck geschleudert, und nun sitze ich auf meinem Sofa. Es ist halb zwei Uhr morgens.

»*Mara, ruf mich SOFORT an, wenn du kannst!!! Tini*«, lese ich am Handy.

Schade, jetzt ist es schon zu spät für einen Anruf.

Was hätte ich Tini erzählt?

Der Abend mit Tobias war echt nett. Dachte ich.

Doch seit ich wieder zuhause bin, sehe ich das Ganze anders.

Bin ich aus der Trance erwacht? Hat mich dieses umsorgt und bewundert werden eingelullt? Will ich etwas von Tobias? Ich kann nicht mehr.

Schnell sause ich ins Bad, fetze mir mein Kleid und meine Unterwäsche herunter, verzichte auf alles und werfe mich nackt ins Bett.

Mein Handy läutet. Ah, Tini kann es nicht lassen.

»Tini, kannst du nicht schlafen?«, frage ich anstelle einer Begrüßung.

»Hahaha«, schallt es aus dem Hörer, »Bei mir ist erst Nachmittag, Babe. Für gewöhnlich schlafe ich da nicht.«

Mit einem Mal bin ich putzmunter und sitze aufrecht in meinem Bett.

»Tom«, stammle ich.

Hab ich jetzt tatsächlich ihm gegenüber ein schlechtes Gewissen?

Bin ich noch zu retten?

»Ja, ich dachte mir schon, dass du nicht mit meinem Anruf gerechnet hast. Hab ich dich aufgeweckt, Darling?«

Was ist das für ein seltsamer Unterton, der da in seiner Stimme mitschwingt?

»Aufgeweckt, ähm, nein Tom, ich bin gerade erst schlafen gegangen. Aber warum ...«

»Warum ich dich anrufe? Weil Sie nicht mit mir geskypt haben, meine Liebe. Und weil ich das nicht ausgehalten habe. Und weil ich etwa eine Stunde gebraucht habe, um Ihre Handynummer herauszubekommen. Und weil ich einfach deine Stimme hören musste, Baby«, endet er mit tiefer, vibrierender Stimme, die über mein Ohr bis in meinen Bauch eindringt.

Da stellt sie alles Mögliche an. Nur nichts, das ich freiwillig meiner Mama stecken würde.

Hallo, ich bin ja immer noch nackt!

»Oh, ah, ja. Ich war heute Abend aus.«

»Dachte ich mir. Muss ich mir Sorgen machen?«

»Ähm, Sorgen, warum?«

Hat dieser Mann einen sechsten Sinn oder was? Irgendwie fühle ich mich so schuldig wie ein Teenager, der das erste Mal verbotenerweise einen Klassenkameraden geküsst hat. Und dabei habe ich Tobias nur zum Abschied einen Kuss auf beide Wangen gegeben. Mehr nicht.

»Es ist denkbar, dass jemand seinen Heimvorteil in Wien bei dir ausnutzt? Baby, wir müssen uns dringend sehen, ich halte es ohne dich kaum noch aus.«

Mensch, er beherrscht Telepathie.

Mist. Schnell verteidigen.

»Aber Tom, du weißt doch, dass das mit uns niemals etwas werden kann.«

»Sagst du«, stellt Tom trocken fest. »Und ich sage, ich habe mich in dich verliebt, Tamara Dohm. Ich begehre dich, ich vermisse dich und verdammt noch einmal, ich möchte dich sehen.«

So, das muss ich jetzt einmal sacken lassen.

Hat der jetzt echt gesagt, er hat sich in mich verliebt???

Soll ich jetzt weinen?

Lachen?

Davonlaufen?

»Mara? Bist du noch hier?«

»Ja, ich bin noch da.«

»Habe ich dich jetzt überfahren? Verzeih, das wollte ich nicht.«

Ich muss schlucken.

Tausend Gedanken schießen durch meinen Kopf und mindestens ebenso viele Gefühle raufen sich in mir.

Hilfe! Was für ein Dilemma!

»Baby, es tut mir leid, aber nur dass ich Schauspieler bin, kann doch nicht bedeuten, dass wir beide gar keine Chance bekommen können, oder?«

Ich weiß nicht, welcher Damm gerade gebrochen ist, aber meine Verwirrung lässt mich laut schluchzen.

»Oh Mara, ich möchte bei dir sein. Mach es dir im Bett gemütlich und halte einfach den Hörer ans Ohr. Du musst auch gar nichts sagen. Ich werde dir einfach ein paar nette Geschichten aus meinem kümmerlichen Leben erzählen. Okay?«

»Okay, Tom. Ich lausche.«

Tatsächlich lehne ich mich in meinem Bett zurück und lege mein Ohr aufs Handy.

Und Tom erzählt.

Er ist mir auf unheimliche Weise vertraut.

Ich kenne ihn. Jede Nuance seiner Stimme. Seine Ansichten, seine Haltungen und Bedürfnisse. Und ich will ihn. Wie jeden Abend.

Tom erzählt. Alles Mögliche. Von seinem Dreh und wie alleine er sich eigentlich in Los Angeles fühlt. Er erzählt mir lustige Begebenheit, bei denen er an mich denken musste. Zum Beispiel, als er unlängst einkaufen war.

Ich kuschle mich in meine Decke.

Die Augen kann ich ruhig schließen. Ich muss ja bloß zuhören.

Tom sagt, dass er mich gerade vor sich sieht, mich zu ihm wünscht …

Der Sonntag

Sonntag

Aua. Meine rechte Wange tut echt weh.

Offensichtlich bin ich die ganze Nacht auf meinem Handy gelegen.

Oje, ich dürfte gestern wohl während des Telefonats mit Tom eingeschlafen sein. Na bestens, was wird er sich wohl von mir denken? Apropos denken: Was war das nur für ein seltsamer Abend?

Zuerst Tobias statt Tom im Lokal. Dann Tom statt Tini am Telefon. Alles nur schräg.

Ich lege das Handy auf meinen Nachttisch und ziehe mir die Decke über den Kopf. Eigentlich habe ich gar keine Lust auf meine Gedanken. Denn ich bin verwirrt. Und das Schlimmste daran ist, ich weiß es ganz bewusst. Klar ist, jetzt habe ich zwei Riesenprobleme. Und beide tragen einen Namen, der mit einem T beginnt: Tom und Tobias.

So ein Topfen!

Ich beiße in den Polster.

Hilft aber auch nicht wirklich.

Was soll ich bloß tun? Aus welchem Grund bin ich eigentlich zu diesem Beziehungs-Jammerlappen mutiert? Beruflich top, privat ein Flop. Das könnte eine Kurzbeschreibung für mich sein. Durchaus.

Treffend sogar.

Mein Telefon klingelt.

Solls doch.

Aber Wahnsinns-Akku, oder?

Okay, ich luge unter der Decke hervor und schaue auf das Display. Oh, Tini.

»Hallo Tini!«

»Ach, du erinnerst dich an mich? Wie schön.«

»Tini, was ist denn? Gestern ... entschuldige, aber da konnte ich dich echt nicht mehr anrufen.«

»Na gut. Ich platze vor Neugierde, daher will ich dir das eine Mal verzeihen. Also, was ist gestern passiert?«

»Na ja. Auf jeden Fall stand TM auf der Karte nicht für Tom Maass, sondern für Tobias Martens.«

Nun bin ich einmal gespannt, wie sie das aufnimmt.

»Ach, und wie ist es dann mit diesem Tobias gelaufen?«

Das ist jetzt aber gar einen Tick zu cool. Diese Reaktion schaut Tini gar nicht ähnlich.

»Sag mal Tini, bist du jetzt gar nicht überrascht?«

»Oh, natürlich bin ich überrascht, Mara. Wer ist denn dieser Tobias? Komm, erzähle schon.«

Nun weiß sie alles. Auch, dass mich Tom noch spät in der Nacht angerufen hat.

Doch irgendwie habe ich das Gefühl, dass mit Tini etwas nicht stimmt. Aber sie scheint es mir nicht verraten zu wollen. Also Schwamm drüber.

Auf jeden Fall liegt der volle Umfang meines privaten Dilemmas quasi ausgebreitet vor uns.

»Weißt du was, Mara? Ich glaube, wir verpassen uns eine Auszeit.«

»Wie meinst du das?«

»Na ja, du weißt doch, meine Eltern haben diese Almhütte. Was ist, wenn wir nächstes Wochenende gemeinsam mit Sanni dahinfahren? Nur wir drei. Dann können wir doch ausführlich Kriegsrat halten. Klingt das gut oder sehr gut?«

»Ja, das wäre eine Idee. Aber jetzt mal eine Frage Tini: Hat es nicht sonst immer geheißen, dass deine Eltern überhaupt nicht so darauf stehen, wenn deine Freunde ihre Hütte benutzen wollen? Warum dürfen wir jetzt plötzlich da hin?«

Schweigen.

»Du hast recht, Mara. Aber wir sind keine dreizehn mehr. Trotzdem muss ich sie noch fragen. Aber ich bin sicher, sie werden nichts dagegen haben.«

»Tini, wenn das ein Problem ist, dann lassen wir es doch einfach und fahren woanders hin. Ich glaube, das kann sich sicher jeder von uns Dreien durchaus leisten.«

»Kommt gar nicht in Frage! Auf der Hütte ist es doch viel schöner. Lass mich mal machen. Halte einfach das Wochenende frei, und Freitagnachmittag zischen wir los. Oh, das wird super, ich freu mich schon riesig. Also abgemacht?«

So überschwänglich? Um diese Uhrzeit? Also echt, ich weiß nicht, was in Tini gefahren ist.

»Abgemacht. Sag, wie lange ist Steve noch da?«

»Bis Dienstag. Deshalb kann ich heute Abend leider auch nicht zu dir kommen, wir haben nämlich ein Essen mit meinen Eltern.«

»Wow, so ernst ist das zwischen euch bereits? Und das nach dem dritten Treffen? Dann werden wohl demnächst die Hochzeitsglocken läuten. Tini, jetzt bin ich echt baff.«

»Mara, sei nicht zynisch. Meine Oldies haben es halt mitbekommen und meine Mutter hat keine Ruhe gegeben, bis ich für heute zugesagt habe.«

»Na, dann warne Steve doch mal vor. So, jetzt machen wir aber Schluss, du musst ja die Zeit mit Steve auch für dich ausnutzen, oder?«

»Ja, stimmt. Also dickes Bussi und bis bald. Und vergiss ja nächstes Wochenende nicht.«

»Mach ich, ich drück dich und habt viel Spaß.«

»Baba.«

Uff. Ich werfe mich auf mein Sofa und beschließe, diesen Sonntag einfach im Wohnzimmer zu verbringen.

Diese Welt da draußen kann mich mal.

Männer können mich auch mal.

Plötzlich fehlt mir die Katze, die ich mir leider nie zugelegt habe. Furchtbar sogar!

Vor mir liegen sogar ein leeres Blatt Papier und ein Kuli. Bin ich drauf und dran, eine Plus-Minus-Liste für Tobias und Tom zu erstellen? Ihre Namen habe ich schon hingeschrieben.

Mache ich so etwas neuerdings unbewusst?

Aber ist das eine gute Idee? Nur weil mich in der Redaktion alle *Miss Liste* nennen? Und das nur, weil ich Übersichtscharts und To-do-Listen einfach cool finde? Klar, das ist kein anerkanntes Hobby. Das gebe ich zu.

Mein Handy läutet.

»Mara, mein Kind. Jetzt muss ich einmal anrufen, weil ich schon ewig nichts mehr von dir gehört habe! Geht's dir eh gut?«

Vorwurf in der Stimme. Leicht säuerlicher Unterton. Einfach Mama.

»Oh Mama, hallo. Ja, ja. Geht mir super. Du weißt ja, was für einen Stress ich immer habe. Aber alles okay, du brauchst dir keine Sorgen zu machen.«

»Mach ich mir aber. Du arbeitest viel zu viel, mein Kind. So wirst du es nie zu einem netten Mann bringen. Ganz zu schweigen von Kindern, und ich werde nie Großmutter.«

»Mama, bitte! Das ist jetzt aber echt nicht das Thema.«

»Mara, ich kann mich nur wundern. Was heißt hier *Thema*? Sind wir als Familie nur ein *Thema*? Also wenn *ich* so gedacht hätte, dann wärst du erst gar nicht auf der Welt.«

Mama klingt verschnupft.

Wobei, fragt mich eigentlich irgendwer, wie ich das finde?

»So hab ich es ja gar nicht gemeint. Aber im Moment ist dein zukünftiger Schwiegersohn leider nicht in Sicht. Also was soll ich dir dazu sagen?«

»Schon gut, schon gut. Wird schon werden. Ich rufe dich sowieso wegen etwas anderem an. Magst du nicht nächstes Wochenende zu uns rauskommen? Ein bisschen Grün und Mamas Küche genießen?«

»Mama, würde ich gerne, geht aber leider nein. Ich habe kommendes Wochenende schon mit Tini und Sanni etwas ausgemacht. Nicht böse sein. Aber wenn du willst, dann übernächstes Wochenende, ja?«

»Schade. Papa hätte sich sicher auch gefreut. Aber na ja, dann eben in zwei Wochen. Und pass auf dich auf, Kind. Überlege dir wirklich einmal, was du in deinem Leben noch machen willst. Und ich hoffe inständig, dass da auch etwas anderes als nur Arbeit auf deinem Programm steht.«

Tom heiraten? Blödsinn.

»Du hast ja recht, Mama. Mache ich. Versprochen. Also Bussi, bis bald.«

»Bussi mein Schatz! Und schreib dir unser Wochenende in den Kalender, nicht dass du dann in letzter Minute wieder in die Redaktion musst.«

»Mach ich. Versprochen!«

Ich lege auf und frage mich, wie meine Mutter immer riechen kann, was gerade in meinem Leben nicht passt?

Ist das ein Mutter-Gen? Instinkt? Hat sie das dritte Auge? Ich habe keine Ahnung. Aber ich weiß, dass meine Mama immer genau dann anruft und mich ausfragt, wenn es gerade richtig problematisch ist. Egal jetzt, ob in meinem Privatleben oder im Job.

Na ja. Ich habe die Kurve mit ihr gut gekratzt.

Aber jetzt habe ich gar keinen Bock mehr auf meine Liste. Ich könnte es mir nämlich auch leicht machen und einfach Tobias nehmen. Der ist da, der will mich, der ist nett, gescheit und sieht nicht einmal schlecht aus. Bitte. Was will ich mehr?

Tom?

Pah. Mein Kopf platzt gleich. Ich schlurfe in die Küche und hole mir noch einen Kaffee und Kekse.

Zurück im Wohnzimmer nehme ich mir wahllos eines der Bücher vom Couchtisch. Aha, es geht um die Pyramiden, und dass sie von Außerirdischen erbaut worden sind. Die perfekte Ablenkungs-Lektüre. Ich beginne, zu lesen.

Nein, das pack ich jetzt nicht. Ich such mir wohl lieber einen schnulzigen Liebesroman. Gute Idee. Das geht immer.

***

Ich schiebe meinen leeren Teller zur Seite und drehe den Laptop auf. Mal sehen, was sich auf Facebook und Twitter so tut.

Gib es zu. Du wartest bloß auf einen Skype-Anruf von Tom. Und an Tobias hast du den ganzen Abend nicht ein einziges Mal gedacht. Aber an Tom. War er nicht gerade der Hauptdarsteller in deinem Roman? Sagt dir das etwas?

Hm. Ich weiß selbst auch, dass ich ein Problem habe. Die Teenage-Mara will den Hollywoodstar Aiden. Keine Frage.

Doch die erwachsene Mara denkt vernünftig. Und sie weiß, dass nur Tobias eine echte Chance für das heiß ersehnte Leben in trauter Zweisamkeit ist. Mit Option auf gemeinsame Kinder.

Aber andererseits ist da diese magische Anziehung, die nur Tom auf mich ausübt. Und ich träume von ihm. Ständig. Richtig heiß sogar.

Und Tobias? Nun, mit ihm ist es einfach angenehm. Nett. Ereignislos, aber okay.

Sag ich es nicht schon die ganze Zeit? Tobias ist galant, zuvorkommend, nicht arm und nicht unansehnlich. Und er lebt in Wien. Also mehr als perfekt.

Will mich meine innere Stimme eigentlich in den Wahnsinn treiben? Einmal so, einmal so. Von einer Linie kann da wirklich nicht die Rede sein. Das nervt dermaßen. Aber ich muss ihr keine Antwort geben, oder?

Machst du doch schon. Oder etwa nicht?

Sei einfach still. Und nein, ich warte nicht auf Tom.

Und ich werde dir oder mir, oder wie auch immer, auf jeden Fall werde ich das beweisen.

Ich schreibe eine Nachricht an Sanni auf Facebook.

Aber er ist nicht online. Schade, da werde ich lange auf eine Antwort warten.

Und just jetzt poppt *Sam Mot* auf:

Sam Mot
Du bist ja schon online, Baby! Hi.
Wie geht es dir heute?

Tamara Dohm
Oh, Tom! Hallo. Danke gut und dir?

Sam Mot
Miserabel, um ehrlich zu sein. Es ist Sonntag und am liebsten würde ich mich zu dir beamen. Du fehlst mir so.
Fehle ich dir auch?

Tamara Dohm
... schreibt etwas

Ja Tom, du fehlst mir auch.

Herrgott! Was treibe ich da schon wieder? Auf diese Art will ich mir beweisen, dass er mir egal ist?

Großartig.

Außerdem, wenn ich ihm das jetzt schicke, dann glaubt er, ich bin in ihn verliebt. Bin ich ja nicht. Na ja, bin ich schon, aber das kann ich nicht zugeben! Andererseits, wenn ich jetzt schreibe, er fehlt mir *nicht*, dann skypen oder facebooken wir vielleicht nie mehr wieder. Und das würde mich umbringen.

Was mache ich nur???

Eingabe Löschen.

Ah, das schreibe ich jetzt:

Tamara Dohm

... schreibt etwas

Ja Tom, ich habe heute auch einen lausigen Sonntag verbracht und bin froh, dass wir am Abend immer reden können (oder facebooken ...). Das finde ich richtig schön :-)

Posten.

So, das war doch eine salomonische Lösung. Oder?

Sam Mot

Baby, ich HASSE diese Art zu kommunizieren. Geh bitte ans Handy.
Ich ruf dich an!!!

Tamara Dohm

Okay.

»Hi, Babe!«

»Hallo, Tom!«

»Baby, so geht das nicht mehr weiter. Wir müssen uns jetzt ernsthaft darüber unterhalten, wie das zwischen uns weitergehen soll. Ehrlich Mara, so halte ich das nicht mehr aus.«

»Aber Tom, du weißt doch, das würde nichts nützen. Im realen Leben, wie du es immer nennst, haben wir beide doch nicht den Funken einer Zukunftsperspektive.«

Nein, es fällt mir nicht leicht, der Vernunftswauwau zu sein. Aber es hilft mir auch nicht, wenn ich mich da aus dem Fenster lehne und das nächste Jahr mit Heulen verbringe.

»Mara, jetzt einmal im Ernst. Du behauptest ständig, eine gemeinsame Zukunft wäre für uns beide unmöglich. Doch was haben wir eigentlich? Eine Freundschaft? Ich glaube, das ist von Anfang an mehr als das. Also fehlt uns doch nur mehr ein ganz, ganz kleiner Schritt, oder?«

Was wird das jetzt? Die Stunde der Entscheidung?

Hilfe, auf dieses Gespräch bin ich gar nicht vorbereitet.

»Tom, willst du mich zum Weinen bringen? Bitte hör auf, ich kann das nicht. Bitte, lass uns ein anderes Mal darüber reden. Heute ist irgendwie der falsche Tag dafür.«

»Okay. Also wir vertagen das Thema ein weiteres Mal, und ich bleibe ein weiteres Mal geduldig. Aber erlaube mir, dir das auch heute wieder zu sagen. Ich habe mich in dich verliebt, Mara. Du kannst mich für verrückt erklären und mir sagen, dass man das nach so kurzer Zeit nicht wissen kann und so weiter. Und trotzdem fühle ich das. Das wollte ich noch sagen. Hab einen schönen Abend, Baby.«

»Du auch«, hauche ich in mein Handy.

Wahnsinn.

Wie selbstverständlich das bei Tom immer kommt, dieses, »Ich habe mich in dich verliebt.«

Unhinterfragbar.

Natürlich.

Organisch.

Als ob es so sein müsste.

Und meine Reaktion darauf?

Also rein verbal?

Nada. Niente. Nichts.

Das ist mir alles zu steil. Ich renne zu meinem Kühlschrank und hole mir eine Flasche Prosecco. Mir ist jetzt echt alles egal. Trinke ich halt alleine auf mein Elend.

Prost, Mara! Du Überidiotin!

Dir sagt ein weltberühmter Hollywoodstar, dass er sich in dich verliebt hat, und du machst auf unnahbar. Du bist die Beste!

Ehrlich! Du und vielleicht noch ein paar alte Jungfern auf diesem Planeten verstehen, dass dein Sichzieren eine echte Tugend ist.

Sicher.

Auf dich …

Der Abreisetag

Freitag

Mein Kater war Schuld am nicht ganz idealen Start in diese dämliche Arbeitswoche. Und wie so oft bin ich die ganze Woche an diesem Schreibtisch kleben geblieben. Dazu kamen die Fotos von Norberts und Annas Hochzeitsreise. Wobei meine Gefühle sehr zwiespältig waren. Ich denke, ich beneide sie um die Tatsache, dass sie einander scheinbar gefunden haben. Norbert dagegen ist mir völlig wurst. Ich frage mich überhaupt, was ich je an ihn finden konnte. Verglichen mit Tom ist er farblos.

Wie konnte ich wegen dieser Hochzeit so aus der Spur geraten? Ich weiß es nicht. Es kommt mir auch vor, als ginge mich das gar nichts mehr an. Was ich jedoch sicher weiß, ist, dass diese Woche gerade so bescheiden zu Ende geht, wie sie begonnen hat.

Ich sitze noch immer hier und schreibe noch schnell eine Halbseite für das Wochenende. Unter Zwang und nach ein paar mühsamen Diskussionen in der Redaktion. An sich war das Anjas Aufgabe, aber sie fühlt sich außerstande. Sie ist ausgepowert.

Fragt mich einmal einer, wie ich mich fühle?

Nein.

Das wäre zu viel verlangt.

Das Zirkuspferd Mara tritt immer auf.

Schlimm genug, dass Tini und Sanni sicher auf Nadeln im Kaffeehaus neben dem Redaktionsgebäude sitzen und auf mich warten. Seit fünfzehn Uhr. Ich tippe wie wild weiter. Jetzt aber. Ich hänge den Text ins Redaktionsprogramm und hinter mir die Sintflut.

Schon sechzehn Uhr dreißig?

Ich kann nur hoffen, dass die beiden nicht wutentbrannt ohne mich losgefahren sind. Sanni hasst es, zu warten.

Schnell werfe ich mir den Mantel über. Meinen Laptop packe ich in die Tasche, dann nehme ich den Trolley und düse hinaus. Hier hält mich heute nichts mehr. Gehen mir sowieso alle auf den Geist.

Ich hasse Unfähigkeit.

Ich hasse divenhaftes Herumgezicke.

Und ich hasse Egomanen.

Ungünstigerweise haben sie leider alle miteinander in diesen heiligen Redaktionshallen Unterschlupf gefunden.

Ich darf gar nicht darüber nachdenken.

»Brrrh.«

Saukalt auf der Straße.

***

Gott sei Dank. Tini und Sanni sind noch da!

»Mara, na endlich!«

Tini wirft sich mir an den Hals.

Wir herzen uns und ich muss feststellen, dass sie wieder einmal umwerfend toll aussieht: schmalgeschnittene Hose in Wollweiß, ihre Lieblingsfarbe, gleichfarbiger Pulli dazu, dunkelbraune Stiefel und einen edel gemusterten Schal.

Nobel, nobel.

Ganz im Gegensatz dazu Sannis Outfit. Er trägt schwarze Jeans und Turnschuhe, dazu ein wild gemustertes Hemd, sicher von irgendeinem Edeldesigner, und einen kurzen schwarzen Mantel. Lange Ketten baumeln unter dem Schal hervor und er hat sich mindestens zehn Ringe an die Finger gesteckt. Da fällt mir auf, Sanni hat sogar sein braunes Haar gegelt, seine fast schwarzen Augen funkeln und seine Lippen formen einen Schmollmund.

»Also Engelchen, wirklich. Du weißt, Herumwarten ist vergeudete Lebenszeit. Das mag Sanni gar nicht. Und sei froh, dass *du* mich hast warten lassen. Würde sich das einer meiner Lover erlauben, ehrlich, Engelchen, Sanni wäre längst die Fliege. Genug der Zeitverschwendung, dalli, dalli, meine Damen. Da wartet ein Hüttenabenteuer auf uns.«

»Ja, entschuldige. Es ging eben nicht schneller«, antworte ich kurz angebunden und sehe an mir herab: blaue Jeans, schwarze Stiefel, schwarzer Pulli.

Nicht schlecht, aber underdressed, wenn ich mich mit den beiden vergleiche. Bitte! Wir fahren auf eine Almhütte und nicht in ein Nobelhotel.

Tini kichert, Sanni bezahlt und wir rauschen ab.

Er hat es geschafft, mitten in der Innenstadt einen Parkplatz zu finden. Mehr oder weniger vor der Haustür.

Wir steigen in seinen schwarzen Riesen-SUV.

Sanni sagt immer, ein Auto muss martialisch sein. Sonst ist das nichts. Und dieses Auto ist es. Seiner Meinung nach zumindest.

Mir ist das relativ egal. Aber ich finde es super, dass er fährt. Tini auch. Da sie unbedingt vorne sitzen wollte, kann ich hinten eine Runde schlafen.

Wunderbar.

Die zwei da vorne wirken aufgeregt wie Kinder vor dem ersten Schulschikurs. Soll sein. Ich schlafe trotzdem.

***

Oh. Wir sind schon da. Wir parken gerade vor der *Hütte* von Tinis Eltern, mitten auf der Schotterstraße, die hier auch gleich endet.

Ich staune. Besagte Hütte ist ein stockhoher, kubischer Bau. Komplett mit Holz verkleidet. Rundherum ist nichts. Wirklich nichts.

Landschaft klarerweise schon. Also Bäume, Wiesen und ein kleiner See. Das erspähen wir trotz Dämmerung.

»Ach, Mäuschen, das ist ja absolut idyllisch«, schwärmt Sanni.

»Ja, Tini, das sieht umwerfend aus. Hütte ist aber untertrieben, oder?«

»Wartet mal ab«, lacht Tini.

Sie sperrt die Eingangstüre auf, und wir trippeln hinterher. Vom Vorraum hinein in ein Wohnzimmer mit Küche und Essgruppe. Alles riesig und weitläufig.

»So, jetzt zeig ich euch erst einmal alles.«

Tini geht voraus, wir laufen sprachlos hinterher.

»Tini, Mäuschen, das ist ja die absolut geilste Designerbude, die ich je gesehen habe.«

Sanni muss sich sogar ans Herz greifen, so fassungslos ist er.

Ich auch.

Also ich muss mir nicht ans Herz greifen, aber ich bin ebenso verblüfft.

Das hier habe ich nicht erwartet.

Alles aufs Edelste auf Alm designt. Warme Holztöne, moderne Möbel, dicke, flauschige Teppiche, stilvolle Alpendeko und in den Gästezimmern Flanellbettwäsche mit Hirschdesign.

Und eine Wellnessoase. Mit Sauna und Dampfbad indoor und Whirlpool vor der Hütte. Unter dem freien Himmel.

Unglaublich. So etwas habe ich noch nicht gesehen.

Tini lacht.

»Ihr kennt ja meine Mutter. Was habt ihr erwartet? Und weil sie immer Schiss gehabt hat, dass meine Freunde hier umräumen und ein Saufgelage in ihrer ausgefeilten Alm-Inszenierung veranstalten, habe ich nie jemanden mitbringen dürfen. Aber ab jetzt wird alles anders. Seid willkommen, meine Lieben.«

»Tini, danke. Das ist ja echt super hier. Wir werden ein tolles Wochenende haben. Bestimmt«, grinse ich.

Jetzt bin ich endlich genau so euphorisch wie Tini und Sanni schon die ganze Zeit über und freue mich riesig auf unsere zwei Tage hier.

»Oh Engelchen, ich glaube, wir müssen ein anderes Mal wieder kommen. Die Zeit hier wird ja viel zu kurz werden.«

Tini verdreht die Augen und knufft Sanni in die Seite.

Was soll das jetzt? Er schaut richtig schuldbewusst und traurig aus?

»Sanni, gehts dir nicht gut? Wir sind gerade erst angekommen. Was hast du denn? Warte mal ab, was uns dieses Wochenende noch so einfallen wird«, versuche ich ihn aufzumuntern.

Er sieht Tini an, sie funkelt fast böse zurück.

»Du hast recht. Mäuschen, dein Sanni bittet dich als Hausherrin jetzt untertänigst um einen Begrüßungsschnaps. Das ist doch so üblich auf einer Almhütte, oder nicht?«

Gott sei Dank.

Die Krise zwischen den beiden scheint beendet zu sein. Tini lacht laut auf und nickt. Wir folgen ihr in den Essbereich. Sie grinst noch immer.

Wir stellen uns um die Bar herum auf. Barhocker mit Fell gibt es auch.

Das Spirituosen-Angebot der Familie Sommer ist reichhaltig. Wir einigen uns auf Birnenschnaps und prosten uns lustig zu.

»Eigentlich schade, dass Steve nicht dabei ist«, sagt Tini.

»Keine Sorge, Tini. Das nächste Mal planen wir das so, dass er eben dabei sein kann«, tröste ich sie.

»Hach, Kinder. Ich hab euch ja noch kein Sterbenswörtchen von Chris erzählt«, wirft Sanni ein.

»Chris?«, rufen Tini und ich gleichzeitig.

Damit hat er uns. »Ja, Chris. Ein wahrer Sexgott, sag ich euch.«

***

Nun haben wir eventuell mehr Informationen, als wir wollten. Sannis aktueller Lover war nur für Sex zu gebrauchen. Sonst ist er eine Niete. Es hat eine Stunde gedauert, aber nun wissen Tini und ich, dass er bereits wieder passé ist.

Wir lachen, so ist das mit Sanni. Wir kennen eigentlich keinen Mann an seiner Seite, der nicht irgendeinen groben Fehler hat. Aus Sannis Sicht zumindest. Aber vielleicht muss er erst auf seinen Traumtypen treffen.

Ich beobachte Tini dabei, wie zunehmend hektischer wird.

Andauernd schaut sie auf ihr Handy. Was soll das?

Ihr Handy meldet sich geräuschvoll: SMS.

»Steve?«, frage ich.

Tini wird rot. Warum denn? Hallo, was ist denn jetzt wieder los?

»Nein, nicht ganz.«

»Tini, raus mit der Sprache. Wer ist das jetzt wieder? Ein Neuer?«

»Tut mir leid, Mara. Aber das verrate ich dir jetzt nicht.«

Ich schaue zuerst Tini an, dann Sanni. Der hat ebenfalls rote Wangen und schenkt sich einen weiteren Schnaps ein. Seine Beine tänzeln unruhig auf der Fußstütze des Barhockers herum. Was verheimlichen sie denn vor mir?

»Hey! Das ist jetzt nicht lustig. Raus mit der Sprache, was geht hier vor?«

»Gleich Mara, ich muss nur kurz nach draußen.«

Und schwups läuft Tini weg.

Sanni kichert in seinen Schnaps hinein. Ich schenke mir auch noch ein Stamperl voll, denn offensichtlich spinnen die beiden.

Eine Minute später ist Tini zurück.

»Mara, ich muss dir kurz die Augen verbinden.«

Aus irgendeiner Lade zerrt sie ein Geschirrtuch heraus, und schon habe ich es im Gesicht picken.

Ticken die zwei noch richtig?

Sie werden mir ja jetzt nicht eine Torte gekauft haben? Wo ich noch nicht einmal Geburtstag habe? Aber welcher Blödsinn hätte ihnen denn sonst einfallen können?

Wenn sie kindisch sein wollen, bitte, dann spiele ich halt mit. Tini gluckst.

Einer von ihnen hält mir seine Hände aufs Gesicht. Also auf das Geschirrtuch.

»Soll ich jetzt raten, wer von euch es ist?«

Die ticken nicht richtig. So viel steht fest.

»Versuch es«, höre ich diese wunderbare, so coole und sonore Stimme von Tom.

Moment mal.

Mein Herz pocht, als wolle es aus der Brust springen. Ich fühle seine Hände an den Wangen und mir ist ... einfach nur heiß!

Tom? Hier?

Gehirn! Träume ich?

Jemand nimmt mir den blöden Fetzen ab.

Tatsächlich. Ich sehe direkt in diese unvergleichlich blauen Augen. Sie blitzen und glänzen sogar leicht feucht. Tom zieht mich an sich und vergräbt mein Gesicht an seinem Oberkörper.

Ich höre nur Surren in meinen Ohren.

Das kann jetzt nicht sein, oder?

Tom ist hier?

Leibhaftig?

»Ich hab dir doch gesagt, dass ich dich vermisse und es kaum mehr aushalte, Babe«, schnurrt er in mein Ohr.

Ich höre Sanni laut schniefen.

Langsam rinnen die Informationen an einen gemeinsamen Ort in meinem Gehirn: Die Aufregung von Tini und Sanni, ihre Tuscheleien, dass es die Hütte sein musste.

Ich löse mich aus seiner Umarmung, trete einen Schritt zurück und schaue zuerst Tom an, dann Sanni und danach Tini.

Irgendwie starren sie mich alle an.

»Moment mal. Wie geht das alles hier?«, frage ich in die Runde.

»Mara, gleich. Ich erkläre dir alles, aber zuerst muss ich Tini und Sanni begrüßen.«

Tom herzt Tini und auch Sanni.

Ich bin stumme Beobachterin.

Sie verfallen in einen lockeren Smalltalk. Sannis Hände zittern und seine Füße tänzeln aufgeregt unter dem Barhocker hin und her.

Ach ja, das habe ich fast schon vergessen.

Tom ist ja Aiden Trenton: Filmstar *und* Sannis Ikone!

»Meine Damen und Herren, nachdem ich hier die Hüttenwirtin bin, gibt es noch eine Begrüßungsrunde für unseren Überraschungsgast«, lacht Tini und stellt auch Tom ein Glas ein.

Tom legt seinen Arm um mich und nimmt das Schnapsstamperl in die Hand.

Wir prosten uns zu und Tom wirft ein, »Meine Freunde, ich hoffe, ich darf euch so nennen, ich kann euch gar nicht sagen, wie dankbar ich euch bin! Und ich freue mich auch riesig, euch hier kennen zu lernen. Cheers.«

Ja, dann trinke ich einmal.

Denn langsam nehmen meine grauen Zellen wieder Fahrt auf. Conclusio: Die stecken alle unter einer Decke.

Aber wie ist das möglich? Die haben sich doch bis vor ein paar Sekunden gar nicht gekannt? Na wartet. Dieses Geheimnis entlocke ich euch.

»So. Kann mich jetzt bitte einmal einer aufklären?«

»Willst du, Tom?«, fragt Tini.

Und ehrlich, sie himmelt ihn glatt an. Ich weiß, Steve ist superfesch, aber Tom ist eine Schönheit. Ein Hero. Einfach göttlich.

»Nein, nein, mach du nur«, meint Tom salopp und zieht mich noch enger an sich. Ich lasse es einfach unkommentiert geschehen.

»Also?«

»Na ja, also Tom hat mir eine persönliche Nachricht auf Facebook geschickt. So vor, na ja, drei Wochen.«

»Mir auch«, wirft Sanni sichtlich stolz ein.

»Und weiter?«

»Er hat sich uns beiden sozusagen vorgestellt und uns dann auch geschrieben, dass es ihm wichtig ist, dass wir wissen, dass er es absolut ernst mit dir meint. Und er hat dauernd irgendwelche Ideen gehabt, wie er dich überraschen kann. Von wegen dir Geschenke schicken. Aber da haben wir dann immer gemeint, das wäre wohl keine so gute Idee.«

Tini kichert.

Geschenke schicken? Keine gute Idee? Ich liebe Geschenke, was ist denn mit denen los? Wissen sie das nicht? Ich kann mich nur mehr wundern.

»Ja, und dann wollte er vor zwei Wochen wissen, wo ihr euch treffen könntet, um ungestört ein wenig Zeit miteinander verbringen zu können. Ohne Paparazzi und so weiter«, erzählt Sanni. »Und da ist Tini auf die Idee gekommen, dass diese Almhütte der beste Platz für dieses Treffen wäre.«

»Ja, und dann habe ich meinen Eltern was von wegen Notfall erzählt. Mein Vater hat gemeint, dass er das sowieso blöd findet, dass ich die Hütte nie mit meinen Freunden nutze. Also musste Mama klein beigeben, und die Sache war geritzt. Den Rest kennst du ja. Und dann hat Tom mich letzten Samstag angerufen. Als du aus warst. …«

Tini sieht mich mit einem bedeutungsschwangeren Blick an. Ich reagiere aber nicht darauf.

Oh oh! Deshalb. Mist.

»Also, Tom hat von mir sowohl deine Handynummer als auch die Adresse von der Hütte bekommen. Tja, und dann hat er sich hierher chauffieren lassen. Wie ausgemacht, hat er mir per SMS mitgeteilt, dass er draußen vor der Türe steht.«

»Engelchen, du hast uns nur mit deiner Arbeit ein wenig in Stress versetzt. Stell dir einmal dieses Desaster vor! Dieser Gott hier wartet auf dich hier, und wir sind nicht da. Nein, nicht auszudenken.«

Sanni trinkt einen Schluck. Die Sache mit Tom direkt an seiner Seite setzt ihm echt zu. Ich sehe es ihm an.

Aber jetzt verstehe ich.

Die Frage ist jedoch, soll ich mich geschmeichelt fühlen oder beleidigt sein, dass mich meine besten Freunde so hintergangen haben? Daher wusste Tini, dass ich Tom gar nicht im Lokal hatte treffen können.

»Denk es bitte erst gar nicht«, sagt Tom und schaut mir tief in die Augen.

»Was?«, frage ich unschuldig.

»Dass du Tini und Sanni jetzt böse bist, oder mir. Baby, ich bin um den halben Erdball geflogen, nur um dich zu sehen. Zählt das nichts? Und diese Hütte hier ist doch traumhaft, oder?«

Spiel, Satz, Sieg für die drei Musketiere hier an der Theke. Das muss ich zugeben.

»Kinder, dann ist ja alles bestens. So, ihr folgt mir jetzt alle brav, und ich verteile die Zimmer. Nur eines noch, Mara. Sanni und ich machen morgen nach dem Frühstück einen Abgang. Ab da seid ihr auf euch alleine gestellt. So, aber jetzt kommt mit.«

Ich muss kurz schlucken.

Aha. So haben sie sich das gedacht.

Sie haben für mich entschieden. Ich soll also mit Tom zusammen sein.

Aber will ich das?

Ist jetzt nicht dein Ernst, oder?

Ich ignoriere dich. Schon bemerkt?

Von meinen Zweifeln erwähne ich kein Sterbenswort und trotte gottergeben hinterher.

***

Ich hinterfrage am besten gar nichts mehr. Klar, Tom und ich haben das Elternschlafzimmer, also das größte, bekommen. Folgsam haben wir alle unser Gepäck in die uns zugedachten Zimmer gestellt, und uns ein bisschen eingerichtet.

Tini hat in der Zwischenzeit schon ein Abendessen mit allem Drum und Dran auf den riesigen und urgemütlichen Holztisch gestellt. Vor uns ist alles angerichtet: Schinken, verschiedene Käsesorten, Antipasti, Brot, Wein, Wasser.

Mir ist es egal, wie sie das aus dem Ärmel gezaubert hat.

Ich frage sie nicht einmal.

Ehrlich, ich bin mit mir und meinem Gefühlswirrwarr gerade ausreichend beschäftigt. Die Botschaft an mich war nicht misszuverstehen:

Hier habt ihr das größte Zimmer für euch alleine. Macht was draus! Wir fahren morgen, ab da könnt ihr euch austoben!

Mit lieben Grüßen

Tini und Sanni

»Tom, die Frage ist sicher blöd, aber sollen wir dich lieber Tom oder Aiden nennen?«

Sanni ist nach wie vor recht unentspannt neben Tom. So viel Einfühlungsvermögen besitze sogar ich noch. Trotz meines innerlichen Dilemmas.

»Sanni, mir wäre Tom lieber. Aber wir haben ja den ganzen Abend vor uns, dann kann ich euch das vielleicht in aller Ruhe ein wenig näher erklären. Also die Story mit Aiden und Tom. Baby, du kennst sie ja schon«, zwinkert er mir zu.

Sanni benimmt sich eigenartig. Dauernd lächelt er Tom an, als sei er eine leckere Nachspeise. Tini hält sich zurück und hört einfach zu.

Und ehrlich, ich weiß nicht, ob es der Schnaps, die Hütte, Tom oder alles zusammen ist: Mich zieht es magnetisch zu Tom hin.

Wir sitzen eng nebeneinander. Jede seiner Berührungen verursacht kleine elektrische Ladungen. Und ganz viele von ihnen landen in einer sehr sensiblen Zone meines Körpers.

Okay.

Letzen Endes alle.

Immer wieder streichelt Tom meinen Oberarm, meine Wangen, mein Haar und küsst mich ganz leicht. Ich dagegen lasse es bloß geschehen.

Von mir kommt das Programm lebende Statue.
Es geht aber gar nicht anders. Eigentlich bin ich doch unfreiwillig in dieses Stück geraten. Aber gleichzeitig fühle ich mich wie eine Prinzessin.
Ich bin einfach verwirrt.
Ist das alles zu glauben?
Kann es das geben?
Er reist *mir* nach?

»Engelchen, wenn ich einmal etwas sagen darf. Hör endlich auf zu denken. Ich sehe es dir an und weiß, dass es dir nicht gut tut.«
Sanni schaut mich mitleidig an.
Tom streicht mir eine Haarsträhne aus dem Gesicht.
»Sweetheart, du solltest auf Sanni hören«, murmelt er in mein Ohr. Dabei bläst er ein wenig Luft hinein und schon wieder kribbelt alles in mir. Wirklich alles.
Ja, dort auch.

»Ja, ja, okay«, hauche ich.
Habe ich ein Problem mit meinen Stimmbändern?
Ich ergebe mich.
Mein Hirn ist ohnehin restlos überfordert. Sachte lehne ich mich in Toms Richtung, der mich wie selbstverständlich in seine Arme nimmt und seinen Kopf an meinen lehnt.

Fällt dir eigentlich auf, dass du weder isst, noch Wein in dich hineinschüttest? Bravo! Ein Fortschritt Miss-Ich-liebe-den-Märchenprinzen-doch! Der schlägt dir wohl auf den Magen, was?

Nicht stören!
Ich will lediglich diesen Moment genießen.

Tom spüren.

Atmen.

Mich an seinem Geruch berauschen.

Möge die Zeit stillstehen und dieses Gefühl unendlich lange andauern.

Das Wochenende

Samstag

In seinen starken Armen in dieser kuscheligen Decke zu liegen, ist einfach nur himmlisch. Am besten, ich täusche ihm noch ein bisschen vor, dass ich noch schlafe.

Nein. Ich bin viel zu neugierig, ob er schon wach ist. Also, Augen auf.

Oh.

Tom schaut mir direkt in die Augen und lächelt.

»Guten Morgen, Baby. Ich hoffe, du hast gut geschlafen?«

»Oh ja, habe ich. Auch guten Morgen!«

»Du siehst bezaubernd aus, Mara. Aber das weiß ich ja schon seit Barcelona.«

»Hör auf mit deinen Komplimenten, Tom. Ich fühle mich nämlich überhaupt nicht bezaubernd, sondern mehr nach, geh duschen!«

Aber ich lächle ihn verliebt an. Das weiß ich genau, denn ich fühle alles Mögliche gleichzeitig. Und jedes einzelne Gefühl davon ist herrlich.

Er zieht mich an sich und küsst mich am Kopf

»Tini dürfte schon in der Küche sein. Ich denke, wir werden mal mit ihnen frühstücken. Doch ab dann kann ich für nichts mehr garantieren, Babe«, gurrt er mir in tiefem Tonfall in mein Ohr. Seine Stimme überträgt sich bis in meine Hüften und noch tiefer.

Schon wieder.

»Okay, dann gehe ich einmal duschen.«

Ich löse mich aus seinen Armen und stehe auf.

»Oh bestens. Soll ich dich einseifen?«

Er hält mich am Arm fest. Ich muss lachen.

»Ähm, nein danke, Tom. Das schaffe ich schon.«

»Das war nicht die Frage Baby, ob du das schaffst. Aber ich verstehe. Lassen wir die beiden doch erst einmal abreisen.«

***

Puh, jetzt sind sie weg. Also Sanni und Tini.

Und mein bester Freund hat nichts Besseres zu tun, als Tom glatt zum Abschied zu fragen, ob er ein Autogramm haben könnte. Tom hat ihm natürlich eines versprochen. Hätten meine Blicke töten können, dann wäre Sanni neben seinem Auto zusammengebrochen.

Jetzt sitzen nur wir zwei hier am Tisch.

Plötzlich beschleicht mich ein seltsames Gefühl der Fremdheit. So wie gestern Abend, als wir gemeinsam alleine in unserem Schlafzimmer standen. Also in dem von Tinis Eltern.

Und wie auch gestern scheint Tom das bei mir zu spüren. Er umarmt mich. Dann küsst er mich auf die Stirn.

»Baby, wir gehen eine Runde nach draußen. Was hältst du davon?«

Das könnte helfen. In meinem Kopf wuselt nämlich nur ein Wort herum: Sex. Das macht mich unsicher. Gleich? Später? Nie?

Was weiß ich.

»Gute Idee. Machen wir einen kleinen Spaziergang.«

***

Wir waren sage und schreibe zwei Stunden unterwegs. Und es war unglaublich lustig. Etwas kühl zwar, doch die Sonne scheint und der Himmel in den Bergen hat uns mit seinem allerschönsten Blau verwöhnt.

Traumhaft. Was auch immer er mit mir wieder angestellt hat, ich fühle mich auf jeden Fall leicht, frei und glücklich!

Im Vorraum ziehen wir unsere Mäntel und Schuhe aus.

Tom sieht mich an.

Von einer Sekunde auf die andere liegt etwas in der Luft.

Er umschlingt meinen Körper, drückt mit seiner Hand meinen Kopf an seine Brust. Dann schnuppert er in meinem Haar und flüstert, »Mara. Du bist so unglaublich schön! Und du riechst so unglaublich toll. Wahnsinn.«

Kurz jagen einige Gedanken durch meinen Kopf: Schön? Wahnsinn?

Sagt einer zu *mir*, der die schönsten Frauen der Welt haben kann zu mir? Vielleicht aber stimmt etwas nicht. Möglicherweise bin ich unabsichtlich auf Drogen, und das hier passiert gar nicht wirklich?

Sachte zieht er meinen Kopf nach hinten und schaut mir tief in die Augen.

»Du weißt, was du mit mir anstellst, Mara.«

»Ich?«

Mit ihm?

Eher umgekehrt.

Er zieht mich mit ins Wohnzimmer.

Ich lasse es geschehen und weiß genau, wohin uns das führen wird.

Denken wird überbewertet.

»Ich habe so lange auf diesen Moment gewartet, Babe!«

Ich doch auch!

Tom küsst mich auf den Mund. Bevor ich reagieren kann, fährt er mit seinen Lippen meine Augenbrauen entlang. Meine Nase. Kurz knabbert er an meinem Ohr.

Meine Augen sind geschlossen, mein Mund wartet nur darauf, dass er endlich wieder ankommt.

Jetzt!

Sanft drückt er seine Lippen auf meine. Mein Körper steht in Flammen, seine Hände sind überall und nirgends zugleich. Seine Leidenschaft wird fordernder. Ich klammere mich an seine Oberarme.

Endlich! Er dringt in meinen Mund ein und es fühlt sich so an, als ob wir bereits miteinander schlafen würden. Ich schmecke ihn, fühle ihn mit jeder Faser. Mein Körper prickelt.

Oh! Wie sehr ich ihn begehre.

Ich fahre mit meiner Hand in sein Haar und ziehe seinen Kopf noch fester an mich. Kein Millimeter soll uns trennen. Tom umschlingt meine Taille und zieht mein Becken eng an seines.

Ja. Er will mich. Genau so sehr, wie ich ihn.

»Nicht hier, Baby«, säuselt er in mein Ohr.

»Okay.«

Ups. Er hebt mich hoch.

Und trägt mich tatsächlich hinauf ins Schlafzimmer. Währenddessen schmusen wir weiter. Als gäbe es kein Morgen.

Ich finde mich im Bett wieder. Liege auf dem Rücken, er auf mir. Ohne meinen Mund aus seinen heißen Küssen zu entlassen, zieht er sich über oder neben mir aus. Kleidungsstück um Kleidungsstück, das auf dem Boden landet, wächst meine Erregung. Ich kann meinen Blick nicht von seinem Wahnsinnskörper nehmen, der zum Vorschein kommt. Jeden Zentimeter davon muss ich erkunden. Berühren. Schmecken.

»Ich brauche dich, Mara. Ganz!«

»Ich dich auch Tom.«

Ich streichle seine Brust, fahre mit den Fingern seine Brustwarzen nach. Tom stöhnt. Auch mir entweichen Laute, die ich gar nicht von mir kenne.

Tom liegt neben mir und streichelt meinen Hals.

Mein Schlüsselbein.

Mmh. Meinen Busen.

»Nicht aufhören, Liebling«, flüstere ich in sein Ohr.

Was?

Er macht gar nichts.

Nichts.

Ich strecke mich ihm entgegen.

Noch immer kommt gar nichts.

Er liegt nackt neben mir und stützt sich auf seinen Arm. Lächelnd betrachtet er mich.

Ich starre ihn an.

Zieh mich aus, Tom.

Schnell!

»Nur Freunde, Babe? Bist du sicher, dass das hier Freundschaft ist?«

Oh, ich bringe diesen Mistkerl um!

»Nein.«

Er nimmt meine Hand und legt sie zwischen seine Beine.

»Glaubst du, dass ich mich so fühle, wenn ich nur eine gute Freundin besuche?«

Ich kann nicht mehr.

Ich zerfließe und streichle ihn.

Wie erregt er ist, spüre ich. Auch innerlich.

»Nein.«

»Was ist das dann, Mara? Wofür bin ich um die halbe Erde geflogen?«

Berühr mich! Streichle mich. Bitte, irgendetwas.

Ich halte das hier gerade nicht aus. Und bitte Tom, hör mit diesem Fragespiel auf!

»Liebe?«

Ich kann nicht anders und massiere ihn.

Ja! Dort.

Er hält meine Hand fest.

Folter?

Ich schaue ihm direkt in die Augen.

»Mara, liebst du mich?«

Himmel!

Ja. Nein. Was weiß ich?

Doch. Tom liebe ich. Aber Aiden?

Will ich diese Welt?

»Mara. Liebst du mich, Tom?«

»Jaaa!«

Eine klitzekleine Träne entkommt mir.

Ja. Ich liebe ihn. Ich habe mich vom ersten Moment an in ihn verliebt. Obwohl ich gar nicht an Liebe auf den ersten Blick glaube. Aber mittlerweile ist es vermutlich wirklich Liebe.

Warum sonst beherrscht er meine Gedanken Tag für Tag? Meine Träume?

Und er ist hier. Nur wegen mir.

»Ja. Ich liebe dich, Tom Maass.«

Endlich. Nun lächelt er. Auch seine Augen.

»Und ich liebe dich, Tamara Dohm.«

Plötzlich reißt er mich an sich.

Küsst mich.

Seine Leidenschaft ist noch größer als zuvor. Irgendwie schafft er es, mich in Sekunden auszuziehen.

Hoppla. Auch meine Socken. Oh, ist das jetzt peinlich?

Ich beschließe, dass es sich nicht auszahlt, mich zu genieren. Er ist nämlich schon bei meinem BH.

Geschichte.

Mein Slip auch.

Tom liegt quer über mir. Liebkost mich. Saugt, stöhnt und weiß genau, wo er mich massieren muss.

»Baby, du bist so heiß. Du hast ja keine Ahnung, wie sehr ich dich begehre.«

Die Farbe seiner Stimme verheißt alles. Verlangen. Liebe. Die Gefahr, ihn nie mehr gehen zu lassen.

Ich höre mich aufheulen.

So wie diesen Mann habe ich noch keinen gewollt. Das steht fest. Ich drücke mein Becken an seine Hüfte und spüre seine Lust.

»Ich will dich auch, Tom. Mehr als alles auf der Welt!«

Ich kann mich nur über mich wundern. Oder auch nicht.

Das hier ist berauschend. Körperlich. Geistig.

Erotisch.

Ich bin Frau. Begehrenswert und geliebt.

Wahnsinn!

»Tom, ich brauch dich. Bitte komm zu mir. Ganz«, flüstere ich verlangend in sein Ohr.

Seine azurblauen Augen sind einen Tick dunkler geworden. Verlangend und wild sehen sie aus. Ich streichle seine Wangen. Oh Gott, ist dieser Mann schön. Und so weich und so zärtlich. Zugleich bestimmend. Fordernd. Einfach eine unglaubliche Mischung.

Wir sind ineinander verwoben.

Plötzlich spüre ich ihn dort, wo ich ihn schon die ganze Zeit spüren wollte.

Ich schreie auf.

»Ich brauch dich, Tom. Sofort!«

»Sicher, Baby? Aber wir haben Zeit.«

»Mir egal. Ich will dich Tom, bitte«, bettle ich.

»Baby, ich liebe dich«, sagt er und erlöst mich im Schneckentempo.

Erlöst mich?

Nun ist es noch viel schlimmer.

Ich verkralle mich in seinem Rücken und lasse ihn das Tempo bestimmen. Auch wenn ich dabei fast vergehe.

»Tom, ich liebe dich auch«, krächze ich. Im selben Moment sehe ich Funken fliegen.

Er stöhnt laut auf und macht weiter.

»Oh Gott! Mara!«

Ich schreie.

Tom auch.

Ich fühle mich erfüllt.

Angekommen.

Fast andächtig.

Er liegt auf mir.
Ich weine.
Still. Damit er es nicht bemerkt.

»Nicht, Babe. Alles ist gut. Glaub mir.«
Ich vergrabe mich in seiner Brust.
»Mara, ich lasse dich nie wieder gehen.«
Ja. Alles ist gut.

***

Keine Ahnung, wie viel Zeit vergangen ist, auf jeden Fall liege ich eng an ihn gekuschelt im Bett. Tom muss uns zugedeckt haben. Ich spüre seinen warmen Atem auf meiner Schulter und drücke mich fest an ihn.

Seine Arme umschließen mich und ziehen mich noch enger an ihn.

»Baby, bleib bei mir. Bitte. Für immer«, höre ich ihn in mein Ohr hauchen.

»Ja, Tom. Ich bleibe bei dir«, flüstere ich zurück.

»Gut.«

Und dann beginnt er, mein Ohr mit seiner Zunge zu massieren. Oh Mann, ich könnte schon wieder mit ihm schlafen! Was macht Tom eigentlich mit mir?

Ich habe keine Lust mehr zu denken. Ich habe nur Lust auf diesen Gott neben mir. Und mir ist auch völlig egal, wie ich das mit seinem Starleben hinbekommen werde.

Er ist da.
Ich bin da.
Er will mich und ich will ihn.
Nur das zählt.

Ein weiteres Mal beginnen wir, einander mit dem Mund zu erforschen. Jedes Grübchen, jede Erhebung seines Körpers möchte ich genauer kennenlernen …

Die Stille

Sonntag

Wir liegen gemeinsam im Whirlpool.

Ich auf Tom.

Über uns der freie Himmel, rund um uns eine schützende Hecke.

Es ist Sonntag. Bereits früher Nachmittag und langsam beschleicht mich die Angst, wie es nun weitergehen wird. Wir werden diese Oase hier auf jeden Fall wieder verlassen müssen. Ein beängstigender Gedanke.

Hach!

Bis jetzt war es nur schön mit ihm.

Gestern sind wir kaum aus dem Bett herausgekommen. Bloß wenn wir Hunger oder Durst hatten, haben wir uns kurz einmal in die Küche bequemt.

Alles mit ihm ist selbstverständlich. Als ob es so sein sollte.

Das habe sogar ich mittlerweile begriffen. Und er ist so *normal.*

Ja, ich habe mir die ganze Zeit etwas vorgemacht.

Ich liebe ihn. Und niemand anderes.

Plötzlich fühle ich mich mies. Was hätte das mit Tobias werden sollen?

Wenigstens habe ich ihn nicht wiedergetroffen. Obwohl er mir beinahe täglich eine Einladung geschickt hat. Aber ich habe immer die Arbeit vorgeschoben.

Tom streichelt meinen Kopf.

Mmh.

Gut, dass es hier keine Internetverbindung gibt. Mein Handy habe ich ausgeschaltet. Aber ich nehme an, Tini und Sanni können sich denken, was hier los ist. Und Tobias ist mir egal.

Entschuldige die Störung. Aber waren wir nicht einig, dass das mit Hollywood nichts werden kann? Was wird denn ab morgen?

Mist. Ja, was wird aus uns werden? Wir müssen ja demnächst in die Wirklichkeit zurück.

Um genau zu sein sehr bald, denn ich muss morgen arbeiten. Tom wird in der Früh zurückfliegen. Hach, da fällt mir auf: Ich habe ja noch nicht einmal ein Auto herumstehen gesehen?

Oh!!! Wie kommen wir dann eigentlich wieder weg von hier?

»Tom, sag einmal, wie kommen wir denn nach Wien? Und wann?«

»Was hältst du von fünf? Ich lasse uns dann von Jason und Will abholen.«

»Was? Wo sind denn die zwei?«

»Oh, unten im Dorf. Die sind in einem kleinen Hotel. Sie haben mich ja auch hergefahren.«

»Aha. Okay, also sie holen uns um fünf. Und dann?«

»Na ja, wenn es dir nichts ausmacht, würde ich heute Nacht noch gerne mit dir in deiner Wohnung verbringen. Die Jungs können in Wien ja ebenso ein Hotel nehmen.«

»Und das geht?«

»Was meinst du?«

»Na ja, dass wir in Wien bei mir sind, und deine beiden Wachhunde woanders?«

Tom lacht auf.

»Ja Baby, das geht. Ich habe dir ja immer gesagt, alles geht.«

Dann küsst er mich und fängt wieder an, mich ganz und gar unanständig zu streicheln.

»Vertrau mir, Mara! Alles wird gut. Ich liebe dich. Und ich möchte mein Leben mit dir teilen. Wie wir das zwischen den beiden Kontinenten hinbekommen, das müssen wir noch herausfinden. Aber es wird funktionieren. Weil wir es so wollen, oder?«

»Ja«, hauche ich.

Also ich habe keine weiteren Fragen mehr.

Der heutige Abend ist gesichert.

Mit dem Rest will ich mich jetzt nicht beschäftigen ...

Das Drama

Montag

Ich starre meinen Computer an.

Heute geht nichts.

Aber rein gar nichts.

Meine Gedanken kreisen um Tom.

Es hat mich auch alle Mühe gekostet, überhaupt hierher in die Redaktion zu kommen. Zuerst musste ich nach unserem Abschied über eine Stunde heulen. Dann habe ich mich notdürftig geschminkt und na ja, jetzt sitze ich hier. Und zu allem Übel steht ein Strauß roter Rosen samt Karte von Tobias vor mir auf dem Schreibtisch. Wurde gerade geliefert.

Am liebsten würde ich ihn zerstückeln!

Ich will Tom.

Hier.

Bei mir!

Ich kann heute keine Story schreiben. Was ist schon ein dämlicher Wirtschaftsartikel verglichen mit meinen Problemen?

Wobei? Was sind eigentlich meine Probleme? Ich will Tom. Er will mich. Oder etwa nicht?

Na ja, was ist, wenn das immer so weitergeht? Wir haben irgendwo ein nettes Wochenende, und anschließend geht es mir wieder beschissen? Mara, die heimliche Geliebte.

Tauge ich für diese Rolle?

Wäre da Tobias nicht doch die bessere Wahl? Das solidere und abschätzbarere Leben?

Ach, ich weiß auch nicht.

Mein Diensttelefon läutet. Trudi ist dran.

»Mara, kannst du kurz zu Walter kommen? Es wäre dringend.«

»Oh, ja, gleich Trudi.«

»Okay! Sage ich ihm. Danke.«

Auf meinem Computer poppt Facebook auf.

Martina Sommer
Huhu Mara! Wie war es? *NEUGIER*

Tamara Dohm
Hi Tini! Es war ... *ROT WERD*
Einfach unglaublich, aber jetzt gehts mir gerade nicht so gut. Ich muss gleich zum Chef, wir hören uns später, ja? :-)

Martina Sommer
Okay. Aber wirklich!!!

Tamara Dohm
Ja, wirklich Tini! Versprochen. Ich ruf dich dann an. :-)

Ich schalte schnell ab. Sonst komme ich doch noch mit Tini ins Plaudern. Aber ich muss ja zu Walter!

***

Walter erwartet mich schon in seinem Büro. Sieht zumindest so aus. Gute Laune scheint er nicht zu haben.

Mir egal. Ich habe ja auch keine.

»Hallo Mara. Bitte nimm Platz.«

»Danke, Walter. Was gibt es denn?«

»Mara, wir haben ein, sagen wir einmal, etwas größeres Problem.«

»Was? Welches denn?«

»Hm. Wie fange ich an? Mara, wie du weißt, mische ich mich nie in das Privatleben meiner Mitarbeiter ein. Doch ich glaube, jetzt muss ich es tun.«

Unruhig rutscht Walter auf seinem Stuhl hin und her. Und mir wird auf der Stelle heiß.

»Ähm, kannst du etwas deutlicher werden? Geht es um *mein* Privatleben?«

»Ja Mara, geht es. Also, wie soll ich es sagen? Für mich persönlich ist das mit dir und diesem, ähm, Hollywoodstar okay. Aber da unten vor der Redaktion stehen zirka zwanzig Fotografen. Unser Portier, der Franz, und Lissi am Empfang sind bereits verzweifelt. Sie wissen nicht, wie sie die Meute davon abhalten können, das Gebäude zu stürmen. Ich habe drei Redakteure hinuntergeschickt, und die Polizei gebeten, herzukommen.«

»Was?«

Ich bin außer mir.

Was soll denn dieser Rummel? Und woher weiß Walter von Tom? Irgendwie muss ich mich jetzt aber verdammt zusammenreißen. Und diese Fotografen?

»Walter, eine Frage, woher weißt du von Tom?«

»Tom? Ich weiß nichts von einem Tom. Bitte sage jetzt nicht, es gibt noch einen, Mara! Ich weiß nur von Aiden Trenton. Das Internet ist voll mit Bildern von dir und ihm. Irgendwo im Wald aufgenommen. Herrgott Mara, ich weiß auch nicht, wie ich damit umgehen soll!«

Mir zieht es die Füße weg.

Gut, dass ich sitze.

»Sag, dass das nicht wahr ist, Walter. Bitte!«, flehe ich ihn verzweifelt an.

Was ist denn da schiefgelaufen? Es kann ja nicht sein, dass uns diese Paparazzi-Idioten auf die Hütte verfolgt haben?

Oder doch?

So ein Mist!!!

Oh oh!

Was, wenn die Fotos vom Whirlpool haben?

Meine Hitzewallungen ertrage ich kaum mehr. Ich spüre, wie mein Gesicht alle Farben spielt. Und mein Herz klopft aus den Ohren.

Ich fächle mir Luft zu.

»Also Mara, was ist jetzt mit Aiden Trenton? Und sei so gut und klär mich auch gleich über diesen Tom auf. Du weißt, ich bin zu hundert Prozent auf deiner Seite. Aber wir müssen diese, ähm, ja also, diese Krise hier irgendwie bewältigen.«

»Ja.«

Ich muss schlucken. Er hat ja recht.

»Also um es kurz zu machen, Walter. Ich habe zufällig einen Tom Maass in Barcelona kennen gelernt. Später hat sich herausgestellt, dass er der berühmte Schauspieler Aiden Trenton ist. Und na ja, ich wollte dann eigentlich nichts mehr von ihm wissen. Aber dann, dann war er plötzlich bei Tini auf der Hütte. Das war diesen Freitag. Und dann haben wir …«

Soll ich meinem Chef jetzt wirklich von meinem Sexleben erzählen?

Geht das nicht doch ein wenig zu weit? Aber wenn doch Bilder aus dem Whirlpool dabei sind? Dann wäre die Flucht nach vorne vermutlich die beste Lösung.

Ich streiche mir eine Strähne aus dem Gesicht und entscheide mich für die volle Wahrheit.

Walter und ich sind auch Freunde. Er ist nicht *nur* mein Chef.

Was solls?

Ich sage ihm jetzt einfach alles. Zur Sicherheit auch gleich noch das mit Tobias. Kommt ja vermutlich am Ende sowieso alles raus. Ich kenne ja das Journalistenpack. Schließlich bin ich eine von ihnen.

***

Walter lehnt sich zurück und scheint meine Beichte erst einmal verarbeiten zu müssen. Er beugt sich mit dem Oberkörper zu mir.

»Okay Mara. Ich danke dir für deine Aufrichtigkeit. Also gut, wir werden das schon hinbekommen. Sag, kannst du heute bei irgendjemandem bleiben oder willst du zu uns kommen? Sonja hat sicher nichts dagegen.«

»Ja, also danke für dein Angebot Walter, aber ich verstehe nicht …«

»Mara, wenn die dich hier gefunden haben, dann wissen sie auch, wo du wohnst. Ich möchte dich aus der Schusslinie haben, bis wir wissen, was da noch alles nachkommt. Also hätte ich gerne, dass du bei irgendeiner Freundin oder eben bei mir unterschlüpfst. Und ich muss dich aus dieser Redaktion schleusen. Und zwar so, dass sie keine Fotos machen können.«

Bin ich gerade in einem Agentenfilm gelandet?

Das ist hoffentlich nur ein böser Alptraum. Und wenn ich aufwache, ist alles wieder gut und ich liege neben Tom.

Oder nicht?

Ich spüre, wie Tränen über meine Wange laufen, und schluchze laut. Walter kommt um den Schreibtisch herum und nimmt mich in den Arm.

»Mara, du bist meine beste Journalistin und eine gute Freundin noch dazu. Und du hast dich verliebt. Das ist ja kein Verbrechen.«

Dann grinst er spitzbübisch.

»Nur, dass es gerade der *Sexiest Man Alive* ist, gönne ich dir zwar, hätte aber jetzt nicht unbedingt sein müssen. Aber wir werden das Kind schon schaukeln.«

Ich umarme Walter kurz und stammle nur, »Danke, Walter. Du bist der tollste Chef der Welt. Und ein super Freund noch dazu.«

»Also komm, packe dich zusammen und ich bringe dich, zu wem auch immer.«

Wie ein Zinnsoldat folge ich ihm zu meinem Schreibtisch.

Ich rufe Tini an.

Sie hebt ab.

»Tini! Notfall. Kann ich zu dir kommen?«

»Jetzt gleich?«

»Ist gut. Ich warte auf dich.«

»Danke, du bist ein Schatz.«

»Ich nehme an, meine Fragen stelle ich später?«

»Ja.«

Walter geht voraus zum Lift.

Wir werden wohl über die Tiefgarage flüchten.

***

Ich hänge am Prosecco wie ein Süchtiger am Tropf.

Zwischendurch hat mir Tini Wasser eingeflößt und mich zum Essen gezwungen.

Sanni ist auch da. Wir googeln uns seit Stunden durch alle Prominews der Welt.

Doch ich bin gut drauf, denn zu meiner Erleichterung gibt es nur Bilder von unserem Spaziergang. Und ja, da hat er den Arm um mich gelegt. Also alles im grünen Bereich.

Wir lesen nur die deutschen und englischen Meldungen, aber es gibt sie in allen erdenklichen Sprachen.

Wow! Was für ein Aufruhr!

Auch auf Twitter.

Das ist spannender als jeder Thriller und wir kommen nicht los davon.

Tini googelt gerade die Klatschmagazine aus Österreich durch.

Wieder eine aktuelle Meldung:

Schlagzeile: Superstar Aiden Trenton: Heiße Affäre oder alles Lüge?

Großartig. Ich kenne diesen Schmierfink. Ist ein Kollege aus Wien.

»Klick doch endlich den Artikel an.«

Sanni ist aufgeregter als Tini und ich zusammen!

Tini macht ihm den Gefallen.

Wir lesen:

Die Internet-Community überschlägt sich, es gibt nur ein Thema: Hollywood-Superstar Aiden Trenton liebt eine Journalistin aus Wien. Doch alles ist Lüge!

»Sag, gehts noch?«, quietscht Sanni.

Ich bekomme zu wenig Luft, um zu sprechen.

»Ruhe. Weiterlesen«, befiehlt Tini.

Vertraute Aiden Trentons packen aus: Tamara Dohm (32) ist nicht die neue Frau an der Seite des Superstars. Die weitschichtige Cousine befand sich in finanziellen Nöten. Der Hollywoodstar ließ es sich nicht nehmen, reiste nach Wien und half aus. Wie hoch die Summe war, wurde nicht bekannt.

Dabei kam jedoch ein anderes Geheimnis ans Licht: Erst vor zwei Wochen hatte sich der Schauspieler mit seiner Kollegin, Lisa Longsdale, verlobt. Nun warten wir gespannt auf den Hochzeitstermin der beiden Superstars und wünschen ihnen schon vorab alles Gute!

Ich nehme die Flasche Prosecco zur Hand und trinke direkt aus der Flasche.

Tom ist verlobt.

Tom ist ein Lügner.

Tom spielt ein Spiel.

Tom ist verlobt.

Tom ... Tini nimmt mir die Flasche weg und schenkt sich selbst ein Glas ein. Sanni umarmt mich und heult wie ein Schlosshund.

Wir sagen alle miteinander nichts.

Ich zittere am ganzen Körper.

Wut? Enttäuschung?

Tini schaltet das iPad ab.

»So ein Scheißkerl aber auch. Oh Engelchen, und wir haben dir das alles eingebrockt.«

Sanni weint und schreit gleichzeitig: »Aber der wird das büßen, das verspreche ich dir!«

»Ich kann das nicht glauben.«

Tini umarmt mich.

»Ach, und du, entschuldige schon Sanni, du Idiot wolltest sogar noch ein Autogramm von diesem Typen! Schäm dich! Wenigstens jetzt!«, pfaucht Tini Sanni an.

»Aber ich, oh Gottchen, der sah doch zum Anbeißen an und er war, ... also er war doch so lieb. Also ich ...«

»Halt einfach den Mund Sanni. Wir müssen jetzt überlegen, wie Mara aus der Nummer wieder rauskommt. Und zwar mit Anstand. Das ist doch alles miteinander nicht zu glauben. Verlobt. Ich fasse es nicht.«

Ich trinke und weine hemmungslos weiter.

Tom!

Warum hast du mir das angetan?

Du bist ... du bist ... verlobt?

Ich höre mich aufheulen.

Ich habe ja immer gewusst, dass das nichts werden kann. Das ist ja eine Geschichte wie aus einem Märchen. So etwas findet aber in der Realität nicht statt. Also echt, warum hörst du eigentlich nie auf mich?

Halt die Klappe!!!

Du quatschst mir einmal so und dann wieder so die Ohren voll.

Wer soll sich da auskennen?

Und was willst du immer gewusst haben?

Gar nichts.

Ich bin so wütend! Auf alle.

Aber am meisten auf Tom!

»Okay, okay, Mäuschen. Tut mir leid. Und ja, das war doof von mir mit dem Autogramm. Aber was sollen wir jetzt tun?«

Sanni schaut Tini verzweifelt an.

Ich beobachte das alles, als sei ich eine völlig unbeteiligte Zuseherin. Geht mich ja auch nichts mehr an, - mein Leben.

Mein Handy läutet.

Das fünfte oder sechste Mal. Tini schnappt es sich.

»Du Mara, da ist der Tobias Martens dran. Soll ich abheben?«

»Bloß nicht«, pfauche ich Tini an.

»Schon gut.«

Das Läuten hört auf. Tini drückt auf meinem Handy herum.

»Er hat dir übrigens, glaube ich, schon drei Sprachnachrichten hinterlassen.

»Es ist mir egal.«

Mir ist schlecht.

»Oh Engelchen, du schaust aber sehr blass aus!«

Wenigstens ist es Sanni aufgefallen.

»Mir ist schlecht«, bringe ich mühsam hervor.

Sanni und Tini stürzen sich gleichzeitig auf mich und schubsen mich ins Klo.

Ich glaub, ich muss mich übergeben.

Mir wird heiß.

Dunkle Funken tanzen vor meinen Augen.

Alles war gelogen.

Alles.

Das Ende

Freitag

Tini hat etwas zu essen gekocht.

Ich sitze unbeteiligt am Tisch. Nicht weil ich will, sondern weil sie mich dazu gezwungen hat. Es ist Freitag Nachmittag, seit Montag bin ich hier.

Und ich spreche nicht. Mit niemandem. Also außer Tini.

Mit meinen Eltern steht sie in Kontakt.

Ich war zu schwach, um ihnen mein Elend zu schildern. Auch mit Walter telefoniert sie hin und wieder. Und sie hat auch die Nachrichten von Tobias abgehört.

Zuerst war er empört gewesen. Etwas später aber ganz lieb. Hätte er gewusst, dass ich Geld brauche, er hätte es mir doch auch liebend gerne gegeben. Und er liebt mich noch immer.

Ich hätte gleich nochmal kotzen können, als mir Tini das erzählt hat.

Tom hat auch schon ein paar Mal angerufen, aber ich habe ihr verboten abzuheben.

Tini hat sich diese Woche extra für mich freigenommen, wofür ich unendlich dankbar bin. Zuhause wäre ich wohl aus dem Fenster gesprungen.

Und Sanni ist auch jede freie Minute hier. Auch er wollte sich von seinem Vater vertreten lassen, aber Tini hat das verhindert.

Immer wenn er hier ist, heult er nämlich mehr als ich. Das ist kaum zu ertragen. Und dann all seine Selbstvorwürfe, weil sie doch Tom auf die Hütte gebracht haben und so weiter.

»Bitte Mara, iss doch wenigstens ein wenig Suppe. Schau mal, du hast jetzt schon mindestens drei Kilo abgenommen, vielleicht sogar noch mehr. Das geht ja nicht.«

Ich schüttle den Kopf. Keine Lust. Auf gar nichts.

Tini seufzt.

»Du, morgen kommt Steve. Macht dir das was aus?«

Eine rhetorische Frage?

»Nein Tini. Ich bin froh, dass es wenigstens dir gut geht. Stell dir mal vor, uns würde es gleichzeitig so besch ... bescheiden gehen. Das wäre dann ein echtes Problem. Und Probleme wollen wir ja eigentlich gar nicht, oder?«

Tini lächelt.

»Ja, das stimmt, Mara. Ich bin froh, dass du nicht deinen gesamten Humor verloren hast. Aber bitte, iss jetzt wenigstens ein paar Löffel Suppe.«

Plötzlich läutet mein Handy.

Automatisch hebt Tini ab. Mich interessiert nicht einmal, wer dran ist.

Sie geht ins Wohnzimmer und schließt die Türe hinter sich. Scheint sich um meine Mutter zu handeln, da rennt sie immer weg.

Womit habe ich es eigentlich verdient, so zu enden?

Ich habe keine Ahnung.

Meine Wangen werden heiß, ich atme schwer und dann muss ich wieder ganz heftig weinen.

***

Irgendjemand stupst mich.

Oh, ich muss wohl am Tisch eingeschlafen sein. Ich schaue auf. Sanni grinst mir fröhlich entgegen.

Was ist denn mit dem plötzlich los?

»Engelchen, aufwachen. Du, wir müssen jetzt wieder einen Menschen aus dir machen.«

»Was? Sanni, was ist denn?«, erwidere ich schwach.

Tini steht neben ihm und nickt.

»Engelchen, so geht das gar nicht. Schau dich doch einmal an. Stumpfes Haar, null Make-up und ein Schlapperpyjama. Eine Beleidigung für die Augen jedes an dir interessierten Menschen. So, auf jetzt.«

Ich bin mir sicher, Sanni ist verrückt geworden.

Er zieht mich vom Sessel.

»Komm, Mara. Wir gehen jetzt ins Bad. Das wird dir guttun.«

Guttun?

Eine Kugel im Kopf würde mir guttun.

Aber bitte.

Mir ist sowieso alles egal.

***

»Würdest du jetzt endlich in den Spiegel sehen?«

Sanni klingt ungehalten.

Okay, wenn es ihm so wichtig ist.

Wow! Ich sehe aus wie … wie, also wie …

Nein, ich darf es gar nicht zu Ende denken. Sonst muss ich gleich wieder weinen.

»Mara, du siehst einfach himmlisch aus. Dieses Kleid ist der Oberhammer!«, jubelt Tini verzückt.

»Engelchen, du siehst wie eine Prinzessin aus!«

Sanni schnieft. Macht er ja immer.

Sie haben ganze Arbeit geleistet. Meine Haare gewaschen, geföhnt, mit dem Heißeisen große Locken gedreht, mich geschminkt und mir ein Kleid übergezogen. High Heels stehen vor mir auf dem Boden.

Aber wozu das Ganze?

»Sanni, Tini, super habt ihr das gemacht. Danke. Aber was soll ich in dem Fummel? Ich gehe ja nicht aus. Also echt, das ist jetzt wirklich übertrieben.«

»Findest du?«, fragt Sanni. »Also ich finde nicht, weil wir nämlich tatsächlich mit dir ausgehen wollten. Du kannst dich ja nicht dein ganzes Leben lang hier verkriechen!«

Oh, das habe ich fast befürchtet!

»Nein, das kommt gar nicht in Frage. Ich bleibe hier.«

»Na gut, dann bleiben wir eben hier«, sagt Tini etwas verschnupft.

Sanni funkelt sie böse an. Das habe ich gesehen!

»Warum?«, fragt Sanni Tini.

»Na, darum.«

»Was soll das?«

»Plan B.«

»Sagt einmal, was ist denn in euch gefahren?«, frage ich verdutzt.

»Gar nichts«, antwortet Tini und verschwindet.

***

Aufgetakelt, wie sie mich nun einmal haben, sitze ich zwischen Tini und Sanni vor dem Fernseher. Etwas Besseres scheint ihnen nicht eingefallen zu sein.

»Wir sehen jetzt fern?«

Gut, diese Frage hätte ich mir sparen können. Ein Spieleabend wird es nicht werden.

»Ja, machen wir!«

Sanni hat die Fernbedienung in der Hand und schaltet die Abendnachrichten ein.

»Nachrichten? Muss das sein, Sanni? Können wir nicht wenigstens irgendeine lustige Serie oder so anschauen?«

Ich will jetzt echt keine Nachrichten sehen. Die Welt hat mich verletzt, und ich brauche sie nicht mehr. Wirklich nicht.

»Nein.«

Spinnt er?

Ich schmolle und lehne mich auf dem Sofa zurück. Sanni zappt herum und bleibt dann auf einem Sender hängen.

»Wir schalten nun zum Flughafen in Wien. Derzeit findet eine Pressekonferenz von Hollywoodstar Aiden Trenton statt. Unserer Reporterin Silvia Saur ist live für Sie vor Ort.«

Tom ... in Wien?

Ich springe auf.

Nein.

Tini und Sanni drücken mich zurück ins Sofa.

»Du bleibst und hörst jetzt zu!«, schnauzt mich Tini an.

Wollen sie mich foltern. Ich mache die Augen zu.

»Danke Peter Paul! Wie Sie sehen können, ist hier der wahre Menschenauflauf zugange. Sicher hundert Fans warten noch draußen vor der VIP-Lounge, um einen Blick auf den Hollywoodstar zu erhaschen. Manche hoffen, dass er im Anschluss an die Pressekonferenz Autogramme geben wird.

Hier drinnen hat sich alles, was in der Eile nach Wien kommen konnte, an internationalen und nationalen Journalisten versammelt. Nachdem das Internet die letzten Tage mit Berichten zu Trentons österreichischer Cousine und seiner Verlobung mit Lisa Longsdale übergequollen ist, sind alle sehr gespannt, was wir von ihm hören werden.«

Ich schreie hysterisch auf und versuche krampfhaft Sanni die Fernsteuerung zu entreißen.

»Mara, hör auf. Komm, wir schauen uns das jetzt an, dann wissen wir direkt von ihm, was Sache ist.«

Und dann umarmt mich Tini und streichelt beruhigend meinen Rücken.

Mir kullern schon wieder Tränen aus den Augen. Und ich ... sehe ihn! Sie filmen gerade sein Gesicht. Dieser Blick, oh Gott! Tom, wie konntest du! Du fehlst mir so sehr. Er begrüßt alle.

Die Kamera zeigt lauter lachende Gesichter im Publikum.

»Nun, nachdem in den letzten Tagen einiges über mein ansonsten gut gehütetes Privatleben an die Öffentlichkeit gelangt ist, habe ich mich entschlossen, persönlich Stellung zu beziehen. Wie Sie wissen, war ich auch letztes Wochenende hier in Österreich ...«

Ich beiße mir vor lauter Aufregung in die Hand. Gleich werde ich einen Herzinfarkt haben.

Sicher sogar.

Sterbe ich halt im Kreise meiner besten Freunde. Sie wollten es ja so.

»Und habe das Wochenende mit Tamara Dohm verbracht.«

Er lächelt.

Mir plumpst, glaube ich, das Herz in die Hose und setzt aus.

Will er mich jetzt öffentlich denunzieren? Öffentlich den Schwachsinn von meinem finanziellen Notstand wiederholen?

Ich bring dich um, Tom!

»Tamara Dohm ist jedoch keineswegs eine entfernte Cousine von mir.«

Ein Raunen geht durch die im Bild gezeigten, anwesenden Journalisten. Was kommt jetzt?

»Und ich möchte auch klarstellen, dass ich mit meiner bezaubernden Kollegin Lisa Longsdale …«

Ich kann nicht mehr! Ich versuche, zu brüllen. Aber es kommt nicht viel. Mir fehlt der Atem.

Tini und Sanni tätscheln meine Hände und starren dann wieder gebannt auf den Bildschirm.

»… nicht verlobt bin. Ich schätze Lisa wirklich sehr, als fantastische Kollegin und gute Freundin. Aber ich muss Sie enttäuschen, wir haben nicht vor, zu heiraten.«

Die Kamera fängt Bilder überraschter Gesichter bei den Zusehern ein. Und dann erscheint bildfüllend Toms grinsendes Gesicht. Seine Augen glitzern.

»Ich werde ein weiteres Wochenende in dieser tollen Stadt verbringen. Wie ich hoffe, mit meiner Freundin Tamara Dohm.«

Was hat er gerade gesagt?
Ich glaube, ich muss doch sterben!

»Und ich bitte Sie, meine und auch die Privatsphäre von Tamara Dohm zu wahren und uns nicht weiter zu verfolgen. Ich wünsche Ihnen noch einen schönen Abend in Wien und danke Ihnen für Ihre Zeit, sich meine Erklärung persönlich anzuhören.«

Die Kamera schwenkt auf die Reporterin Silvia Saur.
Sie quatscht irgendetwas.
Aiden geht weg. Ich sehe Will.
Sanni drückt den Knopf.
Schockstarre? Keiner bewegt sich, wir schauen weiterhin auf den nunmehr schwarzen Bildschirm.

Sie haben es gewusst. Sie haben es gewusst! Sie haben das mit Tom ausgemacht. Und zwar schon wieder hinter deinem Rücken!

Meine innere Stimme ist richtig sauer.
Ich auch.
Was denken sich die drei eigentlich?
Dass ich ihr Spielball bin? Kurz einmal aus der Kiste geholt, ein wenig gespielt und dann wieder im Eck versteckt?
Nicht mit mir, meine Lieben! Mein Handy am Couchtisch läutet.
Ich ignoriere es.
»Engelchen, ist das nicht wunderbar!«
Sanni hüpft auf und springt herum.
»Ja, absolut. Ist es doch, Mara, oder?«
Tini sieht mich erwartungsvoll an.

»Gar nichts ist wunderbar! Lasst mich in Ruhe!«, schreie ich und renne in Tinis Schlafzimmer.

Dort werfe ich die Tür zu, und mich aufs Bett.

***

Die Tür geht auf.

Leise. Aber ich habe es gehört.

»Haut ab«, knurre ich.

Ich drücke mein Gesicht fest in den Polster unter mir.

»Baby, wieso bist du hier? Alleine?«

ER. IST. DA???

»Tom?«

»Ja, Darling. Tom. Und ich hoffe, du kannst mir verzeihen, was alles passiert ist. Wirklich Mara, ich dachte nicht, dass sie mich zur Hütte verfolgt haben. Jason und Will waren auch platt, als sie die Fotos gesehen haben.«

Ich drehe mich langsam zu ihm um.

Er steht vor dem Bett und sieht ein wenig hilflos aus.

»Tom! Es geht doch um Lisa. Und dass ich erkannt habe, dass ich nicht gut genug für jemanden wie dich bin.«

Meine Tränen bilden einen Fluss.

»Mein Gott Mara. Was sagst du denn da?«

»Tom, ich habe es dir immer wieder gesagt: Ich passe nicht in dein Leben. Schau mich doch an. Wie haben Sie geschrieben? Normalofrau! Unscheinbar, zu fett, zu normal! Einfach nichts für einen Hollywoodstar. Und da haben sie leider recht. Lisa passt besser zu dir.«

Tom schaut mich an. Noch immer steht er vor dem Bett.

Plötzlich legt er sich neben mich und umarmt mich. Wortlos.

Ich kann nicht mehr.
Ich weine und klammere mich an ihn.
Schizophrener geht es gar nicht.

Langsam beruhigt sich mein Atem.
Meine Tränen versiegen.
Tom schweigt. Und das ist gut so. Aber er streichelt meinen Rücken.
Und da ist sie.
Uneingeladen.
Diese Wärme und tiefe Vertrautheit zwischen uns.

Stimmt das? Mit Lisa war nie etwas?
Eine Zeitungsente?
Aber was weiß ich denn überhaupt von seinem Leben?
Wenig, wenn ich ehrlich bin. Paparazzi. Falschmeldungen. Seine zwei Rollen: Tom und Aiden. Wobei ich mir eingestehe, Tom zu lieben und Aiden nicht zu kennen. Oder anders. Wann immer ich Kontakt mit Aiden hatte, endete es für mich im Desaster.
Aber ich kann doch nicht mit Tom zusammen sein, ohne es gleichzeitig auch mit Aiden zu sein?

»Mara, ich weiß, dass du gerade grübelst. Aber ich möchte dir kurz von meiner Woche erzählen. Ist das okay für dich?«
»Ja, natürlich.«
Tom schmiegt sich an eng mich.
Ich liege in seinen Armen.
»Also. Beginnen wir einmal so. Ich habe mir ein Traumwochenende mit der Frau, die ich liebe, erkämpft. Na ja, vielleicht nicht erkämpft, aber mit Hilfe deiner Freunde

erarbeitet. So. Dann fliege ich nach Hause. Ich habe mir die gesamte Zeit nur überlegt, wie ich schnellstens wieder nach Wien komme. Dann landen wir in Los Angeles. Wir fahren in mein Haus, also Will, Jason und ich. Und dann ruft mich Lisa an und macht mir die Hölle heiß, was ich für einen Schwachsinn von wegen Verlobung verbreite. Ich war perplex. Dann habe ich gegoogelt. Und das, was ich gelesen habe, hat mich fertiggemacht.«

Lisa war zornig? Oh.

»Und du warst für mich nicht mehr erreichbar. Doch ich konnte Tini erweichen, doch mit mir zu sprechen. Ich habe ihr alles erzählt und sie hat mir gesagt, in welchem Zustand du bist. Sorry, Baby, aber ich war schockiert. Als Nächstes habe ich dann am Mittwoch mit meinem Regisseur verhandelt. Wir drehen ja gerade. Aber er hat verstanden, dass ich am Freitag nach Wien fliegen muss. Und dann kam mir die Idee, erstmalig selbst an die Öffentlichkeit zu gehen und diese blöde Geschichte gerade zu rücken.«

Pause.

Will er jetzt nicht weiter sprechen?

Ich hänge doch an seinen Lippen.

»Und jetzt?«

»Also, und jetzt bin ich hier. Und habe vor, dort zu beginnen, wo wir diesen Montag aufgehört haben. Ich hoffe, du willst das auch.«

Den letzten Satz hat er geflüstert.

Mir stehen schon wieder die Tränen in den Augen.

Kann ich jetzt Nein zu ihm sagen?

Will ich das überhaupt?

Sicher nicht!

Es fühlt sich richtig an, dass er neben mir liegt.

Ich drehe mich zu ihm um.

Mein Gott!

Tom weint!

Leise.

Er dreht sein Gesicht weg.

»Tom!«

Mit zwei Fingern führe ich sein Gesicht zu meinem hin.

»Okay. Wir versuchen es noch einmal. Aber ehrlich, ich habe keine Idee, wie das gehen soll.«

Mein Herz springt demnächst aus meiner Brust. Ja, so aufgeregt bin ich. Aber auf der anderen Seite fühle ich mich so eins mit ihm.

So warm.

So geborgen.

Es muss doch irgendeinen Weg für uns geben?

»Oh Baby, du machst mich zum glücklichsten Menschen dieser Erde.«

Tom küsst mich. Sanft und vorsichtig.

Mmh.

Jetzt innig, leidenschaftlich und tief.

Da ist es. Dieses unglaubliche Feuer zwischen uns.

»Aber wie kann es funktionieren, Tom?«, hake ich beinahe atemlos nach.

»Würdest du mir die nächsten Wochen deines Lebens schenken?«

»Ähm, wie meinst du das?«

»Na ja. Da steht ein Flugzeug in Wien. Wir könnten jederzeit dorthin, und zu mir nach Los Angeles oder sonst wohin fliegen. Ich glaube, ich muss dir nämlich schnellstens die Welt von Aiden zeigen. Dann wissen wir beide mehr. Ja?«

Am liebsten hätte ich *Ja* geschrien.

Aber wie soll das gehen?

Am Montag muss ich doch wieder arbeiten. Und schon ist sie verpufft, meine Zuversicht und Hoffnung auf eine gemeinsame Zukunft.

»Das geht doch nicht, Tom. Ich muss ja arbeiten«, murmle ich mehr in mich hinein als zu Tom hin.

Er sieht mir in die Augen.

»Baby, das geht. Ich habe diese Woche nämlich noch ein Telefonat geführt. Mit deinem Chef.«

»Was? Du hast Walter angerufen? Tom, das geht jetzt aber zu weit.«

»Glaube ich nicht. Da ich von Tini erfahren hatte, was in der Redaktion wegen uns passiert war, musste ich mich bei ihm entschuldigen.«

»Du hast dich bei Walter entschuldigt? Ich glaube es nicht.«

»Ja, habe ich. Und weißt du, was er mir vorgeschlagen hat?«

»Nein, keine Ahnung.«

»Wenn ich dich liebe, dann sollten wir uns zusammenpacken und am besten aus Wien abhauen. Das waren seine Worte. Und du hättest Urlaub, solange du willst.«

»*Das* hat Walter gesagt?«

Ich bin in einem Film. Das ist doch alles unmöglich.

Verlobung. Pressekonferenz. Mein Chef?

Hilfe, was kommt da noch alles?

»Ja. Und ich war dankbar, dass es seiner war. Ich wollte ihm nämlich dasselbe vorschlagen.«

»Also, nur fürs Verständnis? Ich habe Urlaub, solange ich möchte?«

»Ja, Baby.«

»Und wir könnten in dieses Flugzeug steigen, und zu dir fliegen? Und dann so probehalber ein bisschen zusammenleben? So als Test?«

»Ja. Aber ich hoffe doch, dass es nicht nur ein Test ist.«

»Oh, ja klar. Also ich wollte dich jetzt nicht verletzen, Tom.«

»Also, fliegen wir?«

Ich gehe kurz in mich.

Schweigen.

Meine innere Stimme scheint nichts zu sagen zu haben. Soll ich das wagen?

Verdammt, welche Einladung für eine Reise ins Glück brauchst du jetzt noch? Mara, ich bitte dich! Flieg!!! Schau dir diesen Gott an deiner Seite einmal an. Wie oft im Leben glaubst du, wird dich so jemand bitten, mit ihm zu leben? Auch wenn es nur für ein paar Wochen sein sollte?

Ah, da ist sie ja wieder.

In meiner Brust flammen Schmerzen auf.

Natürlich hat sie völlig recht.

Es wird nur für ein paar Wochen sein. Aber will ich das? Ein paar Wochen Glück, um anschließend ein Leben lang verbittert zu sein?

Ich schließe die Augen.

»Nein, Tom. Ich kann das nicht. Mir geht das alles viel zu schnell. Es tut mir leid, aber du musst alleine zurückfliegen.«

Aus feucht schimmernden Augen sieht Tom mich an. Er umarmt mich und drückt mich ganz fest an sich. Dann schmiegt er sein Gesicht in mein Haar.

Ich sehe nichts mehr.

»Heißt das *Nein*, Mara?«

»Ja.«

»Mara, ich weiß nicht, wie ich das verkraften werde. Aber ich werde deine Entscheidung respektieren. Also ich fliege alleine nach Hause. Jetzt gleich. Und dann sehen wir weiter? Oder nicht?«

Ich schluchze und sage nichts.

Er haucht mir einen Kuss auf den Mund und steht auf.

Und weg ist er.

»Aaahhh!«

Ich heule. Schreie.

Dresche auf den Polster ein.

Hemmungslos.

Ich habe ihn gehen lassen!

Ich liebe ihn doch.

Aber ich kann das nicht.

Das Flugzeug
Freitag

Plötzlich reißt jemand lautstark die Türe auf.

Sanni dreht mich gewaltsam zu sich. Zu meiner Überraschung stehen auch Tini und Steve da.

»Mara, was bitte ist denn in dich gefahren? Hast du deinen Verstand verloren?«, schreit mich Sanni an.

Hallo! Ich bin Engelchen und brauch euch!

»Mara! Du stehst jetzt auf der Stelle auf und kommst mit uns mit.«

Tini steht mit geballten Fäusten in der Hüfte vor mir. »Und ich dulde keine Widerrede.«

Ich wische mir übers Gesicht.

»Was ist denn ... mit euch los? Versteht ihr ... denn nicht? Ich kann nicht ... einfach in ein Flugzeug hopsen ... und irgendwo ein Leben anfangen.«

Vor lauter Weinen und Schniefen kann ich kaum sprechen.

»Doch kannst du, verdammt noch mal.«

Tini ist so was von wütend!

Sanni zieht mich in die Senkrechte.

Unwirsch.

»So. Wir düsen jetzt in deine Wohnung und holen deinen Pass. Und zwar subito. Und dann hilf uns Gott, dass wir die Maschine noch erreichen.«

So bestimmt habe ich Sanni weder je gesehen noch gehört.

Soll ich mich ergeben?

Mein Herz schreit: JA!
Mein Verstand brüllt: NEIN.

Setz dich in Bewegung, bevor du alles verloren hast!

Sanni zerrt mich mit sich.

Draußen im Vorzimmer zieht er mir Schuhe über. Ehe ich mich versehe, sitzen wir zu viert in Sannis Auto.

Steve hat bis jetzt noch keine Silbe gesagt.

»Ich will aber nicht«, maule ich trotzig.

»Oh Mara. Tom is such a wonderful guy. Just give it a try ... also, probiere ihn.«

Steve hat das Sprechen doch nicht verlernt. Tini kichert.

»Steve, wo kommst du eigentlich her?«

Ein wenig habe ich meine Fassung also wieder erlangt.

»Tom hat mir ... hm ... in the airplane mitgenommen.«

»Wieso denn?«

»Mara, ich habe doch ständig mit Tom telefoniert. Wir haben auch einmal kurz über Steve und mich gesprochen. Und er wusste, dass ich Steve wirklich sehr vermisse. Tom hat ihn daraufhin kurzerhand per Facebook kontaktiert und ihn mit seinem Flugzeug in Boston abgeholt. Um mich zu überraschen! Und du meinst, so handelt ein egoistischer, eingebildeter Mensch, dem man nicht vertrauen kann? Mara, Tom ist Weltklasse und genau der richtige Mann für dich. Und genau deshalb werden wir drei jetzt verhindern, dass du die Chance deines Lebens in den Kanal spülst.«

Tini sieht determiniert aus. Widerrede zwecklos.

Wobei? Das war doch wirklich lieb von Tom, oder? In dem ganzen Schlamassel auch noch Tini und Steve eine Freude zu bereiten?

Ergeben lehne ich mich in den Sitz zurück.

Kann ich mich doch damit anfreunden, dass ich spontan mit Tom in die USA fliege?

Mich wirft es nach vorne. Sanni hat jäh gebremst.

Tini reißt die Autotür auf und im Lossprinten schreit sie: »Wo liegt dein Pass?«

»In der Kommode im Vorzimmer. Oberste Schublade«, schreie ich wie aus der Pistole geschossen.

Kaum eine Minute später ist Tini wieder da und winkt mit meinem Reisepass in der Hand.

Im Auto steckt sie ihn in meine Handtasche.

Dann drückt sie mir diese in die Hand.

Sanni braust auf Teufel komm raus in Richtung Flughafen.

»Oh Engelchen, ich bete, dass wir zurechtkommen. Gar nicht auszudenken, wenn die jetzt schon abgeflogen sind.«

Und mit einem Mal bin ich hellwach.

Ja, was ist, wenn er schon weg ist?

Ein feuriger, hell schmerzender Stich jagt durch meine Brust.

Verdammt! Wie konnte ich denn so blöd sein?

Ich will Tom.

Ich liebe Tom!

Bitte, bitte lieber Gott, lass ihn noch da sein. Bitte, bitte! Sie haben ja alle recht. Ich bin so ein dämlicher Sturkopf.

Aber was ist, wenn er mich jetzt gar nicht mehr will?

Vielleicht war ihm das alles zu viel? Zu zickig? Schließlich hat er sich doch den A ... aufgerissen, um alles ins Reine zu bringen. Und was war mein Beitrag? Im Bett liegen, heulen und *Nein, danke* sagen?

Ich bin mir sicher.
Das habe ich verbockt.

Gratuliere Mara! Wirklich. Was ist, werfen wir uns jetzt Tobias an den Hals?

Sei still, blöde Kuh! Wenn Tom nicht mehr will, geh ich ins Kloster.

Wir sind beim Flughafen.

Steve hüpft aus dem Auto und läuft ins Gebäude.

Tini zerrt mich mit sich. Samt meiner Handtasche.

Sanni fährt den Wagen zum Parkplatz.

Im Laufschritt kommen wir in der Abflughalle an. Steve fuchtelt mit den Armen. Wir rennen in seine Richtung.

»Und?«, schreit Tini ihn an.

»They're still here«, strahlt Steve.

»Gott sei Dank!«

Tini und packt mich am Unterarm.

Er ist noch da?

»Wohin, Steve?«

»Follow me.«

Steve läuft vor.

Wir landen bei einem kleinen Check-in. Steve deutet auf mich und spricht irre schnell mit einer der Frauen.

Sie nimmt ein Telefon und quatscht irgendetwas.

Was, wenn Tom ihr jetzt sagt, ich solle mich zum Teufel scheren?

Was, wenn er nie mehr ein Wort mit mir sprechen wird?

Was?

Oh. Sie deutet uns, ihr zu folgen. Wir gehen hinter ihr her. Am Security-Check bleiben wir stehen.

»So meine Liebe. Und wage es ja nicht, morgen wieder den nächsten Flieger zurück nach Wien zu besteigen.«

Tini weint plötzlich ganz heftig und umarmt mich schluchzend.

Mich packt es auch.

»Danke. Du bist die beste beste Freundin der Welt«, flüstere ich ihr ins Ohr.

»Ja, bin ich. Und jetzt geh. Sanni lass ich lieb von dir grüßen.«

»Ja. Danke Tini.«

»My girl, hab eine wunderbare Zeit mit diese Traumguy! See you, Mara.«

Auch Steve drückt mich und küsst mich rechts und links auf die Wangen. Dann gibt er mir einen Klaps.

Die Dame vom Flughafen wartet, bis ich durch den Security-Check durch bin.

»Frau Dohm, bitte hier entlang.«

»Danke.«

Folgsam dackle ich ihr nach.

Das darf jetzt aber nicht wahr sein!

Mir ist heiß und kalt. Ich habe ja nicht einmal frische Unterwäsche zum Wechseln mit! Himmel.

Ich habe GAR KEIN GEPÄCK mit!!!

Vor mir öffnet sich eine Glastüre, und wir gehen hinaus auf das Rollfeld. Ein mittelgroßes Flugzeug steht da. Die Treppe heruntergelassen.

Und dann sehe ich ihn.

Mein Herz stolpert.

Ups. Das war ich.

Ich stehe da.
Er geht die Treppe herunter.
Langsam.
Okay. Das war es dann.
Er will mich nicht mehr.
Wie sollte er auch? Würde ich so eine blöde Ziege wie mich wollen?
Sicher nicht.

Ich drehe mich um.
Jemand hält mich an der Schulter.
»Babe?«
Ich muss da durch.
Ich muss es wissen.
Ich drehe mich zu ihm um.
»Kannst du mir verzeihen, Tom?«
»Wirst du in dieses Flugzeug einsteigen?«
Ich sehe von ihm zum Flieger.
Einsteigen bedeutet, sich für ihn zu entscheiden.
Oder?

Naja, zumindest einmal für einen Urlaub mit ihm. Aber wir können auch umdrehen und uns ein Kloster suchen.

Ich falle ihm in die Arme.
»Ja!«
»Oh, Baby.«
»Mach ich. Weil ich dich liebe, Tom.«
»Und ich liebe dich.«
Er küsst mich. Auf den Mund. Voller Leidenschaft.
Meine Knie werden weich.
Tom liebt mich!

Und schwups, hebt er mich auf und trägt mich die Gangway hinauf.

Drinnen stellt er mich ab. Will und Jason kommen mir entgegen und begrüßen mich. Eine Stewardess auch.

»Du Tom, ich muss dir noch etwas sagen«, flüstere ich in seine Richtung.

»Was denn?«

»Du, Tini und die anderen haben mich nichts packen lassen. Also ich, ähm, also ich habe gar kein Gepäck mit. Nichts.«

Verschämt schaue ich weg.

Tom lacht.

»Na, das lässt sich lösen, Sweetheart. Komm mal, ich denke, ich habe da etwas für dich.«

Hinter uns wird die Gangway hochgefahren und die Türe geschlossen.

Wir gehen in den nächsten Raum.

Also ehrlich, so ein Flugzeug habe ich noch nie gesehen. Denn da steht eine Sofalandschaft mit Riesenfernseher und ...

... lauter Einkaufstaschen.

Ich starre von einer zur nächsten und lese den Namen einer Edelmarke nach der anderen.

»Was ist denn das alles?«

»Liebes, ich habe dir ja schon beim letzten Mal gesagt, dass ich dir andauernd Geschenke schicken wollte. Aber Tini hat gemeint, zuerst sollten wir eine echte Beziehung haben, dann könne ich dich beschenken. Also habe ich alles, was mir gefallen hat, für dich gekauft. In der Hoffnung, dass wir doch nicht nur Freunde sind. Und nun, das ist meine Ausbeute.«

Mit der Hand deutet er in Richtung des Meers an Sachen.

»Oh, danke Tom. Ich weiß gar nicht, was ich sagen soll.«

Ich falle ihm um den Hals und küsse ihn.

»Gut, du magst also Überraschungen.«

»Was für eine Frage? Ich liebe Überraschungen. Also positive.«

Er lacht.

»Baby, ich habe da noch etwas für dich.«

»Was denn?«

»Siehst du mal bitte in diese Einkaufstüten hier vorne?«

Tom strahlt und scheint aufgeregt zu sein.

»Okay.«

Ich gehe hin.

Wow! Aus der ersten Tasche packe ich ein Strandkleid, vier Bikinis, zwei Badeanzüge, eine *Ray-Ban*, einen Strohhut und vier Jeans aus.

Ich stehe mit den Sachen da und kann es nicht glauben.

»Mach weiter.«

Ich ziehe aus der nächsten T-Shirts, Röcke und Dessous!

Dann entdecke ich noch Sandalen, Flip-Flops, ein Necessaire mit Parfums, Zahnpasta, Zahnbürste und so weiter.

Dabei habe ich noch gar nicht alles ausgepackt!

»Liebling, du bist ein Genie! Ich habe mich schon so geniert, weil ich nicht einmal Unterwäsche mithabe! Danke, danke, danke. Aber warum so viel? Und so viele Sachen für den Strand?«

Das Flugzeug beginnt zu rollen.

»Komm her, Babe.«

Er zieht mich zu sich auf seinen Schoß.

Verschmitzt sagt er, »Weißt du, wir fliegen nämlich gar nicht nach L.A.«

»Nicht?«

»Nein, Baby, wir fliegen in die Karibik. Saint Lucia.«

Ich bin sprachlos und er schmunzelt.

Er küsst mich wieder.

Höre ich da Geigen?

Sind das Engel? Ah, nein. Irgendjemand hat leise Musik aufgedreht. Und das Licht dimmt sich.

Tom sieht einfach nur glücklich aus. Ich vermutlich wie zu Weihnachten als kleines Kind.

»Saint Lucia? Echt jetzt?«

Mit diesem Traummann!

Ich fühle mich wie im siebenten Himmel.

»Ja. Echt jetzt, Baby. Ich will noch nicht zurück in meinen Alltag. Ich denke, wir haben uns nach all der Aufregung einen Urlaub verdient. Netterweise konnte ich eine freie Woche bei meinem Dreh erwirken. Mein Regisseur dreht in der Zwischenzeit Füllszenen, in denen ich nicht vorkomme. Was sagst du?«

»Was ich sage? Ich liebe dich, Tom, und ich wünsche mir nichts mehr, als dass wir das schaffen. Also, dass ich das schaffe mit deinem Leben als Aiden.«

Tom legt sich in das überbreite Sofa zurück und zieht mich auf seinen Körper.

»Baby, so übel ist das Leben von Aiden gar nicht. Du wirst sehen.«

***

Nein, da scheint er recht zu haben.

Wir hatten den wunderbarsten Sex dieser Erde hoch oben über den Wolken. Und Champagner und Erdbeeren. Und noch immer liegen wir nackt und eng umschlungen auf dem Sofa, eingehüllt in flauschige Decken und sehen uns einen von Aidens Filme an.

Na ja. Schließlich sollte ich sie ja kennen, oder?

Wir fliegen also nach Saint Lucia.

Unserem Glück entgegen? Ich wünsche es mir so sehr, auch wenn ich immer noch ein wenig Angst verspüre.

Werde ich mit seinem Starleben zurechtkommen? Mit meiner Eifersucht? Mit seinem Ruhm? Mit dem Versteckspiel vor der Presse?

Keine Ahnung.

Mara, würdest du jetzt bitte ein einziges Mal wirklich aufhören zu denken? Es kommt immer nur Mist dabei heraus. Probiere es einmal damit: Sei im Moment, sei dankbar und glücklich. Denn normal ist das nicht, wie Tom auf dich abfährt! Weißt du, der könnte da noch ganz andere haben. Also genieße es, verdammt noch einmal.

Ruhig jetzt. Stimmt ja alles, was meine innere Stimme sagt. Ich gebe es zu und schalte hiermit offiziell mein Hirn ab.

Aber jetzt brauche ich ein Dessert …

»Tom, Liebling? Mmh, ich glaube, ich hätte wahnsinnig Lust auf eine kleine Nachspeise«, flöte ich in sein Ohr.

»Oh gerne, Baby. Was soll ich denn kommen lassen?«

»Nichts. Ist schon da«, murmle ich und verschwinde unter der Decke.

Mein Haar fällt auf seinen Bauch.

Dumpf höre ich, »Ah Baby. … Uh … ah … weiter … oh, ich liebe dich!«

›Ich dich auch, Tom. Ich dich auch‹, denke ich nur.

Zum Sprechen bin ich nicht mehr fähig.

Was habe ich alles in meinem Leben bisher versäumt?

Dieser Mann berauscht mich geradezu.

Auch die Tatsache, dass wir hier hoch über den Wolken schweben.

Und, dass er mich liebt.

So wie ich bin.

Außerdem habe ich immer geglaubt, ein Kopfmensch zu sein wäre okay, und Sex sei nicht so wichtig.

Großer Fehler …

Aber ich bin soeben dabei, mich neu zu erfinden!

Danke!

Liebe Leserin, lieber Leser!

Ich danke Ihnen ganz herzlich dafür, mein Buch gekauft und gelesen zu haben.

Sollte es Ihnen gefallen haben, so bitte ich Sie, mir eine Rezension auf Amazon, Weltbild, Thalia, Hugendubel usw. zu hinterlassen.

Ich freue mich auch wahnsinnig über Rezensionen und Reaktionen auf Lovelybooks oder auf meinem Facebook- bzw. Twitter-Account.

Sie können sicher sein, dass ich Ihr Feedback lesen werde, denn für mich ist das der Lohn für all die Stunden, die ich in meine Geschichten investiert habe, um Ihnen ein paar Stunden Lesefreude zu bereiten.

Und ich hoffe, dass sie mein Buch auch Ihren Freundinnen und Freunden weiterempfehlen werden!

Ich danke Ihnen von Herzen, erst durch Sie leben meine Geschichten,

Love, and keep on dreamin´
Mira Morton

Sie finden mich …

auf Facebook unter:
www.facebook.com/MiraMorton.Autorin

und im MIRAversum:
www.facebook.com/groups/chicklitundromantischekomoedien

bei Twitter:
@mortonmira

auf Lovelybooks.de:
www.lovelybooks.de/autor/Mira-Morton/

… und natürlich auf meiner eigenen Webseite unter:

www.miramorton.com

Zum Weiterträumen - Moderne Märchen von Mira Morton

Bisher erschienen von Mira Morton:

Romantische Komödien aus der „Ich will kein“ Reihe:

Ich will kein Autogramm (1)

Ich will keinen Bodyguard (2)

Ich will keinen Champagner (3)

Ich will keine Geschenke oder Chaotische Weihnachten mit Hollywoodstar (3,5)

Jeder Roman der Reihe ist in sich abgeschlossen und kann einzeln gelesen werden. Für noch mehr Lesespaß: die gesamte Reihe lesen!

Romantische Komödien - Einzelromane:

Ich schreib dich einfach weg

Seeigel küsst man nicht

Romantische Komödien - Sammelband:

Liebe, Weihnachten und andere Bescherungen
Zwei Romane (470 Taschenbuchseiten): „Ich schreib dich einfach weg“ und „Ich will kein Autogramm“

»Ich will keinen Bodyguard«

Ein romantisches, modernes Märchen über eine neue und eine alte Liebe

Die Wiener Journalistin Mara wurde entführt. Es gibt Schlimmeres im Leben als sich in einem Privatjet wiederzufinden und mit dem Traummann von Wien in Richtung Karibik abzuheben. Aber dennoch. Sich plötzlich im Luxusleben eines Hollywoodstars wiederzufinden, kann verwirrend sein. Zu Maras inneren Zweifeln gesellt sich eine Gefahr, mit der sie niemals gerechnet hätte. Was führt ihr Bodyguard, den sie ohnehin nicht wollte, wirklich im Schilde? Ihr Urlaub auf einer Megajacht wird gefährlich ...

Ein besonderes Lesevergnügen für alle, die witzige, spannende und prickelnde Liebesromane suchen.

»Ich will keinen Champagner«

Ein romantisches, modernes Märchen über die Verletzlichkeit des Glücks

Mara, Journalistin aus Wien, ist die neue Frau an der Seite eines Hollywoodstars. Während sich die Klatschblätter mit Meldungen überschlagen, will Mara eigentlich nur nach Los Angeles übersiedeln und ihre große Liebe leben. Doch so tough Mara in ihrem Beruf ist, so magisch zieht sie privat das Chaos an. Mara kann sich noch nicht vorstellen, dass eine einzige Schlagzeile ihr Leben völlig auf den Kopf stellen wird ...

Ein besonderes Lesevergnügen für alle, die humorvolle, überraschende und prickelnde Liebesromane suchen.

»Ich will keine Geschenke«

oder Chaotische Weihnachten mit Hollywoodstar

Ein romantisches Weihnachtsmärchen für alle, die gerne träumen

Weihnachten steht vor der Tür. Die Wiener Journalistin Mara freut sich auf ein großes Familienfest mit Eltern und Freunden in Los Angeles. Doch in letzter Sekunde lässt Aiden Trenton, der umwerfende Hollywoodstar an ihrer Seite, seinen Privatjet startklar machen und überrascht sie mit Sonne, Meer und Palmen. Schon bald steht für Mara fest: Statt beschaulich und besinnlich ist der Heilige Abend chaotisch und sinnlich. Doch nicht nur Mara wird dieser turbulente und gefühlsgeladene Weihnachtsurlaub für immer in Erinnerung bleiben …

Ein besonderes Lesevergnügen für alle, die chaotische, prickelnde und humorvolle Liebesromane mögen und Lust auf sexy Weihnachtsfeiertage haben.

Nicht für Leser unter 16 Jahren geeignet!

»Ich schreib dich einfach weg«

Ein romantisches Märchen über einen Weihnachtsurlaub auf den Malediven und die ganz große Liebe

Ihre beste Freundin glaubt unerschütterlich daran, dass auch sie den Richtigen finden wird. Ihre Mutter ist vom Gegenteil überzeugt und auch davon, dass weißer Sand, 30 Grad und Palmen nicht zu Weihnachten passen.

Sie ist Lina Piers, 31, und kann keiner von ihnen die bittere Wahrheit anvertrauen. Ihr aktueller Fehlgriff in Sachen Traummann würde bei ihrer besten Freundin Heulkrämpfe und bei ihrer Mutter Schimpftiraden auslösen.

Aus diesem Grund hebt Lina alleine in Richtung Malediven ab, mit dem Ziel, ihn einfach wegzuschreiben.

Doch dieser Urlaub stellt Linas Leben endgültig auf den Kopf …

Ein besonderes Lesevergnügen für alle, die witzige, prickelnde Liebesromane mit einem Hauch Erotik mögen und ein kleines bisschen an Magie glauben.

»Seeigel küsst man nicht«

Doro fehlt es an nichts. Mit Disziplin und Ordnung geht alles. – Das ist ihre Sicht der Dinge.

Doro arbeitet zu viel und muss endlich wieder Leben und Liebe für sich entdecken. – So sehen es ihre besten Freundinnen.

Ein Mann für Doro muss her! Nach ein paar Gläschen ist die perfekte Idee geboren: ein Mädels-Segeltörn, auf dem Doro zufällig einer ganzen Reihe von Traummännern begegnen soll.

Niemals hätten sich die Freundinnen vorstellen können, dass ihr Plan Doro in ein schwarzes Loch stürzen würde. Glücklicherweise kommt ihnen genau in diesem Moment Doros Oma aus dem Jenseits zur Hilfe, die die Irrungen und Wirrungen im Liebesleben ihrer Enkelin vorhergesehen hat – und ihr eine Botschaft schickt, die Doro hoffentlich doch noch dem Glück in die Arme treibt.

Ein modernes Märchen von Erfolgsautorin Mira Morton über beste Freundinnen, eine neue Liebe und magische Momente. Prickelnd, humorvoll und berührend.

»Liebe, Weihnachten und andere Bescherungen«

Weihnachts-Sammelband

Zwei romantische, moderne Märchen über etwas andere Weihnachten auf den Malediven, einen Hollywoodstar und die große Liebe

470 Seiten Lesevergnügen von der österreichischen Erfolgsautorin Mira Morton mit gleich zwei ihrer Liebesmärchen:

„Ich schreib dich einfach weg“

und

„Ich will kein Autogramm“

Dieser Weihnachtssammelband ist ein besonderes Lesevergnügen für alle, die romantische und lustige Liebesromane mit einem Hauch Erotik mögen und sich verzaubern lassen wollen.

L'allocation universelle d'existence

Guy Valette

L'allocation universelle d'existence

La protection sociale du XXIe siècle

Préface de Guillaume Mathelier

Les Éditions Utopia

Collection Ruptures

Les Éditions Utopia
61, boulevard Mortier – 75020 Paris
contact@editions-utopia.org
www.editions-utopia.org
www.mouvementutopia.org

Diffusion : CED
Distribution : Daudin

Sommaire

ANNEXES

Le but de la société est le bonheur commun.
Article premier de la constitution de 1793

La liberté est une illusion, si une classe d'hommes peut impunément en affamer une autre; l'égalité est un leurre aussi longtemps que les riches exercent le droit de vie et de mort sur leurs concitoyens. La République est un fantôme si les trois quarts des citoyens ne peuvent payer les denrées sans verser des larmes.

C'est ce qu'écrivait Jacques Roux, ce curé rouge, dans le cadre du débat sur la Constitution de l'An I et la nouvelle Déclaration des droits de l'homme et du citoyen du 23 juin 1793. Celle-ci reprend les droits politiques et garanties juridiques de l'homme déjà présents dans la Déclaration de 1789 en leur donnant un contenu démocratique et social plus précis.

Avant-propos

Il est des époques où, parce que l'ordre se disloque, ne laissant subsister que ses contraintes vides de sens, le réalisme ne consiste plus à vouloir gérer ce qui existe mais à imaginer, anticiper, amorcer les transformations fondamentales dont la possibilité est inscrite dans les mutations en cours. André Gorz[1]

En 1968, certains ont interprété le formidable mouvement de révolte étudiant comme une contestation de la société de consommation. Il s'agissait avant tout de faire sauter certains interdits d'une société figée et autoritaire pour libérer des énergies... que le capitalisme s'est très vite chargé de récupérer à son profit en recyclant les principales revendications estudiantines et leurs désirs les plus enfouis.

Ensuite, malgré les conquêtes ouvrières acquises grâce à la grève générale de mai 68, les gouvernants

1. André Gorz, *Les chemins du paradis l'agonie du capital*, Éditions Galilée, 1983.

successifs ne se sont pas gênés pour afficher leur connivence avec les puissants et pour abandonner sans vergogne la défense de l'intérêt public.

En 50 ans, seuls le marché mondial et son élite, dont certains membres n'étaient pas les derniers à participer au mouvement de contestation, *se sont interdit de s'interdire* quoi que ce soit. On a laissé libre cours à l'avidité, au toujours plus, au mépris d'un minimum d'équité dans le partage des richesses, au mépris de l'environnement et des ressources disponibles.

Face à l'indécence, à l'obscénité, à la démesure dans le niveau des inégalités, face à la violence de cette guerre de tous contre tous, face à cette compétition internationale mortifère qui marginalise des pans entiers de la société, il n'est pas possible de rester indifférent. Je n'emprunterai pas le chemin des démagogues qui sont prêts à mettre au profit de leurs ambitions personnelles la colère de ceux qui ne sont jamais entendus. Beaucoup trop dangereux. L'histoire l'a montré à maintes reprises et les victimes sont toujours les mêmes : les gens ordinaires.

Si le *Grand Soir de la révolution prolétarienne* se fait attendre, heureusement de nombreuses initiatives locales fleurissent, remettant radicalement en cause le modèle de développement basé sur l'accumulation du profit. D'une idée qui pouvait n'être hier qu'une utopie, peut naître une expérience qui sera perçue comme une évidence, tant sa réalisation locale aura été un succès.

Il reste à généraliser, à mettre en cohérence. Peu à peu la confiance reviendra, le rapport de force s'inversera et le vieux monde s'éteindra sans que plus rien ne réussisse à le retenir.

Nous pouvons autour de propositions concrètes redonner à l'individu confiance dans la société, en lui octroyant toutes les conditions pour *penser par lui-même* la société des humains et retisser les liens indispensables à toutes les communautés humaines. Ces liens que le Marché s'est évertué à rompre en atomisant les individus condamnés à vivre en *égoïstes moutonniers*[1].

Il est temps de briser les chaînes de cette *servitude volontaire*[2], de se libérer des normes, de la standardisation de nos modes de vie, du contrôle de nos comportements.

Il faut oser lancer quelques idées réalistes qui peuvent, si elles sont reprises par une majorité, contribuer à la reconstruction d'une communauté humaine où chacune et chacun jouit d'une égale considération, redonner du liant à nos sociétés éclatées en groupes identitaires ou d'intérêt, clubs, tribus et clans et permettre ainsi de retrouver le réconfort vital dans le regard de l'autre.

Les crises économiques successives de par le monde, la dernière pandémie de Covid-19 ont révélé combien nos sociétés étaient incapables d'assurer les nécessités vitales dont tout être humain a besoin.

Quand dans ce monde, en 2020, de plus en plus d'humains sont voués à des tâches inintéressantes, à la précarité voire à la très grande pauvreté, certains chantres du libéralisme ne voient dans le revenu de base qu'une bouée de survie pour solde de tout compte.

D'autres y trouvent le bon moyen de simplifier un système social qualifié de lourd et coûteux. Un montant de ce revenu de base apparemment généreux permettrait, pour les plus libéraux, de liquider notre Sécurité sociale, avec les retraites par répartition, les allocations chômage ou même l'assurance maladie ; chacun étant censé avoir les ressources, avec cette allocation, de se

1. Dany Robert Dufour, *L'individu qui vient... après le libéralisme*, Éditions Denoël, 2011.

2. Roland Gori : *Il est plus facile de se contenter du « bonheur » offert par les standards de la société que de prendre le risque de la liberté, la liberté de désirer.*
Roland Gori, *Faut-il renoncer à la liberté pour être heureux ?*, Éditions Les Liens qui libèrent, 2014.

payer auprès d'organismes privés une retraite par capitalisation, une mutuelle santé, ce qui permettrait d'abaisser le *coût* du travail par la suppression des cotisations sociales. Bref, pour ces penseurs libéraux, ce serait un moyen de transformer le plomb des services sociaux en or pour quelques-uns[1].

Devrait-on alors se satisfaire comme seul projet de société de ce *cocktail de divertissement abrutissant et d'alimentation suffisante permettant de maintenir de bonne humeur la population frustrée de la planète,* comme l'a proposé l'ancien conseiller de Jimmy Carter, Z. Brzezinski[2] ?

Au contraire, c'est convaincu que la mise en œuvre d'une allocation universelle d'existence peut être le lien entre les êtres, le ciment d'une société à venir, beaucoup plus résiliente et inclusive, que j'ai écrit cette contribution. Ce n'est pas en expert que j'interviens, mais en *citoyen ordinaire* éclairé et engagé. Après un état des lieux, j'esquisse ce que pourrait être une allocation d'existence émancipatrice, déconnectée de l'emploi, qui renforce et complète notre système de sécurité sociale fondé sur la solidarité du groupe.

---

1. Lire l'article « Le revenu universel, avenir de la sécurité sociale » d'Eric Verhaeghe, blog Économie Matin.fr, 30/9/2015.
2. C'est, sous le nom de « *tittytainment* », la solution proposée par l'ancien conseiller de Jimmy Carter, Zebniew Brzezinski au principal problème politique que le système capitaliste allait devoir affronter au cours des prochaines décennies, formulé ainsi : *Comment serait-il possible pour l'élite mondiale de maintenir la gouvernabilité des quatre-vingts pour cent d'humanité surnuméraire, dont l'inutilité est programmée par la logique libérale ?* (Conclusion du premier *State Of The World Forum*, qui s'est tenu du 27 septembre au 1er octobre 1995 à l'Hôtel Fairmont de San Francisco), cité par Jean Claude Michéa dans *L'enseignement de l'ignorance*, Éditions Climats, p. 41 et suivantes.

Si cette allocation d'existence n'a pas vocation à remettre directement en cause l'ordre capitaliste, elle assure un droit fondamental à une vie digne en toutes circonstances, en protégeant les individus des excès de ce système mortifère, en permettant à chacune et chacun de dire non et de tracer le chemin de son émancipation. Elle permet de ne pas aller les mains nues dans les batailles à venir pour imposer une alternative à une minorité qui profite encore de ce monde finissant.

Les divers chapitres et annexes qui composent ce livre s'inspirent des nombreux articles que j'ai écrits au fil du temps sur mon blog intitulé *La science du partage*[1].

Pour bien appréhender cette idée d'allocation universelle, il faut d'abord décrire le plus complètement possible l'insécurité sociale que nous impose une minorité et comment l'État tente vainement de venir en aide aux victimes de plus en plus nombreuses de ce capitalisme mondialisé. J'ai mouillé la chemise en allant au plus près de la mécanique de distribution et redistribution de la richesse, avec des exemples de situation chiffrés qui permettent d'illustrer le propos. J'esquisse quels seraient les effets bénéfiques de cette allocation d'existence pour les différentes composantes de la société : femmes, jeunes, salariés, retraités, sur l'organisation de la protection sociale, sur l'environnement. Travailler sur des données comporte des risques : les montants sont datés, des erreurs ou omissions peuvent se glisser dans la présentation. Il s'agit, à partir d'éléments qui structurent la société telle qu'elle est, de construire une proposition comme un droit humain émancipateur qui se substitue à toutes les aides sociales conditionnées que l'État a mises en place au fil du temps et qui maintiennent l'ayant droit dans sa condition d'assisté. Aides qui trop souvent rabaissent et assignent à résidence la personne au lieu de

1. https://guyvaletteparis.wordpress.com/

l'élever. L'exemple chiffré, décliné tout au long de l'ouvrage, a pour seul objectif de donner corps à cette belle idée. Il peut être éventuellement corrigé sans en altérer les principes généraux. Je sollicite aussi les experts pour vérifier et compléter par des études macroéconomiques ce qui n'est qu'une esquisse, pour en cerner tous les effets sur l'ensemble de la société. Je demande aux différentes organisations et aux partis qui prétendent défendre les victimes de la machine néolibérale de s'emparer de l'idée et de l'inscrire dans un programme plus vaste, alternatif à ce capitalisme mortifère. C'est une urgence vitale !

Chacun de nous peut changer le monde. Même s'il n'a aucun pouvoir, même s'il n'a pas la moindre importance, chacun de nous peut changer le monde, écrivait Vaclav Havel quelques semaines après la chute du Mur de Berlin.

Préface

2 700 milliards ! Non ce n'est pas l'argent qui sera consacré en plus cette année pour combattre la pauvreté. Cette somme représente en fait l'enrichissement des milliardaires de la planète pendant la période d'août à novembre 2020, comme le souligne l'historienne des questions sociales Axelle Brodiez-Dolino dans une interview récente à *Télérama*[1]. La crise aura encore une fois (de trop) appauvri les pauvres et enrichi les riches. Le cœur des combats pour la justice sociale devrait battre à la chamade, mais l'apathie a souvent pris le dessus et les questions identitaires monopolisent bien malheureusement les plateaux télé. Pourtant, la période devrait être propice pour proclamer haut et fort la soif d'égalité et de liberté.

Certains, comme Guy Valette, membre fondateur du Mouvement Français pour un Revenu de Base, font partie de ceux qui y croient encore. De ceux qui pensent qu'une juste distribution des ressources est nécessaire sur le plan moral comme sur le plan socio-économique.

---

1. Interview dans *Télérama* parue en ligne le 12 avril 2021.

Sa contribution au débat dans cet ouvrage est claire et concise. Le propos juste et affûté.

L'auteur embrasse dans *L'allocation universelle d'existence, la protection sociale du XXIe siècle* les principaux enjeux modernes de la question sociale. Comment une juste distribution peut permettre l'émancipation et la dignité des femmes et des hommes ? La structure salariale permet certes de socialiser et de rendre digne les individus. Mais cela n'est pas une règle. Déjà, parce que cela ne touche évidemment pas les sans-emploi. Mais en plus de cela – et comme l'a parfaitement montré le sociologue David Graeber – certains font des « jobs à la con » (Graeber, 2018). Vidés de sens et d'intérêt, ces emplois globalement inutiles n'apportent de dignité que dans leur capacité à subvenir aux besoins financiers des individus. Et encore, ce n'est de loin pas toujours le cas.

Une autre voie est possible et cette voie prend le sillage d'une philosophie de la transition et de la transformation. Transition notamment au niveau du modèle écologique en permettant, comme le suggère l'économiste Jean Latreille, *de rémunérer une gigantesque quantité de tâches indispensables au sauvetage de la planète*[1]. Transformation quand l'objectif est de s'attaquer aux causes profondes des injustices, en restructurant notamment les rapports de production et en estompant la différenciation entre les groupes sociaux, comme le défend la philosophe américaine Nancy Fraser (Fraser, 2005).

L'auteur s'inscrit dans cet idéal. Aborder la protection sociale impose l'universalité et l'inconditionnalité. Le but d'un revenu universel n'est sûrement pas

1. Tribune parue en ligne dans le quotidien *Le Monde* du 29 avril 2021.

de déshabiller la protection sociale actuelle et encore moins les services publics qui contribuent très largement au bien-être, à l'émancipation et à la dignité des individus. Cette *allocation universelle d'existence* (selon ses termes) que l'auteur propose pour chaque individu n'est pas une somme versée pour solde de tout compte, comme le défendent certains libéraux. Elle participe à sa juste part à un écosystème vertueux fondé notamment sur les acquis sociaux. Aborder la justice sociale dans la complexité des enjeux que nous avons identifiés ne revient pas à compliquer les réponses politiques et philosophiques. Au contraire, nous avons besoin de lisibilité et de simplicité dans les dispositifs sociaux. Les dizaines d'aides souvent affublées de noms très technocratiques stigmatisent les plus précaires. Leur conditionnalité et l'*industrie de contrôle* administratif qui accompagnent le versement des aides nuisent à la dignité des individus et augmentent de fait le non-recours. Au final, beaucoup ne parviennent pas à vivre décemment parce que le système les décourage.

L'auteur défend une allocation universelle, individuelle, inconditionnelle, donnée à tous sans distinction, de la naissance jusqu'à la mort. Le montant est modulé en fonction des besoins vitaux attachés à chaque étape de la vie. Cette allocation est un droit et non une aide ! Comme le défendent les philosophes québécois David Robichaud et Patrick Turmel (Robichaud, et al., 2020), *les droits ne sont pas des fleurs, ils ne poussent pas à l'état de nature*. Et d'ajouter, *pour qu'il y ait des droits, il a fallu qu'on les crée et qu'on les défende*. C'est ce que fait résolument et avec enthousiasme Guy Valette, en défendant l'instauration de ce droit à une allocation universelle d'existence. En nous proposant en somme de l'accompagner sur le chemin – selon l'expression du philosophe John Rawls – d'une *utopie réaliste*. Réaliste et pour le moins aujourd'hui nécessaire pour scruter à nouveau l'horizon moral de l'égalité et garantir à tous le maximum de *liberté réelle* si chère à Philippe Van Parijs (Van Parijs, 1991), l'un des pères fondateurs du revenu de base.

Guillaume Mathelier[1],

Docteur en sciences politiques, Enseignant à la Haute école de Gestion de Genève et membre associé de l'institut d'éthique appliquée de Laval à Québec (IDEA)

1. Auteur de *L'égalité des dotations initiales – Vers une nouvelle justice sociale*, Genève, Éditions Georg, 2020.

Chapitre 1

L'universel, l'inconditionnel, l'individuel et le commun

Les hommes vivent et ne peuvent vivre que sur l'idée qu'ils ont quelque chose en commun où ils peuvent toujours se retrouver (...) un lieu commun où les hommes ont une solidarité toute prête. Albert Camus, Extrait de conférences et discours (1936-1958)[1]

L'universel c'est forcément **individuel** et pour tout le monde. Si c'est pour tout le monde, c'est **inconditionnel,** car poser des conditions c'est exclure. Si tout le monde y a droit, c'est aussi un **bien commun.**

Un bien commun, c'est un bien universel auquel tout le monde a droit. Un bien commun, c'est une ressource partagée, gérée collectivement par une communauté dans le but de la préserver tout en permettant à tous et toutes de l'utiliser. Gaël Giraud[2], économiste.

Alors, pour appréhender cette belle idée d'une **allocation universelle d'existence inconditionnelle** (AUE) versée sans contrepartie, il est important de définir ce

1. Cité dans le livre *Notre métier d'humain*, Éditions L'harmattan, 2020, en tête de la chronique *Le métier d'homme* de Sylvie Portnoy Lanzenberg, p. 43.
2. *Pour les biens communs*, Entrevue avec Gaël Giraud. Par Jean Claude Ravet. Revue *Relations*, mars-avril 2015 https://cjf.qc.ca/revue-relations/publication/article/pour-les-biens-communs-entrevue-avec-gael-giraud/

qui est universel dans notre condition d'être humain, de ce qui est nécessaire à chacun, où qu'il soit, quoi qu'il fasse, pour être pleinement un acteur social dans sa communauté politique. Nécessités vitales qui fondent les droits universels à l'existence, tels que ceux définis dans *la déclaration universelle des droits de l'homme de 1948* (Voir l'Annexe 1). C'est en particulier le droit à l'accès aux soins médicaux tout au long de la vie, le droit à l'éducation et à l'instruction, le droit à un niveau de vie suffisant pour assurer l'alimentation, le logement, l'habillement pour soi et sa famille, l'accès à l'eau potable, à l'énergie, le droit de se déplacer librement. Pour la mise en œuvre de tous ces droits et faire en sorte que personne n'en soit privé, il faut mettre en commun les ressources nécessaires grâce à la solidarité de tous les membres de la communauté.

Ces droits universels *concrets,* comme les appelle le philosophe Frédéric Worms[1], que l'on a oubliés depuis 40 ans, sont nécessairement inconditionnels et individuels, ils ne peuvent dépendre de contingences familiales ou matérielles et ils ne peuvent être soumis explicitement à des contreparties. En d'autres termes, ils ne sont ni négociables ni monnayables.

L'instruction

Si l'accès gratuit à l'éducation et à l'instruction est encore incomplet, l'école laïque gratuite pour tous et toutes existe en France depuis la fin du XIXe siècle. C'est un **droit universel, individuel et inconditionnel**. Il reste, en ce début du XXIe siècle, à définir quel socle de connaissances et de savoirs un jeune doit maîtriser à l'issue de

1. Frédéric Worms, « L'universel concret » est de retour, *Libération,* 13 mai 2021.

la scolarité obligatoire pour à la fois s'émanciper des déterminismes sociaux tout en partageant une culture commune.

L'accès aux soins

L'accès gratuit et inconditionnel aux soins est assuré en France grâce à l'Assurance maladie administrée par la Sécurité sociale créée en 1945, financée par les cotisations sociales sur les salaires et la CSG (Contribution sociale généralisée). C'est aussi un **droit universel, individuel et inconditionnel,** bien que la prise en charge à 100 % de l'ensemble des soins soit de plus en plus loin d'être garantie. La pandémie de la Covid-19 a révélé les failles de notre dispositif public de protection contre les maladies. L'exemple du port du masque est significatif et symbolique. Si l'on considère que pour protéger la communauté le port individuel du masque est une obligation universelle, alors il aurait dû être à la disposition de tous et toutes gratuitement et inconditionnellement depuis le début de la pandémie. Il s'agit d'un bien commun que l'on aurait dû préserver. À ce jour ce n'est pas le cas, le masque comme les vaccins ne sont que des marchandises comme les autres, accaparées par les groupes de distribution dans lesquels les intérêts privés peuvent faire du profit aux dépens de la santé d'une partie de la population. La pandémie de la Covid-19 a révélé les limites de notre système de santé et le chemin qu'il reste à parcourir pour que la santé de tous les membres de la communauté soit à la fois un droit individuel et un bien commun à préserver dans l'intérêt de l'ensemble du collectif. D'autant que ces dernières décennies, c'est plutôt le chemin inverse qui a été pris.

Le gîte et le couvert

Aujourd'hui, pour garantir cette nécessité vitale, universelle, qu'est le droit à un niveau de vie suffisant pour assurer le couvert, le logis, l'accès aux services de distribution de l'eau et de l'énergie, et l'habillement, pour soi et sa famille, il est obligatoire d'exercer un emploi. Le problème est que la centralité du salariat dans la distribution de la richesse créée est remise en cause, ce qui a pour conséquence un assèchement des revenus d'activité pour une part de plus en plus importante de la population. L'économiste américain William Brian Arthur[1] observe que l'économie en est arrivée à un point où la production est largement suffisante pour satisfaire les besoins de tous, mais où les emplois générateurs de revenus suffisants pour accéder à toute cette richesse produite, se font de plus en plus rares.

À cette pénurie de revenus qui empêche de mener une vie sociale choisie, s'ajoute pour de très nombreux individus un sentiment d'échec et d'inutilité sociale que l'idéologie libérale cherche à nous faire considérer comme une faiblesse personnelle. Si on ne réussit pas professionnellement, si on ne trouve pas un emploi, c'est parce qu'on n'est pas assez performant, compétent, mobile, disponible ou qu'on est incapable de s'adapter aux exigences qu'impose le marché. Sans emploi, au fil du temps, les liens sociaux se défont. Sans stimulation, les compétences s'érodent. Dépendant d'aides de l'État, l'estime de soi s'éteint. D'actif on devient un assisté déconsidéré. Les conséquences sur la santé physique et mentale de celui qui se trouve ainsi exclu de l'activité des hommes peuvent être irréversibles. À cette souffrance humaine individuelle s'ajoute un coût matériel et

---

1. Cité dans un article de *La Tribune de Genève* du 13/11/2017 : *la fin des emplois une société en forme de sablier.*

humain pour la société dans son ensemble qui se manifeste par une fracture sociale de plus en plus béante. D'un côté, les inclus, ceux qui réussissent dans un monde de plus en plus livré à la seule compétition individuelle, et de l'autre, les exclus, le *monde des assistés*, ces citoyens de seconde zone assignés à vivre dans la précarité, dans une insécurité sociale qui ne manque pas de générer addictions et maladies, délinquance et violences. Insécurité sociale qui peut muter dans certains quartiers en insécurité civile quand les personnes et les biens ne sont plus protégés par l'État de droit. Le travail, plus ou moins contraint dans un emploi, est à la fois vital pour assurer les conditions minimales d'existence et pour se produire soi-même, se réaliser dans un environnement social et culturel. Mais trop souvent, pour assurer le premier objectif qui est de gagner sa vie, on sacrifie le second qui est de développer pleinement ses compétences, s'épanouir dans une activité choisie.

La pandémie de la Covid-19, n'a fait que révéler les énormes failles dans la distribution de la richesse par le travail. Malgré les aides d'urgence mises en place par le gouvernement, nombreux sont ceux qui ont vu leurs revenus fondre : artisans, commerçants, travailleurs indépendants, salariés précaires, étudiants privés d'emploi temporaire, saisonniers. Les plus fragiles dans la société, dépendants d'aides sociales, ont eux aussi vu leur situation se dégrader. Christophe Devys, président du collectif Alerte, affirme dans un article de *Médiapart*[1] :

> *Les plus pauvres d'entre nous ont à la fois dû subir une hausse de leurs dépenses, sur le budget alimentation notamment, et une baisse de leurs revenus car beaucoup ont perdu les petits boulots qu'ils pouvaient avoir. Tout ça a abouti à ce que le recours à l'aide alimentaire augmente*

1. Article de *Médiapart* du 26 octobre 2020 *Quand un chef économique se trompe lourdement sur le RSA.*

de près de 50 %. Sans cette aide distribuée par les associations, beaucoup de personnes n'auraient pas pu s'alimenter. Ce n'est pas normal dans un pays comme le nôtre. En outre, avec la crise sociale qui nous attend, les choses vont encore considérablement se dégrader dans les mois qui viennent.

Le gouvernement affirme que seul le travail peut permettre de sortir de la dépendance des aides sociales. Mais aujourd'hui l'emploi n'est plus capable d'intégrer l'individu dans un mouvement d'ensemble de la société comme il a pu le faire dans le passé. Trop souvent il ne réussit plus à assurer ce droit à une existence digne, il n'est plus émancipateur. Au contraire, il devient aliénant.

Le principe capitaliste « qui ne travaille pas, ne mange pas » est devenu complètement archaïque au moment où le travail vivant contribue seulement de manière secondaire à la production[1].

La question centrale n'est donc plus comment produire davantage, mais comment mieux répartir la richesse créée. C'est le rôle d'une allocation universelle d'existence qui, en socialisant une part de la richesse créée par le travail *et* par le capital, permet de ne plus avoir besoin de recourir exclusivement à des emplois de survie. En garantissant inconditionnellement à chacun des conditions d'existence satisfaisantes, ce revenu universel, déconnecté de l'emploi, assure à chacun une égale considération, une égale dignité pour pouvoir exercer librement son *métier d'humain*[2], être soi, s'individuer[3],

---

1. Anselme Jappe, *Les aventures de la marchandise, pour une critique de la valeur*, Éditions La Découverte/poche, 2017.
2. Sylvie Portnoy Lanzenberg, *Notre métier d'humain,* Éditions L'harmattan, 2020.
3. Alors que dans le processus d'individualisation les individus s'affranchissent des contraintes sociales et ce faisant affaiblissent les liens sociaux qui donnent leur solidité aux

s'engager, créer de la valeur, et être utile dans la société grâce à la solidarité de tous ses membres. Libéré ainsi de la charge mentale d'assurer le lendemain pour soi et ses proches, on peut, dans une activité choisie, se donner pleinement en sollicitant toutes les ressources enfouies que chacun possède et ainsi contribuer davantage à accroître la richesse et le bien commun ; tout en préservant ce bien précieux qu'est l'estime de soi. Pour la mise en œuvre de ce droit universel à l'existence, l'ensemble du corps social dispose des ressources suffisantes, tant au niveau des revenus d'activité que de celui des revenus du patrimoine. Il suffit de mettre en commun une part de cette richesse individuelle pour assurer à chacun ce revenu minimum garanti sans avoir à solliciter le budget de l'État. Cette véritable *assurance-vie* individuelle devient à son tour un bien commun qu'il faut administrer, préserver pour qu'il soit à disposition de tous et toutes.

L'idéologie libérale prétend opposer l'individuel au commun, elle cultive les différences et exacerbe les combats identitaires. Mais ce *tout à l'égo* montre aujourd'hui ses limites.

Au contraire, l'individuel et le commun se nourrissent mutuellement. La possession individuelle d'un patrimoine inconsidéré n'est qu'un leurre, une drogue plus ou moins dure qui peut devenir une addiction et finir par asservir celui qui s'adonne à l'hybris[1], tout en privant l'ensemble de la communauté de son dû. En garantissant individuellement le droit à l'instruction, le droit à l'accès aux soins et le droit à un revenu minimum d'existence, une égale considération, l'ensemble de

institutions, ce qui vient en retour à fragiliser les individus, l'individuation, qui permet à chacun de se distinguer, se produit dans un milieu social dont elle se nourrit.

1. L'hybris : la démesure dans la Grèce antique.

la communauté se nourrit de ce bien être qui ne manque pas de démultiplier les capacités individuelles à enrichir le patrimoine commun fait de réalisations, d'infrastructures, de services, de biens culturels et de connaissances. Patrimoine commun dans lequel l'individu, chaque jour, peut se reconnaître.

L'allocation universelle, en assurant en toutes circonstances le minimum vital, permet d'en finir avec cette insécurité sociale qui ne cesse de croître dans l'ensemble des pays. Elle permet aussi de se projeter dans un avenir bien différent de la servitude actuelle, plus ou moins volontaire, à un modèle de consommation. Le système existant nous liant à la corde d'un emploi subi pour, à la fin de chaque mois, consommer et posséder ce que le marketing nous enjoint de posséder et de consommer.

Un revenu non pas pour exister, mais parce qu'on existe. Ces mots du Prix Nobel d'économie britannique James Meade résument bien ce que doit être une allocation d'existence qui ne peut être qu'universelle, c'est-à-dire versée à tous les membres de la communauté sans condition.

Déclaration universelle des droits de l'homme de 1948

Article 25

1. Toute personne a droit à un niveau de vie suffisant pour assurer sa santé, son bien-être et ceux de sa famille, notamment pour l'alimentation, l'habillement, le logement, les soins médicaux ainsi que pour les services sociaux nécessaires ; elle a droit à la sécurité en cas de chômage, de maladie, d'invalidité, de veuvage, de vieillesse ou dans les autres cas de perte de ses moyens de subsistance par suite de circonstances indépendantes de sa volonté.

2. La maternité et l'enfance ont droit à une aide et à une assistance spéciale. Tous les enfants, qu'ils soient nés dans le mariage ou hors mariage, jouissent de la même protection sociale.

Article 26

1. Toute personne a droit à l'éducation. L'éducation doit être gratuite, au moins en ce qui concerne l'enseignement élémentaire et fondamental. L'enseignement élémentaire est obligatoire. L'enseignement technique et professionnel doit être généralisé ; l'accès aux études supérieures doit être ouvert en pleine égalité à tous en fonction de leur mérite.

2. L'éducation doit viser au plein épanouissement de la personnalité humaine et au renforcement du respect des droits de l'homme et des libertés fondamentales. Elle doit favoriser la compréhension, la tolérance et l'amitié entre toutes les nations et tous les groupes raciaux ou religieux, ainsi que le développement des activités des Nations Unies pour le maintien de la paix.

3. Les parents ont, par priorité, le droit de choisir le genre d'éducation à donner à leurs enfants.

Chapitre 2

Insécurité sociale et inégalités

Les droits sociaux

Être à la merci des événements, ne plus pouvoir assurer les lendemains pour soi ou sa famille à cause d'un accident de la vie, de la maladie, de la perte d'un emploi, de la cessation de l'activité liée à l'âge, c'est ressentir un sentiment d'insécurité sociale face à un avenir incertain. De même, ne pas réussir par son travail à assurer un salaire suffisant pour maîtriser son existence en totale autonomie génère ce sentiment d'insécurité qui ronge le quotidien. L'insécurité sociale de celui qui ne dispose pas d'un patrimoine, qui n'est pas propriétaire, qui n'a que son intelligence et son habilité à vendre, a accompagné et accompagne encore l'histoire du mouvement ouvrier.

Au sortir de la deuxième guerre mondiale, le gouvernement provisoire, réunissant diverses sensibilités, a réussi à mettre en place la Sécurité sociale. Sécurité sociale qui est de fait la propriété de tous les salariés. Grâce à leurs cotisations, ils contribuent à construire ce droit à une retraite, à une assurance chômage en cas de licenciement. Par la socialisation d'une part du salaire, l'accès aux soins et la prise en charge des risques liés à la maladie sont assurés; des allocations familiales sont distribuées inconditionnellement aux familles avec enfants.

L'extrait suivant de l'exposé des motifs de l'ordonnance du 4 octobre 1945 sur la Sécurité sociale révèle l'ambition de ce vaste programme de solidarité:

> *La sécurité sociale est la garantie donnée à chacun qu'en toutes circonstances il disposera des moyens nécessaires pour assurer sa subsistance et celle de sa famille dans des conditions décentes. Trouvant sa justification dans un souci élémentaire de justice sociale, elle répond à la préoccupation de débarrasser les travailleurs de l'incertitude du lendemain, de cette incertitude constante qui crée chez eux un sentiment d'infériorité…*

Ainsi, si la société des salariés est toujours inégalitaire, avec la Sécurité sociale elle est plus protectrice que dans les pays où elle n'existe pas. C'est possible et cela a lieu depuis bientôt 80 ans grâce à la répartition primaire des revenus salariaux: le salaire net va dans la poche du travailleur, les cotisations assurent ces droits sociaux protecteurs.

Pendant les *trente glorieuses*, des années 50 à la fin des années 70, avec l'augmentation de la productivité, des revenus et de la consommation, la croissance économique a conforté l'idée que l'insécurité sociale était jugulée.

Parallèlement à la sécurité de la propriété, il existait alors la sécurité due aux droits sociaux.

> *Ce qui compte, c'est de moins en moins ce que chacun possède et de plus en plus les droits qui sont acquis au groupe auquel il appartient. L'avoir a moins d'importance que le statut collectif défini par un ensemble de règles*[1].

---

1. H. Hatzfeld *La difficile mutation de la sécurité-propriété à la sécurité-droit* cité par Robert Castel dans *L'insécurité sociale. Qu'est-ce qu'être protégé?* La République des Idées, Éditions Seuil, 2003.

La montée de l'insécurité sociale

Mais, à partir de la fin des années 70, avec la mondialisation et la suppression des barrières douanières, se développe à côté du capitalisme de production, un capitalisme de la distribution et de la communication au service de la société de consommation. Il faut non seulement produire en masse aux dépens des ressources naturelles disponibles et à moindre coût, mais également informer et mettre à la disposition du consommateur, partout dans le monde, des produits toujours renouvelés, magnifiés par la publicité. Pour offrir des biens de consommation à prix réduits tout en préservant les marges, on n'hésite pas à mettre en concurrence les sous-traitants du monde entier. Peu à peu, les ateliers de production se délocalisent. Alors qu'elle avait progressé en un siècle de luttes et d'avancées sociales, la part de la valeur ajoutée revenant à l'ouvrier des pays occidentaux régresse à partir des années 80 avec le triomphe de l'économie libérale.

Au fil du temps renaît ce sentiment d'insécurité. Il faut réduire à tout prix les coûts, la cotisation sociale devient une charge sociale qu'il faut juguler, ouvrant ainsi la porte aux assurances privées individuelles. Sous la menace permanente du chômage, de plus en plus réelle à cause des délocalisations, de la concentration, de l'automatisation de l'appareil de production et de la numérisation de l'économie, on est sommé d'être toujours plus performant dans une compétition internationale sans cesse exacerbée. La généralisation de la sous-traitance, des emplois intérimaires, fragmente encore plus la classe ouvrière. Le recours au chômage partiel, aux temps partiels contraints, aux préretraites, accentue encore la précarité. En 2018, autour de 14 % des emplois sont précaires au lieu de 5 % en 1984, ils concernent surtout les jeunes[1]. En 2015, un tiers des emplois à temps partiel sont subis, ils concernent en majorité les jeunes et les femmes[2]; L'armée de réserve des chômeurs (en France, autour de 9 % de la population active depuis deux décennies) ne fait qu'entretenir cette insécurité sociale. Elle permet de *tenir en bride ceux qui travaillent*[3].

Si, après des mois de chômage et de galère, le travailleur ne se décourage pas, il se retrouve trop souvent condamné au déclassement, à accepter des emplois de service, des *mini jobs* ou des temps partiel contraints, dans la grande distribution ou dans les chaînes internationales des grandes marques. Son pouvoir d'achat stagne. Le salariat peu à peu mute en précariat, mêlant salariés aux statuts précaires et pseudo travailleurs indépendants.

Pour maintenir son niveau de vie, il est trop souvent contraint à l'endettement et à acheter de plus en plus de produits dits *low-cost*, creusant ainsi sa propre tombe. Un cercle vicieux se crée: délocalisations, pression sur les salaires et les conditions de travail, licenciements. Simultanément, à l'autre bout du monde, dans des ateliers sordides, des hommes, des femmes, voire des enfants, travaillent jusqu'à l'épuisement pour quelques euros.

Progressivement on assiste aussi à une désocialisation du salarié. Dans l'organisation du travail, la tendance

---

1. Lire *Revenu de base, un outil pour construire le XXIe siècle*, MFRB, Éditions Yves Michel, 2016, p. 103: « une précarisation croissante de l'emploi ».
2. *Un tiers des personnes à temps partiel souhaiteraient travailler plus. L'observatoire des inégalités*, 20 janvier 2017.
3. Kautsky: *Le programme socialiste*, 1892. il ajoutait: *Mais que signifie le chômage? C'est non seulement la misère pour les intéressés, c'est non seulement la sujétion et l'exploitation augmentées pour ceux qui travaillent, c'est encore l'insécurité de l'existence pour toute la classe ouvrière.*

est à la gestion individualisée des salariés. Pour fluidifier la production, chacun doit être flexible, doit s'adapter constamment aux exigences du marché, à de nouveaux modes de production à flux tendu. La réussite de l'entreprise n'est plus vécue comme le fait du groupe, du collectif, mais seulement comme la somme d'implications individuelles.

Ainsi, avec l'arrivée de la concurrence, la RATP est aujourd'hui en profonde mutation. D'un service public, elle doit à marche forcée devenir une entreprise privée.

> *Les griefs sont aussi plus profonds. « On voit bien qu'on passe peu à peu d'un établissement intégré à une entreprise morcelée », constate Sofiane, du haut de ses dix-sept ans de conduite de bus. « En vingt ans, le métier a changé, acquiesce Sami Kennouzi, machiniste au dépôt de Thiais (Val-de-Marne). La pression de la direction sur la performance individuelle est de plus en plus forte. » « Le transport en commun, c'est comme l'hôpital ou l'éducation, un service public à part entière, affirme Linda Chekalil, machiniste à Asnières (Hauts-de-Seine). Les logiques de l'entreprise privée n'ont rien à y faire*[1]. »

Chacun doit être en permanence à la hauteur pour ne pas craindre le déclassement ou le licenciement.

Roland Gori décrit très bien ces mondes où la parole et l'échange se raréfient, où les acteurs n'existent que par leurs gestes d'experts sur d'autres êtres entièrement objectivés et où tout est cadencé par la dictature du temps.

> *Nous nous trouvons devant une prolétarisation généralisée de l'existence dont les signes les plus patents sont les procédures de normalisation matérielles et symboliques des pratiques professionnelles [...] Technicisation, quantification,*

1. Lire l'article d'Éric Beziat : « Beaucoup d'agents voient leur avenir se dérober sous leurs pieds : à la RATP, une transformation à marche forcée », *Le Monde*, 4-6 avril 2021.

> *fragmentation, rationalisation, formalisation numérique, normes gestionnaires agissent alors de concert dans cette prolétarisation des savoirs et des métiers et assurent une hégémonie culturelle nécessaire au pouvoir. [...]*[1]

Les plans de restructuration, où l'ouvrier, l'employé, le fonctionnaire sont réduits à n'être que des variables d'ajustement, se succèdent. Ce sont les plans TOP, NEXT et ACT chez France Telecom devenue Orange où parmi les 120 000 salariés beaucoup vont être maltraités comme l'a révélé le procès des dirigeants d'alors en 2019. Certains employés désespérés se sont suicidés :

> *Monsieur L. s'est immolé par le feu en 2011. Pendant 10 ans il a subi les gribouillis du commandant ; son poste est supprimé en 2000 et, de ce jour, il est baladé de mission absurde en mission tarée. Il vend sa maison pour suivre le non-sens ; prêt à tout pour retrouver une tâche, il suit des protocoles de recrutement débouchant jamais sur rien, des séries d'entretiens-façades tenus comme des fa dièse. [...] En 2010, Monsieur L. est enfin recasé. Il devient « préventeur » chargé des conditions de travail. [...] Monsieur L. devenu « préventeur » prévient les craquages des employés. La mission de Monsieur L. est de rendre soutenable aux autres la herse qui s'exerce sur lui depuis dix ans. On ne parlera pas de perversion*[2].

Au nom de la sacro-sainte compétitivité internationale, avec la mise en concurrence des travailleurs du monde entier, il a fallu travailler plus pour gagner moins. Il a fallu, à cause de la flambée de l'immobilier, s'éloigner des centres villes pourvoyeurs d'emplois. Il a fallu encaisser la montée lente mais continue des charges

---

1. Roland Gori *la Fabrique des imposteurs,* Éditions Les liens qui libèrent, 2013, Chapitre III : Raisons et logiques de la bureaucratie d'expertise.
2. Sandra Lucbert, *Personne ne sort les fusils*, Éditions du Seuil, 2020, p. 43.

fixes (loyer, transport, énergie) percluses de taxes au taux pouvant dépasser les 60 %, comme c'est le cas pour les carburants en France, taux plus élevé encore que le dernier taux marginal de l'impôt sur les revenus d'un patron du CAC 40 en mal d'optimisation fiscale.

Peu à peu, au gré des délocalisations et restructurations, les cols bleus, ces ouvriers fiers de leur métier, disparaissent, emportant avec eux leur organisation de classe. Ce fut le cas à Blanquefort avec la fermeture en 2019 de l'usine Ford, à Béthune avec celle de l'usine Bridgestone en septembre 2020... La numérisation de l'économie n'a fait qu'accélérer le phénomène, en créant un marché de l'emploi à deux vitesses : une poignée de techniciens, ingénieurs et commerciaux hautement qualifiés, bien rémunérés, du côté obscur de la toile, et de l'autre, amarrés à leurs écrans de smartphones, une armée de tâcherons, souvent isolés, au statut précaire, payés au salaire minimum, quelques dizaines d'euros au-dessus du seuil de pauvreté.

Les plateformes numériques commerciales et de communication parachèvent ce processus de désintégration du salariat en tant que groupe. Bernard Stiegler, philosophe, a décrit la *disruption* comme un phénomène d'accélération de l'innovation qui va plus vite que l'évolution des sociétés et des systèmes sociaux qui les structurent[1], ce qui a pour conséquence que ceux qui s'approprient cette innovation technologique, les GAFAM (Google, Apple, Facebook, Amazon et Microsoft) imposent des modèles qui détruisent les structures sociales existantes et rendent les pouvoirs publics impuissants. C'est *l'ubérisation* de l'économie, où les employés ne sont ni des auto-entrepreneurs ni des salariés, mais des zombis pour l'entreprise, où le consommateur est lui même créateur

1. Bernard Stiegler, *Dans la disruption, comment ne pas devenir fou,* Éditions les liens qui libèrent, 2016.

de valeur malgré lui, à coups de clics devant son ordinateur ou devant des automates dans des magasins sans âme, où les bénéfices de ces entités internationales se moquent des frontières pour aller se lover dans des paradis fiscaux.

Dans le processus de désintégration du collectif, en plus du recours à la sous-traitance, du recours au temps partiel subi, maintenant avec les plateformes numériques, c'est le retour au travail à la tâche. Ces sans-statut, ces sans-droits ont vu leur nombre exploser avec la pandémie de Covid-19. Ils sont environ 1,3 million en France : livreurs de repas, de colis, chauffeurs ubérisés, travailleurs réalisant des microtâches sur leur ordinateur. Sans contrat de travail, sans protection sociale, chacun de ces travailleurs précaires, sans patron sur le dos, mais avec un algorithme tyrannique dans la poche, paie très cher une liberté factice.[1]

Dans les années à venir, le développement de l'intelligence artificielle va encore, dans beaucoup de secteurs de l'industrie et des services, rendre obsolète le travail humain et accroître le déversement de la richesse vers les propriétaires du capital.

Enfin, aujourd'hui, la croissance mondiale est de plus en plus boostée artificiellement par la financiarisation de l'économie et la surévaluation boursière de start-up prometteuses. Ainsi Facebook a acheté la messagerie WhatsApp qui employait 55 salariés pour 19 milliards de dollars[2] ; par comparaison, la multinationale Kodak, en faillite, a employé jusqu'à 145 000 personnes.

---

1. Lire l'article de Michèle Millot et Jean Paul Roulleau, « Les "sans-droits" de la pandémie », *Le Monde*, 14-15 mars 2021 p. 24.
2. « Les 10 chiffres chocs du rachat de WhatsApp par Facebook », *Le Figaro*, 20/02/2014.

La course à la productivité provoquée par l'informatisation et la robotisation qui réduisent les effectifs tout en baissant les prix des produits, conduit à une limite interne où la production et l'investissement dans la production cessent d'être rentables. Une partie croissante des capitaux est drainée vers l'industrie financière : le total des actifs financiers représente 160 000 milliards de dollars, soit trois à quatre fois le PIB mondial, et repose en grande partie sur l'endettement, c'est-à-dire des bases fictives de plus en plus précaires. La capitalisation des anticipations de profit et de croissance est le moteur de la croissance mondiale, tandis que l'économie réelle est un « appendice des bulles spéculatives entretenues par l'industrie financière » [1]

Cette rupture technologique, financière et organisationnelle contribue encore à accroître cette insécurité sociale.

Ce déclassement que l'on impose aux salariés s'est traduit au cours de ces dernières décennies par une diminution sensible de la part de la rémunération du travail dans le partage de la valeur ajoutée.

Depuis le choc pétrolier, les salaires réels ont décroché ; l'écart entre l'évolution de la productivité et les salaires ne cesse de s'accroître.

La productivité augmente et les salaires ne suivent pas.

En France, de 1982 à 2008, la part des salaires est passée de **74,2 % à 65,1 %** de la valeur ajoutée. Ainsi, **9,1 %** de la valeur ajoutée a migré de la rémunération du travail vers la rémunération du capital[2], à cause d'un

1. Ernest London, présentation critique des ouvrages d'A. Gorz, *Ecologica*, 23 mars 2021, Blog *Bibliothèque Fahrenheit 451.*
2. *Le partage de la valeur ajoutée en Europe*, Michel Husson, *La revue de l'IRES*, n° 64, 2010/1
http://hussonet.free.fr/psalirsw.pdf

appareil de production qui requiert de plus en plus de capitaux et dont les propriétaires exigent des rémunérations toujours plus élevées. En France, la part des dividendes est passée de **3,2 % à 8,4 %** de la valeur ajoutée entre 1982 et 2008. Seule une PME sur six en distribue, ce sont les grandes entreprises qui en versent le plus.

En 2019, les dividendes ont fortement augmenté en France, pour atteindre **49,2 milliards** auxquels s'ajoutent 11 milliards de rachat d'actions sur des bénéfices totaux de 90 milliards d'euros. Le record de 2007 (57 milliards d'euros), à la veille de la crise financière, a donc été battu.

De 2009 à 2018, les deux tiers des bénéfices des entreprises du CAC 40 sont versés en dividendes, alors que seulement 27,3 % sont consacrés à de l'investissement.

Cette tendance est générale dans tous les pays. **1430** c'est, en milliards de dollars, le montant des dividendes versés en 2019 dans le monde, un record.

En 2021, en France, après une chute en 2020, c'est **51 milliards d'euros** en dividendes et rachats d'actions (+21 % en un an) que les entreprises du CAC40 ont attribués aux propriétaires d'actions, ce qui correspond à 140 % de leurs profits annuels. Certaines ont versé des dividendes tout en affichant des pertes en 2020 (Engie, Société générale, Total). Pour d'autres, les dividendes et rachats d'actions représentent l'équivalent de 3 fois (Saint-Gobain), 5 fois (Veolia) ou 13 fois (Essilor Luxottica) leurs profits[1]. Tout cela aux dépens des investissements, des emplois à venir, aux dépens du bien commun.

1. *2021 : les dividendes du CAC 40 repartent déjà à la hausse : plus de 51 milliards d'€ pour les actionnaires !* Allo Bercy #2, 27 avril 2021, *Observatoire des multinationales.*

Dans la chaîne de valeur, le travail se fait tout petit :

Pour une tablette Ipad d'une valeur HT de 400 $, le coût de la masse salariale pour sa conception et sa fabrication est de **28 $, dont 8 $ (1,8 %) pour l'assemblage en Chine !** alors que les bénéfices pour Apple sont de plus de 230 $ par tablette.

Source : Dedrick, J., Kraemer, K.L., Linden, G. (2011). "Capturing Value in Global Networks : Apple's iPad and iPhone", p. 5.

...et ne paie plus : de 2009 à 2020 :

- fortune des milliardaires français : **+439 %** ;
- salaire médian : +12 %, inflation : +12 %, pouvoir d'achat : **0 %**.

Sources : INSEE – OXFAM

La baisse de la part des salaires couplée à l'augmentation de la part des dividendes est bien structurelle. La mondialisation, la financiarisation et les pressions exercées sur la masse salariale se renforcent mutuellement.

Ainsi, les progrès techniques ne s'accompagnent plus de progrès sociaux. Si le salariat industriel, avec l'automatisation, la robotique et la numérisation de l'économie a vu sa productivité décupler, s'il a permis de passer d'une économie de la rareté à une économie de l'abondance, les fruits de la croissance ne permettront pas de réaliser la prédiction de J.M. Keynes qui annonçait la semaine de 15 heures avec un niveau de vie 4 fois supérieur pour 2030. Le progrès n'a pas tenu ses promesses : en 2000, nos pays sont cinq fois plus riches que dans les années 30, le travail s'est intensifié pour certains, il s'est précarisé pour d'autres, il a disparu pour beaucoup trop de salariés au lieu d'être partagé entre toutes les mains.

Ainsi, au lieu de libérer l'homme du travail contraint, la machine et le capital l'ont plus asservi. La formule du milliardaire Warren Buffett résume bien la situation actuelle :

> *Il y a une guerre des classes, c'est vrai, mais c'est ma classe – celle des riches – qui mène cette guerre, et c'est nous qui la gagnons.*

La montée des inégalités

Le travail humain ne paie plus et les inégalités ne cessent d'augmenter. **En 2017, 82 % de la richesse créée ont bénéficié aux 1 % les plus riches**[1]. Le système économique n'intègre plus. Au contraire, il exclut et marginalise.

La pauvreté s'accroît. En France, en 2019, plus de **9,3 millions de personnes** vivent au-dessous du seuil de pauvreté avec **moins de 1 075 euros par mois.** (60 % du revenu médian)[2].

La pandémie de Covid-19 ne fait qu'amplifier le niveau des inégalités en laissant sans emploi de nombreux travailleurs précaires pendant que d'autres continuent à s'enrichir : entre mars et mai 2020, pendant que les 25 personnes les plus riches ont vu leur fortune augmenter de 255 milliards[3], le Secours populaire a annoncé être venu en aide à près de 1,3 million de personnes pendant les deux mois du confinement. Parmi elles, 45 % étaient alors inconnues de l'association. Le versement du revenu de solidarité active (RSA) est aussi orienté à la

1. OXFAM.
2. *La pauvreté augmente en France – Observatoire des inégalités*, 9/09/2020.
3. OXFAM, nouveau rapport : *Covid-19 – les profits de la crise*, septembre 2020.

hausse. L'Assemblée des départements de France (ADF) l'a relevé sur un échantillon d'une quinzaine de départements : leurs dépenses pour le RSA ont augmenté de 9,2 % en août 2020, par rapport à août 2019[1].

Selon l'étude de l'Institut national de la statistique et des études économiques, *parmi les 10 % de ménages les plus modestes, 35 % ont perçu une dégradation de leur situation financière lors du premier confinement, contre seulement 15,5 % des ménages parmi les 10 % les plus aisés*. En outre, *la situation financière s'est plus souvent dégradée dans les départements où le recours au chômage partiel ou technique total est plus fréquent entre mi-mars et mai* a constaté l'Insee.[2]

Dans son rapport annuel 2020, le Secours catholique indique que 8 millions de personnes font appel à l'aide alimentaire (effet de la crise sanitaire, car les autres années ce chiffre s'établissait à 5,5 millions), ce qui correspond à 12 % de la population. Le rapport précise : c'est huit fois plus que dans les années 80 (années où sont apparus les Restos du cœur).

> *Le décrochage des plus hautes rémunérations et, plus encore, la concentration extrême des patrimoines menacent les valeurs de méritocratie et de justice sociale des sociétés démocratiques*[3].

> *Tous les animaux sont égaux, mais certains le sont plus que d'autres.* George Orwell[4].

1. Public Sénat : *Une hausse de la pauvreté qui ne fait que commencer* 6/10/2020.
2. *La situation des plus pauvres s'est dégradée lors du premier confinement, Le Monde*, 8/04/2021.
3. Thomas Piketty, *Le capital au XXIe siècle*, Éditions du Seuil, 2013.
4. George Orwell, *La ferme des animaux*, Éditions Folio, 1981.

En France :

• De 2013 à 2018, le taux de pauvreté à 60 % du revenu médian est passé de 13,8 % à 14,8 % ;

• depuis 2004, plus d'un million de personnes ont basculé dans la pauvreté ; en 2018, on compte plus de 9,3 millions de pauvres en France ;

• on compte plus de 2 millions de travailleurs qui, malgré leur activité, n'arrivent pas à sortir de la précarité ; 1,6 million sont à temps partiel contraint, ce sont essentiellement des femmes ;

• entre 2008 et 2011, le revenu des :
- 10 % les plus riches, a augmenté de 1 800 euros, soit + 3,2 % ;
- 10 % les plus pauvres, a perdu 400 euros, soit une baisse de 4,3 % ;

• de 2009 à 2020, la fortune des milliardaires français a été multipliée par 5, passant de 82 à 439 milliards.

(Sources : Insee – l'Observatoire des inégalités – Oxfam, banque suisse UBS)

Au niveau mondial :

• La moitié de la richesse appartient à 1 % de la population, les 99 % se partagent l'autre moitié ;

• en 2018, 26 personnes possèdent ce que possède la moitié de la population mondiale la plus pauvre ;

• le premier d'entre eux est Jeff Bezos, le propriétaire d'Amazon. Le 20 juillet 2020, sa fortune s'est accrue, en une journée de 13 milliards de dollars, soit l'équivalent du PIB annuel du Mozambique, ou de Malte ou de l'île Maurice.

Aux États-Unis :

• de 2009 à 2012, les 10 % les plus riches ont confisqué 115 % de la croissance post-crise financière, tandis que les 90 % les moins riches se sont appauvris de 15 %.

En Grande Bretagne:

- 5 familles sont plus riches que 20 % de la population soit 12 millions de personnes.

(Sources: Insee – l'Observatoire des inégalités – Oxfam, banque suisse UBS)

À ces inégalités de patrimoine et de revenus, s'ajoutent les inégalités devant les maladies et la mort.

Dans un article du journal *Le Monde* du 1er avril 2017 intitulé: *La vague de morts de désespérance a continué de déferler sur l'Amérique blanche*, Sylvie Kauffmann cite les recherches de deux universitaires américains sur la dégradation rapide de la santé de ces travailleurs blancs déclassés:

> *Cette histoire, de la mort prématurée, « est celle de l'effondrement des classes laborieuses blanches, non diplômées, après leur apogée des années 1970; c'est aussi celle des pathologies qui accompagnent leur déclin ». Accablés par un « cumul de handicaps » – perte d'emplois stables et de qualité, déclin de l'institution du mariage, délitement du lien social – ces Américains-là ont perdu espoir.*

Alors que les dégâts de ce capitalisme mondialisé sont de plus en plus importants, l'État, redistributeur, dispose de moins en moins de moyens pour corriger un peu toutes ces inégalités. Aux États-Unis, par exemple, de 1950 à 2018, le taux de l'ensemble des impôts et taxes est passé pour le top 400 des plus riches de 72 % à 24 %, alors que pour les plus pauvres (revenus annuels inférieurs à 10000 $), ce taux est passé de 16 % à 26 %[1].

Les médias et les chantres du libéralisme économique ne cessent de vanter les mérites de la réussite individuelle

1. Gabriel Zucman, économiste: https://twitter.com/gabriel_zucman/status/1367163825502359556?s=20

tout en escamotant les dégâts que causent la pauvreté et la précarité sur beaucoup trop de personnes et à l'ensemble de la communauté.

On nous fait croire que:

- L'investissement des riches financerait l'innovation et que celle-ci profiterait à tous;
- la réussite des riches serait exemplaire et inciterait les jeunes de talent à prendre des risques;
- les plus riches feraient du mécénat et participeraient au développement de l'art et de la culture;
- les plus riches consacreraient une partie de leur fortune à la philanthropie et participeraient ainsi à la lutte contre la misère.

Bref, la réussite de quelques-uns ruissellerait jusqu'au fin fond du village le plus isolé, des quartiers les plus pauvres.

Voilà qui nous ramène au fondement du libéralisme avec Adam Smith[1]:

> *La confrontation des intérêts individuels mène naturellement à la concurrence, et cette dernière amène les individus à produire ce dont la société a besoin.*

et Bernard de Mandeville qui, en 1714, publia *Recherche sur l'origine de la vertu morale* en complément de sa fameuse *Fable des abeilles,* avec la maxime suivante: *les vices privés font la vertu publique* et un précepte: *Il faut que la fraude, le luxe et la vanité subsistent, si nous voulons en retirer les doux fruits*[2].

1. Adam Smith est un philosophe et économiste écossais des Lumières. Il reste dans l'histoire comme le père des sciences économiques modernes. Son œuvre principale, publiée en 1776, est *La richesse des nations.*
2. Lire le livre de Dany-Robert Dufour, *Baise ton prochain, une histoire souterraine du capitalisme,* Actes Sud, 2019.

La compétition, la cupidité, la démesure, la réussite individuelle de quelques-uns seraient-elles les seuls moteurs de l'évolution de nos sociétés vers plus de richesses partagées ? On peut en douter, quand après plus de trois siècles d'économie capitaliste et de prédation, de la guerre de tous contre tous, le nombre des perdants ne cesse d'augmenter, tandis que celui des gagnants diminue et que le coût environnemental sera bientôt impossible à réparer.

Une étude américaine financée par le centre de recherche Goddart de la Nasa[1] prédit l'effondrement du système économique existant dans quelques années seulement. La raison n'est pas la chute d'une météorite sur la bourse de New York, mais bien le niveau des inégalités dans la répartition de la richesse produite par le travail. Que faire pour éviter ce désastre annoncé ?

Serions-nous dans une impasse ? Comme l'a affirmé Anselme Jappe à San Cristobal de las Casas (Mexique)[2]:

> *Il y a deux nouvelles. La bonne nouvelle est que notre vieil ennemi, le capitalisme, semble se trouver dans une crise gravissime. La mauvaise nouvelle est que pour le moment aucune forme d'émancipation sociale ne semble vraiment à portée de main et que rien ne garantit que la fin possible du capitalisme débouchera sur une société meilleure. C'est comme si on constatait que la prison où l'on est enfermé a pris feu et que la panique se diffusait parmi les gardiens, mais que les portes restaient verrouillées.*

---

1. Financée par la Nasa, cette étude a été publiée dans le Journal *Ecological Economics*, cité dans un article de *Slate* intitulé : « Notre civilisation est condamnée «,paru le 17 mars 2014.
2. Lors du second séminaire international de réflexions et d'analyse Planète Terre, mouvements anti-systémiques les 30/12/2011-2/01/2012 pour le 18e anniversaire de l'insurrection zapatiste.

En attendant, devant les blessures de plus en plus profondes du corps social, devant l'accroissement de la précarité et de la pauvreté, l'État tente d'agir avec toujours de moins en moins de moyens. Depuis des décennies, les gouvernements successifs, ont mis progressivement en place toute une panoplie de mesures sociales composée de minima sociaux, d'aides aux familles, d'aides à l'emploi. Mais ces remèdes curatifs sont non seulement insuffisants pour permettre aux ayants droit de sortir de l'ornière dans laquelle on les a poussés, ils sont aussi très stigmatisants pour les allocataires et ne font qu'assujettir les individus.

Chapitre 3

L'État tente de redistribuer ce qui est mal distribué

Le système des aides sociales, c'est le moyen de faire taire les classes laborieuses qui prennent de plein fouet les ravages du capitalisme mondialisé[1].

Devant l'assèchement de la distribution de la richesse par le salaire, devant la dégradation de la protection sociale financée par la cotisation assise sur les mêmes salaires, l'État a dû, au gré des politiques du moment, mettre en place un système de **redistribution** de la richesse pour limiter les dégâts des politiques libérales. À chaque fois qu'une situation devient insupportable, on met en place une aide ciblée, financée avec les budgets de l'État ou des collectivités locales, budgets alimentés par l'impôt et les taxes.

Ainsi, depuis quatre décennies on a assisté, impuissants, à la montée du chômage et à l'accroissement du nombre d'exclus de l'appareil de production. Les sans travail, les sans revenus, les sans domicile fixe, bref les sans argent sont de plus en plus présents dans nos villes et nos villages. L'État, au fil du temps, a mis en place des aides diverses et variées, conditionnées, complexes à mettre en œuvre, avec la création de minima

1. C'est ce qu'écrit Simmel, philosophe et sociologue allemand en 1907 ! Cité par Alice Zeniter dans *Comme un empire dans un empire*, Éditions Flammarion, 2020.

sociaux comme le RSA (revenu de solidarité active) et le minimum vieillesse (Aspa : allocation de solidarité aux personnes âgées), d'aides aux familles (APL : aide personnalisé au logement – Paje : prestation d'accueil du jeune enfant, allocation de rentrée scolaire, etc.), d'aides au travail pour le salarié (prime d'activité) et pour l'employeur (CICE, réduction Fillon, etc.). Ainsi année après année on a ajouté des étages au mille-feuille des aides sociales ; ce sont aujourd'hui près de 50 aides diverses, censées répondre aux difficultés particulières de chacun. Ce sont des aides pour le logement, pour l'énergie, pour les transports, pour les naissances, pour ceux qui n'ont aucun revenu ou qui ne gagnent pas assez, pour Noël, pour la rentrée scolaire, pour la vieillesse, etc. Le tout pour plus de 100 milliards d'euros chaque année.

Ces aides sont financées en partie par l'impôt sur le revenu payé par moins de la moitié des foyers fiscaux. Dans l'imaginaire collectif est né ce *monde des assistés* financé par *ceux qui se lèvent tôt pour aller travailler*. Clivage qui développe la défiance, l'esquive et le ressentiment. Pendant qu'on continue à se chamailler sur ces *petites inégalités* qui empoisonnent notre quotidien, les ultra-riches se défilent de leur obligation de solidarité grâce à une vaste panoplie de mesures de défiscalisation mises à leur disposition par l'État pour leur permettre de jouir pleinement de leur richesse accumulée et vivre dans la démesure sous l'emprise de la *Pléonexie*[1], du vouloir toujours plus.

Peu à peu, on passe d'un système universel et inconditionnel de protection, avec la Sécurité sociale administrée par les partenaires sociaux, à un système individualisé et contractualisé d'aides. La création du revenu minimum d'insertion (RMI) en 1988 est l'un des premiers

1. Dany-Robert Dufour, *Pléonexie : Vouloir posséder toujours plus*, Éditions Le bord de l'eau, 2015.

exemples de ce nouveau système d'aides sociales. L'allocataire devait en principe s'engager dans la réalisation d'un projet dans le cadre d'un contrat d'insertion.

À chaque situation de précarité, une aide financière est mise en place pour aboutir aujourd'hui à une accumulation de dispositifs administrés par différents organismes, conditionnés à des situations économiques et familiales particulières qui exigent de l'ayant droit une solide expertise. Chaque gouvernement, après une crise qui révèle l'ampleur du mal, y va de son aide ciblée qui tente de contenir la situation sans jamais s'attaquer aux causes profondes de la précarité : **l'inégalité croissante dans la distribution de la richesse.**

Récemment, il en fut ainsi pour répondre au mouvement des gilets jaunes qui ont su faire connaître à la face du monde la détresse de millions de personnes, chômeurs, travailleurs pauvres, artisans, paysans, mères isolées, jeunes sans ressources qui, avec ou sans travail, n'arrivent plus à vivre décemment dans une société où la richesse produite n'a jamais été aussi grande. Il a fallu, samedi après samedi, que ces sans voix, ces *déplorables de la République*[1], manifestent leur colère sous les caméras du monde entier pour que le gouvernement daigne faire un geste. Que répondre à ces *sans-culotte 2.0* qui pendant des mois ont tourné en rond sur

---

1. En référence au livre de Christophe Guilluy *No society, La fin de la classe moyenne occidentale*, Éditions Flammarion, 2018, chapitre 3 : *Qui veut être un déplorable ?*, p. 78 : *La perte de ce statut de référent culturel qui condamne la classe moyenne occidentale fragilise le modèle et les valeurs de la société elle-même. [...] Exclues du modèle économique, ces catégories allaient peu à peu devenir celles auxquelles il ne fallait pas ressembler. La figure du déplorable était née.* En septembre 2016 la candidate démocrate Hillary Clinton qualifie pour la première fois l'électorat de Trump de *basket of déplorables* : panier de gens déplorables.

les ronds-points de cette France périphérique, véritables barricades des temps modernes ?

Le geste a consisté à annoncer une augmentation fictive du salaire minimum par l'augmentation de la prime d'activité. Prime d'activité qui, au lieu de revaloriser le travail, fait appel à la charité des moins modestes envers les plus modestes : les premiers financeront une augmentation d'une prime d'activité, par l'impôt et les taxes, les seconds devront quémander cette prime auprès de leur Caisse d'allocations familiales en exposant leurs maigres ressources et leurs vies familiales pour en connaître le montant.

Il y a eu aussi la prime *exceptionnelle de pouvoir d'achat* (PEPA), dite prime *Macron*, exemptée de cotisations sociales et d'impôt sur le revenu, reconduite en 2021 avec la crise Covid-19.

Comme beaucoup trop de citoyens aujourd'hui, les travailleurs sont condamnés à la condition d'assistés, incapables de subvenir à leurs besoins, dépendants qu'ils sont des ressources d'un État qui, trimestre après trimestre, jauge le niveau d'acceptabilité de la précarité pour calibrer ses aides.

Il faut dénoncer aussi les tours de passe-passe qui consistent à supprimer des cotisations sociales pour augmenter le salaire net, comme si pour se chauffer on en était réduit à brûler ses propres meubles. À terme, c'est la liquidation de notre Sécurité sociale, fondée sur la solidarité de tous les travailleurs par la cotisation, au profit des assurances privées qui ponctionnent non plus en fonction des moyens de chacun mais bien en fonction des risques individuels couverts. Il s'agit pour ces entreprises d'assurer à la fois leur mission et le profit de leurs actionnaires.

Le Smic sous perfusion

Au nom de la compétitivité qu'impose la mondialisation avec la menace permanente des délocalisations et le recours aux travailleurs détachés, l'État, face au chantage à l'emploi, a pris à son compte une part de plus en plus importante de la rémunération des bas salaires, à la fois par le financement des cotisations *patronales* et en les complétant par une prime aux salariés. Aujourd'hui, alors que la rémunération du capital par les dividendes n'a jamais été aussi élevée, que les revenus des dirigeants ont explosé, c'est plus de 30 % de l'ensemble de la rémunération d'un salarié au Smic qui est financé par l'impôt !

En 2021, le salaire minimum brut pour 35 heures hebdomadaires de travail s'élève à 1 550 €. Au bas de la feuille de salaire, après déduction des cotisations diverses et variées, c'est 1 225 € net que reçoit le travailleur payé au Smic. À cela s'ajoute, à condition de périodiquement franchir l'épreuve du guichet de la Caf, la prime d'activité de l'ordre de 241 €, prime variable en fonction de paramètres divers liés au logement et à la situation familiale. Au total, c'est donc la somme de 1466 € qui peut abonder mensuellement le compte en banque du salarié payé au Smic travaillant à temps complet.

Il faut aussi s'intéresser aux cotisations dites patronales, qui en réalité sont calculées sur l'assiette du salaire brut et qui financent aussi bien l'assurance maladie, les allocations familiales, le chômage, la formation et les retraites. En théorie, elles représentent, avant réduction, autour de 42 % du salaire brut. Soit pour un Smic 650 €.

Bon prince, l'État est venu au secours des entreprises pour faire face à leurs obligations sociales tout en continuant à produire à des prix compétitifs.

- Il y a eu la réduction Fillon dégressive jusqu'à 1,6 Smic ;

- grâce au gouvernement socialiste, il y a eu ensuite le CICE transformé aujourd'hui en réduction pérenne de cotisations;
- il y a enfin, depuis 2015, la réduction de la cotisation des allocations familiales de 1,8 point sur les 5,25 % attendus.

Avec cette généreuse participation de l'État, le montant des cotisations *patronales* a fondu, passant pour un Smic de 650 € à 153 €[1], la différence 497 € étant prise en charge par la collectivité nationale.

Sur l'ensemble de la rémunération du salarié payé au Smic, salaire net plus cotisations, (1 550+650+241 = 2 441 €) la participation de l'État (réductions des cotisations et prime d'activité: 497+241= 738 €) est de 30 % de la rémunération totale!

Réduction de cotisation dégressive de 32 % du salaire brut pour un Smic jusqu'à 0 % pour un salaire de 2 500 €, ce qui n'incite pas les employeurs à augmenter la qualification et le salaire nominal de leurs employés.

Chez Carrefour, c'est comme si trois agents de caisse sur dix étaient entièrement à la charge de l'État sans que la collectivité, en tant qu'actionnaire de fait, ne récolte une part des bénéfices. Cette entreprise de distribution a reçu en cinq ans, entre 2013 et 2018, autour de 2 milliards d'euros d'aide de l'État avec la *réduction de charges*. Dans le même temps, elle a distribué 2,3 milliards de dividendes aux actionnaires et, au début de l'année 2018, la direction du groupe annonce la suppression de 2 400 postes, ainsi que la vente de 273 magasins venant de l'enseigne DIA, sans garantir le reclassement de la totalité des 2 100 salariés y travaillant. Un an plus

1. Pour le calcul, le site de l'Urssaf: *calcul de la réduction générale des cotisations en 2021*, https://www.declaration.urssaf.fr/calcul/

tard, Carrefour fait savoir qu'il va se séparer de 3000 personnes pour une perte sèche de 1230 emplois, sans pour autant oublier de prendre sa part annuelle de CICE.[1]

Depuis sa création par E. Macron sous la présidence de F. Hollande, c'est 110 milliards qui ont migré des caisses de l'État vers les entreprises, inconditionnellement, sans aucun contrôle de l'usage de cet argent. En 2020, le rapport de France Stratégie révèle l'impact du CICE sur la création d'emploi[2]. Au total, de 2013 à 2017, autour de 100000 emplois ont été créés grâce à cette *baisse des charges* très généreuse qui a coûté aux finances publiques 18 milliards d'euros, soit 180000 euros par emploi créé ! On est loin du million d'emplois promis par Y. Gattaz, ancien patron du Medef[3].

Il ne reste bientôt plus au patronat qu'à demander la nationalisation totale de la main-d'œuvre : elle serait mise gratuitement à disposition des entreprises, parachevant ainsi le vieux rêve libéral de la privatisation des profits et de la nationalisation des charges.

À travers l'exemple de Carrefour, on montre que l'État participe activement à la concentration de la richesse et à l'appauvrissement des salariés. Les aides inconditionnelles aux entreprises accompagnent d'un côté la distribution de dividendes de plus en plus élevés, de l'autre, les licenciements.

Contrairement à ce qu'affirment les économistes libéraux, jamais l'État n'a contribué autant à la création de

---

1. Journal ***20 minutes*** du 30/05/18 : *Le groupe Carrefour a-t-il reçu 20 milliards au titre du CICE ?*
2. France stratégie : *Évaluation du C.I.C.E – Synthèse des travaux d'approfondissement.*
3. J. Littauer, « Plan jeunes du gouvernement, le Medef en rit encore », *Charlie Hebdo*, 24 juillet 2020.

la richesse privée. Cela se fait au prix de l'aggravation des déficits publics, ce qui ne manque pas d'avoir des conséquences particulièrement néfastes sur le fonctionnement des services sociaux et des services publics. À l'heure où les responsables politiques de la droite, du centre et de la gauche libérale promettent encore des baisses de charges et des baisses d'impôts, le tout mâtiné d'augmentation du temps de travail, il est impératif de faire des propositions alternatives qui remettent un peu d'équité dans le douloureux partage de la valeur ajoutée.

Des aides qui assignent à résidence

Le système actuel des aides sociales ciblées et conditionnées, incite à l'inaction et à la relégation sociale et assigne à résidence l'allocataire.

Aujourd'hui, une personne peut être éligible à au moins trois aides administrées par la Caisse des allocations familiales (CAF), en fonction de ses revenus, de sa situation familiale et de son loyer :

- **les Aides personnalisées au logement (APL)** dont le montant dépend du loyer, des revenus et de la composition de la famille ;
- **le Revenu de solidarité active (RSA)** pour les personnes en fin de droit, dont le montant évolue en fonction des aides reçues (APL), de la composition du foyer et qui est aussi conditionné aux revenus du foyer ;
- **la Prime d'activité (PPA)** qui complète le RSA pour les bas salaires, son montant est fonction des salaires perçus et de la composition du foyer.

Pour le calcul de ces aides, il faut se rendre sur le simulateur de la Caf.[1]

1. https://www.caf.fr/

En 2020, une personne seule sans ressources reçoit, si elle est locataire, les APL, dont le montant est fonction de son loyer et le RSA. En revanche, si elle vit en couple et que son conjoint est également sans ressources, le montant des APL et du RSA sont différents. Si elle trouve un emploi, le RSA diminue. Il est complété par la prime d'activité. Le tout actualisé tous les trois mois.

Le témoignage[1] suivant révèle la grande complexité des politiques sociales :

> *« J'ai gardé, heureusement pour moi, une grosse capacité d'émerveillement et une bonne dose d'humour. Mais là, j'ai des droits, je cherche juste à les faire valoir, et ça me gonfle. » Pendant plusieurs semaines, Maëlle, prénom d'emprunt, a en effet dû batailler auprès de la Caf (caisse d'allocations familiales), un parcours administratif kafkaïen qui l'a laissée quasiment sans aucune ressource durant plusieurs semaines. […] Les ennuis commencent. Tel un serpent qui se mordrait inlassablement la queue, impossible de toucher la prime d'activité, car elle a touché l'ASS. Impossible de toucher le RSA, puisqu'elle a demandé la prime d'activité. « J'ai vécu un truc de fou, j'en ai perdu le sommeil,* raconte Maëlle. *Quel est l'intérêt de travailler ? Je me retrouvais plus pauvre qu'avant. »*

Cet exemple montre combien ces aides spécifiques, conditionnées, ne permettent pas de se projeter dans l'avenir, tant il est difficile de savoir comment évolue le montant de l'allocation en fonction d'un changement de vie. Cela incite l'individu à se satisfaire d'une situation certes précaire mais dont il connaît parfaitement tous les contours, plutôt que de risquer de ne plus trouver son compte dans un changement de situation. Ainsi le manque de visibilité, la faiblesse des offres d'emploi et les frais supplémentaires attenants (transport, garde d'enfants),

---

1. « Minima sociaux, quand il faut se battre pour quelques euros », *Médiapart*, 9/09/2020.

peuvent conduire à l'inaction et à la relégation, tant dans le domaine affectif et familial que dans le travail.

L'ALLOCATAIRE, CE SOUS-CITOYEN

Cette conditionnalité incite aussi à occulter sa situation réelle pour ne pas perdre une partie des aides. Enfin, à la complexité des procédures, s'ajoutent les contrôles inquisiteurs, des injonctions à accepter un emploi ou une formation.

> *Nous avons nous-mêmes pris conscience, au contact d'allocataires du RSA, de la violence des pratiques de l'administration auxquelles aboutit la logique des contreparties et des sanctions. Car les sanctions ne sont pas seulement un épouvantail qui serait brandi pour inciter les allocataires à retourner dans le « droit chemin ». Elles sont réelles : diminution de moitié, et jusqu'à 80 %, de l'allocation et parfois radiation alors qu'il n'y a pas de fraude délibérée, mais uniquement « non présentation à un rendez-vous » ou « non-respect des termes du contrat »*[1].

Cette violence institutionnelle envers des citoyens qui ont besoin d'aides et d'accompagnement est totalement inadmissible.

En outre, tout ce système de contrôle génère des coûts de fonctionnement importants à la Caf, ainsi que des tensions et conflits entre usagers et personnel.

Le rapport conjoint de l'association Aequitaz et du Secours catholique, paru en septembre 2020, exprime clairement comment les allocataires sont à la merci de décisions administratives qui les dépassent et les rabaissent en les culpabilisant.

1. Rapport *Pour un revenu minimum sans contrepartie*, octobre 2020, *Aequitaz – Secours catholique*, https://www.aequitaz.org/wp-content/uploads/2020/11/rapport_revenu-sans_contreparties_VF2.pdf

Les allocataires du RSA doivent signer un « projet personnalisé d'accès à l'emploi » avec Pôle emploi ou un « contrat d'engagements réciproques » avec le Conseil départemental. De leur côté, les institutions n'ont aucune obligation à faire respecter leur part du contrat. En revanche, si les « obligations contractuelles » ne sont pas respectées par l'allocataire, le RSA peut être diminué de 50 % voire de 80 %.
Les allocataires vivent ainsi sous la menace d'une suspension de leur allocation qui dépend de leur capacité à expliquer quelles démarches ils ou elles ont mis en œuvre pour faire « avancer » leur situation. [...]
On estime à 115 000 le nombre de foyers concernés soit 234 000 personnes qui sont l'objet de sanctions financières chaque année qui les privent de leurs droits fondamentaux.

Bref, si on ne perçoit pas une aide ou si son montant est sous-évalué, c'est bien parce qu'on n'a pas su entreprendre les bonnes démarches, qu'on n'a pas été suffisamment *actif* pour se sortir d'une situation précaire, ou qu'on a fait des erreurs ou des omissions ; l'allocataire ne doit s'en prendre qu'à lui-même. La suspicion de la part de l'administration vis-à-vis de l'ayant droit est la règle :

L'entretien, au printemps 2019, avec l'agent de la CAF a été une humiliation, poursuit Pierre. *Il avait sous les yeux mes comptes bancaires et épluchait chaque ligne. Avais-je vraiment besoin d'un abonnement internet ? À quoi avais-je dépensé ces 20 euros tirés en liquide ? Je me suis senti rabaissé. Je suis resté sans ressources pendant dix mois, j'ai frisé l'expulsion de mon logement, fait une dépression, et, bizarrement, ce n'est qu'après avoir consulté un avocat que, en une semaine, tout s'est débloqué*[1].

En outre, face à l'épreuve du guichet et au manque d'information sur l'ensemble de la panoplie des aides,

1. « L'entretien avec l'agent de la CAF a été une humiliation : les bénéficiaires du RSA dans l'enfer des contrôles », *Le Monde*, 20 février 2021.

un nombre important de personnes ne perçoivent pas la totalité des aides auxquelles elles auraient droit. Ainsi 30 % des ayants droit au RSA en sont privés.

Il faut prévenir la pauvreté et responsabiliser les gens pour qu'ils sortent de la pauvreté[1].

Responsabiliser: le mot est lâché. Dans la tête de nos dirigeants, si ces aides coûtent « un pognon de dingue » c'est bien parce que les allocataires, ces éternels assistés, n'en font pas assez pour rechercher un travail; d'où la nécessité de conditionner un minima social à la recherche d'une activité. Enfin, il est à craindre qu'en regroupant des aides de natures différentes, avec l'automaticité et une enveloppe budgétaire globale inchangée, on fasse beaucoup de perdants. Bref, les pauvres *nous coûteraient un bras*, on va simplifier tout cela en fusionnant toutes ces aides disparates. Et, en passant, on en profite pour en réduire le montant global, les assistés devant aussi apprendre à se *démerder* par eux-mêmes.

La simplification ne suffira pas

Dans cette perspective de simplification et de rationalisation, le gouvernement, en 2018, a lancé une réforme des aides sociales pour aboutir à la création d'un **Revenu *universel* d'activité (RUA)** qui n'a d'universel que le nom et qui conditionne l'allocation à la fois à la recherche d'une activité et aux revenus. L'avis de la CNCDH[2] révèle les limites d'un tel projet:

La fondation d'un RUA, avec une double conditionnalité d'attribution et de contrôle déjà bien présente dans le fonctionnement des minima sociaux actuels, est marquée par

1. *Le Monde*, 13 juin 2018: Pour Macron, les aides sociales coûtent un « pognon de dingue » sans résoudre la pauvreté.
2. Commission Nationale Consultative des Droits de l'Homme.

une contradiction. Il apparaît déjà que l'on ne tient pas compte, d'une part de l'état réel du marché du travail en proposant à des bénéficiaires du RSA une contrainte de retour à l'emploi, et d'autre part de nos textes fondateurs en matière de droits de l'homme qui impliquent que l'accès à un revenu minimum permettant de garantir la dignité soit véritablement universel, donc inconditionnel et sans contrepartie[1].

L'iFRAP[2], officine libérale, révèle dans une étude intitulée *Pour une allocation sociale unique* [3] d'où peut venir l'inspiration du gouvernement.

La proposition de la Fondation iFRAP consiste à mettre en place une allocation sociale unique (ASU) en substitution de l'ensemble des 47 aides non contributives pour économiser 10 milliards d'euros à la fois sur les frais de gestion et sur le versement des prestations. Cette ASU serait :

1. **Unique** (issue de la fusion des 47 aides sous conditions de ressources que l'on compte actuellement) ;
2. **plafonnée** à 2 500 euros par mois de cumul d'aides et de revenus du travail ;
3. **fiscalisée** selon le principe qu'un euro de la solidarité nationale doit être imposé de la même manière qu'un euro de revenu issu du travail ;
4. **centralisée** avec les fusions des gestionnaires administratifs dans un organisme régional qui serait directement renseigné de la situation de chaque foyer fiscal par les services fiscaux, et informatisée avec un compte en ligne pour chaque bénéficiaire afin de suivre sa progression au mois le mois.

---

1. Avis sur la création du revenu universel d'activité (RUA) JORF n° 0159 du 28 juin 2020.
2. iFRAP : Fondation pour la Recherche sur les Administrations et les Politiques publiques.
3. iFRAP : *Pour une allocation sociale unique*, France stratégie, février 2016.

Le résultat se traduirait par une diminution sensible des aides allouées, en fonction de la composition des ménages.

Le système actuel de redistribution mérite d'être simplifié. Mais cette réforme vers une allocation sociale unique, certes sans effet de seuil, versée automatiquement, ne doit pas se faire sur le dos des allocataires. Aujourd'hui, avec les montants actuels, ont compte plus de 9 millions de personnes qui vivent au-dessous du seuil de pauvreté, qu'en sera-t-il demain avec une réduction des aides sociales ?

Ainsi, malgré *le pognon de dingue* alloué à toutes ces aides diverses aux personnes et aux entreprises, on n'arrive ni à éradiquer la pauvreté, ni à corriger les inégalités, ni à créer suffisamment d'emplois correctement rémunérés pour vivre dignement.

Bien que ce soit nécessaire, simplifier les aides aux plus démunis ne répond pas aux défis que nous impose le système économique actuel. Il faut retourner aux fondamentaux et au principe de solidarité universelle qui a été mis en œuvre avec la création de la Sécurité sociale en 1945.

Face à ce désastre social d'une société en miettes, où la *fatigue de la compassion*[1] et la *guerre de tous contre tous* l'emportent sur l'esprit de bienveillance et de fraternité élémentaire, face à cette situation encalminée, il faut changer de paradigme, en libérant le corps social de toutes ces perfusions qui l'entravent, en socialisant une part de la richesse créée par le travail et le capital sous la forme d'une **allocation d'universelle d'existence (AUE)**. C'est le seul moyen de permettre à chacun de s'immuniser contre la pauvreté, de retrouver une vie digne et la maîtrise de son temps. C'est le seul moyen

1. Julien Damon, « Le coût des autres », *Le Monde*, 17/10/2014.

pour permettre à toutes et tous de participer à enrichir ce patrimoine commun que nous léguerons aux générations futures par une activité ou un travail choisi selon ses propres capacités.

> *En 1989,* – avec la chute du mur de Berlin – *ce sont des femmes et des hommes* «***sans la moindre importance***» *qui ont changé le cours de l'Histoire. Vingt ans plus tard, le système néolibéral s'effondre à son tour. C'est à nous, les citoyens, de dire dans quelle société nous voulons vivre. Société d'injustice et de chaos ou société d'équilibre et de convivialité ? À nous de choisir. À nous d'agir. Association Roosevelt* 2012.

En 2019, ce sont aussi des femmes et des hommes *sans importance*, en gilets jaunes, qui ont bousculé l'ordre néolibéral. En 2020 et 2021, ce sont les mêmes, infirmières, aides-soignantes, auxiliaires de vie, agents de caisse, professeurs… tous *ces invisibles* qui ont assuré le fonctionnement de notre société pendant le confinement lié à la Covid-19.

Il est temps de changer de paradigme pour se libérer définitivement de l'assistance publique ou privée avec l'exercice d'un nouveau droit à une existence digne en toutes circonstances, fondé sur la solidarité de l'ensemble du corps social.

Chapitre 4

Vers une redistribution transformatrice

Comment peut-on se dire que dans un pays riche comme le nôtre, on se contente de « gérer » la pauvreté, plutôt que de vouloir la combattre ? On panse, c'est tout. C'est un choix politique assumé[1].

C'est l'ensemble du système sociofiscal actuel qu'il faut revoir. Financé par l'impôt (l'impôt sur les revenus est payé par moins de la moitié des foyers fiscaux) et l'ISF (impôt sur la fortune) reconfiguré en IFI (impôt sur la fortune immobilière – qui dispense le possesseur d'actifs financiers de la solidarité nationale), ce système de redistribution, curatif, qui fonctionne a posteriori, n'arrive pas à éradiquer la misère et la précarité. En outre, il divise la société en *contributeurs étranglés par le fisc* d'un côté, et en *assistés qui coûtent un bras à la société* de l'autre... Pendant qu'une petite minorité de très riches échappe au devoir de solidarité en s'exilant dans des paradis fiscaux ou en optimisant sa contribution.

Les programmes d'aides sociales orientent vers les pauvres non seulement l'aide, mais aussi l'hostilité. Les prestations destinées aux pauvres ont tendance à stigmatiser leurs

1. Isabelle Bouyer, déléguée nationale d'ATD Quart Monde, Pauvreté : « Les gouvernants n'imaginent pas la honte et l'humiliation », *Libération*, 26 février 2021.

> *bénéficiaires comme déviants et parasites en les opposant insidieusement à ceux qui gagnent leur vie*[1].

Ceux qui paient l'impôt s'arrogent le droit de dire aux pauvres assistés comment ils doivent dépenser les aides d'État, les enjoignant à traverser la rue pour trouver un emploi et à se responsabiliser afin que toutes ces aides cessent de coûter un *pognon de dingue* à la nation.

> *Les gouvernants n'imaginent pas la honte et l'humiliation. Ni ce stress permanent de ne pas savoir si on va arriver à manger, à payer son loyer. Cette peur qui assaille et qui empêche tout. Donner un revenu convenable d'existence, c'est permettre à ces personnes de vivre et non pas survivre. Les libérer de ce poids pour qu'elles puissent avoir l'énergie par exemple de suivre une formation qualifiante pour trouver un emploi. Et enfin sortir de la pauvreté*[2].

Il faut s'atteler à répondre à la question suivante : comment faire pour passer d'une **redistribution *corrective*** qui divise et assujettit à une **redistribution *transformatrice*** qui inclut ?

Cessons d'accepter d'être séparés en catégories hostiles. Bien que les inégalités de revenus et de patrimoines ne fassent qu'augmenter, ensemble constatons que nous avons les moyens de nous passer de la charité publique ou privée si toutes et tous nous acceptons de faire partie d'une même communauté de destin. Le propre corps social dans son ensemble peut et doit trouver les ressources pour assurer à chacun un revenu décent, dissocié de l'emploi, qui assure à toutes et tous de quoi se nourrir

1. Nancy Fraser, *Qu'est-ce que la justice sociale. Reconnaissance et redistribution*, Éditions La découverte/poche, 2005, p. 33 et 67.
2. Isabelle Bouyer, déléguée nationale d'ATD Quart Monde, « Pauvreté : Les gouvernants n'imaginent pas la honte et l'humiliation », *Libération*, 26 février 2021.

et se loger dignement, qui donne enfin les moyens à chaque individu d'exister.

Comme l'écrit Nancy Fraser dans: *Qu'est-ce que la justice sociale*[1] ?:

> • *Les remèdes correctifs à l'injustice sont ceux qui visent à corriger les résultats inéquitables de l'organisation sociale sans toucher à leurs causes profondes.*
> *Les* ***remèdes transformateurs****, pour leur part visent les causes profondes.*
> • [...] *Combinant systèmes sociaux universels et imposition strictement progressive, les remèdes transformateurs visent à assurer à tous l'accès à l'emploi, tout en tendant à dissocier cet emploi des exigences de reconnaissance. D'où la possibilité de réduire l'inégalité sociale sans créer de catégories de personnes vulnérables présentées comme profitant de la charité publique. Une telle approche, centrée sur la question de la distribution, contribue donc à remédier à certaines injustices de reconnaissance.*

Réformer les aides sociales sans toucher d'une part à notre système fiscal et sans renforcer d'autre part notre système universel de cotisations sociales est vain. Ensemble nous sommes riches (en 2019: **1 650 milliards** de revenus primaires: salaires, revenus mixtes et revenus du patrimoine; plus de **12 500 milliards** de patrimoine net privé[2], tout cela bien mal réparti au gré des parcours individuels et de l'héritage du passé). Nous pouvons dès à présent mettre en place un système de redistribution et de distribution universel administré par une caisse autonome, qui se substituerait au système sociofiscal actuel. Chacun contribuerait en proportion de ses moyens à l'allocation d'un revenu d'existence inconditionnel

---

1. *Ibid.*, p. 31.
2. INSEE: *Revenu des ménages en comptabilité nationale*: https://www.insee.fr/fr/statistiques/4494203?sommaire=4494218 et: compte du patrimoine en 2019: https://www.insee.fr/fr/statistiques/4494210?sommaire=4494218

pour assurer à tous les membres de la communauté les moyens d'exister dignement.

Il faut faire en sorte que le travail et le patrimoine de chacun assurent à tous et toutes les conditions élémentaires d'existence comme doit être assuré l'accès aux soins, à l'instruction et à la formation tout au long de la vie. De l'ingénieur en informatique, du trader à la BNP, de l'agent de caisse à Carrefour à mi-temps, du paysan dans les Cévennes, du petit épicier de village, des *pickers* et *packers* d'Amazon[1], du livreur d'Uber Eat, du propriétaire immobilier, de l'actionnaire chez Total... toutes et tous contribuent par leurs revenus et leur patrimoine à financer cette allocation universelle.

Ainsi, avec la participation de ceux qui possèdent un patrimoine privé, avec la contribution de ceux qui par leur travail créent de la richesse, avec un meilleur partage des profits que génère le *travail mort* (les machines, l'automatisation, l'intelligence artificielle) qui se substitue de plus en plus au *travail vivant*, on pourrait allouer directement et individuellement à tous les membres de la communauté ce revenu d'existence qui permettrait de pouvoir s'émanciper de l'aliénation d'un emploi de survie. En s'affranchissant partiellement de ce temps contraint consacré exclusivement à la satisfaction de ses besoins élémentaires, l'être humain pourrait pleinement trouver sa place dans la société en fonction de sa personnalité, de ses goûts et de ses compétences.

La culture, l'ensemble des connaissances scientifiques et techniques, tout le patrimoine accumulé

1. Dans *Libération* du 17/12/2013, une employée raconte *la peur organisée* qui règne dans l'univers orwélien, univers du code barre des entrepôts chez *les eacher, pour réceptionner les marchandises et les enregistrer informatiquement; les stower, pour les ranger dans les kilomètres d'étagères de l'entrepôt; les picker, pour arpenter les allées et rassembler les produits commandés; ou les packer, pour les emballer avant expédition.*

par l'humanité, tout ce qui conditionne la création de richesse aujourd'hui, ne peuvent plus être accaparés par un petit nombre pour en tirer des profits exorbitants. Il est légitime qu'une part des revenus que génère ce patrimoine soit partagé. Cette rente universelle contribuerait à donner à chacun les moyens matériels d'être maître de son destin. Ainsi tous les membres de la société pourraient participer à démultiplier encore la création et l'inventivité.

En donnant à chacun ce supplément d'autonomie, on permettrait un partage des emplois entre un plus grand nombre de salariés, libérant ainsi l'évolution de la courbe du chômage de celle d'une croissance économique à tout prix qui hypothèque l'avenir des générations futures. Par le temps libéré sur un travail contraint, se développeraient des projets individuels et collectifs, favorisant aussi les échanges démonétisés sans exigence de contrepartie, ce qui limiterait la marchandisation croissante des activités sociales et contribuerait à renforcer la cohésion de la société et la participation à la vie de la cité.

TEL EST LE DÉFI QUE NOUS DEVONS AFFRONTER POUR…

> *…que le problème économique se tienne à sa vraie place, sur la banquette arrière, et où notre cœur et notre esprit seront occupés – ou plutôt réoccupés – par nos vrais problèmes, ceux de la vie et des relations entre les hommes, ceux des créations de l'esprit, ceux de la religion.*
>
> John Maynard Keynes en 1930[1].

1. Abdennour Bidar dans : *Libérons-nous des chaînes du travail et de la consommation*, Éditions Les Liens qui libèrent, 2018.

Alors non, devant les vertus de cette allocation d'existence, il ne serait plus question de *pognon de dingue* mais seulement de solidarité de tous pour tous, au lieu de cette guerre de tous contre tous que nous impose aujourd'hui ce système économique mortifère.

Nous devons bâtir pour le XXIe siècle un État providence de la dignité et de l'émancipation[1]. Encore faudrait-il partir sur de bonnes bases. Et pour cela, il faudrait se départir de la croyance à la vertu du système économique néolibéral qui, depuis bientôt quarante ans, brise les solidarités et détruit le commun.

Pour avancer, il nous faut partir du constat qu'aujourd'hui le travail ne paie plus pour beaucoup trop de salariés. L'emploi n'arrive plus à assurer les deux fonctions qui lui sont propres : *produire les conditions élémentaires d'existence*, définies par **l'article 25 de la déclaration universelle des droits de l'homme de 1948,**[2] et *se réaliser, se produire soi-même en fonction de ses compétences au sein d'un collectif social et culturel*[3].

Répétons-le : trop souvent, pour assurer le premier objectif qui est de gagner sa vie, on sacrifie le second qui est de développer pleinement ses compétences, de s'épanouir dans une activité choisie.

Le philosophe marxiste Daniel Bensaïd souligne cette impérieuse nécessité de la socialisation d'une part des revenus d'activité :

> *Alors que l'intermittence du travail et l'exigence de formation continue tendent à se généraliser, le salaire demeure*

1. Emmanuel Macron, 9 juillet 2018, Congrès de Versailles.
2. *Toute personne a droit à un niveau de vie suffisant pour assurer sa santé, son bien-être et ceux de sa famille, notamment pour l'alimentation, l'habillement, les soins médicaux, le logement ainsi que pour les services sociaux nécessaires.*
3. Jean Marie Harribey, « La-centralité-du-travail-vivant », revue *ATTAC*, n° 14, été 2017.

la rémunération du temps abstrait de travail mesurable. La division sociale complexe du travail devrait permettre une socialisation accrue du revenu et une extension des solidarités. Ce serait le sens d'un revenu universel garanti déconnecté du travail, non dans sa version libérale d'une aumône de survie mais dans une logique du droit à l'existence et de l'extension des domaines de gratuité[1].

Ainsi sans perdre de vue l'objectif de rééquilibrer en faveur du travail le partage de la valeur ajoutée, on peut dès à présent faire un grand pas de côté :

- en substituant à la redistribution actuelle, organisée par l'État une redistribution universelle transformatrice, préventive et inclusive, d'une part des revenus et du patrimoine, administrée par une branche de la Sécurité sociale ;
- en instaurant, pour améliorer la distribution de la richesse créée, une contribution à la solidarité nationale de la rémunération du capital productif (les machines et les logiciels qui remplacent de plus en plus les humains), comme le préconisait déjà Jean de Sismondi au début du XIXe siècle[2].

---

1. Daniel Bensaïd, *Éloge de la politique profane*, Éditions Albin Michel, 2008, p. 49.
2. D'après la thèse de Jean de Sismondi, (1773-1842) l'introduction de nouvelles machines ne profite qu'au patronat. En effet, les profits grossissent alors que les salaires restent les mêmes. Il considère que cette augmentation des capacités de production va mener à des faillites : la consommation ne peut pas suivre le surplus de production puisque les ouvriers ne sont pas payés à leur juste valeur. La concurrence incite les entreprises à investir sans cesse, ce qui cause des faillites en chaîne. Sismondi considère que l'inégal partage des richesses est doublement néfaste : c'est injuste et cela provoque des crises de surproduction. Il pense alors à faire augmenter les salaires grâce aux surprofits que crée la machine qui remplace l'ouvrier, en réduisant le temps de travail et en interdisant le travail des enfants. (*Wikipédia*)

Avec **l'allocation d'un revenu d'existence inconditionnel et individuel** fondée sur deux principes et une condition :

- **principe de solidarité** : chacun contribue en fonction de ses moyens (en revenus et en patrimoine) à la satisfaction des besoins élémentaires de l'ensemble de la communauté pour se nourrir et se loger dignement en toutes circonstances ;
- **principe d'universalité** : tout le monde reçoit, tout le monde participe au financement. **À revenu universel, contribution universelle.** Contribution qui ne sera pas plus lourde que l'actuelle pour plus de 95 % des foyers fiscaux ;
- enfin, ce revenu dissocié de l'emploi doit être d'un **montant suffisant** pour éradiquer la pauvreté tout au long de la vie. En se substituant à toutes les aides sociales conditionnées administrées par l'État, elle doit, **en toutes circonstances,** totalement libérer l'individu de sa condition d'assisté.

Il s'agit de passer d'un système de redistribution qui contractualise les aides à un système qui contractualise le financement d'un droit humain universel et inaliénable.

Allocation universelle d'existence administrée comme un bien commun fondée sur la réciprocité de l'ensemble des membres de la communauté.

> *Dans la quasi-totalité des situations où la logique des biens communs prend sens, on remarque que la réciprocité est un élément central qui permet de surpasser en efficacité la poursuite de l'intérêt égoïste de chacun.*
> *C'est ce rapport de réciprocité qu'il faut valoriser et mettre en œuvre institutionnellement*[1].

1. « Pour les biens communs », entrevue avec Gaël Giraudpar Jean-Claude Ravet, revue *Relations*, mars-avril 2015.

Dans le système actuel d'une redistribution curative par les aides sociales (graphique 1), le monde des assistés est séparé du monde des contributeurs :

- les aides sociales s'ajoutent aux revenus d'activité pour les pauvres (moins de 1 500 euros de revenus), leur montant dépend des revenus de chacun ;
- l'impôt se soustrait aux revenus d'activité pour les non pauvres (plus de 1 500 euros).

Graphique 1

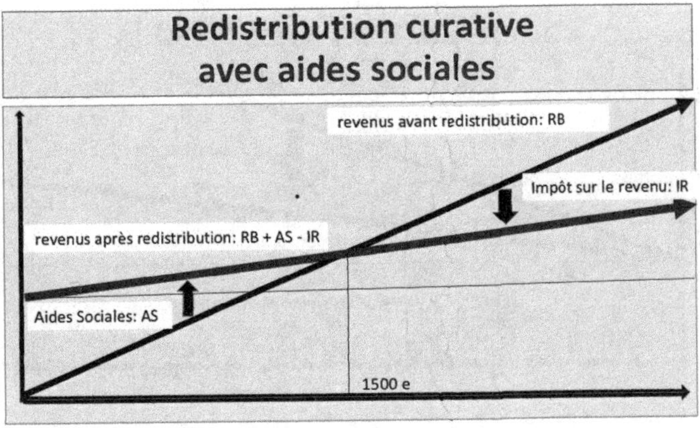

- À la fin du mois, en fonction des revenus, certains paient l'impôt sur le revenu (IR), d'autres à condition de prouver que leurs revenus sont inférieurs à des seuils peuvent être éligibles à des aides dont le montant dépend de nombreux paramètres.

Avec l'allocation d'existence (graphique 2) tout le monde reçoit et tout le monde contribue.

- Les revenus ne peuvent être inférieurs à ce revenu garanti qu'est l'AUE dont le montant est inaliénable ;

- les revenus d'activité comme du patrimoine s'ajoutent à l'AUE (Revenu Brut = Revenu Brut d'Activité + AUE);
- la cotisation pour l'allocation d'existence se retranche pour obtenir le revenu après redistribution. (Revenu Net = Revenu Brut – Cotisation pour AUE).

Graphique 2

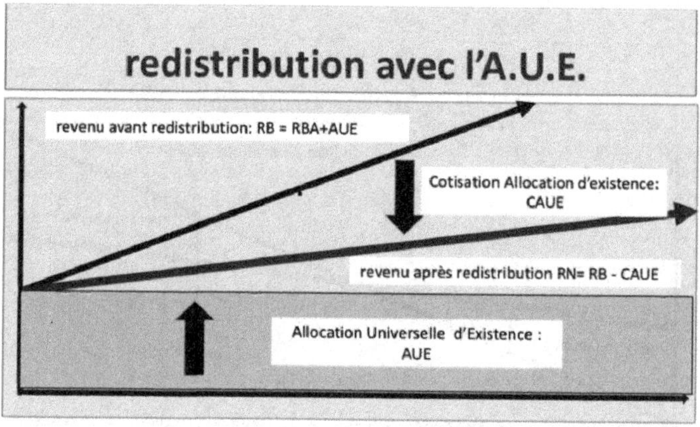

- Le 1er du mois chacun reçoit l'AUE, inconditionnellement;
- à la fin du mois, en fonction des revenus d'activité et du patrimoine, chacun contribue au financement de l'AUE par une cotisation (CAUE)

Chapitre 5

Pour une allocation réparatrice et émancipatrice

RÉPARATRICE

Par son montant, l'allocation universelle d'existence doit se substituer à toutes les aides de lutte contre la précarité, financées par l'impôt (minima sociaux, aides aux familles, aides au travail), aides qui fabriquent des citoyens de seconde zone. Cette allocation immunise le corps social contre la pauvreté. Quels que soient les revenus du travail et du capital, les allocations chômage, la retraite, les allocations de dépendance, l'AAH, qui s'ajoutent à l'AUE, jamais on ne doit se retrouver à devoir vivre avec des revenus inférieurs au seuil de pauvreté. Ainsi nombreux sont ceux qui verront leur vie changer :

- les travailleurs pauvres, saisonniers ou intermittents ;
- *Les premiers de corvée* dont l'utilité sociale s'est révélée au cours de la pandémie de Covid-19 ;
- les jeunes de 18 à 25 ans, sans travail ou étudiants ;
- les familles monoparentales, mères célibataires, les enfants de familles pauvres ;
- les personnes âgées : quel que soit leur parcours de vie, elles sont assurées d'un minimum vital de 1 075 € (seuil de pauvreté en 2020).

Par temps de crise économique, de catastrophes naturelles, de pandémie, l'AUE assure un revenu minimum garanti malgré la perte temporaire d'un emploi ou d'un patrimoine, rendant ainsi l'ensemble de la société beaucoup plus résiliente. La crise sanitaire de la Covid-19 a mis en évidence à quel point cette *assurance-vie* est nécessaire.

L'allocation universelle d'existence complète et renforce le système actuel de la Sécurité sociale (accès aux soins par l'assurance maladie, retraite et allocations chômage auxquelles chacun contribue par une cotisation sur ses revenus d'activité).

Elle complète et renforce les indemnités de compensation dues à un handicap, une invalidité ou une dépendance : l'Allocation adulte handicapé (AAH) et l'allocation personnalisée d'autonomie (APA) s'ajoutent à l'AUE.

Comme l'affirme Philippe Van Parijs, philosophe, fondateur du BIEN (Basic Income Earth Network) :

> *Il s'agit de construire un État social qui mise intelligemment sur l'épanouissement du capital humain plutôt que sur l'astreinte d'un emploi non choisi.*

Émancipatrice

L'homme a besoin, pour être heureux, non seulement de jouir de ceci et de cela, mais d'espérer, d'entreprendre et de changer écrit le philosophe Bertrand Russell. Il poursuit : *Ce n'est pas une utopie accomplie que nous devons désirer, mais un monde où l'imagination et l'espoir sont vivants et actifs*[1].

L'allocation universelle d'existence permet de répondre aux mutations en cours dans le monde du

1. Bertrand Russell, *Philosophy and Politics*, The Cambridge University Press, 1947, p. 14.

travail, dans la production de biens et services comme aux défis environnementaux qu'il nous faut surmonter dans les années à venir.

En dissociant revenu et emploi, cette allocation d'existence permet d'aller vers *la civilisation du temps libéré* chère à André Gorz. Elle ouvre la voie à la réduction du temps de travail et à un meilleur partage des emplois[1]. L'AUE permet à chacun de se libérer d'un emploi pénible ou inutile, d'activités nocives pour l'environnement et la santé. Avec l'allocation universelle c'est un partage plus harmonieux du temps entre un emploi uniquement créateur de profit et des activités plus valorisantes humainement.

Avec ce revenu minimum garanti, chacun peut oser changer de métier. La formation, les ruptures dans une carrière professionnelle, l'intermittence, la mobilité, peuvent être envisagées plus sereinement. Ainsi l'AUE viabilise et valorise l'agriculture paysanne, les commerces de proximité, l'artisanat local, les activités culturelles et la création artistique, les métiers de l'accompagnement et de l'aide à la personne.

L'allocation d'existence valorise au final les activités non marchandes, familiales ou socialement utiles et autorise l'implication du plus grand nombre dans la vie de la cité.

Les enfants et les jeunes adultes disposent des mêmes atouts, quelle que soit leur origine familiale. Avec cette allocation d'existence, ils peuvent choisir de construire leur avenir en se donnant le temps et les moyens de révéler leur propre potentiel par une formation choisie[2].

---

1. Lire le chapitre 12 : *L'allocation d'existence c'est aussi du capital temps.*
2. Lire le chapitre 11 : *Pour les enfants et les jeunes une allocation et une dotation tremplin.*

En donnant de l'assurance et de la sécurité à tous, ce revenu d'existence libère l'individu du stress du lendemain, de l'insécurité, de l'usage de psychotropes, drogues et autres produits, tout en allégeant les dépenses sociales des organismes publics et le déficit budgétaire de l'État. Avec la diminution du chômage, l'augmentation de l'activité et l'accroissement des richesses créées, il ne fait aucun doute que l'ensemble des institutions publiques en seront bénéficiaires. À terme, ce revenu de base permettra de réduire les dépenses publiques dues aux dégâts humains et sociaux du système actuel.

Le revenu, comme la contribution, sont individuels, libérant ainsi la personne de toute contingence familiale. Il permet à une personne de dire non : non à des conditions dégradantes, que ce soit dans la vie privée ou dans l'entreprise.[1]

Enfin, à l'échelle de la collectivité, quand la vie n'est plus soumise au chantage à l'emploi, le revenu d'existence permet de se libérer d'une économie productiviste. Face aux défis environnementaux, aux pandémies, il permet à chacun de faire les bons choix pour la collectivité, tant dans son rôle de producteur que dans celui de consommateur : il est assuré qu'en toutes circonstances, il disposera du nécessaire grâce à la solidarité de l'ensemble des membres de la communauté. Ainsi il est possible d'envisager plus sereinement la transition écologique vers un monde plus frugal, à la fois respectueux des êtres humains comme de l'environnement et des ressources terrestres.[2]

Quand tout le monde, sans exception, contribue de manière simple, par un effort progressif, en fonction de

---

1. Lire le chapitre 10 : *L'allocation d'existence émancipatrice pour les femmes.*
2. Voir le chapitre 13 : *Allocation d'existence et transition écologique.*

ses revenus et de son patrimoine, à l'allocation de ce véritable dividende universel, la cohésion de la société en est renforcée. C'est la fin des exemptions catégorielles, des ayants droit, des niches fiscales qui divisent la société et qui font que *le coût des autres* l'emporte sur l'empathie. Le consentement au financement de ce droit universel est plus facilement accepté.

Pour avancer, il faut cesser de penser comme un prophète de malheur qui ne verrait dans l'autre qu'un être calculateur, égoïste et profiteur de ce bien commun, de cette *avance sur recette* que la communauté lui allouerait et qui se garderait bien de contribuer en retour à son financement.

> *Pour avancer, une société a besoin de rêves, pas de cauchemars. Or, quand on regarde autour de nous, on constate que ces rêves n'arrivent pas à émerger*[1]. Rutger Bregman

Dans son livre *Utopies réalistes,* Rutger Bregman décrit de nombreuses expériences de par le monde qui montrent que donner de l'argent sans contrepartie est toujours bénéfique, pour la personne concernée comme pour la société. Il nous rappelle qu'il existe encore des prophètes du bonheur capables d'ouvrir les fenêtres de nos univers clos et sinistres et de nous offrir un horizon stimulant. Le revenu d'existence universel et la réduction du temps de travail en font partie. S'appuyant sur de nombreuses expériences, Rutger Bregman nous révèle la force et la pertinence de ces utopies. Utopies aujourd'hui encore... évidences demain ! Leurs mises en œuvre se généraliseront aux quatre coins du monde comme le furent en leurs temps l'abolition de l'esclavage et les avancées vers la démocratie.

1. Rutger Bregman, auteur du livre *Utopies réalistes- En finir avec la pauvreté*, Éditions du Seuil, 2017.

Mais pourquoi donc distribuer de l'argent *gratuitement* ?

Donner une somme importante d'argent à des hommes sans abri, donner un revenu régulier à des alcooliques, à des toxicomanes et à des petits délinquants, donner à ceux qui vivent dans les bidonvilles… Serait-ce une absurdité économique ? Cela inciterait-il les gens à la paresse ? Pas du tout. L'auteur nous décrit diverses expériences dans lesquelles distribuer de l'argent gratuitement, sans contrepartie, se révèle être très bénéfique pour l'ensemble de la société.

À Londres en 2009[1], devant le coût en dépenses de police, frais de justice et des services sociaux (400 000 livres – 450 000 € par an) causés par 13 personnes pauvres sans abri, une organisation d'aide décide de donner à chacun 3 000 livres, les laissant libres de se débrouiller pour la suite. Un an après, ils n'avaient dépensé en moyenne que 800 livres. Un an et demi après, sur les 13 personnes sans domicile fixe, sept dormaient sous un toit et deux autres étaient sur le point de s'installer dans un appartement. Tous avaient retrouvé prise sur leurs vies. Ils suivaient des cours, apprenaient la cuisine, étaient en cure de désintoxication, faisaient des projets d'avenir. Le coût ? 50 000 livres par an, en intégrant les salaires des travailleurs sociaux accompagnants. Non seulement ce programme a aidé 13 personnes, mais il a permis aussi de réduire considérablement le coût supporté par la société.

Au Kenya[2], Bernard Omondi survivait avec 2 € par jour, maigre salaire d'un dur travail dans une carrière. Un matin on l'informe qu'une somme de 500 € a été créditée sur son compte. Quelques mois après, un

1. *Ibid.*, p. 29.
2. *Ibid.*, p. 34.

journaliste se rend dans le village où chacun des habitants avait reçu la même somme d'argent. Les maisons avaient été réparées, des petites entreprises avaient vu le jour. Bernard avait acheté une mobylette et gagnait entre 6 et 9 $ par jour en faisant le taxi. *C'est une manière de donner le choix aux individus* dit M. Faye, fondateur de *GiveDirectly*. Chacun n'est-il pas le meilleur expert concernant ce dont il a besoin ?

Le MIT a étudié cette expérience. Les principaux résultats sont incontestablement positifs :

- les revenus ont augmenté durablement (38 %) ;
- l'acquisition d'un logement et de bétail a progressé (58 %) ;
- le nombre de jours où les enfants ont faim a nettement diminué (- 42 %).

Ouganda, 2008[1], le gouvernement a distribué 400 € à 12 000 personnes, âgées de 16 à 35 ans pour réaliser un projet. Cinq ans plus tard, les revenus de ces personnes avaient augmenté de 50 % et leur employabilité avait progressé de 60 %.

Au Libéria[2], une expérience est menée attribuant 200 $ aux plus pauvres. On a sélectionné des alcooliques, des toxicomanes et des petits délinquants des bidonvilles. Trois ans plus tard, ils avaient dépensé leur argent à se nourrir, à s'habiller, à se soigner et à créer des petites entreprises. *Si ces hommes n'ont pas gaspillé leur argent, qui le ferait ?* s'interroge l'un des chercheurs.

En 1997, ouvre le Harrah's Cherokee, un immense casino de luxe appartenant à la tribu ***Eastern Band of Cherokee Indians***[3]. Les bénéfices, 150 millions de

1. *Ibid.*, p. 33.
2. *Ibid.*, p. 37.
3. *Ibid.*, p. 55.

dollars en 2004, 400 millions en 2010, permirent de construire une école, un hôpital et une caserne de pompiers. Mais l'essentiel des bénéfices est depuis distribué directement aux 8 000 membres de la tribu. De 500 $ au début, les revenus distribués atteignirent 6 000 $ en 2001, constituant un quart du revenu familial moyen. Jane Costello de l'Université de Duke a conduit une étude sur la santé mentale des jeunes vivant au sud des Great Smoky Mountains, une zone qui comprend le territoire des Cherokee. L'étude a porté sur 1 420 enfants scolarisés. Après l'ouverture du casino, les problèmes de comportement diminuèrent de 40 %. Chez les Cherokee, la criminalité infantile diminua, tout comme l'usage de drogues et d'alcool ; les résultats scolaires s'améliorèrent nettement. Les enfants cherokee se sont retrouvés au même niveau scolaire que les autres élèves participant à l'étude. Dix ans, après l'ouverture du casino, l'étude constate que plus les enfants étaient jeunes au moment de la sortie de la pauvreté, meilleure était leur santé psychique à l'adolescence. Ainsi, 4 000 $ annuels supplémentaires ont permis d'ajouter un an au parcours scolaire des élèves et d'avoir des parents beaucoup plus disponibles pour leurs enfants.

Cette étude révèle que les troubles psychiques et mentaux ne sont pas la cause de la pauvreté et de l'échec mais qu'au contraire, c'est la pauvreté, par le stress et l'insécurité qu'elle engendre, qui conduit à des déficiences cognitives et à des troubles du comportement.

Des questions comme : *que manger ce soir ? Comment finir le mois ?* obèrent une capacité essentielle que Shafir et Mullainathan appellent *la largeur de bande mentale*. On a l'esprit ailleurs. Plus la largeur de la bande mentale est élevée, meilleure est l'éducation des enfants, la santé, la productivité, etc.

George Orwell en fit la triste expérience, lui qui a écrit sur la pauvreté dans son reportage *Dans la dèche à Paris et à Londres* (1933)[1] : *Vous pensiez que ce serait tout simple, c'est extraordinairement compliqué. Vous pensiez que ce serait terrible, c'est simplement sordide et ennuyeux.* Le fond de la pauvreté, dit-il *c'est qu'elle annihile l'avenir.*

Non seulement l'éradication de la pauvreté peut s'autofinancer, mais en outre, elle permet de révéler des talents et des ressources jusque-là masqués du fait des capacités cognitives indisponibles. Des ressources humaines qui seraient à leur tour créatrices de richesses.

Bref, cet argent ***gratuit*** agit comme un véritable **catalyseur** pour l'ensemble de l'économie de la communauté concernée.

Allouer une somme d'argent à des pauvres, bien que nécessaire, comme le montrent les diverses études citées dans le livre, ne suffit pas. Rendre **universel** ce droit à un minimum vital, à un revenu d'existence, quelle que soit la situation personnelle de chacun, tout simplement parce qu'on existe, est un pas de plus à franchir.

Vers une allocation universelle d'existence

Les expériences d'une allocation universelle et inconditionnelle sont moins nombreuses, mais elles existent. Pour des raisons obscures, elles ont été trop souvent soigneusement archivées dans les caves de l'oubli. C'est le cas du programme *Mincome*, que nous décrit Rudger Bregman.

1973, Dauphin, Manitoba, Canada[2] : le programme *Mincome* a alloué à 1000 familles de la commune, 30 % des habitants, un revenu mensuel sans contrepartie (19000 $ actuels par an pour une famille de quatre

1. George Orwell, *Dans la dèche à Paris et à Londres*, Éditions 10/18, 2005.
2. *Ibid.*, p. 39.

personnes). L'expérience a duré quatre ans, observée sur toutes les coutures par des économistes, des sociologues et des anthropologues. En 1977, un gouvernement conservateur arriva au pouvoir et stoppa sans autre forme de procès le financement à la fois du projet et de l'analyse de ses résultats. Rangés dans 12 000 boites, les dossiers furent voués à l'oubli jusqu'à ce qu'en 2004, **Evelyn Forget**, professeure à l'Université du Manitoba, eut la bonne idée de les ouvrir.

> « *Si on craignait qu'en lançant un revenu annuel garanti les gens arrêtent de travailler et se mettent à avoir des familles nombreuses, c'est tout le contraire qui se produisit* » explique Evelyn Forget.

Voici les résultats de ses recherches :

- les jeunes adultes ont reporté le moment de se marier et le taux de natalité s'est effondré ;
- les performances scolaires se sont améliorées considérablement, les étudiants ont poursuivi plus longtemps leurs études ;
- le temps de travail n'a diminué que de 1 % pour les hommes ; de 3 % pour les femmes mariées et de 5 % pour les femmes célibataires ;
- le nombre d'hospitalisations a régressé de 8,5 % ;
- les violences conjugales et les pathologies psychiques se sont faites plus rares.

Forget a pu également observer, et c'est important, les conséquences positives en termes de revenus et de santé sur la génération suivante.

Aux États-Unis, sous la présidence de Lyndon B. Johnson, des expériences du même genre furent conduites. Il s'agissait de répondre à trois questions :

- Les gens travailleraient-ils moins ?
- Le programme coûterait-il trop cher ?

• S'avérerait-il réalisable ?

Les réponses aux trois questions furent : non, non, oui.

Déjà en 1968, année de toutes les espérances, cinq économistes célèbres – JK Galbraith, H. Watts, J. Tobin, P. Samuelson, et R. Lampman – s'étaient adressés en ces termes au Congrès :

> *Le pays n'aura pas pris ses responsabilités tant que chaque membre de la nation ne se verra pas garantir un revenu qui ne saurait être inférieur au seuil de pauvreté officiellement reconnu.*

En 1970, un projet de loi sous Nixon fut adopté par la Chambre des représentants. Mais le sénat bloqua par deux fois la promulgation de la loi. Le projet d'un revenu de base pour tous les Américains fut définitivement abandonné en 1978 sous le prétexte qu'il aurait détruit la famille : une augmentation du nombre des divorces avait été prétendument constatée lors d'une expérience conduite à Seattle, affirmation qui se révéla fausse.

Gagner la guerre contre la pauvreté n'est pas si coûteux. Aux États-Unis, cela ne mobiliserait que 1 % du PIB, un quart des dépenses militaires. En France, nous avons aussi les moyens, de mettre en place **un revenu minimum garanti sans contreparties**[1]. Le Secours catholique, soutenu par ATD-Quart Monde, le réclame. Mais un système qui n'aiderait que les pauvres creuserait encore l'écart qui les sépare du reste de la société. *Une politique pour les pauvres est une pauvre politique* observe Richard Titmuss, théoricien de l'État social britannique. Deux sociologues suédois ont démontré que les pays où les programmes gouvernementaux étaient

1. https ://www.secours-catholique.org/actualites/pour-un-revenu-minimum-sans-contrepartie, octobre 2020.

le plus universels étaient ceux qui réduisaient le mieux la pauvreté. Les gens sont plus ouverts à la solidarité quand elle leur profite personnellement.

Bien que sans doute contre intuitif pour beaucoup, il est donc logique de mettre en place une allocation d'existence universelle et inconditionnelle si l'on veut éradiquer la pauvreté et la précarité. Il est temps de faire une proposition qui s'inscrive dans l'histoire des conquêtes sociales en France.

Il n'est rien au monde d'aussi puissant qu'une idée dont l'heure est venue. Victor Hugo

Chapitre 6

Une allocation universelle d'existence suffisante tout au long de la vie

Par son inconditionnalité, le revenu de base impulse au contraire le dépassement de cette conception utilitariste de la vie sociale et de nos existences individuelles. Le revenu de base n'est pas un revenu que l'on mérite en vertu de notre utilité sociale ; c'est un droit qui affirme que la vie a une valeur incommensurable qui se « mesure », ou plutôt qui s'éprouve dans notre capacité à lui donner du sens, à s'engager dans des activités choisies[1].

Revenu de base, revenu universel, revenu d'existence, allocation d'existence… Peu importe la dénomination, l'important ce sont les droits que ce revenu garantit et ce sont ses caractéristiques propres. **Le Mouvement Français pour un Revenu de Base (MFRB)**[2] a adopté lors de l'assemblée générale de fondation du mouvement, en mars 2013, une définition qui fait consensus :

Le revenu de base est un droit inaliénable, inconditionnel, cumulable avec d'autres revenus, distribué par une communauté politique à tous les membres, de la naissance à la mort, sur base individuelle, sans contrôle des ressources

1. *Un revenu de base pour travailler gratuitement, ce que font les femmes depuis toujours*, Cécile Flammant, site *revenudebase.info, mars 2021.*
2. Voir le site : *https://www.revenudebase.info/*

ni exigence de contrepartie, dont le montant et le financement sont ajustés démocratiquement. Extrait de la charte du MFRB[1]

Inaliénable : attaché à la personne. Ni l'État, ni la justice, ni la banque ne peuvent en prélever une partie. Il s'agit d'un revenu minimum garanti en toutes circonstances.

Inconditionnel : personne ne peut en être privé du fait de conditions de revenus, de patrimoine ou de situation familiale particulière. Personne ne peut en être exclu. Chacun mérite une égale considération, une égale dignité de la part de l'ensemble de la communauté.

Individuellement : pour assurer les conditions minimales d'existence, son autonomie, personne ne doit dépendre de personne comme c'est encore le cas aujourd'hui dans le calcul du montant des aides de l'État.

De la naissance à la mort : si chacun a droit au même revenu, son montant doit être modulé en fonction des besoins vitaux universels propres à chaque étape de la vie, de la naissance à l'enfance, de l'enfance à l'adolescence, de l'adolescence à la vie active, de la vie active à la retraite, de la retraite au décès. Il s'agit d'un droit humain.

Ce droit universel à une existence digne ne doit pas être le fossoyeur de notre Sécurité sociale mise en place au sortir de la seconde guerre mondiale. Au contraire, il complète et renforce ce système de protection sociale financé par la cotisation sur les salaires (assurance maladie, assurance chômage et système de retraite par répartition). Toutefois, du fait de l'existence de ce nouveau droit à un revenu d'existence, il est nécessaire de reconfigurer le financement de cette Sécurité sociale élargie par

1. Charte du MFRB mise à jour le 16 mai 2021 : https://www.revenudebase.info/ressources/charteMFRB.pdf

la cotisation pour faire en sorte que celle-ci retrouve son indépendance financière. La contribution s'appuiera à la fois sur la rémunération du travail vivant et sur celle du *travail mort*, celui qui est contenu dans le capital et les moyens de production[1].

Un exemple[2]

Pour éclairer le propos et faire une proposition **d'allocation universelle d'existence** (**AUE**) qui permette de s'émanciper de l'assistance publique, l'exemple suivant (tableau 1), **860 €, en moyenne, de la naissance à la mort,** est conçu de façon à répondre au plus juste aux besoins vitaux universels, tout en se libérant de toutes les aides de l'État et de la charité privée. À chaque étape de la vie il s'agit d'ajuster le montant aux besoins du moment. En aucun cas le montant doit être inférieur au montant des aides conditionnées que l'État reconnaît aujourd'hui comme un minimum pour permettre aux plus démunis de satisfaire aux besoins élémentaires.

Dans cette proposition, en cas de difficulté passagère, moins de dix ans, on peut disposer, à partir de 25 ans, au minimum d'un revenu de **1 075 €**, ce qui correspond à **60 % du revenu médian de 1 789 €** en 2020.

- **1 800 € à la naissance** pour les achats de premières nécessités qu'exige l'accueil de l'enfant dans le foyer familial et en remplacement de la Prestation d'accueil du jeune enfant (Paje-naissance – autour de 930 € – sous condition de ressources) ;
- **300 € de la naissance à 14 ans, 450 € de 14 ans à 18 ans,** en substitution aux allocations familiales (AF)

---

1. Lire le chapitre 8 *Vers une Sécurité sociale universelle.*
2. Tous les montants indiqués dans les divers chapitres sont datés. La référence est le seuil de pauvreté en 2020, qui se situe à 60 % du revenu médian.

et de différentes aides. Aujourd'hui, à taux plein, la famille ne perçoit rien pour le premier enfant, le deuxième donne droit à environ 130 €, les suivants autour de 170 € et ce jusqu'à 18 ans. Les AF sont à déduire du RSA et de la PA. Depuis la présidence Hollande, elles sont soumises à conditions de ressources. Actuellement, devant l'incapacité à couvrir toutes les situations, il existe toute une série d'aides complémentaires conditionnées (majoration des AF, Paje de base, allocation de soutien familial, bourses scolaires, allocation de rentrée scolaire, etc.). Pour ceux qui sont imposables, s'ajoute le quotient familial qui, jusqu'à il y a peu, avantageait considérablement les familles nombreuses riches[1] ;

- **de 18 à 60 ans 900 €** (50 % du revenu médian) en remplacement de toutes les aides sociales : bourses universitaires et APL pour les étudiants, RSA et APL pour les plus de 25 ans, prime d'activité pour les salariés ;
- **à partir de 25 ans,** en cas de nécessité vitale, reconversion, séparation on peut disposer d'un complément de **175 €,** soit au total **1 075 €,** (60 % du revenu médian) durant une durée laissée au choix de la personne, limitée à 10 ans ;
- **1 075 € à partir de 60 ans,** retraite universelle de base qui remplace avantageusement l'allocation de solidarité aux personnes âgées (Aspa : 903 € pour une personne seule, 1 402 € pour un couple, montant conditionné au revenu des personnes). À cette retraite de base universelle, s'ajoute la pension de retraite calculée en fonction des périodes d'activité, pension de laquelle est déduite la contribution au financement de l'allocation d'existence ;

1. Pour plus de détails lire *La face cachée des prestations familiales* de Léon Régent, Éditions de l'Onde, 2017.

Tableau 1 – Une Allocation universelle d'existence modulée selon les âges de la vie

Proposition de montant de l'AUE selon les périodes de la vie (en euros)

Période de la vie	Montant (euros)	Commentaires
À la naissance	1800	2 x 900 € versés aux parents
Enfance : de 0 à 14 ans	300	30 % de 900 €, versés aux parents
Adolescence : de 14 à 18 ans	450	50% de 900 €, versés aux parents
De 18 à 60 ans	900	> = 50 % du revenu médian
De 25 à 60 ans, durant 10 ans	1075	60 % du revenu médian
À partir de 60 ans	1075	Retraite de base
Au décès	4500	5 x 900 €
Moyenne sur 83 ans	*860*	

- **4 500 € au décès,** versés aux proches pour l'organisation des obsèques en fonction du rite choisi dans la dignité et le respect.

Ainsi, où qu'on soit, quoi qu'on fasse, quel que soit son statut, sa fortune, de la naissance à la mort, on perçoit en moyenne tout au long de sa vie **860 €** financés par la solidarité de l'ensemble du corps social.

Proposition de financement

Beaucoup de détracteurs du revenu universel dénoncent son coût exorbitant en faisant le calcul simpliste suivant :

860 x 12 x 67 000 000 habitants, soit plus de **691 milliards d'euros !** Que *nous* devrions débourser chaque année[1]. Impensable. Faire ce calcul revient à considérer que les 67 millions d'habitants seraient totalement inertes et inactifs, sans aucun revenu ni patrimoine. Dans la réalité, tout le monde reçoit **et** tout le monde contribue en fonction de ses moyens. Les plus riches cotiseront davantage qu'ils ne recevront et les plus démunis recevront davantage qu'ils ne contribuent. Le transfert des plus riches vers les plus pauvres ne dépendant que du niveau des inégalités. Dans une société plus solidaire et plus égalitaire, tout le monde est gagnant, même les riches comme l'ont montré les économistes Kate Pickett et Richard Willkinson[2].

La proposition précédente permet à chacun d'être autonome sans avoir, à chaque étape de sa vie, à dépendre d'une aide conditionnée, administrée par l'État ou par une collectivité publique et à subir l'épreuve du guichet.

En libérant l'État et les collectivités de toutes ces dépenses sociales, on peut libérer le citoyen de sa participation au budget de l'État par l'impôt sur le revenu et l'IFI, pour lui permettre de contribuer pleinement à la solidarité nationale par le financement de l'allocation universelle d'existence administrée par une branche de la Sécurité sociale qui se substituerait à la Caisse des allocations familiales. L'État continuant d'assurer ses autres missions grâce aux taxes sur la consommation (TVA, taxes diverses) ou sur la production (Impôt sur les sociétés, etc.).

1. Lire le point de vue de Louis Maurin, Directeur de *l'Observatoire des Inégalités* : *Pour en finir avec le revenu universel*, 2 juin 2020.
2. Richard Wilkinson, Kate Pickett, *Pourquoi l'égalité est meilleure pour tous*, Éditions Les Petits matins, 2013.

Il reste à calibrer l'effort de solidarité de chacun en fonction de ses revenus et de son patrimoine, sachant que les entreprises y participeront, elles aussi, par une cotisation sur la rémunération du capital productif, en substitution à la cotisation sur les allocations familiales devenue sans objet.

En 2019 :

- les **revenus primaires** de l'ensemble de la nation (salaires, revenus des indépendants, revenus de la propriété) représentent annuellement autour de **1650 milliards** d'euros[1]. Soit, par habitant, 2050 € mensuel. Une cotisation sur ces revenus au taux moyen de 25 % représente **512 €** par mois par habitant ;
- **le patrimoine net d'emprunt** (financier et immobilier) de l'ensemble des personnes privées représente **12500 milliards** d'euros[2], soit par habitant : 186500 €. Une cotisation annuelle au taux moyen de 2 % apporte mensuellement **310 €** par habitant ;
- **l'excédent brut d'exploitation** des entreprises est de l'ordre de **600 milliards** d'euros par an[3]. Cela représente un montant de 750 € par mois et par personne. Une cotisation de 10 %, sur ce montant apporte une recette de **75 €** par mois et par habitant ;

1. INSEE : Revenu des ménages en comptabilité nationale : https://www.insee.fr/fr/statistiques/4494203?sommaire=4494218
2. INSEE : Compte du patrimoine en 2019 : https://www.insee.fr/fr/statistiques/4494210?sommaire=4494218
3. INSEE : *Compte de la nation en 2019* : https://www.insee.fr/fr/statistiques/4500483?sommaire=4494218

Tableau 2 – L'AUE est finançable par une cotisation raisonnable sur les revenus et les patrimoines

Sources de financements et montants mobilisés sur la base d'une AUE moyenne de 860 euros et d'une population de 67 millions d'habitants

Financements mobilisés	**Montant** (Euros)	**Part dans l'AUE** (%)
Total des revenus primaires annuels	1 650 000 000 000	
Revenu mensuel brut par personne	**2 050**	
Cotisation mensuelle pour l'AUE : CAUE (25 % des revenus primaires en moyenne)	512	57,0
Ensemble du patrimoine net privé	12 500 000 000 000	
Patrimoine par habitant	**186 500**	
Taxe sur l'actif net privé mensuelle : TAN (2 % annuel)	310	34,6
Excédent brut d'exploitation annuel	600 000 000 000	
EBE mensuel par habitant	**750**	
Cotisation sur l'EBE des entreprises (10 %)	75	8,4
Contribution AUE moyenne par habitant	897	100

- au total, l'ensemble de ces recettes représente **897 €** par personne et par mois, montant supérieur à l'allocation universelle d'existence de **860 €.** (Tableau 2).

Il faut ajuster le dispositif des contributions. En effet, pour les personnes les plus aisées, le taux de contribution ne peut pas être limité à 25 %. Ce taux est inférieur au taux marginal[1] actuel de l'impôt sur les revenus (45 %

1. Taux marginal : c'est le taux appliqué à la partie de revenu qui dépasse un certain seuil.

pour les revenus imposables supérieurs à 157 807 € qui peut conduire à un taux effectif supérieur à 25 %). Pour plus de justice fiscale, il est nécessaire d'introduire une progression sur les taux de la contribution sur les revenus.

Par exemple : la cotisation à l'allocation universelle d'existence (**CAUE**) peut être répartie de la sorte :

- taux en progression linéaire de 0 à 25 % jusqu'à un revenu brut mensuel de 2000 € ;
- taux de 25 % pour les revenus bruts compris entre 2000 € et 5 000 € ;
- taux marginal de 35 % pour les revenus bruts mensuels compris entre 5 000 et 10 000 € ;
- taux marginal de 50 % pour les revenus bruts mensuels supérieurs à 10 000 €.

La taxe sur les actifs nets (TAN), le patrimoine financier et immobilier peut se calculer ainsi :

- taux en progression linéaire de 0 à 2 % par an pour les revenus bruts mensuels inférieurs à 2000 € ;
- 2 % par an ensuite ;
- 2,5 % par an pour les patrimoines supérieurs à 2 000 000 € ;
- la contribution totale (CAUE+TAN) serait limitée, comme actuellement, à 75 % des revenus qui s'ajoutent à l'AUE.

Il faut le rappeler, il s'agit d'un exemple pour illustrer le propos. Les taux des différents paramètres comme le montant de l'allocation à toutes les étapes de la vie peuvent évoluer et être ajustés par les porteurs d'un projet de loi ou par les partenaires sociaux administrateurs de la caisse chargée de la gestion de cette allocation.

Ainsi, si la part de la rémunération du travail dans le partage de la valeur ajoutée continue à diminuer, alors que le patrimoine privé s'envole avec l'inflation de la valeur boursière des géants de l'internet ou de start-up prometteuses,[1] on pourrait modifier en conséquence les taux des contributions respectives des revenus d'activité et du patrimoine.

D'autres sources de financement, d'autres modes d'allocations existent : la TVA, une taxe sur les transactions financières, la gratuité de ressources et de services, la création monétaire, l'allocation en monnaie locale ou en monnaie libre[2]...

Il ne s'agit pas de les opposer les unes aux autres, elles constituent une palette de solutions mises à disposition du législateur. En complétant les ressources disponibles, ces propositions peuvent diminuer la contribution des revenus d'activité ou augmenter le montant de l'allocation d'existence. La création monétaire peut être mise à contribution. En aucun cas ces autres modes de financement et d'allocation ne peuvent se substituer totalement à un système fondé sur la solidarité universelle où tout le monde contribue et où tout le monde reçoit.

---

1. Ainsi Tesla représente moins de 1 % du chiffre d'affaires de l'industrie automobile mondiale et plus d'un quart de sa capitalisation boursière. Elon Musk possède en 2021 une fortune de plus de 160 milliards de dollars. (*Wikipédia*)
2. Lire le chapitre 15 et les annexes 1et 2.

Chapitre 7

Avec ou sans allocation universelle : il n'y a pas photo !

En implantant le revenu d'existence, on se donne collectivement la possibilité de faire évoluer la « règle du partage », d'en apprécier les conséquences, d'évaluer dans quelle mesure le devenir social s'oriente conformément aux exigences éthiques, en un mot maîtriser notre avenir commun. Nous pouvons créer désormais en conscience la société que nous choisissons. Yoland Bresson[1]

Comparaison de la distribution des revenus avec ou sans l'allocation universelle

Pour valider les capacités émancipatrices de cette redistribution universelle, il faut comparer la distribution des revenus des ménages dans le système actuel et celle avec l'allocation universelle d'existence.

Le graphique 1 représente la distribution actuelle des ménages selon leur revenu par unité de consommation[2].

1. Yoland Bresson, *Une clémente économie*, Éditions L'esprit frappeur, 2008, p. 191.
2. Dans un ménage la 1re personne compte pour une unité de consommation (UC), les personnes de plus de 14 ans, à partir de la deuxième, comptent chacune pour 0,5 unité de consommation et les enfants de moins de 14 ans comptent chacun pour 0,3 unité de consommation.

Graphique 1 – Des ménages pauvres aux ménages aisés, l'étalement des revenus en France

Distribution des revenus, aides sociales comprises et impôts déduits, par unité de consommation (en %)

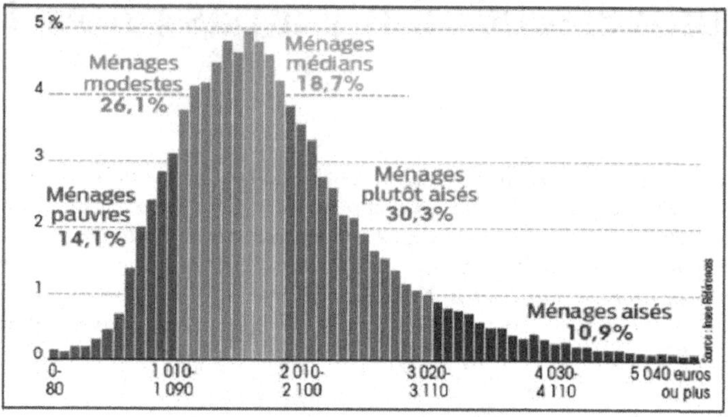

Source : France Portrait social de l'Insee (édition 2017).

En observant (tableau 3) le revenu disponible (avec aides sociales et impôts déduits) des différentes catégories de ménages, dans les conditions actuelles de la redistribution et avec la distribution d'une allocation universelle, on constate que non seulement les ménages pauvres sortent de la pauvreté mais que les ménages des catégories modestes et médianes voient leur situation financière s'améliorer sensiblement. Environ 8 % des ménages seulement, les plus riches en revenus comme en patrimoine, sont davantage sollicités financièrement[1].

1. Dans le tableau, pour la catégorie des ménages aisés, 96 % des salariés gagnent moins de 5 873 € de salaire net. (*Observatoire des inégalités*)

Tableau 3 – La situation financière de plus de 9 ménages sur 10 s'améliorerait avec l'AUE

Comparaison: redistribution actuelle versus redistribution avec l'AUE selon le niveau de revenu des ménages (sur la base des paramètres présentés au chapitre 6). **Ce tableau 3**[1] compare le revenu d'un ménage de 1 UC dans la situation actuelle et avec l'AUE; revenu identique au revenu moyen par catégorie des ménages.

Type de ménages		Pauvres	Modestes	Médians	Plutôt aisés	Aisés
État des lieux actuel avant redistribution						
Part des ménages (%)	*100*	*14*	*27*	*19*	*30*	*10*
Revenu disponible par UC (€)		0 à 1000	1000 à 1440	1440 à 1760	1760 à 3000	3000 et plus
Patrimoine (€)		2000	10000	100000	200000	650000
Revenu brut mensuel (€)		**400**	**1450**	**2100**	**3500**	**7500**
Revenu mensuel disponible avec la redistribution actuelle (euros)						
	Taux (%)					
Cotisations sociales	12	-48	-174	-252	-420	-900
CSG-CRDS	9,7	-39	-141	-204	-340	-727
Revenu net		**313**	**1135**	**1644**	**2740**	**5873**
Aides sociales		500	250	50	30	15
Impôt sur le revenu				-40	-300	-1000
Revenu disponible		**813**	**1385**	**1654**	**2470**	**4888**

1. Le tableau a été construit à l'aide de distribution des revenus de l'INSEE (graphique 1) et du dossier de l'INSEE, *France portrait social 2020, redistribution monétaire*. Dans chaque colonne on donne le revenu moyen disponible de chaque tranche.

Type de ménages		Pauvres	Modestes	Médians	Plutôt aisés	Aisés
Revenu mensuel disponible avec la redistribution future de l'AUE (euros)						
Cotisations sociales[1]	15	-60	-218	-315	-525	-1125
Revenu net		340	1232	1785	2975	6375
CAUE	25[2]	-20	-263	-525	-875	-2125
TAN	2[3]	-1	-12	-167	-334	-1084
AUE		900	900	900	900	900
Revenu disponible		1219	1857	1993	2666	4066
Gain/perte (€)		*+ 406*	*+ 472*	*+339*	*+ 196*	*- 822*
Gain/perte (%)		*+ 50*	*+ 34*	*+20*	*+8*	*- 17*

Conséquences sur les personnes sans ressources

Pour les personnes actuellement sans ressources, c'est un revenu minimum garanti en toutes circonstances. Pendant 10 ans, en cas de très grande précarité, on peut décider de disposer de 1 075 euros.

1. Avec l'AUE, la CSG est remplacée par une cotisation maladie (pour les taux de cotisation, lire le chapitre 8 sur la Sécurité sociale).
2. Taux progressifs, voir chapitre 6.
3. Taux progressifs, voir chapitre 6.

Tableau 4 – Un revenu plus décent pour les personnes seules sans ressources

Comparaison des revenus d'une personne seule sans ressources: redistribution actuelle versus redistribution avec l'AUE (en euros)

Situation actuelle		
Aides sociales	RSA+APL	790
Avec l'AUE		
AUE	Pendant 10 ans	1 075
	Ensuite	900
Comparaison des résultats des deux redistributions		
Avantage de l'AUE	*Pendant 10 ans*	+285
	Ensuite	+110

Tableau 5 – L'AUE améliorera la situation des familles monoparentales

Comparaison des revenus d'un parent isolé avec deux enfants (4 et 7 ans), sans emploi : redistribution actuelle versus redistribution avec l'AUE (en euros) avec une AUE de 1 075 € les dix premières années.

Situation actuelle	
Aides sociales estimées (RSA, APL, AF, divers)[1] = **revenu disponible**	1300
Avec l'AUE	
AUE Parent	1075 (pendant 10 ans) puis 900
AUE 1er enfant	300 puis 450
AUE 2e enfant	300 puis 450
Revenu disponible	**De 1675 à 1800**

Le cas des familles monoparentales sans ressources d'activité est le plus difficile à traiter. Dans cet exemple, avec l'AUE on assure à tous les membres de la famille des revenus supérieurs au seuil de pauvreté à 50 % du revenu médian et largement supérieurs à l'ensemble des aides actuelles.

1. Le montant des aides sociales est difficile à estimer tant est complexe le calcul de l'ensemble des aides auxquelles chacun a droit en fonction de sa situation particulière. Dans tous les tableaux, il ne s'agit que d'une estimation moyenne. Pour mesurer l'ampleur et la diversité des aides, lire : **Léon Régent**, *La face cachée des prestations familiales, projet de simplification*, Éditions de l'onde, 2017.

Tableau 6 – L'AUE améliorera la situation des familles où un seul des conjoints travaille avec un salaire au SMIC

Comparaison des revenus d'un ménage avec deux enfants (10 et 15 ans) avec un emploi au Smic : redistribution actuelle versus redistribution avec l'AUE (en euros)

Revenus et prélèvements	Détails	Actuellement	Avec l'UE	*Écart*
Salaire brut	Smic	1 550	1 550	*0*
Cotisations	CSG-retraite 21 %	-325		
	maladie-retraite 15 %[1]		-232	
Salaire net		1 225	1 318	93
Aides sociales	PPA-A.F. A.L. etc.	900		
Impôt revenu		- 0		
AUE			2 550[2]	
CAUE	19,2 % S.B.		-297	
Revenu net		2 125	3 571	*+1 446*

1. Avec l'AUE, la CSG est remplacée par une cotisation maladie (Pour les taux de cotisation Lire le chapitre 8 sur la Sécurité sociale.)
2. Détail du calcul de l'AUE pour le ménage : 900 € 1er parent) + 900 € (2e parent) + 450 € (1er enfant) + 300 € (2e enfant).

Tableau 6 bis – Avec l'AUE, le travail paie !

Comparaison des revenus nets de deux ménages ayant chacun deux enfants (10 et 15 ans) : l'un avec un emploi au Smic, l'autre sans emploi ; redistribution actuelle versus redistribution avec l'AUE (en euros)

Situation du ménage	Actuellement	Avec l'AUE	Écart
Un emploi au Smic	2125	3571	+1446
Sans emploi	1500[1]	2550	+1050
Écart de revenus nets	*+625*	*+1021*	

Contrairement aux idées reçues, avec l'AUE le travail paie. Ainsi :

- avec les aides sociales actuelles, un emploi à plein temps payé au Smic n'apporte au final que **625 €** supplémentaires au ménage, soit 50 % du SMIC. Malgré ces aides, avec un revenu mensuel net de 2125 €, la famille se trouve encore sous le seuil de pauvreté (2472 euros, soit 60 % du salaire médian) ;
- avec l'AUE, un emploi à plein temps apporte autour de **1000 €**, soit 80 % du SMIC.

Si l'AUE immunise contre la pauvreté (tableau 4 et 5), elle permet aussi de valoriser le travail (tableau 6) qui aujourd'hui est trop mal rémunéré, du paysan au chauffeur Uber, de la femme de ménage à l'aide-soignante. Par la solidarité de toutes et tous et en particulier des plus riches, sans spoliation (tableau 7), chacun contribue avec ses moyens à assurer un revenu de vie décent pour l'ensemble des membres de la communauté.

1. Dont RSA : 1056 € Allocations familiales : 131 € et aides complémentaires dont les allocations logements.

Après avoir corrigé les tuyaux de la redistribution, il convient de réexaminer les circuits de la distribution de la richesse par les cotisations qui alimentent la protection sociale (retraite, assurance chômage, assurance maladie) administrée par la Sécurité sociale. Il faut en effet tenir compte de l'allocation universelle d'existence, celle-ci assurant de fait une part importante de l'assurance retraite et soulageant également l'assurance chômage par un meilleur partage des emplois et une réduction du temps de travail individuelle et/ou collective.

Avec une Sécurité sociale vraiment universelle qui couvre l'ensemble des besoins élémentaires de l'être humain, les hommes comme les femmes, les jeunes comme les retraités pourront se libérer à la fois des chaînes d'un emploi qui asservit et de la peur du lendemain pour s'épanouir dans une activité choisie, réduire leur temps hebdomadaire de travail pour s'occuper d'eux, des autres et de notre environnement.

Tableau 7 – Une contribution très raisonnable des plus riches

Comparaison des revenus d'un ménage très aisé (parmi les 5 % les plus riches[1]) avec deux enfants (10 et 15 ans): redistribution actuelle versus redistribution avec l'AUE (en euros)

Revenus et prélèvements	Détails	Montant
Patrimoine		**1000000**
Salaires bruts	2 x 6500	13000
Actuellement		
Cotisations sociales	CSG-retraite (21 %)	-2730
Salaires nets		**10270**
Aides sociales	Allocations familiales	50
Impôt sur le revenu		-1400
Revenu disponible		**8920**
	Avec l'AUE	
Cotisations sociales	Maladie, retraite (15 % SB)	- 1950
Salaires nets		**11050**
AUE	1er parent	900
	2e parent	900
	1er enfant	450
	2e enfant	300
Total AUE		*2550*
CAUE	2 x (25 % x 5000) + 2 x 35 % (SB-5000)	-3550
TAN[2]	2 % x 1000000/12	-1666
Revenu disponible		**8384**
Écart sur le revenu disponible (€)		*- 536*
Écart sur le revenu disponible (%)		*- 6 %*

1. Seuil de richesse pour cette famille (5 % les plus riches): 9085 €, *Rapport sur les riches en France*, *Observatoire des inégalités*, p. 13, Seuil: 3950 € par unité de consommation.
2. Taxe sur les actifs net (patrimoine) mensualisée.

Chapitre 8

Vers une Sécurité sociale universelle

En octobre 1945, au sortir d'une tragédie mondiale, le gouvernement provisoire de la République française promulguait les lois sur la Sécurité sociale. L'extrait suivant de l'exposé des motifs de l'ordonnance du 4 octobre 1945 révèle la dimension universelle de ce programme de solidarité :

> *Envisagée sous cet angle, la Sécurité sociale appelle l'aménagement d'une vaste organisation nationale d'entraide obligatoire qui ne peut atteindre sa pleine efficacité que si* ***elle présente un caractère de très grande généralité à la fois quant aux personnes qu'elle englobe et quant aux risques qu'elle couvre.*** *Le but final à atteindre est la réalisation d'un* ***plan qui couvre l'ensemble de la population du pays contre l'ensemble des facteurs d'insécurité*** *; un tel résultat ne s'obtiendra qu'au prix de longues années d'efforts persévérants, mais ce qu'il est possible de faire aujourd'hui, c'est d'organiser le cadre dans lequel se réalisera progressivement ce plan.*

Depuis, les gouvernements successifs n'ont eu de cesse de limiter les ambitions de ce vaste programme de sécurité sociale en reprenant la main sur la protection sociale. Plus récemment, avec la présidence Hollande, il y a eu la fin de l'inconditionnalité des allocations familiales et la prise en charge par le budget de l'État d'une partie des cotisations dites patronales avec le CICE, mouvement initié par le gouvernement Fillon avec les *réductions de charges* éponymes. Ensuite, le gouvernement Philippe-Macron a continué l'œuvre de démolition des régimes d'assurance maladie, de chômage et de retraite mis en place en 1945, financés par la cotisation sur les salaires. Sous couvert d'une illusoire augmentation du pouvoir d'achat, on supprime les cotisations salariales déduites du salaire brut pour l'assurance maladie et l'assurance chômage. Le tout étant partiellement compensé par une augmentation de la CSG (Contribution sociale généralisée). Alors qu'il serait nécessaire de socialiser une part plus importante de la richesse créée pour accompagner et préparer chacun à faire face aux mutations du marché de l'emploi, on assiste au contraire, au nom d'une *nécessaire diminution des dépenses publiques*, à un démantèlement en règle des organismes paritaires de la Sécurité sociale mis en place en 1945. Si tout le monde semble s'accorder sur le fait que de telles mutations du marché de l'emploi sont inéluctables du fait du développement technologique, de la mondialisation des échanges et des défis du réchauffement climatique, au lieu de socialiser les risques, on individualise la protection sociale qui peu à peu passe sous la coupe des intérêts privés.

Aujourd'hui, l'Assurance maladie est financée essentiellement par les cotisations et par la CSG. Depuis sa création en 1991, le taux de la CSG sur les revenus d'activité est passé de **1,3 % à 9,2 %** ! L'Assurance maladie assure 78 % des dépenses de santé, les assurances et mutuelles complémentaires y participent pour 14 %, le reste à charge pour les ménages étant de l'ordre de 8 %.

Le lent désengagement de l'Assurance maladie au profit des assurances et des mutuelles doit être enrayé. Alors que le coût de gestion de l'Assurance maladie ne dépasse pas 4 %, il est en moyenne de 17 % pour les mutuelles et les assurances. Dans son rapport du 20 septembre 2016, la Cour des comptes pointe les nombreux problèmes que pose le recours aux assurances et mutuelles. Tout d'abord, en raison des aides fiscales accordées aux contrats collectifs d'entreprises, les complémentaires coûtent au minimum 3,5 milliards d'euros par an à l'ensemble des contribuables, donc y compris à ceux qui n'y ont pas recours. Ensuite, ces assurances privées facturent des frais de gestion élevés. *Les dépenses de fonctionnement des deux assurances s'additionnent pour la gestion des mêmes aléas. Les 6,4 Md€ dépensés par les assurances complémentaires (sur 13 % de la dépense) s'ajoutent en effet aux 6,5 Md€ engagés par les régimes de base (sur 78 % de la dépense)* pointe la Cour des comptes[1]. Enfin et ce n'est pas le moindre problème, le montant des cotisations des assurances complémentaires augmente en fonction des risques assurés et non pas en fonction des moyens de chacun, ce qui est contraire à la philosophie générale de la Sécurité sociale où chacun contribue en fonction de ses moyens à la protection de tous et de tous les risques. Devant cette gabegie, la prise en charge de l'ensemble des soins par l'Assurance maladie pour l'ensemble de la population est un objectif à atteindre rapidement. La contribution des retraités, rendue possible avec un revenu suffisant du fait de l'allocation universelle d'existence de 1 075 €, l'augmentation de la cotisation des salariés en substitution de la CSG, associées à la diminution de maladies chroniques liées à l'incertitude du lendemain et/ou à un emploi subi, devraient suffire à équilibrer le budget de l'ensemble des dépenses de santé.

Avec l'allocation universelle de **1 075 €** pour l'ensemble des retraités, il est possible d'alléger considérablement notre système de financement des retraites qui dépend de l'activité de chacun. Il est ainsi possible de regrouper les régimes de retraite en un seul : le système

1. *L'avenir de l'assurance maladie* – novembre 2017, Cour des comptes – www.ccomptes.fr – @Courdescomptes

par répartition du régime général actuel fondé sur la solidarité des actifs envers les retraités.

Enfin, aujourd'hui, l'ensemble des cotisations sociales employeurs a pour assiette la rémunération du travail vivant (autour de 42 % du salaire brut), l'excèdent brut d'exploitation (EBE), ne participant pas directement au financement de la protection sociale. Alors que la part de la rémunération du capital augmente, il semble logique de mieux répartir la charge entre le travail humain et le capital productif. En particulier, il est possible et ça ferait sens de :

- supprimer la cotisation sur les allocations familiales, 5,25 % du salaire brut (SB), pour créer une cotisation sur l'EBE de 10 % pour contribuer au financement de l'AUE ;
- déplacer la cotisation chômage, la cotisation formation et la cotisation accident du travail vers l'EBE (9 % de l'EBE).

Il semble en effet normal qu'une entreprise qui automatise un processus de production et qui licencie, contribue davantage à financer l'assurance chômage et la formation ainsi que l'allocation d'existence, comme le préconisait B. Hamon, candidat socialiste à la présidence de la République en 2017 avec la taxe robot.

On peut faire en sorte que seules les cotisations pour le régime général de retraite et pour l'assurance maladie aient pour assiette le salaire brut (avec par exemple des taux de 10 % pour la retraite et 15 % pour l'assurance maladie).

Bilan pour les salariés

Aujourd'hui, les cotisations sociales basées sur les salaires bruts sont composées des cotisations pour la retraite et de l'ensemble CSG et CRDS (9,7 %) soit au total autour de 21 %. Avec la disparition de la CSG et son remplacement par une cotisation à l'Assurance maladie, avec une cotisation retraite unique au régime général, on peut envisager un taux global de 15 % de cotisation basée sur les salaires bruts: 10 % retraite et 5 % assurance maladie. En rappelant qu'un complément au régime de retraite est assuré par l'allocation d'existence.

Ainsi, sur la base d'un taux de 15 % de cotisations, le salaire net du salarié payé au Smic serait de **1318 €** au lieu de **1225 €** et avec l'AUE (900 €) et la contribution à son financement (300 €) le revenu net serait de **1918 €** au lieu de **1466 €** actuellement avec une prime d'activité de 241 €; soit une augmentation de **31 %.**

Bilan pour le retraité

La CSG et la CRDS représentent 8,8 % du montant de la retraite. Il faut y ajouter en général une cotisation pour une mutuelle ou une assurance qui augmente avec les risques couverts et l'âge. Aujourd'hui, le montant moyen de cette cotisation est pour un retraité de 150 €, ce qui peut représenter plus de 10 % du montant de sa retraite. Avec une assurance maladie universelle qui couvre 100 % du coût des soins et avec l'allocation d'existence, on pourrait avantageusement remplacer ces contributions par une cotisation unique à l'Assurance maladie de 20 %[1].

---

1. Voir le chapitre 9: *Pour assurer les retraites, soyons réalistes, assurons l'existence.*

Bilan pour l'Assurance maladie

Actuellement, le financement de l'Assurance maladie se fait ainsi, sur un budget de 190 milliards d'euros (ce qui représente 78 % des dépenses de santé d'un montant total de 244 milliards d'euros) :

- les cotisations (13 % du salaire brut) participent pour un peu moins de 60 %, soit autour de 114 milliards d'euros ;
- la CSG complète le financement.

Avec une cotisation de 20 % sur l'ensemble des revenus d'activité (salaire brut, 5 % employé 15 % employeur, retraite, allocations chômage) on peut escompter une enveloppe de 250 milliards d'euros. Cela permet de couvrir l'ensemble des dépenses de santé sans avoir à recourir à des mutuelles complémentaires.

Bilan pour l'entreprise

Le partage de la valeur ajoutée entre la rémunération du travail et l'excédent brut d'exploitation serait reconfiguré comme le montre le schéma suivant (tableau 8) :

La réduction des cotisations sur les salaires est compensée par les cotisations sur la rémunération du capital, l'EBE. Dans le cas d'un taux de marge moyen de l'ordre de 30 %, le poids des cotisations serait globalement inchangé. En revanche, lorsque le taux de marge est plus faible (PME entreprises récentes ou avec beaucoup de main-d'œuvre), le poids des cotisations sera moindre. A contrario, une grande entreprise avec peu de salariés, très automatisée, avec un taux de marge important contribuera davantage à la protection sociale[1].

1. Insee : *Partage de la valeur ajoutée – Approche par données microéconomiques*, Yoann Barbesol, Pauline Givord et Simon Quantin, décembre 2009, p. 9.

Tableau 8 – comparaison dans le partage de la valeur ajoutée

Avec un taux de marge de 30 % environ, taux moyen des entreprises en France.

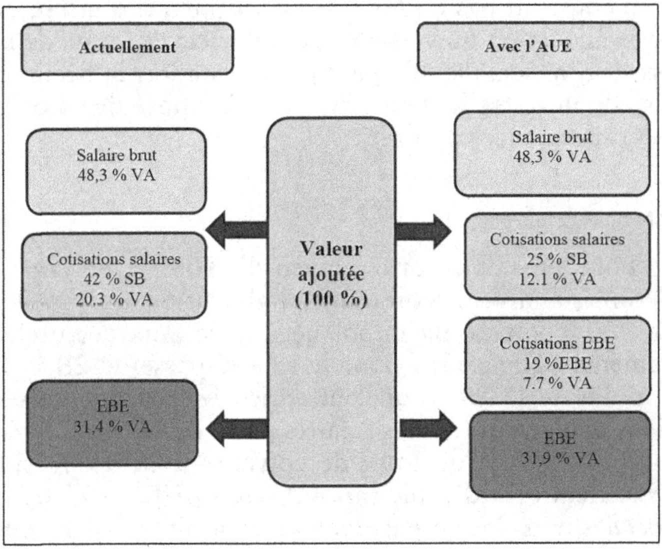

Enfin le système actuel de réduction des cotisations salariales, régressif, de 32 % du salaire brut pour le Smic, jusqu'à 0 % pour un salaire brut de 2 500 € n'incite pas à des augmentations des bas salaires. Avec cette nouvelle répartition, au contraire, toute augmentation de la masse salariale qui entraînera une baisse de la marge brute sera en partie compensée par une diminution des cotisations sur l'EBE. Ce mode de distribution

Part moyenne de la masse salariale : PME : 67 % – grandes entreprises : 59 %.

se régule de lui-même et ainsi ne pousse pas à la réduction *du coût* du travail[1].

Ainsi, contrairement à ce qu'affirment haut et fort les détracteurs de cette belle *idée dont l'heure est venue*, il n'en coûterait pas un *pognon de dingue* que d'instaurer cette allocation universelle. Véritable clé de voûte de la protection sociale, elle permet de restaurer la Sécurité sociale universelle dans l'esprit de l'exposé des motifs des ordonnances de 1945.

En synthèse

Pour un salaire brut moyen de 3 085 €, en considérant au niveau comptable l'allocation universelle de 900 € comme un impôt négatif, le taux des prélèvements obligatoires pour le salarié passe de 26,1 % à moins de 11 %. Pour l'entreprise, le taux des cotisations employeurs sur les salaires passe de 42 % à 25 %, auquel s'ajoute un taux de cotisations de 19 % sur l'excédent brut d'exploitation. Avec l'AUE, les *charges sociales* n'explosent pas, bien au contraire. L'AUE soulage en effet l'assurance retraite et l'assurance chômage, sans diminuer les allocations, en assurant tout au long de la vie un revenu minimum garanti et en permettant une meilleure répartition de l'emploi, liée à la réduction du temps de travail contraint hebdomadaire.

1. Lire l'annexe 3 : *Ma petite entreprise ne connaît pas la crise.*

Tableau 9 – Avec l'AUE les prélèvements obligatoires ne sont pas plus lourds

Comparaison des prélèvements obligatoires des deux redistributions pour un employé célibataire qui perçoit un salaire brut moyen de 3 085 €

	Actuellement (% SB)		Avec l'AUE (% SB ou EBE)	
Cotisations	**Salarié**	**Employeur**	**Salarié (% SB)**	**Employeur**
Maladie		13,00	5,00	15 % SB
Accident		4,00		2 % EBE
Chômage		4,25		5 % EBE
Formation		2,00		2 % EBE
Retraite SS	6,90	8,55	10,00	10 % SB
Retraite compl.	4,10	4,72		
Allocations fam.		5,25		
CSG-CRDS	9,70			
Impôt s/revenu	6,40			
CAUE			25,00	10 % EBE
Allocation UE			-29,17	
Ensemble	**26 % SB**	**42 % SB**	**10,83 % SB**	**25 % SB 19 % EBE**

Note : pour ce salarié dont le salaire brut est de 3 085 €, dans le système actuel, son impôt sur le revenu (197 euros par mois) représente 6,4 % de son salaire brut. Pour la simplification de la présentation, l'AUE est considérée comme un prélèvement négatif. L'AUE de 900 € représente 29,17 % de son salaire brut.

Comparaison des revenus d'un employé célibataire dont le salaire correspond au salaire brut moyen de 3 085 €

Situation actuelle /AUE

Actuellement, avec un taux d'imposition sur les revenus de 6,4%, le revenu disponible (salaire net d'impôt) de ce salarié célibataire est de : **2300 €**

Dans la nouvelle configuration, avec l'allocation universelle :

- Salaire net avant AUE et sa contribution : (85 % SB) **2622 €**
- AUE : + 900 €
- Contribution AUE : (25 % SB) - 771 €
- Revenu disponible : **2751 €**

Avec l'allocation universelle et la nouvelle configuration des cotisations sociales, ce salarié aurait un gain net mensuel de : **451 € (+ 20 %)**

On rappelle que 70 % des salaires en France sont inférieurs au salaire moyen.

Chapitre 9

Pour assurer nos retraites : soyons réalistes, assurons l'existence !

Que ce soit la retraite du régime général de la Sécurité sociale ou la retraite complémentaire, ces systèmes de retraite fonctionnent par répartition : les actifs financent par la cotisation sur les salaires les retraites d'aujourd'hui. Ils diffèrent fondamentalement des systèmes de financement individuel par capitalisation où chacun assure, par des placements financiers, sa propre retraite à venir comme c'est le cas aux États-Unis.

La retraite, c'est un droit social. En échange de leurs cotisations, la société s'engage à distribuer aux salariés une retraite satisfaisante. La retraite, c'est une assurance sociale financée par la solidarité de l'ensemble des salariés. C'est donc à la fois un **salaire différé** et un **salaire socialisé.** Le système de retraite est à la fois **redistributif** et **rétributif**[1]. Il compense partiellement les difficultés de carrière, des débuts difficiles et les écarts dans les durées de cotisations, dus notamment à la maternité et à la garde d'un enfant. L'équilibre du système repose sur trois paramètres : le taux des cotisations, le montant des retraites et la durée de cotisation.

1. *Réforme des retraites, mission impossible ou mission cachée ?* Henri Sterdyniak. *Les économistes atterrés* – 17 octobre 2018.

Depuis 1981, quand fut instituée la retraite à 60 ans, les gouvernements successifs n'ont eu de cesse d'allonger la durée de cotisation. L'âge minimal de départ à la retraite a été porté à 62 ans; la durée de cotisation requise pour une retraite à taux plein a augmenté, elle est aujourd'hui de 41,5 années, elle doit progressivement passer à 43 ans (en 2035).

Il va falloir travailler plus longtemps, nous serine-t-on sur tous les tons, alors que les capacités productives devraient au contraire nous autoriser à travailler bien moins et ce, à tout âge de la vie.

Quatre décennies après 1981, les capacités productives de la France ont-elles à ce point diminuées qu'il faudrait amputer les pensions ? Le manque de main-d'œuvre est-il si grave qu'il faudrait rester au travail jusqu'à 65 ans ? Que deviennent les 6 millions de chômeurs ?

Le PIB de 2020, global et par tête, est bien supérieur à celui de 1981. Une meilleure répartition, tant du travail que des revenus, pourrait permettre à toutes et tous, à tout âge, de vivre dignement.

Dans son programme électoral, Emmanuel Macron écrivait: *Nous mettrons fin aux injustices de notre système de retraite. Un système universel avec des règles communes de calcul des pensions sera progressivement mis en place.* Il précisait: *Nous créerons un système universel de retraite où un euro cotisé donne les mêmes droits, quel que soit le moment où il a été versé, quel que soit le statut de celui qui a cotisé.* Propos séduisants mais trompeurs.

Après la nomination d'un haut-commissaire et une concertation avec les représentants syndicaux qui a duré plus d'un an, le 5 décembre 2019 marque le début d'un mouvement de colère contre la réforme du gouvernement pilotée par Jean-Paul Delevoye. Sous couvert de simplification et d'une meilleure lisibilité du système, cette réforme vise à rogner encore un peu plus les droits acquis au fil des luttes du mouvement ouvrier. Son objectif principal est de tendre vers un régime *universel* de retraite dont la pension sera calculée sur la base de l'accumulation de points tout au long de la carrière professionnelle (**10 euros cotisés donnant 1 point**). La valeur de ce point à la date courante de la liquidation de la retraite (fixée à 0,55 € /an en 2025) serait ajustée ensuite par le gouvernement en fonction de la situation économique du pays et du bilan du régime de retraite. Le taux de cotisation pour les salariés serait de 28,12 % du salaire brut (16,87 % employeurs et 11,25 % employé). Cette réforme vise d'une part à permettre à l'État de mettre la main sur de l'argent qui n'est pas le sien et d'autre part, à faire des économies sur le dos des salariés avec le pilotage par la valeur du point au fil des ans et suivant la conjoncture économique. Comme pour la réforme de l'assurance chômage, ce sont les travailleurs précaires qui en paieront un lourd tribut.

L'objectif de cette réforme est aussi de s'éloigner du principe de solidarité et de gommer la notion d'appartenance à une branche professionnelle pour aller vers une plus grande individualisation du système. Chacun par son parcours professionnel serait ainsi seul responsable du montant de sa retraite. Si celui-ci est faible, il ne faudra s'en prendre qu'à soi-même et non pas au système.

Pour de plus en plus de salariés, d'autoentrepreneurs, de paysans, de travailleurs pauvres à temps partiel contraint, pour beaucoup trop de mères qui ont dû interrompre leur carrière, cela ne suffira pas à garantir une retraite décente.

La retraite à points : individualisation versus solidarité

Pour faire passer sa réforme, le gouvernement présente les régimes spéciaux de retraite de la SNCF ou de la RATP comme la cause des déficits et jette en pâture à l'opinion publique les « *privilégiés* » que seraient les cheminots et les traminots. Si déficit de ces régimes il y a, c'est de la seule responsabilité des gouvernements successifs qui n'ont eu de cesse de démanteler ces services publics, d'en diminuer drastiquement le nombre d'actifs et donc de cotisants.

Pendant que l'on montre du doigt le cheminot, on cache le régime très spécial des cadres dirigeants aux revenus très élevés. Si pour tout un chacun le taux de cotisation sera de 28,12 %, pour ceux dont le salaire est très élevé, le taux passera à 2,8 % pour la part de leur salaire brut qui dépasse 10 000 €. Ainsi, avec un revenu de 100 000 € par mois, la cotisation globale sera de 5,3 %. L'argument officiel est imparable : le montant de la retraite étant plafonné, il n'est pas normal de contribuer davantage au-delà d'un certain seuil, le principe de **l'individualisation** du système prévalant sur le principe de solidarité. Avec cette réduction sur leurs cotisations, les plus aisés pourront financer une retraite par capitalisation. Ainsi, pendant que les riches feront sécession, les autres devraient être les seuls à supporter le poids de la solidarité.

Elle est où la solidarité ? Quand un cadre supérieur a une espérance de vie à la retraite de l'ordre de 15 ans alors que l'ouvrier métallurgiste, travailleur de nuit, profitera de sa retraite pendant moins de 5 ans en moyenne ?

Elle est où la justice sociale ? Quand une personne bien née, diplômée d'une grande école, cadre supérieur avec un bon salaire du début de carrière à la fin, pourra cumuler suffisamment de points pour une bonne retraite, alors que son collègue, qui a réussi à occuper le même type de poste dix ans avant son départ à la retraite, grâce aux compétences acquises au fil des années et à la promotion sociale, devra se contenter d'une pension bien inférieure ?

Elle est où la parité ? Quand un couple avec trois enfants bénéficiera de 15 % de majoration de retraite au choix du bénéficiaire au lieu de 10 % à chacun des parents et de huit trimestres par enfant pour la mère ? L'homme qui gagne deux fois plus que la femme sera certainement le bénéficiaire des 15 % de majoration et, en cas de divorce, il en conservera l'avantage.

On nous promet une retraite minimum de 1 000 €, mais on oublie de dire que ce minimum sera réservé aux carrières complètes, ce qui limite énormément la portée de cette disposition. On oublie de dire aussi que pour les agriculteurs, principaux bénéficiaires de cette mesure, la cotisation va augmenter. Pour les mi-temps subis, les ruptures de carrière, il faudra se contenter du minimum vieillesse (903,20 € en 2020) dont le montant dépend des revenus du foyer et qui n'est qu'une avance consentie par la société, avance prélevée ensuite sur l'héritage à venir. Voilà pourquoi aujourd'hui beaucoup de personnes âgées ne demandent pas l'Aspa pour ne pas devoir léser leurs enfants plus tard.

Avec la retraite à points du gouvernement, point de bonnes retraites !

La pandémie de la Covid-19 a mis entre parenthèses le débat sur cette énième réforme des retraites, mais il ne fait aucun doute que ce dossier sera à nouveau à l'agenda du gouvernement dans les années à venir. Voilà pourquoi il faut en connaître tous les aspects pour mieux la combattre.

Avec l'allocation universelle d'existence, quel régime de retraite conserver ?

L'allocation universelle d'existence assure, quel que soit le parcours professionnel de chacun, une retraite de base individuelle de **1075 €**. Elle remplace avantageusement l'allocation de solidarité aux personnes âgées (Aspa). Elle exerce, en l'amplifiant, la fonction redistributive du système de retraite actuel. La dissociation entre allocation d'existence et pension de retraite d'activité permet d'unifier le système actuel autour du régime de base de la Sécurité sociale, financé par la répartition des cotisations des actifs. Aujourd'hui, le système de retraite repose sur deux piliers : le régime général et le régime des retraites complémentaires (Arcco et Agirc). Demain, avec cette allocation d'existence, le régime général par répartition des cotisations suffirait à lui seul à assurer un complément au retraité, avec une pension, fruit de son travail.

Ainsi, une cotisation retraite de 20 % (10 % employeur – 10 % salarié), sur tous les salaires, permettrait d'assurer une retraite à 50 % d'un salaire brut de référence. Aujourd'hui, les taux des cotisations du régime général sont de 6,9 % pour la part salariale et 8,55 % pour la part patronale jusqu'au plafond de 3377 € pour une pension de retraite au taux maximal de 50 % du salaire annuel moyen calculé sur les 25 meilleures années, corrigé du nombre d'années de cotisation.

Le tableau 10 ci-après permet d'esquisser une comparaison entre le système actuel et celui avec une allocation universelle d'existence de 1075 € et une retraite à 50 % des revenus bruts d'activité pour une carrière complète de 40 années minimum.

Tableau 10 – L'AUE améliore le revenu à la retraite dans la plupart des cas

Comparaison des revenus mensuels à la retraite selon le niveau de salaire brut dans le système actuel et avec l'AUE (en euros)

Salaire brut mensuel	0	750	1500	3000	5000
Actuellement					
Taux de remplacement		75 %	75 %	65 %	55 %
Retraite brute		**562**	**1125**	**1950**	**2750**
CSG (9,10 %)		-51	-102	-177	-250
Mutuelle santé		-100	-100	-100	-100
Retraite nette		**411**	**923**	**1672**	**2400**
Aspa	903	492			
Impôt sur le revenu				-64	-200
Revenus nets	**903**	**903**	**923**	**1608**	**2200**
Avec l'AUE					
AUE	**1075**	**1075**	**1075**	**1075**	**1075**
Retraite brute (50 %)	**0**	**375**	**750**	**1500**	**2500**
Cotisation maladie (20 %)		-75	-150	-300	-500
Taux CAUE		*4,7 %*	*9,4 %*	*18,8 %*	*25 %*
CAUE		-17	-70	-281	-625
Patrimoine	0	10000	100000	200000	300000
Taux TAN		*0,37 %*	*0,75 %*	*1,50 %*	*2,00 %*
TAN mensuelle		- 3	- 63	- 250	- 500
Revenus nets	**1075**	**1355**	**1542**	**1744**	**1950**
Comparaison des revenus nets mensuels					
Avantage AUE	**+172**	**+452**	**+619**	**+136**	**-250**

Remarque :

- la pension moyenne brute en France est environ de 1 500 € (1 900 € pour les hommes et 1 100 € pour les femmes) ;[1]
- dans la proposition avec l'allocation universelle, la CSG et la cotisation mutuelle seraient remplacées par une cotisation à l'assurance maladie de 20 %. Le taux de financement de cette allocation universelle, CAUE, serait progressif jusqu'à 25 % à partir d'un montant brut de retraite de 2000 €.

On constate :

- le revenu plancher est égal au seuil de pauvreté (1 075 euros). Ce revenu individuel sera pour un couple deux fois plus élevé ;
- ce sont les travailleurs pauvres (payés au Smic) qui auraient une retraite la plus revalorisée (65 % de plus). Encore une fois, avec l'AUE le travail paie !
- pour un couple avec un seul salaire pendant la vie active, le conjoint « sans profession » serait assuré d'une pension de 1 075 € quel que soit le montant de la retraite du second conjoint ;
- les couples avec des salaires très différents (par exemple 1 500 € et 5 000 €) auraient de biens meilleurs revenus ;

Seuls les retraités avec un patrimoine important seraient plus sollicités.

La retraite en chantant, c'est tous les jours dimanche

Assuré de ce revenu minimum, on peut oser des parcours de vie sans se soucier de devoir réaliser une

1. *Quelle est la retraite moyenne en France ?* Site *retraite.com*

carrière professionnelle complète. On peut ainsi se libérer de l'injonction de travailler toujours plus pour assurer à la fois le présent et une retraite future. Le passage de la vie active à la retraite peut se faire progressivement. Ainsi on peut envisager une période, à partir de 50 ans et jusqu'à 60 ans par exemple, où l'on exerce un emploi à temps partiel avant de se retirer de l'emploi.

Les temps ont changé, la retraite n'est plus un effacement, une démission. La retraite, c'est la même chose que les vacances ou que le dimanche: un moment d'affranchissement qui permet la libre affirmation de soi, estime le philosophe Henri Pena-Ruiz. La retraite doit être vécue comme *le dimanche de la vie*[1].

Cette préfiguration de la vie sans travail contraint, que les gouvernements successifs veulent indéfiniment reculer, est un *otium*[2], le loisir actif de 18 millions de citoyens français qui ne sont plus comptés à tort dans la population active.

Parce que nous vivons plus longtemps, pourquoi faudrait-il travailler plus longtemps ? Il faut au contraire travailler moins longtemps et mieux, pour être pleinement soi, actif, à tous les âges de la vie.

---

1. *Tel est le dimanche de la vie, moment précieux s'il en est. Opposer ici les «actifs» et les «passifs» est inepte. Le loisir n'est pas l'oisiveté, mais le registre essentiel de la libre affirmation de soi.* Henri Pena-Ruiz, «La retraite ce dimanche de la vie qu'une réforme tout sauf égalitaire souhaite balayer», article publié dans *Marianne* le 01/01/2020 – cité par Alain Véronèse dans l'article «La retraite en chantant c'est tous les jours dimanche! La science du partage».
2. L'*otium* est le temps du loisir libre de tout *negotium*, de toute activité liée à la subsistance: il est en cela le temps de l'existence.

Chapitre 10

L'allocation d'existence émancipatrice pour les femmes

Certains affirment que le revenu d'existence ne serait qu'un *salaire maternel relooké*, qui inciterait les femmes à abandonner un emploi peu rémunérateur pour qu'elles regagnent leur foyer et continuent à assurer des tâches *non validées socialement*[1] comme les tâches ménagères ou l'éducation des enfants. Au final, ce serait une forme d'autonomie trompeuse.

Au XXe siècle, les femmes ont conquis leur émancipation politique et économique, mais la place qu'elles occupent aujourd'hui dans le monde du travail est loin d'être comparable à celle des hommes. Plafond de verre dans l'évolution des carrières, emplois subalternes ou peu qualifiés, moindres salaires à travail égal ou à qualification identique, telle est la réalité. À cela s'ajoute l'inégalité dans la répartition des tâches dans la sphère familiale et dans l'éducation des enfants. Comme le souligne Samira Ouardi[2], les femmes sont bien les grandes perdantes du capitalisme salarial et donc les premières précaires. La discrimination envers les femmes est encore bien présente dans la société. Dans la vie professionnelle, ce sont le plus souvent des femmes qui exercent un

1. Voir l'article de Stéphanie Treillet « Revenu d'existence, une nouvelle piste pour les politiques néolibérales », revue *ATTAC*, 11/10/2016.
2. Ouardi Samira, « Le revenu universel, outil de lutte féministe ? », revue *Mouvements*, 2013/1, n° 73, p. 78-79.

travail à temps partiel subi, rémunéré au Smic, dans des emplois de service. Celles qui sont seules avec un ou des enfant(s), doivent jongler avec les horaires pour exercer un emploi et assurer l'éducation et l'accompagnement des enfants; cela malgré un empilement d'aides sociales conditionnées. Bien souvent, elles doivent encore plus que les autres sacrifier leur vie professionnelle pour prendre soin de leurs enfants.

Selon l'Unicef:

> *On compte en France 1,7 million de familles monoparentales. Il existe une diversité des précarités au sein des familles monoparentales les plus pauvres: précarité économique (absence de soutien de l'autre parent, faibles salaires, emplois précaires ou chômage), précarité sociale (repli sur soi et sur la relation à l'enfant) et précarité psychologique (liée à la séparation avec des phases dépressives, une perte de confiance en soi). Lorsqu'elles ont un enfant de moins de 3 ans, le taux d'emploi des mères de famille monoparentale est plus faible que celui des mères en couple. Ainsi, 44 % des mères d'enfant unique âgé de moins de 3 ans sont en emploi lorsqu'elles vivent sans conjoint, contre 71 % lorsqu'elles vivent en couple. Au Danemark, où le pourcentage de familles monoparentales est à peu près de même importance qu'en France, le taux de pauvreté de ces familles est de 19 %, contre 35 % en France*[1].

Ainsi, malgré les aides actuelles, face aux contraintes qui pèsent sur leurs épaules, les mamans solos sont enfermées dans une précarité à la fois économique, sociale et psychologique, et ce n'est pas le revenu d'existence, caricaturé en salaire maternel par certains, qui aggraverait la situation, bien au contraire: ce revenu socialisé, individualisé de **même montant pour tous et toutes**, garantit

1. Lire le dossier enfants pauvres sur: https://www.unicef.fr/dossier/enfants-pauvres

une autonomie minimale à toutes celles qui aujourd'hui n'ont comme seul choix que de rester sous la dépendance d'un conjoint ou d'un travail sans perspective professionnelle gratifiante. N'est-il pas réducteur de considérer que seule l'obligation d'un emploi de survie, chronophage, serait l'unique porte d'entrée dans la vie sociale ? Au contraire, avec cette allocation d'existence, chacune et chacun, en fonction de ses contraintes, de son rapport à l'emploi, doit pouvoir choisir, à un moment donné et en accord ou non avec le conjoint éventuel, ce qui lui convient le mieux dans la répartition de son temps : activités validées *socialement*[1], tâches domestiques, loisirs, bénévolat, etc. Cette répartition peut se traduire par un retrait partiel ou total du marché du travail de la femme ou de l'homme pour assurer les responsabilités familiales. Le fait d'avoir davantage le choix peut permettre de dégager du temps pour une formation, une reconversion, une valorisation de ses propres talents ou pour un engagement dans la vie sociale ou politique.

Il faut s'interroger aussi sur le sens du mot *travail*, en particulier pour les femmes. Quand une mère de famille va chercher ses enfants à l'école, on dit qu'elle ne travaille pas, ce ne serait pas une activité *validée socialement*. En revanche, quand elle rémunère une personne pour l'accompagnement de ses enfants on dit que cette employée travaille. Ainsi selon nos sociétés marchandes, tant que l'on ne se vend pas sur le marché de l'emploi, on ne travaillerait pas.

> *Plus largement que la maternité, c'est l'ensemble du travail domestique qui ne peut être phagocyté par la sphère*

---

1. J.M. Harribey : *toute activité doit être validée socialement pour qu'elle puisse être source de nouvelle valeur monétaire et non pas simplement de valeur d'usage individuelle, car la monnaie est une institution sociale et ne découle pas d'un acte personnel.* « Travail et revenus indissociables », *Politis*, n° 1372.

productive marchande, soumis au critère de l'utilité sociale et de la performance sans être entièrement dévoyé. […] Le travail domestique a un sens bien différent, voire contraire à celui du travail marchand, puisqu'il s'agit de faire soi-même ce que l'on juge nécessaire pour soi-même, selon sa créativité, sa sensibilité, son éthique. Même les tâches domestiques au sens le plus strict, les tâches « inévitables » et a priori les plus rébarbatives – laver le linge, faire le ménage – sont celles par lesquelles chacun entretient le lieu de sa propre intimité, selon son organisation et ses goûts personnels[1].

Lorsque, faute de temps libre, une personne qualifiée emploie une autre personne pour s'occuper de ses enfants ou de l'entretien de sa maison, elle participe à la création d'un emploi de service peu qualifié, souvent occupé par une femme, une *domestique,* disait-on dans les beaux quartiers. Avec l'allocation d'existence, en revanche, si cette même personne, cadre dans une entreprise, décide de ne travailler que quatre jours par semaine pour s'occuper de ses enfants ou de sa maison comme elle l'entend, elle participe, en réduisant son temps de travail au bureau, à la création d'un emploi qualifié, a priori plus émancipateur qu'un emploi de service non qualifié.

La structure de notre système sociofiscal basé sur la famille, le foyer, crée une dépendance au sein des couples. Plus les revenus entre les membres du couple sont disparates, moins les impôts sont élevés ce qui peut encourager l'un des membres du couple à se satisfaire d'un emploi faiblement rémunérateur. Les aides sont aussi établies sur les revenus du foyer. Une femme mariée

1. *Un revenu de base pour travailler gratuitement, ce que font les femmes depuis toujours,* Cécile Flammant, site *revenudebase.info,* 3 mars 2021.

sans revenus d'activité n'est pas éligible au RSA ou à l'Aspa si le conjoint a des revenus ou un patrimoine.

Aujourd'hui, les aides sociales sont conditionnées aux revenus. Ce système assigne à résidence beaucoup de mères-solos en situation précaire : elles doivent souvent choisir entre la situation de mères au foyer et un emploi à temps partiel… dont le salaire risque d'être entièrement consacré à la garde des enfants par un tiers et aux transports.

> *Pour celles qui veulent travailler, les obstacles sont nombreux. Parfois, l'entourage familial ou amical peut prendre en charge les enfants pendant que leur mère travaille ; mais, sans ce recours, beaucoup renoncent, faute de trésorerie ou d'horaires de crèche compatibles. Les emplois les plus précaires demandent par ailleurs une réactivité incompatible avec l'anticipation nécessaire à la garde d'enfants. Dans des secteurs comme le nettoyage ou l'intérim, les plannings changent d'une semaine à l'autre. Une salariée qui demande à faire plus d'heures doit souvent répondre sous quarante-huit heures à toute proposition… sous peine de ne plus être rappelée*[1].

De par son caractère individuel et inconditionnel, cumulable avec les revenus d'activité, le revenu d'existence est une réponse efficace aux effets pervers de notre système sociofiscal.

N'oublions pas aussi toutes les femmes victimes de violences dans le cadre du foyer familial et qui, faute de revenus, continuent à s'exposer quotidiennement au danger d'une agression. Avec cette allocation, véritable assurance vie, qui dans notre exemple peut atteindre 1 075 euros mensuellement, elles pourront se libérer plus rapidement d'une dangereuse emprise.

---

1. *Les mères isolées dans le piège des politiques d'activation « Il faut travailler, madame »* Lucie Tourette, *Le Monde Diplomatique*, février 2021.

De par son caractère totalement neutre et non discriminant le revenu d'existence ouvre beaucoup de portes ; il reste aux femmes comme aux hommes à les pousser.

Étude de cas d'une personne seule avec deux enfants, (tableau 11)

Le montant des aides sociales actuelles distribuées par la Caf est constitué d'un empilement de dispositifs dont le montant varie en fonction du revenu. L'allocataire a beaucoup de difficulté à connaître le montant total des aides auxquelles il a droit. De plus, les montants évoluent tous les trois mois en fonction des changements de situation. Avec l'allocation d'existence dont le montant est pérenne, il est possible de se projeter dans l'avenir avec une bien plus grande visibilité. On constate aussi, par cette comparaison de situations, que le travail paie davantage avec l'allocation d'existence. L'apport d'un revenu d'activité net est toujours supérieur dans le système comprenant l'AUE que dans le système actuel. Cela a déjà été observé.

Étude comparative pour un ménage de retraités (Tableau 12)

Actuellement, le montant de l'Allocation de solidarité aux personnes âgées, L'Aspa, est de 903,20 € pour une personne seule et de 1 402 € pour un couple. Le montant individuel diminue en fonction des revenus du conjoint ; il est nul si le conjoint dispose d'une retraite égale ou supérieure à 1 402 €. Ainsi, comme pour toutes les aides sociales, celui ou celle qui, pour diverses raisons, n'a pas ou peu *travaillé* durant sa vie active, dépend pour ses besoins personnels des revenus du conjoint. C'est souvent le cas des femmes. Avec l'AUE, chacun disposera au moins de 1 075 € et jouira ainsi d'une indépendance financière.

Tableau 11 – Une personne seule avec enfants améliore sa situation avec l'AUE, encore plus quand elle travaille

Étude de cas : personne seule avec deux enfants selon son temps de travail hebdomadaire, rémunéré au Smic – comparaison de ses revenus nets, actuellement et avec l'AUE (en euros)

Durée de travail	Sans emploi	Mi-temps	4 jours	5 jours
Salaire brut (Smic)	**0**	**775**	**1240**	**1550**
Situation actuelle				
Cotisations sociales (21 %)		-162	-260	-325
Salaire net	**0**	**613**	**980**	**1225**
Allocations familiales	130	130	130	130
RSA (montant maximal)	1079	472	103	0
PA		372	689	734
Total aides sociales[1]	**1209**	**974**	**922**	**864**
Revenu net	**1209**	**1587**	**1902**	**2089**
dont revenu d'activité net		***378***	***693***	***880***
Situation avec l'AUE				
Cotisations sociales (15 %)		-116	-186	-232
Salaire net	0	659	1054	1318
AUE[2] adulte	900	900	900	900
AUE 1er enfant (16 ans)	450	450	450	450
AUE 2e enfant (9 ans)	300	300	300	300
Total AUE	**1650**	**1650**	**1650**	**1650**
CAUE		-75	-192	-300
Revenu net	**1650**	**2234**	**2512**	**2668**
dont revenu d'activité net		***584***	***862***	***1018***

1. Montants évalués avec le simulateur de la Caf – Outre les AF, Il existe d'autres aides indépendantes des revenus (APL-ASF-PAJE) qui modifient le montant du RSA et de la PA.
2. Avec un droit à 1075 € pendant 10 ans.

Tableau 12 – l'AUE individualise les revenus des retraités et les améliore dans la plupart des cas

Étude de cas: couple de retraités, l'un ayant travaillé 43 ans au Smic, l'autre, bien souvent une femme, n'ayant pas exercé d'emploi.

	Retraité 43 ans Smic	Retraitée sans emploi
Salaire mensuel brut passé	1 500	
Actuellement		
Retraite brute (75 % SB)	1 125	
Retraite nette	922	
Aspa		425
Revenu net	**922**	**425**
Avec l'AUE		
Retraite brute (50 % SB)	750	
Cotisation sociale (20 % SB)	- 150	
Retraite nette	600	
AUE	1075	1 075
CAUE (9,4 % SB)	- 70	
Revenu net	**1605**	**1 075**

Chapitre 11

Pour les enfants et les jeunes, une allocation et une dotation tremplin

À la naissance, l'être humain est un être inachevé, fragile, un être prématuré qui, pour son développement physique, psychique et cognitif, a besoin d'être accompagné pendant de longues années. C'est par l'éducation et l'instruction qu'il acquiert les savoir-faire, les connaissances, la maîtrise de son environnement culturel. Au fil du temps, ses capacités et son autonomie se développent et lui donnent les moyens de s'émanciper et de se libérer de la tutelle familiale.

La plasticité du jeune être humain explique aussi la vulnérabilité des enfants et leur dépendance à des adultes. La socialisation et la formation d'individus autonomes est une étape longue et complexe qui requiert attention, et beaucoup d'investissement à la fois de la part des parents comme de la société.

> *Ce « manque de nature » doit être compensé par l'acquisition de la culture qui permet à l'être humain d'agir sur le monde pour mieux l'habiter*[1].

---

1. Le philosophe français Dany-Robert Dufour a repris cette idée: du fait de son inachèvement, l'homme serait un être intrinsèquement prématuré, dépendant de la relation à l'autre, d'où la substitution nécessaire de la culture à la nature propre

En conséquence, la richesse et les spécificités de l'environnement familial, culturel, socio-économique dans lequel se développe l'être humain participent à sa construction et à son épanouissement. Dans un milieu frustre où le manque est quotidien, il ne sera pas possible de construire la même personne que dans un milieu qui répond pleinement aux besoins de l'enfant. Ainsi, les inégalités sociales des parents nourrissent l'inégal accès à l'instruction des enfants, qui nourrit à son tour les inégalités sociales parmi les jeunes adultes.

En France, selon l'Unicef, un enfant sur cinq vit sous le seuil de pauvreté, soit près de 3 millions d'enfants. De 2008 à 2012, 440 000 enfants supplémentaires ont plongé avec leur famille dans la pauvreté. Malgré les politiques publiques, ce chiffre est stable depuis dix ans. Le taux de pauvreté des enfants en France en 2019 est de 20 %, il est de 14 % environ dans l'ensemble de la population.

Dans son ouvrage *Les inégalités sociales à l'école* [1], la sociologue Marie Duru-Bellat, spécialiste des questions d'éducation, a montré que les inégalités scolaires sont corrélées aux caractéristiques familiales et en particulier à la profession des parents. L'école est accusée d'être une machine à reproduire les inégalités et c'est en partie du fait des inégalités économiques qui se creusent.

En France, l'instruction est obligatoire et gratuite jusqu'à 16 ans mais l'éducation et les soins à apporter à un enfant ne sont pas gratuits: il faut assurer le quotidien, bien le nourrir, l'habiller correctement pour ne pas

---

à cette espèce, et sa place particulière dans l'histoire de l'évolution, l'homme se réappropriant le monde par la parole, la croyance symbolique et la technique.

1. *Les inégalités sociales à l'école – Genèse et mythes*, Éditions PUF, 2002.

être stigmatisé, disposer de fournitures scolaires. Certes, les bourses scolaires existent, mais elles sont souvent très insuffisantes.

De par son caractère universel, l'allocation d'existence assure à tous les parents d'abord, puis aux jeunes adultes ensuite, de disposer des moyens qu'exige la construction d'un être social autonome, capable d'évoluer dans le monde qui l'entoure. Dans l'exemple qui nous accompagne, l'AUE se décline ainsi :

- **1 800 € (2 x 900 €) à la naissance**, en remplacement de la Prestation d'accueil du jeune enfant (Paje-naissance : 947 € soumise à condition de ressources).
- **300 € (0,3 x 900 €) par enfant de 0 à 14 ans**, en remplacement des allocations familiales versées à partir du deuxième enfant (132 € dégressif en fonction des revenus) et de la Paje de base (172 € pendant 3 ans sous condition de ressources).
- **450 € (0,5 x 900 €) par enfant de 14 à 18 ans,**
- **900 € à partir de 18 ans,** en substitution aux bourses étudiantes, APL et Allocations familiales. À partir de 18 ans, le jeune adulte devient indépendant fiscalement. Il est soumis à la cotisation CAUE sous les conditions générales.

À noter que la mise en place d'une contribution individualisée (CAUE) fait disparaître le quotient familial qui favorise actuellement les familles à revenus élevés.

Les jeunes de 18 ans à 25 ans, les grands oubliés de la solidarité

Dans une tribune au journal *Le Monde* publiée le 5 septembre 2020, le chercheur Tom Chevalier s'étonne de l'absence d'accès des 18-25 ans aux minima sociaux, mesure pourtant recommandée par tous les rapports et les études et alors que la crise actuelle touche principalement les jeunes.

Les jeunes âgés de 18 à 29 ans présentent un taux de pauvreté monétaire (revenu inférieur au seuil de 50 % du revenu médian) quatre fois supérieur à celui des personnes âgées de plus de 60 ans : environ 13 % contre 3 % en 2017 d'après l'Insee. Il s'agit également de la tranche d'âge dont le taux de pauvreté a le plus progressé ces dernières années, avec une hausse de près de 50 % depuis 2002.

Statisticiens et chercheurs en sciences sociales ont accumulé les observations d'une augmentation de la précarité des jeunes : hausse du nombre de jeunes sans-abri et de la pauvreté étudiante, recul de l'âge de la décohabitation familiale, précarisation des conditions d'emploi et taux de chômage plus élevé que la moyenne…

L'Observatoire des inégalités le souligne dans un article du 28 août 2020 :

La pauvreté affecte d'abord les plus jeunes. En premier lieu, les jeunes adultes (de 18 à 29 ans), catégorie d'âge pour laquelle la progression a été la plus forte ces quinze dernières années : leur taux de pauvreté a augmenté de 8,0 % à 12,6 % entre 2002 et 2017, soit une progression de 50 %. Une grande partie de la dégradation de leur situation a eu lieu au début des années 2000 : dès 2005, leur taux de pauvreté atteignait déjà 11,4 % (au seuil de pauvreté à 50 % du niveau de vie médian). Il s'agit de jeunes adultes, souvent peu diplômés, qui peinent à s'insérer dans le monde du travail et qui sont contraints de vivre avec de très bas revenus (indemnités de stage, bas salaires, soutien parental, etc.). Les 18-25 ans n'ont pas le droit – sauf rares exceptions – aux minima sociaux. Au total, un million d'entre eux vivent sous le seuil de pauvreté.

Depuis 2007, avec la crise financière, les jeunes ont été les premières victimes de cette guerre économique mondialisée, mortifère pour les emplois.

En 2010, plus d'un jeune actif sur cinq (21,2 %), de 20 à 24 ans, est sans emploi. C'est quatre fois plus qu'en 1975 (5,3 %). Une situation qui n'a rien de comparable avec les actifs de 45 à 49 ans, dont le taux est 3,4 fois moins élevé (6,3 %), même s'il a aussi progressé. (il était de 2,3 % en 1975) Observatoire des inégalités.

Déjà en avril 2013, le chômage des jeunes de moins de 25 ans était à 24,4 % dans la zone euro, avec des pics en Grèce (62,5 %), en Espagne (56,4 %), au Portugal (42,5 %) et en Italie (40,5 %). Dans l'ensemble de la zone euro, cela se traduisait par 3,62 millions de personnes sans emploi dans cette catégorie d'âge (*Le Monde* du 31 mai 2013).

Avec le temps, cela ne s'arrange pas : en France, le taux de chômage chez les 18-25 ans est passé de 17,5 % à 26,1 % en 2020, taux que la crise de la Covid-19 a fait exploser.

Dans tous les pays, le nombre de jeunes qui ont quitté le système scolaire sans emploi et sans formation en cours, augmente. Les *Neet* (de l'anglais : Not in Education, Employement or Training) seraient en France, selon une étude du Conseil d'analyse économique, près de 1,9 million (15 à 29 ans). Par ailleurs, un rapport de la DARES[1] annonce que 18 % des 20-24 ans, 14,7 % des jeunes âgés de 15 à 29 ans seraient dans cette situation. Si la plupart tentent de s'en sortir, environ 900 000 jeunes (de 15 à 29 ans) seraient résignés, s'isoleraient du monde extérieur et seraient ainsi particulièrement vulnérables.

La précarité dans l'emploi augmente, ce qui génère insécurité et pauvreté et oriente inéluctablement de trop nombreux jeunes vers l'économie parallèle et la criminalité.

---

1. Voir le rapport DARES résultats n° 16, mars 2017 : *Emploi et chômage des 15-29 ans en 2015.*

Pour ceux qui ont choisi de poursuivre des études et qui ne disposent pas de l'aide suffisante de la part de leurs parents, les conditions de vie se dégradent aussi. Le manque de logements adaptés, leur coût trop élevé, l'augmentation des droits de scolarité et des frais médicaux conduisent de nombreux étudiants à sacrifier leurs études pour un travail mal rémunéré. Les bourses étudiantes sous critères sociaux n'arrivent pas à répondre à l'ensemble des besoins du quotidien : se nourrir, se loger, se vêtir et se cultiver... en sus des éventuels droits d'inscription. En France, les ressources des étudiants vivant en ménages indépendants proviennent à 42 % de leurs familles alors qu'en Finlande, grâce à un revenu universel étudiant[1], cette part du budget dépendant de la famille n'est que de 11 %.

La pandémie Covid-19 a encore aggravé la situation de nombreux étudiants, privés de petits boulots. D'après une enquête de l'association *Co'p1-Solidarités étudiantes*[2], un étudiant sur deux estime ne pas avoir mangé à sa faim de façon répétée depuis le début de l'année universitaire de septembre 2020. On apprend aussi que la précarité alimentaire touche principalement les étudiants internationaux (67 %) et des jeunes en fin de cursus qui ne vivent plus chez leurs parents (92 %). 52 % des répondants ne peuvent pas compter sur leur entourage pour une aide matérielle ou financière.

Face à cet état de fait qui s'aggrave à chaque crise, les gouvernements successifs ont toujours refusé de mettre en place un revenu minimum d'autonomie. Pour cacher le refus des comptables de Bercy d'allouer un RSA aux 18-25 ans, on préfère accuser la jeunesse de paresse,

1. Enquête *Eurostudent*, 2005.
2. Public Sénat : *Pauvreté : un étudiant sur deux ne mange pas à sa faim depuis le début de la pandémie*, Simon Barbarit, 27 avril 2021.

d'oisiveté, d'indolence, d'immaturité. À 18 ans, on est considéré majeur pour les droits civiques, on est responsable pénalement, mais encore mineur pour les droits sociaux.

Le système actuel en reste à des mesures spécifiques et homéopathiques qui s'avèrent incapables d'assurer à la fois un revenu minimum et un accès aux soins :

- RSA pour ceux qui ont déjà deux années d'activité professionnelle ;
- *la garantie jeunes*, (drôle de nom) : 485 € par mois en échange de l'engagement dans un Pacae[1], pour ceux des 16 à 25 ans qui ont quitté le système scolaire, leur famille, n'ont pas d'emploi et ne sont pas en formation (les fameux *Neet*) ;
- et avec la pandémie, à la suite de la médiatisation de l'affluence étudiante aux portes des banques alimentaires, le gouvernement a lancé le repas à 1 euro dans les restaurants universitaires, fin janvier 2021.

À ces dispositifs, s'ajoute une série d'aides en direction des jeunes ou plus générales comme les APL. La plupart de ces mesures sont conditionnées à des situations bien particulières.

Pour sortir de l'ornière dans laquelle s'enfonce une génération, il faut mettre en place un véritable *plan Marshall* pour la jeunesse. Une des clés de voûte de ce plan peut être l'allocation universelle d'existence. Que l'on soit sans emploi, étudiant, en apprentissage ou dans l'emploi, on est assuré de ce minimum : **900 €.**

Ainsi, à partir de 18 ans, **quelle que soit son origine familiale**, c'est en totale autonomie que le jeune adulte peut aborder sa formation et son insertion professionnelle.

1. PACAE : Parcours contractualisé d'accompagnement vers l'emploi et l'autonomie.

Le système des Bourses est supprimé. Si l'étudiant ou l'apprenti a une occupation salariée complémentaire ou saisonnière, le revenu du travail temporaire s'ajoute dès le premier euro à l'allocation de base et à son tour contribue au financement de l'allocation d'existence.

Avant de le généraliser à tous les âges de la vie, on peut dès maintenant répondre à cette urgence sociale en mettant en place une allocation universelle pour l'ensemble de la jeunesse de 0 à 25 ans financée par une cotisation sur le patrimoine net avec d'une part une augmentation substantielle des allocations familiales rendues à nouveau universelles et inconditionnelles dès le premier enfant suivant le tableau 1 du chapitre 6 et d'autre part, à partir de 18 ans et jusqu'à 25 ans, la mise en place d'une **dotation universelle tremplin**[1] avec un

1. Dans l'esprit de la proposition de Guillaume Mathelier, auteur de *L'égalité des dotations initiales – Vers une nouvelle justice sociale*. Genève : Éditions Georg, 2020.
Sur la plateforme « Parlement et citoyens » : Combinons revenu d'existence et capital d'émancipation : *En cela, nous proposons de combiner la force des deux mécanismes en un seul «* ***l'égalité des dotations initiales*** *» qui donnerait à l'individu dès la naissance des droits socio-économiques qui dans un premier temps « capitaliserait » chaque mois une part de revenu d'existence sur un compte public personnel et qui dans un deuxième temps après délivrance de ce capital d'émancipation (accumulé par conséquent de 0 à 18 ans) donnerait droit à un revenu d'existence mensuel qui permettrait simplement d'assurer la dignité de l'individu au-delà de sa dépendance à la sphère salariale. Amené politiquement et philosophiquement comme un « droit à résonance constitutionnelle », ce mécanisme complexe d'« égalité des dotations initiales » (combinaison d'une dotation capitalisée de 0 à 18 ans et délivré à l'âge de majorité + revenu d'existence à partir de 18 ans), est compris comme résolument universel, sans contrepartie, inconditionnel et individuel. Tout simplement car il serait un* ***droit de naissance inaliénable*** *comme peuvent l'être par exemple les libertés constitutionnelles.*

droit de tirage de 900 € maximum par mois ; le solde étant versée en capital à 25 ans. 900 € à partir de 18 ans jusqu'à 25 ans c'est un capital de 75 000 € qui est transmis des parents et grands-parents, qui ont un patrimoine, vers la génération de l'ensemble des enfants et jeunes, de la naissance à 25 ans. Pour cela il suffirait de mettre en place une contribution sur le patrimoine net de 0,75 % par an[1].

Répétons-le, nous avons les moyens en patrimoine accumulé par les générations précédentes et en revenus pour que chacun ou chacune puisse s'émanciper de l'univers familial, de ses origines sociales, et géographiques et trouver pleinement sa place dans la communauté des humains. Par la solidarité élémentaire de tous, il est possible d'en finir dès maintenant avec la précarité imposée de manière scandaleuse aux jeunes générations qui entrave leur parcours.

---

1. Pour plus de détails sur cette proposition lire : *https://guyvaletteparis.wordpress.com/2021/01/20/jeunes-generations-vers-une-allocation-universelle-et-une-dotation-tremplin/*

Chapitre 12

L'allocation d'existence, c'est aussi du capital temps

TRAVAILLER MOINS POUR TRAVAILLER MIEUX, POUR TRAVAILLER TOUS ET TOUTES

> *Si le salarié ordinaire travaillait quatre heures par jour, il y aurait assez de tout pour tout le monde, et pas de chômage (en supposant qu'on ait recours à un minimum d'organisation rationnelle). Cette idée choque les nantis parce qu'ils sont convaincus que les pauvres ne sauraient comment utiliser autant de loisir.* Bertrand Russell[1].

Dans les années trente, Keynes prédisait la semaine de 15 heures avec un niveau de vie quatre fois supérieur. Si le progrès technique a tenu ses promesses, le bien-être promis n'est pas au rendez-vous. En 2000, nos pays sont cinq fois plus riches que dans les années 30 mais le travail s'est intensifié pour certains, il s'est précarisé pour d'autres, il a disparu pour beaucoup trop de salariés au lieu d'être partagé entre toutes les mains. Au lieu de nous libérer, la machine nous a asservis.

L'épuisement des ressources et la détérioration de notre environnement nous imposent de revoir notre modèle économique fondé sur une augmentation permanente de la production de biens dont l'utilité peut être

1. *Éloge de l'oisiveté,* Bertrand Russell, première édition, 1932, Routledge and The Bertrand Russell Peace Fondation, Paris, éditions Allia, 2002, pour la traduction française, 40 p. Traduit de l'anglais par Michel Parmentier.

questionnée. Le chantage à l'emploi, quand l'existence de chacun est subordonnée à l'exercice d'une activité rémunérée, doit cesser pour autoriser une évolution vers un monde plus respectueux de l'environnement et économe en ressources naturelles. En outre, l'automatisation et le progrès technique devraient nous aider à nous libérer des emplois qui nous épuisent.

Il est urgent de changer de paradigme en réduisant le temps consacré à un emploi contraint, nécessaire pour vivre mais peu valorisant, et en libérant le travail du carcan d'un emploi facilement automatisable. Avec un revenu socialisé d'une part, la technologie d'autre part, nous avons les moyens de nous libérer collectivement et individuellement des emplois de survie. Laisser le marché continuer à imposer sa loi au nom de la compétitivité internationale et de la maximisation des profits est suicidaire. Bernard Stiegler[1] nous a alertés :

> *Il est acquis maintenant que l'emploi va diminuer, dans des proportions encore inconnues. L'Organisation de coopération et de développement économiques (OCDE) évalue à 9 % le nombre d'emplois qui, d'ici 10 à 20 ans, devraient disparaître dans 21 pays, mais il existe des projections encore plus pessimistes. Nous sommes déjà dans un chômage endémique totalement ruineux pour les finances publiques. Tout ce qui constitue la solidarité sociale est menacé par ce déficit structurel. L'économie est déjà insolvable et subsiste en partie sur la spéculation. Si on subit une augmentation de chômage de cette ampleur, c'est l'effondrement. Il faut donc envisager dès aujourd'hui une transformation de l'économie qui consiste à revaloriser le travail en dehors de l'emploi.*

Bernard Stiegler, « Pour le moment, l'intelligence artificielle produit surtout de la bêtise artificielle », *Le Magazine Littéraire*, 11 février 2018.

Selon l'OCDE, la robotisation devrait faire disparaître 14 % des emplois dans les 20 ans à venir. Réjouissons-nous au lieu de nous lamenter : nous pourrons travailler moins mais mieux.

Depuis plusieurs décennies, l'essentiel des gains de productivité est alloué aux dividendes des actionnaires. Une réduction du temps de travail a bien lieu. C'est celle qui, sans cesse, augmente les effectifs de *l'armée industrielle de réserve* composée de chômeurs et de travailleurs précaires pendant que d'autres doivent travailler plus de 40 heures par semaine. C'est à cette inégalité aussi qu'il faut s'attaquer : celle de pouvoir disposer de son temps pour vivre sa vie comme on l'entend.

La semaine de quatre jours avec l'allocation d'existence c'est 50 % de journées supplémentaires libérées et 25 % d'emplois créés !

> *Nous pourrions réduire le chômage en partageant mieux le travail, et profiterions ainsi des gains de productivité offerts par les nouvelles technologies pour accorder plus de temps à nos loisirs ou à nos projets personnels. Et si nous ne le faisons pas, c'est simplement que nous n'avons pas encore admis cette possibilité…* Michel Rocard.

Les travaux de Pierre Larrouturou l'ont montré : la semaine de quatre jours n'est pas une hérésie économique, elle est au contraire la seule solution pour partager les emplois qui existent encore. Mais la réforme des 35 heures, conduite de façon autoritaire et incomplète par le gouvernement Jospin en 2000, a fermé la porte à toute évolution dans ce domaine. Pire, les pays occidentaux tournent désormais le dos à cette possibilité. Ils incitent ceux qui ont un emploi à travailler plus et repoussent l'âge de départ à la retraite ; par ailleurs, ils allongent la durée de la semaine de travail (la durée hebdomadaire en France d'un plein-temps est aujourd'hui de plus de 38 heures !). Ces choix ont pour conséquences l'augmentation du chômage, l'accroissement sans fin des dépenses sociales pour réparer les dégâts à la fois du chômage de masse, de la précarité et de la surcharge de travail sur des salariés de moins en moins nombreux. Le partage des emplois avec l'allocation d'un revenu d'existence peut résoudre la quadrature du cercle qui est celle de libérer du temps sans baisse des revenus pour le travailleur, ni augmentation du *coût* du travail.

L'exemple suivant (tableau 13) montre que pour le salarié rémunéré au Smic, avec l'AUE :

- Ses revenus augmentent de 20 % ;
- son temps libre hebdomadaire augmente de 50 % en passant de 2 à 3 jours par semaine ;
- avec une journée de travail libérée, en théorie, un emploi serait créé pour quatre emplois salariés existants.

La productivité de l'entreprise ne manquerait pas d'augmenter ce qui autoriserait une augmentation nominale des salaires avec un accord collectif. Ainsi, avec l'AUE c'est un véritable cercle vertueux qui s'enclenche au profit de tous les partenaires.

Comme le préconise Pierre Larrouturou, les possibilités de gestion de ce temps libéré sont multiples suivant les corps de métiers, au gré de l'entreprise et du salarié.

Tableau 13 – L'AUE favorise la réduction du temps de travail

Revenus d'un salarié payé au Smic selon la redistribution actuelle et celle avec l'AUE intégrant une réduction de son temps de travail (en euros)

Actuellement : 35 heures sur 5 jours			
Aides sociales	P.A.		241
Salaire brut			1550
Cotisations sociales	CSG-Retraite	21 %	- 325
Salaire net			**1225**
Total			**1466**
Avec l'AUE : 28h sur 4 jours			
Salaire brut		80 %	1240
Cotisations sociales	Maladie-retraite	15 %	- 186
Salaire net			**1054**
AUE			900
CAUE		15,5 %	-192
Total			**1762**
Bilan			**+296**

Répétons-le, ce véritable salaire socialisé avec l'AUE, ouvre la voie à « *la civilisation du temps libéré* » chère à André Gorz et émancipe l'être humain de sa condition de prolétaire, condamné à perdre sa vie à essayer de la gagner.

Aujourd'hui les salariés aspirent à changer de mode de vie :

> *Rythme de vie trop rapide, surcharge de travail, manque de temps pour soi ou pour leurs proches, trajets trop longs... Les actifs de six pays occidentaux dont la France ont certaines aspirations quant au futur de leur vie professionnelle. Mais les 12 074 salariés interrogés pour une*

étude internationale aspirent surtout à ralentir le rythme (78 %) et travailler moins (51 %)[1] *!*

Si cette réduction du temps de travail concertée est une voie prometteuse pour mieux distribuer les emplois, la combiner avec l'allocation d'existence permet en sus d'aller vers le travail hors de l'emploi prolétarisé.

Libérer le travail du carcan de l'emploi

Le quasi-monopole de l'emploi comme source de revenu est pour beaucoup dans la valeur sociale qui est accordée au travail. Pour abolir ce culte du travail, il faut briser ce monopole, il faut garantir un revenu à tous[2].

Non seulement le travail paie peu mais l'emploi salarié n'est plus émancipateur. Il est bien souvent cause de souffrances. 90 % des salariés s'interrogent sur leur emploi actuel. Un salarié sur quatre est en état d'hyperstress, plus des deux tiers des 29 millions de salariés consomment des psychotropes, se dopent ou ont des addictions pour affronter leurs conditions de travail et le stress[3]. La crise de sens du travail touche de plus en plus tôt les salariés, les cadres comme les autres.

Libérer le travail du carcan de l'emploi est une impérieuse nécessité. Déjà en 1884, William Morris, fondateur de la *Socialist League*[4] dans un texte intitulé : *travail utile et vaine besogne*, dénonçait le travail dénué de sens et inutile :

1. « Les salariés occidentaux aspirent à changer de mode de vie », par Guirec Gombert, *HELLOWORKPLACE*, 23 juin 2016.
2. Batiste Mylondo, *Ne pas perdre sa vie à la gagner, pour un revenu de citoyenneté*, Éditions du croquant, 2010.
3. « Quand le travail pousse au dopage : une réalité pour 69 % des Français », Journal *Sud-Ouest*, 11/11/2017.
4. Avec entre autres Eleanor Marx, fille de Karl Marx.

> *Un travail digne de ce nom suppose l'espoir du plaisir dans le repos, dans l'usage que nous ferons de son produit et dans la mise en œuvre quotidienne de nos talents créatifs. Tout autre travail que celui-là ne vaut rien – c'est un travail d'esclave –* ***c'est besogner pour vivre et vivre pour besogner***[1].

Un siècle et demi plus tard, rien n'a changé, bien au contraire. Le travail aliéné triomphe partout.

> *Les gens qui les occupent travaillent, rentrent potentiellement épuisés chez eux le soir, mais ne produisent pas de changement (la situation n'est pas modifiée suite à leur action). Par exemple, une personne qui passe des produits devant un lecteur de code-barres ne change pas la situation: elle la sert, elle la consolide. Dans le langage désuet du XIXe siècle, cela s'appelle la prolétarisation*[2].

Enfin selon une étude réalisée par des chercheurs d'Oxford en 2013, 47 % des emplois américains seraient automatisables d'ici 20 ans. Déjà Aristote écrivait: *si un jour les navettes tissaient d'elles-mêmes [...], alors les ingénieurs n'auraient plus besoin d'exécutants, ni les maîtres d'esclaves*[3].

Avec l'aide de la technologie, le revenu d'existence permet d'accompagner ces profondes mutations.

Il donne aussi à chacun la possibilité de quitter un emploi devenu inutile ou absurde, voire dangereux pour son intégrité physique ou psychique. Il donne la possibilité de redécouvrir un métier, de s'approprier de nouveaux savoir-faire, des compétences, des responsabilités, de créer de la véritable valeur pour soi, pour les siens,

1. Texte présenté par Anselm Jappe dans *La civilisation et le travail*, Éditions Le passager clandestin, 2013.
2. Bernard Stiegler, «Pour le moment, l'intelligence artificielle produit surtout de la bêtise artificielle», *Le Magazine Littéraire*, 11 février 2018.
3. Aristote *Politique, I, 4*

pour la communauté. Ainsi ce revenu de vie ne permet pas seulement de réduire le temps de travail dans l'emploi, il autorise à travailler mieux en osant abandonner un emploi dénué de sens, *un travail marchandise*[1].

Avec l'allocation d'existence, le temps partiel n'est plus synonyme de précarité. On peut choisir d'exercer un emploi à temps partiel pour s'occuper de ses enfants ou de ses proches, pour créer, pour prendre des responsabilités syndicales, associatives, politiques... On peut décider de prendre un congé de six mois pour un voyage, pour des travaux, etc.

> *La force du revenu universel est ici double: d'une part, il assure « positivement » un socle de revenus et d'autre part, il laisse chacun libre de compléter cette base par des revenus d'activité salariée. La modulation du temps de travail et la discontinuité de l'activité ne sont plus des menaces mais des opportunités*[2].

Un jeune paysan n'est plus obligé d'exercer un emploi complémentaire pour équilibrer le budget de la ferme, cumulant ainsi plus de 70 heures de travail par semaine. S'il vit en couple, avec l'AUE, les deux conjoints ont des choix de vie beaucoup plus larges: ils peuvent ensemble se consacrer entièrement à leur activité agricole, ils peuvent employer quelqu'un à mi-temps, etc.

L'allocation d'existence est le prix à payer par toute la communauté pour l'émancipation, l'épanouissement et l'inclusion de chacun de ses membres. Comme le souligne Nancy Fraser dans *Qu'est-ce que la justice sociale?*: ce système de redistribution universel réellement transformateur peut *modifier progressivement*

---

1. « Le travail n'est pas une marchandise. Contenu et sens du travail au XXIe siècle », Alain Supiot, Leçon de clôture du Collège de France du 22 mai 2019.
2. Julien Dourgnon, *Revenu universel Pourquoi? Comment?* Éditions Les petits matins, 2017, p. 75.

l'équilibre du pouvoir entre le capital et le travail en minant la marchandisation de la force de travail.

William Morris dans *Travail utile et vaine besogne*[1] rêvait de cette liberté qui reste à conquérir :

> *Une fois libérés de l'angoisse quotidienne de la faim, quand ils auront découvert ce qu'ils veulent vraiment et que rien sinon leurs propres besoins n'exercera plus sur eux de contrainte, les gens refuseront de fabriquer les niaiseries qu'on qualifie d'articles de luxe ou le poison et les ordures qu'on nomme articles bon marché.*

L'AUE permettra de faire le tri entre les emplois inutiles (les fameux *bullshit jobs* de David Graeber) et les emplois dont on ne peut se passer parce qu'ils ont une véritable utilité sociale. L'exemple des éboueurs de New York montre qu'il est possible de valoriser des métiers pénibles mais très utiles pour la société. Aujourd'hui, plus de 50 ans après une grève historique de 9 jours, qui avait noyé la ville dans les ordures en février 1968, un ouvrier au service de la propreté à New York gagne jusqu'à 70 000 $ par an après cinq ans d'ancienneté.[2] Si cette conquête a été possible dans l'antre mondiale du capitalisme, avec ce revenu minimum garanti, chacun sera encore plus fort pour lutter pour de meilleures conditions de travail.

Alors oui, il existe bien une alternative au sinistre et débile projet du *travailler plus pour gagner plus*, pour que chacun participe avec ses moyens à la création de richesses sans être condamné à travailler trop, à travailler mal ou au contraire être assigné à l'inaction et à la dépendance.

---

1. Texte présenté par Anselm Jappe dans *La civilisation et le travail*, Éditions Le passager clandestin, 2013.
2. Lire p. 147 et suivantes *Utopies réalistes* de Rutger Bregman, Éditions du Seuil, 2017.

Le travail permet d'habiter le monde, à condition toutefois d'être libéré de cette angoisse de devoir assurer à tout prix le lendemain pour soi et sa famille et ne plus céder au chantage d'un emploi de survie, à condition de pouvoir donner du sens et du temps à chacune de nos activités. L'AUE ouvre la porte à une société du choix, du temps libéré de la compétition et de la performance individuelle, pour que chacun et chacune, dans une égale considération, trouve sa place dans la communauté des humains dans le respect de son environnement.

Chapitre 13

Allocation d'existence et transition écologique

> *Il est urgent de mettre un gros coup de frein à ces activités dont l'impact sur les écosystèmes et le climat est désormais largement documenté par des milliers de rapports scientifiques, mais aussi par toute personne capable de faire quelques règles de trois avec un peu de bon sens*[1].

Les éoliennes, les véhicules électriques, le train à hydrogène, les solutions technologiques les plus innovantes ne pourront pas dispenser l'individu de changer de comportement pour limiter au mieux son empreinte sur l'environnement.

Malgré les signaux répétés que le climat nous envoie, la croissance continue du PIB est toujours la seule boussole du modèle économique dominant. Il faut consommer pour créer les emplois qui permettent de consommer et de produire des profits qui génèrent, outre de nombreuses externalités négatives, de fortes inégalités sociales. Ces inégalités se traduisent par une surconsommation des ressources et un rejet de CO_2... encore plus important de la part des plus riches. Le dernier rapport

---

1. Jean Latreille, «Le revenu universel ne nous fera pas moins travailler, au contraire», *Le Monde* du 29 avril 2021

d'Oxfam[1] révèle à quel point les inégalités dans l'émission de CO_2 sont liées aux inégalités de revenus :

Entre 1990 et 2015, les émissions annuelles ont augmenté de 60 % et les émissions cumulées ont doublé. Selon le dernier rapport d'Oxfam, durant cette période critique :

- *Les 10 % les plus riches de la population mondiale (environ 630 millions de personnes) sont responsables de 52 % des émissions de CO_2 cumulées, soit près d'un tiers du budget carbone mondial au cours de ces seules 25 années ;*
- *les 1 % les plus riches de la population sont responsables à eux seuls de 15 % des émissions cumulées ;*
- *les 50 % les plus pauvres sont responsables de seulement 7 % des émissions de CO_2 cumulées, soit 4 % du budget carbone disponible ;*
- *la croissance totale des émissions des 1 % les plus riches est trois fois plus élevée que celle des 50 % les plus pauvres.*

Au prétexte de la préservation de l'emploi, on maintient des activités polluantes et destructrices de ressources. A contrario, en libérant les individus de l'emploi comme source principale de revenus pour vivre, l'allocation d'existence autorise un arbitrage dans l'ensemble des activités humaines en faveur de la préservation des ressources de la planète et de la lutte contre le dérèglement climatique et viabilise une réduction du temps de travail hebdomadaire comme on l'a montré au chapitre 12. Les conclusions du groupe de réflexion britannique *Autonomy* sont sans ambiguïté : En moyenne, les pays de l'OCDE – dont la France fait

1. OXFAM : Rapport du 21/09/2020 : *Combattre les inégalités des émissions de CO_2. La justice climatique au cœur de la reprise post COVID-19.*

partie – devraient, selon les chercheurs, réduire leur temps de travail à 5 heures et demi par semaine pour sauver l'environnement[1].

L'allocation d'existence ouvre le champ des possibles en matière de transition écologique.

Par la visibilité qu'il assure, ce revenu minimum garanti permet de sortir de l'urgence du quotidien pour prendre du recul sur sa propre vie, réfléchir sur le sens de son travail, prendre du temps pour une reconversion vers des activités peut-être moins rémunératrices mais plus en harmonie avec sa personnalité et son environnement. On l'a démontré : avec l'allocation d'existence on peut consacrer moins de temps dans un emploi contraint, ce qui induit moins de déplacements. Une semaine de quatre jours par exemple, c'est 20 % de trajets domicile-travail en moins.

L'existence assurée, on peut prendre du temps pour réparer au lieu de jeter, se déplacer plus lentement en polluant moins, se nourrir plus sainement… bref, privilégier le qualitatif au quantitatif.

Avec un revenu de vie, on viabilise des activités locales artisanales, commerciales ou de services à la personne ; cela contribue à une relocalisation de l'économie, au développement de circuits courts de proximité et à la revitalisation de l'activité dans les villages et les quartiers, au développement des liens sociaux[2].

Autre avantage de l'AUE : la transition vers une agriculture biologique, respectueuse des sols et des humains, plus qualitative, sera beaucoup plus facile à effectuer, car les agriculteurs seront libérés du souci de rentabilité à court terme avec une sécurité financière et l'assurance

1. https://www.ecoco2.com/blog/limiter-les-heures-de-travail-pour-sauver-la-planete/, 1er juin 2019.
2. Lire l'annexe 1 : *Monnaies locales, création monétaire et monnaies libres.*

d'une vie décente en toutes circonstances. Ce revenu d'existence est aussi une assurance pour le producteur face à la volatilité des prix des produits agricoles et aux aléas climatiques.

Enfin, pour maîtriser notre consommation d'énergie, d'eau potable, comme pour le bilan carbone de chacun, il faut aller vers des dotations universelles couplées à des tarifications plus élevées des surconsommations, selon la même philosophie que celle de l'allocation universelle[1].

Par l'autonomie, la capacité à choisir qu'elle donne, l'allocation d'existence autorise des politiques publiques ambitieuses, en rupture avec le modèle néolibéral existant. Ce dernier ne se justifie plus. Plus question d'accentuer les inégalités et les dégâts humains et environnementaux, ni de prôner la surconsommation de masse pour… les profits de quelques-uns, de moins en moins nombreux, en prétextant une hypothétique *sauvegarde des emplois*.

Avec du temps pour soi, avec les conditions d'une vie décente assurée, on peut se libérer de cette pulsion irrépressible de posséder toujours plus pour assurer un futur incertain.

Être sans avoir, jouir d'un bien sans le posséder

Le modèle économique marchand dominant est très linéaire : on extrait les ressources, on fabrique, on consomme puis on jette. Ce modèle repose sur l'acquisition individuelle de biens, fabriqués à l'autre bout du monde, dont les coûts de production sont constamment revus à la baisse, au mépris de la sécurité et du respect des normes environnementales, au mépris des travailleurs et des consommateurs.

---

1. Lire le chapitre 15 : *En complément de l'AUE : l'extension de la gratuité de ressources et de services.*

Cette course au toujours plus, à l'innovation perpétuelle, a fait son temps. Outre la concentration de richesses qu'elle induit, elle conduit à un épuisement des ressources de notre planète et à une pollution incontrôlée de la terre et de l'eau. En individualisant et en généralisant à l'échelle mondiale l'acquisition de biens de plus en plus diversifiés, la société s'est émiettée et les égoïsmes se sont renforcés, pendant que se sont développées de gigantesques sociétés multinationales qui gèrent leurs intérêts au dépend des États et du bien commun.

Il faut sortir du cercle vicieux qui consiste à produire en masse des objets *low-cost* de qualité médiocre et à durée de vie limitée pour les vendre à des consommateurs aux salaires bridés que l'on a rendus *addicts* par la publicité. Il faut rompre *avec une civilisation où on ne produit rien de ce qu'on consomme et ne consomme rien de ce qu'on produit*. André Gorz[1].

Il faut changer de paradigme, sortir de l'aliénation au consumérisme, en finir avec une économie de la possession pour développer une économie de l'usage, basée sur l'échange, la mise à disposition par abonnement ou par la location de petits outillages ou de matériel bureautique. Cela permettrait de rationaliser l'utilisation de ces objets. Il s'agit ainsi de mettre fin à l'absurde système de l'*obsolescence programmée*, qui ne vise qu'à faire consommer encore plus d'objets de conception légère qui engloutissent matières premières et énergie et ne génèrent que de la pollution.

Au contraire, le partage d'un matériel implique de veiller à sa qualité et à sa durée de vie. En mettant à la disposition des usagers des machines ou des outils plus fiables, on augmente leur valeur d'usage. La pression sur les salaires de ceux qui les fabriquent diminue; il n'est plus nécessaire d'exploiter des ouvriers sous-payés

1. André Gorz, *Écologica*, Éditions Galilée, 2008.

au bout du monde pour les produire à moindre coût. Il faudrait aussi inciter par la loi l'entreprise productrice à être responsable et donc en quelque sorte propriétaire de l'objet sur la totalité de son cycle de vie, l'utilisateur n'ayant que la jouissance de son usage ; ce dernier cesserait ainsi d'être condamné à devoir se défaire d'un objet sans avoir la maîtrise du recyclage en fin de vie.

On retrouve ainsi un cercle vertueux où la valorisation des objets par un usage maîtrisé et partagé respecte l'humain aux deux bouts de la chaîne : de l'ouvrier à l'usager.

« Faire de la France un pays de propriétaires ! » Vraiment ?

Tel était, il y encore quelques années, le projet de société d'un candidat à la présidence de la République. Quel avenir radieux !

Être propriétaire de son logement c'est comme une assurance-vie pour ses vieux jours, pour ses enfants. Mais pour réaliser ce rêve lorsque les moyens financiers sont limités, il faut trop souvent s'exiler loin de son travail dans un pavillon situé dans un périurbain informe, accepter de posséder un ou deux véhicules et s'endetter pour de longues années. Coincé des heures durant dans sa petite auto, ou dans un train de banlieue, entre la maison, le travail et les courses dans une zone commerciale standardisée faites de tôles, de plastique et d'enseignes lumineuses, l'individu périurbain, fatigué, n'a que le loisir de s'affaler dans son canapé pour livrer son cerveau aux écrans et ainsi oublier la monotonie de son quotidien.

La ville où on travaille comme le village où on dort ne sont plus des espaces d'urbanité. Chacun court dans sa solitude. Dans les villages devenus dortoirs, il y a très peu d'activité, presque tous les commerces sont fermés. Plus de services publics, plus de commerces, plus de temps de loisirs et d'échanges dans ces *lieux intermédiaires* chers à Christopher Lasch,

> *Ces lieux sans façon où l'on échange, où l'on s'informe et se rassure, ces lieux qui encouragent la conversation, essence de la vie civique. Lieux de rendez-vous à mi-chemin entre le lieu de travail et le cocon familial.*[1]

Pour mettre fin à un développement anarchique de l'habitat fondé sur la seule initiative individuelle, repenser le *vivre ensemble* dans l'immobilier et l'urbanisme en général est un impératif. L'allocation universelle, en assurant en toutes circonstances le futur, permet de se libérer de ce besoin irrépressible de posséder un toit qui mobilise beaucoup d'énergie et de moyens financiers et amarre l'individu à un territoire en limitant les capacités de rebondir en cas de perte d'emploi.

La sphère publique peut reprendre la maîtrise du foncier pour une utilisation rationnelle et harmonieuse des sols. Une réforme des droits de succession pourrait permettre aux pouvoirs publics de se réapproprier progressivement le sol et la nue-propriété des immeubles, pour peu à peu reconstituer ce bien commun qu'est l'usage de l'environnement et prendre la main dans la construction de logements de tous types. *Réservons à l'État un droit de nue-propriété et maintenons au citoyen le droit de l'usufruit*[2]. Ainsi il serait possible de louer un bien ou d'en acquérir plus facilement l'usufruit pendant une ou plusieurs décennies ou toute une vie. La conception des immeubles pouvant être le fruit d'un travail collectif de

---

1. Christopher Lasch, *La révolte des élites et la trahison de la démocratie*, Éditions Champs Essais, p. 127-128.
2. Jacques Berthillier (membre fondateur de l'AIRE), *Pour une réforme humaniste du droit de propriété*, Éditions La pensée universelle, p. 53.

la sphère publique et des citoyens dans le cadre d'instances de démocratie participative locales. La crise sanitaire de la Covid-19 a imposé à beaucoup de salariés de travailler de la maison dans des conditions très inégales, inconfortables, où l'intrusion du milieu professionnel dans la sphère familiale a été source de nombreuses tensions. À partir de cette douloureuse expérience, on se doit d'imaginer des tiers-lieux, à la fois lieux de travail et de rencontres, qui permettent à chacun de trouver à proximité de son logement les moyens de travailler à distance dans de bonnes conditions. Les idées pour rendre nos habitats plus conviviaux ne manquent pas.

Nos sociétés doivent se métamorphoser en des sociétés du bon usage, dans la jouissance de services adaptés aux besoins de chacun et respectueux des contraintes écologiques, énergétiques et urbanistiques. L'usager individuel ne doit plus être réduit à sa condition de consommateur que l'on gave, mais considéré comme un partenaire éclairé dans le cadre d'une économie **collaborative** et **contributive**[1] ou chacun peut être à la fois producteur et usager.

L'allocation universelle, par le temps libéré qu'elle autorise, permet d'habiter pleinement sa vie et d'en finir avec les addictions à la surconsommation et à la possession. Elle est le prérequis nécessaire à une transition écologique rapide et réussie.

---

1. *Ars Industrialis*: l'économie de la contribution se caractérise principalement par trois traits: **1.** les acteurs économiques n'y sont plus séparés en producteurs d'un côté et consommateurs de l'autre; **2.** la valeur produite par les contributeurs n'y est pas intégralement monétarisable – elle constitue une externalité positive; **3.** c'est une économie des existences (productrice de savoir-vivre). Lien: http://arsindustrialis.org/vocabulaire-economie-de-la-contribution

Chapitre 14

Un coût exorbitant, l'allocation universelle d'existence ?

Les chapitres précédents ont montré comment l'allocation universelle d'existence permet de s'émanciper de la tutelle de l'État, par la suppression de toutes les aides aux plus démunis, aides conditionnées et stigmatisantes qui absorbent l'équivalent de l'impôt sur le revenu et de ce qui reste de l'impôt sur la fortune. Contrairement à ce que propagent les contempteurs du revenu universel, il est absurde de considérer que le coût de cette allocation d'existence serait le résultat d'une multiplication du montant annuel par le nombre d'habitants, soit dans notre exemple : **860 x 12 x 67 000 000 = 691 milliards d'euros.** Énoncer une telle contrevérité, c'est considérer l'ensemble du corps social comme inerte, sans revenus ni patrimoine. Le tableau 2 du chapitre 6 rappelle que le revenu mensuel primaire par habitant en France est de 2050 € et que le patrimoine net par habitant est de 186 500 €. Ainsi, si chacun reçoit en moyenne tout au long de la vie 860 € d'allocation d'existence, en même temps, il contribue en moyenne chaque mois pour 512 € sur ses revenus (25 % des revenus) et pour 310 € sur son patrimoine (2 % par an sur la valeur du patrimoine net)[1]. Le reste est dans ce modèle, financé par la cotisa-

1. Cf. tableau 2 chapitre 6

tion sur l'EBE des entreprises en substitution à la cotisation sur les salaires pour les allocations familiales. Ensemble, nous avons bien les ressources suffisantes pour corriger par une redistribution universelle une part des inégalités.

Ce mode universel de redistribution de la richesse, transformateur, où tout le monde reçoit et auquel tout le monde contribue (en fonction de ses revenus primaires et de son patrimoine) est simple à mettre en œuvre. La collectivité n'est ni plus riche ni plus pauvre mais chacun dispose chaque premier du mois d'une *carte maîtresse*: l'allocation universelle d'existence administrée par une caisse indépendante du budget de l'État. Comme le montre le tableau comparatif du chapitre 7, seuls les ménages les plus aisés (8 % environ), dont le patrimoine est important, contribueront davantage que dans le système actuel. N'est-ce pas le prix à payer pour en finir avec cet insidieux séparatisme des plus riches qui, depuis des décennies, déchire le contrat social ? Aujourd'hui, en disposant de tous les atouts (patrimoine, capital, médias, représentation politique...), ils verrouillent et aggravent les inégalités. Si certains refusaient encore de participer à la hauteur de leurs moyens au financement de cette assurance vie universelle, ils pourraient toujours se séparer de la communauté nationale, à condition d'être défaits de leurs droits. D'autres parmi les plus riches pourront au contraire y voir un moyen d'investir sur une valeur capitale, le bien-être de l'ensemble de la société, ainsi que sur la reconnaissance de l'ensemble des citoyens. Investissement qui leur évitera de consacrer une part de leur fortune en agents de sécurité, en avocats d'affaires et en conseillers fiscaux.

Cette allocation universelle d'existence serait bénéfique à l'ensemble de la société par les effets induits sur tous les acteurs et organismes sociaux: salariés, travailleurs indépendants, entreprises, sécurité sociale et budget de l'État.

- du point de vue du budget de l'État, l'ensemble des dépenses d'aides sociales et d'allègement de cotisations sociales disparaissent. Disparaissent également l'impôt sur le revenu et l'Ifi[1]. L'État continue de percevoir les recettes des impôts sur la consommation (TVA), celles de l'impôt sur les sociétés (IS) et quelques diverses taxes. Avec ce budget, l'État peut se consacrer à ses missions régaliennes, aux services publics dont il a la responsabilité, comme l'Éducation Nationale, l'enseignement supérieur et la recherche, la culture, et à son rôle de stratège pour réguler et orienter l'activité économique du pays, pour répondre par exemple au défi climatique;
- le budget et les missions de la Sécurité sociale sont renforcés (chapitre 8). En particulier, grâce à la puissance assurantielle de l'allocation universelle tout au long de la vie, le budget de l'assurance retraite est considérablement allégé;
- comme le montre *le tableau* 9 du chapitre 8, la contribution des entreprises à la solidarité est dans l'ensemble du même ordre qu'actuellement: 19,8 % de la valeur ajoutée contre 20,3 % aujourd'hui pour les entreprises au taux de marge moyen de 30 %, avec une diminution importante des cotisations qui pèsent aujourd'hui exclusivement sur le travail humain et une reconfiguration

1. La perte de recette due à la suppression de l'impôt sur le revenu (87 milliards d'€ en 2019) et de l'IFI (2,1 milliards d'€ en 2019) est largement compensée par la disparition de l'ensemble des dépenses d'aides sociales de l'État et des collectivités locales estimées à plus de 100 milliards d'€.

des cotisations sur l'ensemble des acteurs de la création de richesse (salariés et capital)[1].

ainsi, avec l'allocation universelle d'existence, on ne diminue pas les prestations de protection sociale : au contraire, on les renforce. S'il est possible de diminuer les cotisations de l'assurance retraite ou chômage, c'est parce que les dépenses de ces deux régimes contributifs seraient bien moindres et ainsi, au lieu d'être déficitaires, ces régimes seraient bénéficiaires.

En réduisant le stress, en se libérant partiellement ou totalement d'un emploi épuisant ou dangereux pour la santé, en disposant de plus de temps pour soi, la santé des individus s'améliorera, le recours aux soins et les congés maladie seront moins fréquents. Par une meilleure répartition dans la société de la charge de travail, le chômage diminuera significativement.

Les bénéfices des externalités positives de cette allocation universelle en matière de santé, d'éducation, de qualification, d'estime de soi, de bien être, de sécurité collective, de respect de l'environnement et des ressources terrestres sont sans commune mesure avec l'effort supplémentaire que quelques-uns devront accepter de faire.

Ce n'est donc pas de coût dont il faut parler, mais bien de bénéfices pour l'ensemble de la société.

À sa mise en place, l'AUE ne modifiera en rien les rapports de force entre les divers acteurs économiques, elle n'imposera aucune rupture ni n'exigera de grands bouleversements. Elle ne demandera pas des moyens importants. Il s'agira simplement de reconfigurer l'ensemble de la *tuyauterie* de la distribution et de la redistribution de la richesse. Ce n'est qu'ensuite, quand chacun appréciera

1. Lire l'annexe 4 : *Ma petite entreprise ne connaît pas la crise.*

les bienfaits de ce nouveau système, que de nouveaux rapports de force s'établiront pour l'émancipation du plus grand nombre.

Alors, face aux mutations en cours avec le développement à la fois de l'économie de la connaissance et de la sphère financière, on pourra explorer d'autres pistes de financement, comme la taxe sur les transactions financières basée sur la circulation de la richesse et des biens et non sur la seule production.[1]

Comme le souligne Yoland Bresson :

> *Le revenu d'existence est bien de nature à modifier génétiquement la société. Il n'impose pas une forme préconstruite clé en mains, mais son instauration pousse l'ensemble de la société à se réorganiser* [2]

---

1. Lire l'interview de Yann Moulier Boutang, « Taxons toutes les transactions financières », *Télérama*, 9/9/2011.
Lire l'annexe 2 : *Une autre philosophie : mettre à contribution la consommation et les transactions financières.*
2. Yoland Bresson, économiste, fondateur de l'AIRE, Association pour l'Instauration d'un Revenu d'Existence.

Chapitre 15

En complément de l'AUE : l'extension de la gratuité de ressources et de services

Si, pour assurer la liberté de choix dans son mode de consommation pour se loger, se vêtir ou se nourrir, l'allocation universelle d'existence est obligatoirement versée en monnaie, qu'elle soit créée par une banque centrale (l'euro), en monnaie locale ou libre[1], la gratuité de ressources ou de services peut s'appliquer à des biens communs universels comme l'eau, l'électricité, l'énergie en général et les transports du quotidien.

Sur le principe de l'allocation individuelle forfaitaire financée par une contribution sur les revenus d'activité et sur le patrimoine, on pourrait imaginer diverses dotations universelles et inconditionnelles permettant à chacun d'avoir accès à des ressources vitales comme l'énergie ou l'eau ou à des services comme celui des transports, dotations financées par la propre consommation des ressources. Enfin, l'idée pourrait aussi s'étendre à celle de la bonne gestion de la taxe carbone, avec une redistribution de celle-ci pour les plus sobres, sous la forme d'un dividende. Cette nouvelle gestion des biens communs permettrait à la fois d'en faciliter l'accès à tous, en les partageant plus équitablement, et de taxer

1. Lire l'annexe 1 : Monnaies locales, création monétaire et monnaies libres.

plus fortement la surconsommation et le gaspillage des ressources que nous devons impérativement à la fois préserver et consommer avec modération.

UN DIVIDENDE ÉNERGIE POUR UNE CONSOMMATION PLUS SOBRE

Comme l'écrit J.E. Hyafil, économiste, dans sa tribune *Le dividende énergie plutôt que les tarifs progressifs*[1] :

> *Plutôt que des tarifs progressifs dont la mise en place est coûteuse et bancale, une meilleure solution pour faciliter l'accès des ménages modestes à une énergie bon marché tout en incitant aux économies serait la distribution d'un « dividende énergie ».* Ainsi un *tarif unique plus élevé que celui aujourd'hui, combiné avec le versement au ménage (ou à chaque individu adulte du ménage) d'un dividende par tête permettrait de couvrir le minimum d'énergie pour les usages élémentaires.*

Ce dividende énergie qui diminuerait avec la consommation et un tarif unique de l'unité énergétique plus élevé inciteraient à la modération de la consommation.

Pour préserver les ressources tout en en facilitant l'accès, la même logique pourrait être appliquée à la consommation d'eau potable.

UNE DOTATION MOBILITÉ VERS UN DIVIDENDE CARBONE

En matière de déplacements, afin d'encourager l'utilisation de moyens de transports plus sobres et moins polluants, on peut aussi envisager une carte de mobilité individuelle donnant accès aux transports publics et au système de partage de moyens de transport (vélo,

1. J.E. Hyafil : *le dividende énergie plutôt que les tarifs progressifs*, www.revenudebase.info, 21 septembre 2012.

scooters, automobile) ou à une quotité de carburants dans les zones où il n'existe pas d'autres solutions que la voiture individuelle, carte de mobilité financée par une taxe sur les carburants.

Plus généralement, comme le développe J.E. Hyafil dans l'article *Justice environnementale et dividende carbone*[1] :

> *Si on considère le climat comme un bien commun de l'humanité, le droit d'émettre du CO_2 devrait être équitablement réparti entre tous les habitants de la planète. Il faut réduire notre droit à émettre des gaz à effet de serre par une taxe carbone tout en gardant à l'esprit que ce droit doit être réparti équitablement entre tous. Partant de ce principe de justice environnementale, il faudrait redistribuer à tout le monde les recettes de la fiscalité écologique. C'est l'idée du dividende carbone, aussi appelé chèque vert, revenu de base écologique ou cap and dividend en anglais, défendue par James Hansen, professeur à l'université de Columbia et ancien climatologue en chef à la NASA, dans une lettre au président Barack Obama. Le Citizens Climate Lobby.*

La sobriété de la consommation est la seule alternative viable pour préserver les ressources de la planète. Mais les mesures punitives qui frappent aussi bien les plus pauvres que les plus aisés sont à proscrire. Il faut se souvenir que la révolte des gilets jaunes a pour origine l'augmentation de la taxe sur les carburants qui frappe particulièrement celui qui, pour se loger, doit s'exiler dans un lointain périurbain où les services publics et les alternatives à la voiture sont inexistants.

Il est juste de récompenser en le rémunérant celui qui, de gré ou de force, par ses faibles moyens, contribue à un meilleur partage de notre bien commun et, au

1. https://www.revenudebase.info/actualites/justice-environnementale-et-dividende-carbone, 8 décembre 2015.

contraire, de faire contribuer davantage celui qui participe consciemment ou inconsciemment au pillage et à la pollution de notre environnement par la surconsommation de biens et de services.

Chapitre 16

S'émanciper des aliénations individuelles et collectives

Aujourd'hui nous sommes tous enchaînés par *cette servitude capitaliste qui nous étrangle par la double chaîne du travail et de la consommation*[1]. Chaîne du travail salarié pour assurer sa propre existence et chaîne de la consommation qui nous incite, avec le concours des médias et de la publicité, à travailler toujours plus pour gagner plus et posséder encore plus. Agitation sans fin dans laquelle nous consacrons toute notre énergie au mépris de notre propre épanouissement, de notre santé, au mépris des autres, au mépris de notre environnement, au mépris des ressources terrestres.

Nos chaînes sont nombreuses. Trop souvent nous sommes enfermés dans une double aliénation : devoir consacrer 35 à 40 heures de sa vie par semaine à une activité dont on a bien souvent des difficultés à trouver un sens, pour un produit de notre travail qui nous échappe ; suivre le rythme que la machine, les algorithmes, les normes, la compétition internationale, nous imposent. Aliénation du travailleur pendant la semaine, aliénation du consommateur pendant le week-end... Celui-ci consacrant son argent (et donc son temps de

1. Quatrième de couverture du livre d'Abdennour Bidar *Libérons-nous des chaînes du travail et de la consommation*, Éditions Les liens qui libèrent, 2018.

travail) à l'achat d'objets dont il ignore tout : origine, fabrication, produits qui les composent, transport…

Il y a tous ces *jobs à la con* qu'a décrits David Graeber dans son livre *Bullshit Jobs* :

> *Des populations entières passent toute leur vie professionnelle à effectuer des tâches dont elles pensent secrètement qu'elles n'ont pas lieu d'être. C'est comme si quelqu'un s'amusait à inventer des emplois inutiles dans le seul but de nous garder occupés. Cette situation provoque des dégâts moraux et spirituels profonds. C'est une cicatrice qui balafre notre âme collective. Et pourtant personne n'en parle. Comment parler de dignité au travail si on estime en son for intérieur que son job ne devrait pas exister ?*

Il y a aussi l'aliénation du cadre supérieur, de l'ingénieur, du directeur commercial, qui, pour *rester dans le match* dans l'entreprise, en sont conduits à se doper ou à neutraliser de potentiels concurrents.

Bien trop fréquemment, l'emploi n'est plus émancipateur. Il est trop souvent source de souffrance. En France, 69 % des 29 millions de salariés se dopent, s'adonnent à l'alcool ou consomment des psychotropes pour oublier ou supporter leurs conditions de travail[1].

On peut parler aussi de l'aliénation des responsables politiques, de droite comme de gauche, au mantra de la croissance économique ; celle-ci nous a menés dans une impasse par la destruction des ressources qu'elle exige et le dérèglement climatique qu'elle induit.

Enfin il y a l'aliénation de nos gouvernants à des superstructures (FMI, OMC, Commission européenne) qui orchestrent la compétition internationale ; ce qui se

---

1. « Quand le travail pousse au dopage : une réalité pour 69 % des Français », journal *Sud-Ouest*, 11/11/2017.

traduit inéluctablement par une course sans fin au moins disant social.

Individuellement il ne sera pas facile de s'extirper de cette société du *tout à l'égo* façonnée par des décennies d'idéologie libérale. Idéologie qui a fait table rase des structures collectives organisées qui donnaient à l'individu une sécurité et des principes moraux et philosophiques pour l'accompagner dans l'action. À la place, un nouvel ordre factice a été érigé, plus fluide, fondé sur le culte d'un individu *libéré de toute tutelle...* et entièrement soumis aux puissances du marché, via les marques et les modes que les médias imposent[1]. Plus besoin d'instances collectives, considérées par l'idéologie libérale comme des entraves au développement du *grand marché* et non plus comme des moteurs de l'émancipation humaine.

Infantilisé, incapable de surmonter ses propres frustrations, l'individu moderne est condamné à suivre la foule de ses semblables dans la vaste avenue virtuelle de la capitale mondiale du *Grand Marché numérisé.*

L'industrie des médias et du divertissement, de plus en plus concentrée, distille de mille et une façons le même discours : *Il existe toujours un produit, un moyen*

1. *Il y a beaucoup de façons de parler de la télévision. Mais dans une perspective « business », soyons réaliste :* ***à la base, le métier de TF1, c'est d'aider Coca-Cola, par exemple, à vendre son produit.*** *[...] Or pour qu'un message publicitaire soit perçu, il faut que le cerveau du téléspectateur soit disponible. Nos émissions ont pour vocation de le rendre disponible : c'est-à-dire de le divertir, de le détendre pour le préparer entre deux messages.* ***Ce que nous vendons à Coca-Cola, c'est du temps de cerveau humain disponible.*** P. Le Lay, PDG de TF1, propos recueillis en juillet 2004, par la société EIM dans *Les dirigeants français et le changement.*

de satisfaire chacun des désirs de chaque sujet[1]. Il suffit de le transformer en besoin irrépressible: *ce produit est fait pour moi et je le veux,* pour ensuite le livrer en masse au marché et le monétiser. Là est le génie maléfique de l'industrie publicitaire: donner l'illusion qu'un objet fabriqué en des millions d'exemplaires, dont on ignore tout de son origine, est cet objet unique que je dois posséder parce que *je le vaux bien.* Contrairement à ce qu'il prétend, le libéralisme ne rend pas la liberté à l'individu; au contraire, il l'enferme et l'asservit.

> *La pensée unique a remplacé le parti unique*[2].
> *Il faut surtout montrer qu'il n'y a plus rien à penser, qu'il n'y a pas d'objet de pensée: tout est dans l'affirmation de soi et dans la gestion relationnelle de cette affirmation de soi qu'il faut défendre – comme tout bon consommateur doit savoir le faire. Bref, il s'agit au mieux de fabriquer des crétins procéduriers, adaptés à la consommation*[3]*...*
> *qui, dans la défense de leurs comportements égoïstes, entrent fatalement en conflit avec autrui.*

Tout est à reconstruire pour que l'individu s'extirpe de ces comportements grégaires et serviles. L'école devra être repensée pour en finir avec l'école de la réussite... *individuelle,* et réinventer l'école de la transmission des savoirs, de l'acquisition d'une culture commune, ciment de toute société humaine.

1. Dany-Robert Dufour, *L'art de réduire les têtes. Sur la servitude de l'homme libéré à l'ère du capitalisme total,* Éditions Denoël 2003, p. 89.
2. Ignacio Romanet dans « La démocratie dans les rets du néolibéralisme », *Youtube,* 29 janvier 2009.
3. Dany-Robert Dufour, *L'art de réduire les têtes. Sur la servitude de l'homme libéré à l'ère du capitalisme total,* Éditions Denoël 2003, p. 174.

Il faut aussi en finir avec cet *idéal méritocratique qui érode le bien commun* comme l'affirme le philosophe américain Michael J. Sandel[1] :

> *L'idéal méritocratique suggère que puisque nous jouons d'égal à égal, nous méritons notre réussite comme notre échec. Ceux qui ont atterri en haut de l'échelle en viennent à croire que leur succès est leur propre accomplissement, la mesure de leur mérite, et que les avantages que le marché déverse sur eux sont leur juste récompense. Ils sont invités à croire que ceux qui sont en difficulté méritent eux aussi leur sort. En réalité, l'idéal méritocratique est défectueux en soi. Car la méritocratie a une face obscure : elle érode le bien commun. Elle génère de l'hubris chez les gagnants en même temps qu'elle démoralise voire humilie les perdants, soulignant la ligne de partage entre les deux. Au lieu de réduire les inégalités, la méritocratie en fournit une justification. Les citoyens non diplômés ont aujourd'hui ce sentiment, qui me semble très compréhensible, que les élites les regardent de haut.*

Il est temps de changer de paradigme.

Notre niveau de développement produit suffisamment de richesses, à condition de mieux les répartir, pour allouer à chacun les moyens de vivre sa vie, de *mener une vie judicieuse, agréable et bonne*[2].

Devant le défi de l'inévitable métamorphose de nos sociétés, il faut apprendre à appréhender ce nouveau monde du temps libéré. Avec le bien commun qu'est cette allocation d'existence, avec du temps pour soi, on peut se consacrer à vivre nos vies en faisant pleinement émerger notre personnalité et nos talents.

---

1. Lire l'entretien de Michael J. Sandel, *Libération*, 22/03/2021.
2. Cité par Abdennour Bidar : *Libérons-nous des chaînes du travail et de la consommation*, éditions Les liens qui libèrent, 2018.

À cet égard, le revenu universel est l'opportunité prodigieuse de mettre enfin nos vies en cohérence avec nos principes. Si en effet nous parvenons à user du temps libéré pour nous occuper de nous-mêmes, nous connaître en profondeur et nous trouver un cœur, alors il sera une opportunité majeure de vivre de manière réellement centrée. Une vie centrée est une vie où je me relie non seulement à mon être profond mais également aux autres et à la nature. C'est tout cela qui me fait grandir en moi, qui me fait grandir en humanité[1].

Avec l'allocation universelle, nous pouvons retrouver les clés de la prison décrite par A. Jappe[2], nous évader de ce monde finissant et nous libérer du carcan du travail à n'importe quel prix. Nous pouvons aller à la conquête du temps pour soi, nécessaire à l'épanouissement humain, pour faire à nouveau société.

1. *Ibid.*
2. Lire p. 37

Chapitre 17

Et vous, que feriez-vous si vous ne deviez plus perdre votre vie à essayer de la gagner ?

> *Le revenu de base agit comme un catalyseur au sein de la société, il est comme un pivot, un pieu autour duquel s'animent divers engrenages. S'il peut augmenter le pouvoir d'achat des ménages pauvres, ce n'est pas le plus important car, donnant une indépendance financière au peuple tout entier pour bâtir un nouveau monde, au sens où l'entendait Proudhon, il fait advenir ce qui n'aurait pu exister s'il avait fallu se contenter des miettes consenties par l'État et les patrons.*
> *Instituant de nouveaux rapports sociaux horizontaux, il permet paradoxalement de se débarrasser de l'argent en passant par la monnaie. Ce n'est pas une simple réforme à la sauce sociale-démocrate, c'est la réforme qui mettra fin aux effets néfastes de toutes les réformes socioéconomiques qui ont pu lui précéder. L'institution d'un revenu de base inconditionnel et universel est un acte révolutionnaire dont on ne pourra mesurer la portée qu'une fois sa mise en place achevée. Car il signifie ni plus ni moins que la destruction de l'État providence tel que nous l'avons connu jusqu'ici, avec son cortège de misère, de stigmates et de frustration*[1].

1. Arthur Mignon, *Le revenu de base universel est un catalyseur,* blog : https://rugxasunocom.home.blog/, 13 décembre 2020.

Une fois l'idée de cette allocation universelle d'existence validée, une fois son mode de financement mis en œuvre, chacune et chacun devra se poser la question suivante :

Avec ce revenu d'existence que vais-je faire de ma vie ? Que vais-je faire du temps libéré ? Comment éviter d'avoir le vertige face à ce nouvel horizon ?

Il s'agira d'abord de faire, au niveau du foyer, le bilan financier[1], de reconsidérer la place de l'emploi que l'on exerce. On pourra ressortir les projets enfouis (reconversions, déménagements, voyages, loisirs...), s'impliquer davantage dans la vie de quartier, dans une association, participer davantage à la vie de la cité, etc.

Avec l'existence assurée, chacun pourra cesser de compenser les frustrations de la semaine par des achats compulsifs le week-end, chacun pourra cesser de *dé-penser* pour penser le monde.

Dans les quartiers, les villages, il faudra recréer ces *lieux intermédiaires*, ces lieux d'échange et de rencontres qui entretiennent la vie de quartier et qui permettent la socialisation, vitale pour tout être humain. Il faudra aussi se donner les moyens de faire vivre des instances de démocratie participative locales pour décider de ce que l'on fait ensemble, de ce que l'on administre en commun. Bref *ressusciter la politique dans le sens ancien du terme*. Autrement dit : la *polis*, en grec, la Cité, la communauté de citoyens libres et autonomes comme le proposait l'écologiste étasunien Murray Bookchin avec son projet de société de municipalisme libertaire (ou communalisme), qui propose de *remplacer l'État, l'urbanisation, la hiérarchie et le capitalisme par des institutions de démocratie directe et de coopération*[2].

1. Voir l'annexe 6 pour simuler sa situation avec l'AUE.
2. Lire : « Le municipalisme libertaire qu'est-ce donc ? », revue *Ballast*, 3 septembre 2018, par Elias Boisjean.

Dans chaque commune devront s'ouvrir des maisons de services publics, de la vie associative et du temps libéré[1] où chacun pourra trouver aides, orientations, suggestions et accompagnement, pour pouvoir enfin *être libres ensemble*, faire communauté, participer au **bien commun** en échangeant des compétences, des savoir-faire, bref, cultiver l'entraide et se nourrir des autres, s'individuer, vivre sa liberté au milieu des communs.

L'expérience *Territoire zéro chômeur de longue durée* a montré qu'il existe dans les quartiers, les communes, des besoins sociaux non encore assurés et qui concernent principalement les services aux habitants et les activités permettant la sauvegarde de l'environnement.

> *Il s'agit d'activités visant à l'amélioration de nos patrimoines critiques – patrimoine naturel et santé sociale –, sur l'évolution desquels nos indicateurs économiques classiques, et plus généralement nos calculs économiques, fondés sur une vision tronquée de la réalité, ne nous donnent aucune information*, écrit Dominique Méda[2].

Mettre en relation les capacités des personnes qui disposent de temps, qui souhaitent une activité complémentaire rémunérée ou non pour répondre à des besoins sociaux non satisfaits localement pourrait être une des missions de ces maisons de quartier.

---

1. Abdennour Bidar, *Libérons-nous des chaînes du travail et de la consommation*, éditions Les liens qui libèrent, 2018, p. 104 : parmi les cinq propositions de l'auteur : *Ouvrir partout au niveau local, ainsi que sur les réseaux sociaux, des maisons et des forums du temps libéré, offrant des espaces de discussion réelle ou virtuelle où tous pourraient réfléchir ensemble au sens de ce temps libéré et à ce qu'ils veulent faire du revenu universel.*
2. Dominique Méda, « Territoire zéro chômeur : pour la généralisation d'un dispositif d'utilité sociale », *Le Monde*, 19 juillet 2020 : .

Une fois une part de la vie libérée de ce monde marchand et normé, mais oh combien assuré par cette allocation d'existence, on entrerait progressivement dans une ère toute nouvelle : celle du *travail pour soi et sur soi.* Il ne fait aucun doute que lentement mais sûrement, nous saurions augmenter la *largeur de notre bande mentale*[1], développer nos *capabilités,* et enrichir au centuple le monde au lieu de l'appauvrir.

---

1. Relire à la p. 75 la référence à Shafir et Mullainathan.

Chapitre 18

À quand un projet de loi ?

La pandémie de Covid-19 a révélé au grand jour l'urgence de réformer les dispositifs de lutte contre la pauvreté. Des mesures immédiates devraient permettre de garantir à tous ceux et celles qui n'ont pas ou plus de revenus de disposer d'un minimum, comme le proposent diverses organisations réunies dans un *Collectif Pour un Minimum Garanti*[1] :

- **Garantir un revenu décent sans contrepartie,** à hauteur du seuil de pauvreté à 50 % au moins;
- **automatiser** le versement des aides sociales pour lutter efficacement contre le non-recours;
- **élargir** le RSA aux 18-25 ans, un public aujourd'hui particulièrement touché par la crise.

En veillant à ce qu'aucun allocataire ne soit perdant à l'issue de cette réforme des minima sociaux.

Si cette mesure contribue à lutter contre la pauvreté et la grande précarité, elle ne permet pas de débrancher ce *grand corps malade* qu'est devenu le corps social, de toutes ces perfusions d'aides qui l'entravent. Elle ne répond pas aux besoins des ménages modestes, ces gilets

---

1. Les membres du *Collectif pour un Revenu Minimum Garanti*: Aequitaz, Droit au Revenu, Réseau Roosevelt, RSA 38, MFRB.
Lire le rapport: « Revenu sans contrepartie, Aequitaz – Secours catholique », octobre 2020.
https://www.aequitaz.org/wpcontent/uploads/2020/11/rapport_revenusans_contreparties_VF2.pdf

jaunes, qui mois après mois consacrent tout leur temps et leur énergie à joindre les deux bouts. Elle n'autorisera pas l'être humain à s'affranchir d'un emploi de survie pour s'épanouir dans une activité choisie, un travail valorisant, de reconquérir du temps pour soi, de s'émanciper. L'objectif doit consister à transformer progressivement toutes ces aides sociales conditionnées en un droit universel à un revenu décent qui assure en toutes circonstances les besoins élémentaires, quel que soit son statut social. Les chapitres précédents ont montré tout le potentiel émancipateur de cette allocation universelle d'existence. On a montré aussi qu'il n'en coûterait rien au budget de l'État, mais seulement un peu plus de solidarité et de transparence dans la participation des plus aisés. Il reste à tracer le chemin de sa mise en œuvre, d'ébaucher un projet de loi pluriannuel pour son extension progressive à l'ensemble des membres de la communauté.

La première étape pourrait consister en une refonte des allocations familiales et de l'impôt sur le revenu. L'objectif étant, pour les premières, de les rendre à nouveau **universelles, et inconditionnelles** avec un droit dès le premier enfant. Le montant doit être suffisant pour se dispenser de toutes les aides à l'enfance actuelles.[1] Par ailleurs, l'individualisation de l'impôt sur le revenu permettrait d'en finir avec le caractère injuste du quotient familial qui, bien que plafonné, favorise les foyers les plus riches.

La proposition du chapitre 6 : 1 800 € à la naissance, 300 € de 0 à 14 ans, 450 € de 14 à 18 ans (60 milliards d'euros) pourrait être financée par les économies sur les

---

1. Le coût de l'ensemble des aides à l'enfance actuelles et les effets du quotient familial sont estimés par Léon Régent à 37 milliards dans *La face cachée des prestations familiales*, Éditions de l'Onde, 2017, p. 50.

aides à l'enfance que l'AUE remplace et par une refonte de la progressivité de l'impôt, avec un taux marginal maximal plus élevé et l'élargissement de la base d'imposition. Ainsi, avec cette première étape, tous les enfants jusqu'à leur majorité, sans exception, pourraient bénéficier de conditions minimales de bien-être.

La deuxième étape pourrait s'adresser aux jeunes de 18 à 25 ans, actuellement angle mort de la solidarité nationale. La réforme consisterait à instituer une **dotation universelle tremplin, avec un droit de tirage de 900 € maximum par mois**; le solde étant versé en capital à 25 ans. Pour son financement, elle s'accompagnerait d'une réforme de l'impôt sur la fortune rebaptisé IFI. L'objectif consisterait à supprimer cette recette fiscale qui est très faible et qui serait largement compensée par la suppression des aides conditionnées aux jeunes en difficulté et, en même temps, à instituer une taxe sur tous les actifs nets, (TAN) prélevée directement par la Caf.

900 € à partir de 18 ans jusqu'à 25 ans, c'est un capital de 75 000 € qui est ainsi transmis des parents et grands-parents, qui ont un patrimoine, vers la jeune génération. Le coût global est de l'ordre de 60 milliards d'euros. Une taxe sur l'actif net (TAN), au taux moyen de 0,5 % par an, assurerait le financement. Il s'agit bien d'un revenu universel, car tout le monde, à une période de sa vie, recevra inconditionnellement et individuellement cette allocation et s'affranchira totalement de l'assistance de l'État.

Dans cette deuxième étape, les services fiscaux de l'État avec les services de l'URSSAF pourraient procéder à des simulations d'application de l'AUE à tous les foyers fiscaux et à l'ensemble des entreprises, pour une extension à l'ensemble de la population dès les années suivantes.

La troisième étape pourrait être dédiée aux retraités, avec l'instauration de l'AUE en complément de la retraite du régime général et la mise en place pour cette catégorie de la contribution sur les revenus (CAUE) et de la TAN au taux indiqués aux chapitres 6 et 11[1] prélevées par la Caf, avec l'extinction de l'ASPA et des aides diverses.

Dans cette étape on procéderait aussi à l'instauration de l'assurance maladie universelle et à l'extinction des assurances complémentaires.

Enfin **la quatrième étape** pourrait être la généralisation à l'ensemble de la population, avec l'extinction de l'impôt sur le revenu (IR) et de l'ensemble des aides (minima sociaux, aide à l'emploi, aides aux familles). La transformation de la Caf en CAUE (Caisse de l'Allocation Universelle d'Existence) permettrait l'administration de cette nouvelle allocation ; l'URSSAF se chargeant de prélever auprès des entreprises les cotisations à leurs taux respectifs adaptés à ce nouveau modèle.

Pendant toutes ces étapes, pour obtenir l'acceptation sociale de cette réforme fondamentale, une expérimentation sur site de saturation, comme décrit dans l'annexe 4, permettrait d'anticiper les effets sur l'ensemble de la population et ainsi éventuellement de corriger les divers paramètres sans altérer la philosophie générale.

L'ensemble de cette contribution ouvre des perspectives, trace des pistes. Elle doit contribuer à convaincre les responsables politiques, les partenaires sociaux, que cette allocation universelle d'existence peut être, contrairement à une version minimaliste d'un revenu de base, dans sa version libérale, la conquête sociale majeure de cette première partie du XXIe siècle.

L'allocation universelle d'existence n'est pas seulement un outil d'émancipation individuelle, elle doit s'inscrire dans un programme plus large. Comme avec

---

1. Le tableau 11 du chapitre 11 sur les retraites illustre la nouvelle situation des pensionnés.

la Sécurité sociale en son temps, il s'agit, d'un moyen de protection et d'émancipation contre les agressions du capitalisme mondialisé. **Cette proposition est une réforme transitoire de la société telle qu'elle est et non comme on souhaiterait qu'elle soit.** Elle ne modifie pas immédiatement le partage de la valeur ajoutée entre capital et travail, elle ne remet pas en cause la propriété des moyens de production, elle vise seulement, par la solidarité de toutes et tous, à réarmer la majorité des citoyens pour conduire ensuite d'autres combats vers un partage plus équitable des richesses, vers une alternative globale à ce monde marchand mortifère.

> *L'universel concret est revenu. Il est en fait devant nous. La pandémie l'a fait ressortir sous toutes ses formes : du vaccin aux conditions de travail en passant par la santé individuelle et publique. Oui, c'est « tout un programme ». Mais y en a-t-il d'autres, aujourd'hui ? Ne peut-il pas, ne doit-il pas nous réunir*[1] *?*

L'ensemble des forces sociales ne peuvent continuer à être spectatrices de leur propre anéantissement[2].

Il est minuit moins cinq et il est impérieux que tous ceux qui prétendent représenter et défendre toutes les victimes des politiques économiques néolibérales, la gauche, les partis dits progressistes dans leur ensemble,

---

1. Frédéric Worms, « "l'universel concret" est de retour », *Libération*, 13 mai 2021.
2. Barbara Stiegler, *Il faut s'adapter – sur un nouvel impératif politique*, Éditions Gallimard, 2019, p. 276 : *Privés à la fois des moteurs de la réforme et de la révolution, les partis dits progressistes sont un peu partout désarmés, assistant médusés à une troublante perturbation des signes, semblant les condamner soit à l'adhésion passive à la « révolution » néolibérale, soit à la lutte réactive contre ses « réformes » et pour la défense du statu quo. Les anciens conservateurs mutent en progressistes, tandis que les anciens progressistes sont dénoncés comme conservateurs.*

les organisations ouvrières, s'arment pour mener un combat commun autour de propositions concrètes qui répondent aux besoins fondamentaux de la majorité de la population. Sans l'unité pour porter une réforme essentielle de notre système de protection sociale, ce n'est pas gagné.

Après la crise sanitaire de 2020-2021 qui a révélé aux yeux de tous les dégâts de quarante années d'abandon du bien commun, il faut être force de propositions pour se réapproprier ce qui doit nous être le plus cher : l'exercice d'un droit à une vie digne en toutes circonstances ; pour pouvoir être soi et exercer pleinement son *métier d'homme*[1].

> *L'égale participation est également entravée lorsque certains acteurs manquent de ressources économiques nécessaires pour interagir avec les autres en tant que pairs. Dans de tels cas, la distribution inique constitue un obstacle à la parité de participation dans la vie sociale et donc une forme de subordination sociale et d'injustice*[2].

Il ne peut y avoir de liberté ni de démocratie réelle sans égale considération, sans égalité des droits humains et sans la solidarité des uns envers les autres pour le plein exercice par chacune et chacun de tous ses droits.

---

1. Albert Camus, *La Peste*.
2. Nancy Fraser, *Qu'est-ce que la justice sociale ? Reconnaissance et redistribution*, Éditions La Découverte/poche, 2011, p. 82.

ANNEXES

Annexe 1

Monnaies locales, création monétaire et monnaies libres

Si l'allocation universelle encourage la relocalisation de la production et l'organisation des circuits courts, il manque un outil essentiel à se réapproprier : la monnaie. C'est la monnaie qui assure la liaison entre la production et la distribution ; il s'agit aussi d'un bien commun.

Il y a la monnaie scripturale créée par les banques privées sous forme de dette et contrôlée par les banques centrales : l'euro, le dollar. Les États comme les entreprises et les particuliers, lorsqu'ils ont besoin de monnaies, s'endettent auprès des banques privées sous la forme d'obligations ou de prêts, le tout assorti d'intérêts plus ou moins élevés.

Il y a les monnaies locales complémentaires, convertibles en euros, d'un usage légal dans les échanges entre les membres d'une association régionale. Il y a les monnaies libres, créées et directement allouées sous forme de dividende universel aux personnes concernées.

BCE : donner aux banques ou aux citoyens ?

La monnaie-dette euro est administrée par la Banque centrale européenne qui tente de modifier le cours des économies concernées par sa politique, accommodante ou non, sur la monnaie. Depuis des années, devant l'anémie des économies européennes, la BCE a adopté une politique dite de *quantitative easing*. Celle-ci consiste à racheter aux banques privées des obligations d'État et ainsi à accroître la quantité de monnaie mise à la disposition des banques ; ces dernières étant censées offrir des prêts avantageux aux entreprises et aux particuliers. Ainsi, depuis des années, 80 milliards d'euros sont créés chaque mois par la BCE et alloués aux banques. Faute de demandes de la part des acteurs économiques, à l'affût du profit maximal, les banques investissent en Bourse ce surplus, provoquant une inflation des indices boursiers sans que l'économie réelle sorte de sa léthargie. Des parlementaires européens, des ONG et des chercheurs proposent que cet argent soit directement versé à chaque citoyen européen.

Avec 80 milliards d'euros pour 340 millions d'eurocitoyens c'est 230 euros pour chacun[1] qui viendraient abonder mensuellement l'allocation universelle d'existence de chaque pays, ce qui, on n'en doute pas, irriguerait chaque jour l'économie réelle.

Deux solutions possibles devraient être alors discutées : abonder l'allocation universelle de 230 € ou diminuer la cotisation sur les revenus qui pourrait alors passer de 25 % à 15 %.

Penser local avec les monnaies complémentaires

Adossées à l'euro, les monnaies locales complémentaires sont de plus en plus nombreuses en France. La plus ancienne, la Sol-violette, a été créée en 2011 autour de Toulouse, elle a été suivie par l'Eusko basque, la Roue du Vaucluse, la Gonette de Lyon, la Pêche lancée en 2014 à Montreuil et étendue à la région parisienne en mai 2018... En tout, une quarantaine de monnaies gérées par des associations ont été lancées depuis 2010. Elles autorisent des échanges entre les partenaires (consommateurs et prestataires) d'une association qui a la charge de l'administration de la monnaie. Les monnaies locales circulent plus rapidement que la monnaie nationale, puisqu'elles sont exclusivement consacrées à l'économie réelle. Elles permettent à une communauté de mieux utiliser ses ressources locales. Ainsi, pour la construction d'un ouvrage d'art, on utilisera davantage les matériaux et la main-d'œuvre de la région. Enfin, créer une monnaie locale c'est définir des critères d'utilisation éthiques et environnementaux.

---

1. Voir l'infographie sur le site *Les écolohumanistes* : https://lesecolohumanistes.fr/le-quantitative-easing/

Le projet *Tera*[1], en Aquitaine, finance 4 revenus de base depuis 2019, à hauteur de 856 € nets mensuels, soit 1 € de plus que le seuil de pauvreté, répartis comme suit : 15 % en euros et 85 % en monnaie locale. Le financement est pérenne, car il s'appuie sur la production locale (maraîchage et pain bio ainsi que des formations à l'éco-construction). Cette nouvelle dynamique économique permet la création d'emplois « verts » et une meilleure cohésion sociale.

Dans le cadre de l'AUE, pour favoriser le développement des monnaies locales complémentaires, on peut ainsi envisager de verser une part de l'allocation d'existence en monnaie locale.

Dédier une part de l'allocation d'existence à l'achat d'une alimentation saine

> *On a tous la Sécurité sociale sous les yeux. Quand vous êtes malade en France, vous ne vous demandez pas si vous avez assez sur votre compte pour aller à l'hôpital, vous avez une carte vitale… On doit faire la même chose pour l'alimentation,*

écrit Emmanuel Marie, membre du comité national de la *Confédération paysanne*.

Depuis quelque temps, son syndicat travaille avec d'autres associations et collectifs sur un projet de Sécurité sociale de l'alimentation. L'idée est simple : *allouer 150 euros par personne et par mois pour acheter des aliments à des producteurs et structures conventionnés*[2]. Ce projet, soutenu par le Réseau Salariat fondé par Bernard Friot, a pour objet d'orienter la consommation alimentaire vers une production alimentaire alternative à l'agrobusiness. Dans le cadre de l'allocation universelle, on pourrait imaginer qu'une part, par exemple 150 euros par personne, soit dédiée à une consommation alimentaire plus saine et locale chez des producteurs

1. Pour découvrir le projet Tera : http ://www.tera.coop/
2. Pia Quatrebarbes, « Face à l'urgence sociale, si on instaurait une Sécu de l'alimentation », *L'Humanité*, 27 avril 2020.

et distributeurs conventionnés[1]. Cela pourrait se matérialiser par la mise en place d'une « carte vitale » rechargeable et réinitialisée mensuellement pour inciter à cette consommation vertueuse.

Les monnaies libres

La monnaie libre est une monnaie non aliénée au système bancaire, à cours libre, créée à rythme constant, intégralement partagée entre les citoyens, et gérée en réseau décentralisé selon les principes du logiciel libre. Il s'agit d'une cryptomonnaie.

La fraction distribuée est appelée « dividende universel » : *dividende* comme le résultat d'une division, et *universel* parce qu'inconditionnel et suivant un programme rendant le partage équitable dans une zone monétaire considérée.

La G1 (june) créée en 2017 est une crypto-monnaie basée sur le logiciel Duniter. Elle compte aujourd'hui plus de 2500 membres[2].

1. Lire : « Pour une sécurité sociale alimentaire », *Agrista*, mars 2019.
2. Voir le site : https://allocation-universelle.net/monnaie-libre.php

Annexe 2

Une autre philosophie : mettre à contribution la consommation et les transactions financières

La consommation de biens matériels poursuit inexorablement sa hausse aux dépens du développement des services sociaux. Cette consommation de masse a un coût écologique dont on commence à voir les effets dans notre vie quotidienne. Taxer la consommation de biens permettrait de lutter contre cette tendance préjudiciable à l'ensemble de l'humanité.

Si le financement de l'AUE par le partage des ressources dont chacun dispose, tant en revenu qu'en patrimoine, contribue à la cohésion du corps social, il existe d'autres propositions qui, au lieu de redistribuer une part des revenus d'activité, envisagent de mettre à contribution la consommation ou les transactions monétaires pour financer l'AUE. Deux propositions existent :

- créditer le produit de la TVA à la caisse de l'allocation universelle, tandis qu'un impôt progressif et universel sur les revenus abonderait le budget de l'État ;
- créer une microtaxe sur toutes les transactions financières.

TVA ET IMPÔT SUR LA FORTUNE

Parmi les propositions de financement de l'AUE en ayant recours à la TVA (impôt sur la consommation), se trouve celle de Jean-Noël Marzo, membre du MFRB, qui repose sur deux piliers : un impôt sur le capital et un impôt sur la consommation.

• **L'impôt sur le capital.**

Une taxe sur le capital individuel de chaque personne physique, après déduction de ses dettes, constitue une source de financement indépendante du travail. La répartition du capital est dans tous les pays le facteur financier le plus discriminant au sein d'une population.

Taxer le capital, c'est le moyen de rendre à toutes et tous une partie des richesses largement issues des connaissances et du patrimoine commun construit par les générations antérieures et mises au profit de quelques-uns. Le produit de cette taxe doit abonder la caisse commune de l'allocation universelle.

En remplacement de la taxe foncière qui perd toute légitimité, une taxe annuelle de 1 % sur toute propriété, dès le premier euro, quelle que soit sa nature, payée au début de chaque année, fait en sorte que tout le monde ou presque contribue. Pour être juste et acceptée par le corps social, cette taxe doit être progressive. Par exemple :

- Une première tranche de 1 % du premier euro à 1 million d'euros de capital personnel ;
- 2 % sur la tranche de 1 à 10 millions ;
- 3 % de 10 à 100 millions ;
- 4 % de 100 millions à 1 milliard d'euros
- et ainsi de suite pour les contributions des quelques-uns qui possèdent presque tout.

La répartition du capital aujourd'hui, donnerait un rendement supérieur à 2 % sur les 11 à 13 000 milliards de capital privé que possède globalement la population de notre pays. Ainsi, 280 milliards seraient versés chaque année au service de l'existence et de la liberté de tous, au service de la démocratie.

• **L'impôt sur la consommation.**

L'impôt sur la consommation est la source de financement privilégiée par Daniel Häni et Enno Schmidt dans le film *Le revenu de base; une impulsion culturelle* (2008).

La TVA est de fait l'impôt payé par tous par excellence. Cet impôt est récent ; il date, en France, des débuts de la cinquième république. Il est aujourd'hui la principale source de financement de l'État. Sur la base d'un taux moyen de 20 %, cette TVA sociale abondant la caisse commune du revenu d'existence permettrait d'approcher, voire de dépasser, les 220 milliards d'euros annuels. De plus, la TVA s'applique à toutes les marchandises et tous les services, quels que soient leurs origines. Il n'y a donc pas de distorsion de concurrence entre ce qui est fabriqué ici et ce qui est importé ; cela ne pénalise pas les entreprises locales auxquelles il est quelquefois proposé d'imposer ici une « taxe robots ».

Les taux réduits de TVA ne se justifient plus si nous proposons à tous un revenu d'existence. Chacun doit rester libre de ses dépenses, la société n'ayant pas à déterminer celles qui seraient les plus pertinentes et celles qui le seraient moins.

Sur la base des données économiques de 2019, l'impôt sur le capital et la TVA revisités rapporteraient plus de 500 milliards d'euros chaque année, redistribués aux 50 millions d'adultes que compte notre pays, soit un peu plus de 800 euros par mois pour chacun.

Ce mode de financement de l'allocation universelle d'existence, par l'impôt sur le capital et la TVA ne doit pas priver l'État de ressources.

Une proposition d'une progressivité lente mais continue de l'impôt sur le revenu permettrait à l'État de trouver les moyens financiers nécessaires à son fonctionnement. Cet impôt sur le revenu doit être lui aussi revisité de façon à être individuel (suppression de la notion – injuste – de foyer fiscal) et prélevé à la source ; les « niches fiscales » doivent être plafonnées.

Exemple de progressivité de l'impôt sur le revenu personnel :

- 0 % sur l'ensemble des revenus inférieurs à 12 500 euros annuels, (pas d'impôt sur le revenu pour ceux qui ne disposent que de 1 000 euros par mois) ;
- une première tranche de 8 % sur les revenus bruts de 12 500 à 25 000 euros ;
- 16 % sur la tranche de 25 000 à 50 000 euros ;
- 24 % jusqu'à 100 000 euros ;

- 32 % de 100 000 à 200 000 euros et ainsi de suite de 8 % en 8 % ... ;
- et une dernière tranche de 80 % pour ceux qui dépasse les 6 millions de revenus par an. Laissons à nos footballeurs, vedettes du show-biz, PDG du CAC 40 de quoi vivre... Ces taux restent inférieurs à ceux appliqués aux États-Unis jusqu'aux années Reagan !

Sur la base des données de 2019, le budget de l'État ainsi abondé serait du même ordre de grandeur que ce qu'il est actuellement avec la TVA.

À première vue, la TVA est un impôt anti-distributif. Néanmoins cette caractéristique est largement compensée par l'allocation individuelle d'un revenu d'existence de même montant pour tous et toutes.

Microtaxe sur toutes les transactions financières : la taxe pollen

Les abeilles font bien plus que produire du miel : elles pollinisent, c'est-à-dire qu'elles diffusent, gratuitement, la vie[1].

Yann Moulier Boutang, économiste et professeur d'université, constate que les transactions financières ne cessent de croître et sont largement supérieures à la valeur de la production de biens et de services. *Alors qu'on évalue la richesse productive quotidienne dans le monde à 150 milliards, il y a dans le même temps 1 500 milliards de transactions financières destinées à se protéger des variations des taux de change, et 3 700 milliards en échanges de produits dérivés*[2].

Fort de ce constat, il développe l'idée de financer un revenu d'existence à hauteur du salaire minimum (1 200 €) avec une taxe sur l'ensemble des transactions monétaires et financières.

L'instauration d'un revenu d'existence assurant une réelle autonomie économique représente un changement de base de l'ensemble du système de protection sociale des salariés.

---

1. Yann Moulier Boutang, *L'abeille et l'économiste*, Éditions Carnet Nord, 2010.
2. Yann Moulier Boutang, « Taxons toutes les transactions financières », *Télérama*, 9/09/2011.

Dans ce dernier la protection, à la différence d'une aide sociale discrétionnaire (comme l'étaient les systèmes caritatifs) constitue un droit. En Europe, l'essentiel du financement de ce système malgré les différences reposant sur la cotisation sociale ou sur l'impôt, obéit à un système de répartition intergénérationnelle, intersectorielle (en particulier des transferts de cotisations des salariés vers les régimes des non-salariés).
C'est pourquoi le financement universel par l'impôt actuel (système Beveridgien) ou par les cotisations sociales (système Bismarckien ou mixte à la française) ne constituent pas la solution quand bien même il serait partiellement remplacé par un impôt sur le capital ou sur la consommation (via la TVA). Il faut changer totalement le système des impôts en le remplaçant par une taxe uniforme sur toutes les transactions monétaires et financières (solution proposée par René Montgranier dans les années 1980). Il y a actuellement 10 fois plus de transactions financières et monétaires mondiales que de PIB (700 000 milliards contre 70 000). Une taxe de 5 % sur toutes ces transactions perçues directement par les banques représenterait 35 000 milliards même si le régime de croisière de cet impôt en situation normale pourrait être situé entre 1,5 et 2,5 %. Cette logique de taxation correspond au fait qu'aujourd'hui la richesse se crée dans la circulation et les flux et pas sur des stocks (le capital, le revenu, le profit, le patrimoine).
Pour mémoire en France le PIB en 2013 a été de 2 539 milliards d'euros; sur 25 400 milliards d'euros de flux financiers cette taxe pollen à 5 % représenterait 1 270 milliards. En 2013 le budget de la France avait été de 386 milliards d'euros de recettes et de 455 milliards de dépenses; le budget social de la nation avait été de 469 milliards d'euros de dépenses[1].

1. Yann Moulier Boutang, « Pour un revenu d'existence de pollinisation contributive », revue *Multitude 63*, p. 28 et suivantes, « Les nouvelles frontière du revenu d'existence ».

Tableau 1 – Dans cette entreprise, l'AUE améliore tous les revenus

Étude de cas – Entreprise de 13 personnes de qualifications différentes – comparaison des revenus nets (en euros)

Salariés				
	Ouvriers	Techniciens	Directeur	Total
Effectifs	10	2	1	13
Salaire brut (€)	**1550**	**3000**	**6410**	**27560**
Actuellement				
Cotis. Sociales, CSG (21 %)	-325	-630	-641	
Salaire net	1225	2370	5147	
Prime d'activité	241			
Impôt sur le revenu		-200	-900	
Revenu net	**1466**	**2170**	**4247**	
Avec une AUE				
Cotis. Sociales (15 %)	-232	-450	-962	
Salaire net	1318	2550	5449	
AUE	900	900	900	
Taux CAUE	19,3 %	25 %	27,2 %	
CAUE	-300	-750	-1744	
Revenu net	**1918**	**2700**	**4605**	
Gain	***31 %***	***24 %***	***8 %***	

Annexe 3

Ma petite entreprise ne connaît pas la crise[1]

À travers un exemple et différents tableaux, nous allons montrer qu'allouer inconditionnellement un revenu socialisé non seulement augmente les revenus de l'ensemble des salariés de l'entreprise, mais permet également une diminution du temps de travail, la création d'emplois, l'automatisation... Tout cela sans mettre à mal le taux de marge de l'entreprise et tout en augmentant sa productivité.

Tableau 1 : Une meilleure redistribution des revenus

Cette petite entreprise emploie 13 salariés, 10 ouvriers, 2 techniciens et un directeur. On étudie d'abord l'impact sur leurs revenus de l'allocation d'un revenu d'existence, en fonction de leurs salaires, des aides et des impôts. En comparant la situation actuelle à la situation d'une redistribution d'une allocation d'existence de 900 €, le constat est le suivant : avec les paramètres fixés au chapitre 6, sans prendre en compte le patrimoine de chacun, tous les salariés voient leurs revenus augmenter : de 31 % pour les ouvriers à 8 % pour le directeur.

Tableau 2 : Un taux de marge préservé

Il s'agit ensuite d'étudier l'impact de la répartition des cotisations employeur, à la fois sur le salaire (25 % du salaire brut) et sur l'excédent brut d'exploitation (19 % de l'EBE), détaillée au chapitre 8, en prenant pour hypothèse un taux

1. Un clin d'œil à Alain Bashung et sa chanson *Ma petite entreprise ne connaît pas la crise.*

de marge brut (EBE/VA) de 20 % (inférieur au taux moyen de 33 %). Avec:

Pour cette entreprise au taux de marge initial faible, cette reconfiguration des cotisations employeur permet de contribuer au financement du revenu de base tout en augmentant le taux de marge qui passe de 20 % à 24 %.

Dans cet exemple le montant du crédit d'impôt du CICE serait mensuellement de 1269 € (6 % du montant des salaires bruts des ouvriers et techniciens) sur un total de réduction de cotisations en 2021 de 4970 €[1]. Avec la nouvelle configuration des cotisations, l'augmentation de l'EBE net de cotisations est de 1961 €. Elle remplace ainsi de manière plus équitable le CICE: une entreprise au taux de marge faible voit ses profits augmenter; en revanche une entreprise avec un taux de marge élevé contribuera davantage au financement de l'AUE.

Enfin la réduction des cotisations de 32 % du Smic de 1550 € (- 497 €) (CICE et réduction Fillon) n'incite pas à une augmentation des bas salaires. Une augmentation de 10 % du salaire se traduisant par une augmentation des cotisations plus importante.

- *Coût* d'un salarié au Smic: 1550+(651-497) = 1704 € ;
- *coût* d'un salarié à 1,1 x Smic: 1705+(716-425) = 1996 €, soit une augmentation de 17 %.

Avec la nouvelle configuration, toute augmentation de salaire entraînerait la même augmentation de la masse salariale et une réduction des cotisations sur l'EBE qui compenserait en partie cette augmentation sur les salaires.

1. Urssaf: *Calcul de la réduction générale des cotisations en 2021*, https://www.declaration.urssaf.fr/calcul/

Tableau 2 – Un taux de marge préservé

Étude de cas suite – comparaison des *charges* pour l'entreprise[1] (13 salariés à 35 heures) – situation actuelle et situation avec l'AUE (en euros)

Employeur			
	Taux		% V.A.
10 ouvriers		15 500	
2 techniciens		6000	
1 directeur		6410	
Salaire brut (SB)		**27 910**	**56 %**
Situation actuelle			
Cotisations sociales	42 %SB	11 722	24 %
Masse salariale		39 632	80 %
E.B.E.		**9 908**	**20 %**
Valeur ajoutée		**49 540**	**100 %**
Avec l'AUE			
Cotisations sociales	25 %SB	6 977	14 %
Masse salariale		34 887	70 %
E.B.E. brut		14 653	30 %
Cot. E.B.E.	19 %EBE	2 784	6 %
E.B.E. net		**11 869**	**24 %**
Valeur ajoutée		**49 540**	**100 %**

Il reste à étudier l'évolution de notre petite entreprise qui accepterait de partager les emplois par une diminution du temps de travail.

1. Hors réduction actuelle des cotisations

Tableaux 3 et 4 : Partage des emplois avec la semaine de 4 jours

Cette petite entreprise décide d'expérimenter la semaine de 4 jours pour les ouvriers d'exécution et les techniciens. Ce passage de 35 h à 28 h se traduit par l'embauche de quatre salariés supplémentaires (trois ouvriers et un technicien).

Ainsi les salariés d'exécution ont dans cet exemple 50 % de temps libre supplémentaire (3 jours au lieu de 2) et leur revenu net avec l'allocation d'existence de 900 € augmente de 20 % par rapport à la situation actuelle. Pour les techniciens c'est un revenu supérieur de 7,8 % et une réduction du temps de travail.

Si on passe de 350 h par semaine avec 10 ouvriers à 35 h à 364 heures par semaine avec 13 ouvriers à 28 h, et de 70 h à 84 h chez les techniciens, la conséquence est une augmentation à la fois de la production et de la productivité et donc de la valeur ajoutée de l'entreprise.

Dans le partage de la valeur ajoutée de l'entreprise en supposant une augmentation de la valeur ajoutée de 10 % (tableau n° 4), malgré la diminution du temps de travail, l'augmentation des effectifs, l'excédent brut d'exploitation net de cotisations augmente par rapport à la première situation (tableau 2) de 18 %.

Avec ce salaire socialisé, l'ensemble des parties, salariés et entreprise, sont gagnantes dans ce partage des emplois, plus de temps libre et de repos, moins de souffrances pour les uns sans diminution de la paie, une meilleure productivité de l'entreprise qui permet de dégager une marge permettant des investissements futurs et… des augmentations de salaires.

Tableau 3 – Travailler moins pour gagner plus

Comparaison des revenus mensuels nets pour chaque type de salarié entre la situation actuelle à 35 h et celle avec l'AUE et 28 h pour les ouvriers et techniciens (euros)

Salariés				
		ouvrier	technicien	directeur
Effectifs	17	13	3	1
Actuellement : 35 heures / semaine				
Revenu net		**1466**	**2170**	**4247**
Avec l'AUE et 28 heures				
Sal. brut 35 heures		1550	3000	6410
Sal. brut 28 h		**1240**	**2400**	**6410**
Cot. Sociales 15 %		-186	-360	-961
Salaire net		1054	2040	5448
AUE		900	900	900
Taux CAUE (%)		15,5	25	27,2
CAUE		-192	-600	-1744
Revenu net		**1762**	**2340**	**4605**
Gain		*20 %*	*7,8 %*	

Tableau 4 – Travailler moins pour travailler mieux
Comparaison de l'EBE avec 13 salariés à 35 h et 17 à 28h hebdomadaires et une augmentation de la valeur ajoutée de 10 % (euros).

Employeur			
	Taux		%V.A.
Situation actuelle (35 heures – 5 jours – 13 salariés)			
10 ouvriers		**15 500**	
2 techniciens		**6 000**	
1 directeur		**6 410**	
Salaire brut (SB)		**27 910**	**56 %**
Cot. sociales	42 % SB	11 722	24 %
Masse salariale		39 632	80 %
E.B.E		9 908	20 %
Valeur ajoutée		**49540**	**100 %**
Avec l'AUE (28 heures – 4 jours – 17 salariés)			
13 ouvriers		16120	
3 techniciens		7 200	
1 directeur		6 410	
Salaire brut (SB)		**29 730**	**54 %**
Cot. sociales	25 %SB	7 432	14 %
Masse salariale		37162	68 %
E.B.E brut		17 332	32 %
Cot. EBE	19 %EBE	3 293	6 %
E.B.E. Net		**14 039**	**26 %**
Valeur ajoutée	**+10 %**	**54494**	**100 %**

Tableau 5 : Automatisation et réduction du temps de travail

Il reste une piste à explorer, celle des machines qui libèrent l'homme d'un travail pénible tout en maintenant les postes de travail. Dans la petite entreprise de notre exemple, on investit dans du nouveau matériel tout en maintenant les 10 postes d'ouvriers d'exécution grâce à la réduction du temps de travail de 35 h à 28 h par semaine. La valeur ajoutée augmente (+10 %) avec l'augmentation de la productivité.

Dans cette situation, l'entreprise bénéficie à la fois des bienfaits de la réduction de travail sur ses salariés et de l'augmentation de la productivité par les machines, l'EBE net de cotisation augmente de 70 % par rapport à la situation initiale (tableau 2). Le financement du salaire socialisé, du chômage et de la formation est en conséquence plus important (+70 % : 4746 € au lieu de 2784 €). Solution gagnante pour tous les acteurs de la création de richesse.

Cette courte simulation sur cet exemple d'une petite entreprise illustre combien l'allocation d'existence, en socialisant une partie de la richesse produite, permet de débloquer le débat sur la réduction du temps de travail tout en rendant vertueuse la mécanisation des tâches particulièrement pénibles. Elle permet aussi d'en finir avec les réductions de cotisations sur les salaires qui grèvent le budget de l'État et de la Sécurité sociale. Mais il ne faudra pas se satisfaire de ce seul exemple pour démontrer l'intérêt de l'allocation universelle d'existence, il reste aux économistes et experts à élargir le champ à l'ensemble des entreprises pour en dégager les effets macroécomiques à l'échelle du pays.

Aujourd'hui en moyenne, en France, le partage de la valeur ajoutée est de 66 % pour les salaires et cotisations et 33 % pour le capital (E B E). Mais cette moyenne cache des disparités énormes entre les branches d'activités, la nature et la dimension des entreprises.[1] L'ensemble de la masse salariale et des cotisations peut représenter jusqu'à 95 % de la valeur ajoutée pour une petite entreprise de services, jeune, et 28 % pour une grande entreprise, installée depuis longtemps et fortement automatisée.

---

1. Lire rapport de l'Insee p. 9-10 : *Partage de la valeur ajoutée : approche par données microéconomiques*, Yoann Barbesol, Pauline Givord, Simon Quantin, 1/12/2009
Lire : *Les entreprises en France*, édition 2020, INSEE, p. 85.

Tableau 5 – Des machines et des hommes

Comparaison de l'EBE avec des salariés à 35 h puis à 28 h hebdomadaires avec une automatisation accrue sans embauche ni licenciement et une augmentation de la valeur ajoutée de 10 % (euros)

Employeur			
	Taux		%V.A.
Situation actuelle (35 heures – 5 jours – 13 salariés)			
10 ouvriers		15 500	
2 techniciens		6000	
1 directeur		6410	
Salaire brut (SB)		27910	56 %
Cot. sociales	42 %SB	11 722	24 %
Masse salariale		39632	80 %
E.B.E		9 908	20 %
Valeur ajoutée		49540	100 %
Avec l'AUE (28 heures – 4 jours – 13 salariés)			
10 ouvriers		12 400	
2 techniciens		4 800	
1 directeur		6410	
Salaire brut (SB)		23 610	43 %
Cot. sociales	25 %SB	5 902	11 %
Masse salariale		29 512	54 %
E.B.E brut		24 982	46 %
Cot. EBE	19 %EBE	4 746	9 %
E.B.E. Net		20 236	37 %
Employeur			
	Taux		%V.A.
Valeur ajoutée	+10 %	54 494	100 %

La proposition d'AUE permet aussi d'aller à l'encontre de la « *loi de Baumol*[1] » qui stipule qu'avec le progrès technique dans les secteurs industriels, le prix des biens dont la production est automatisée diminue tandis que celui des services dont la production n'est pas automatisable augmente : les gains de productivité générant des hausses de salaires qui s'étendent progressivement à tous les secteurs. C'est ainsi par exemple que le prix des véhicules automobiles diminue et qu'en revanche le coût des réparations augmente... Ce qui diminue la durée de vie des véhicules et accroît le gaspillage des ressources.

Changer de paradigme avec un revenu d'existence, c'est aussi comprendre, comme le suggérait déjà Charles Léonard de Sismondi (1737-1809)[2], que la machine qui remplace l'homme et crée de la richesse à sa place doit contribuer à la solidarité de tous.

Il reste à convaincre à la fois le monde ouvrier et ses organisations, comme les responsables politiques qu'il est bien minuit moins une pour cette belle idée dont l'heure est venue.

---

1. Lire la Fiche n° 4a, p. 76, *Revenu de base comment le financer ?* Ouvrage collectif MFRB, Éditions Yves Michel, 2016.
2. Le machinisme : d'après la thèse de Sismondi, l'introduction de nouvelles machines ne profite qu'au patronat. En effet, les profits grossissent alors que les salaires restent les mêmes. Il considère que cette augmentation des capacités de production va mener à des faillites : la consommation ne peut pas suivre le surplus de production puisque les ouvriers ne sont pas payés à leur juste valeur. La concurrence incite les entreprises à investir sans cesse, ce qui cause des faillites en chaîne. (*Wikipedia*)

Annexe 4

Osons une expérimentation sur site de saturation

En 2017, treize présidents de conseils départementaux (Ardèche, Ariège, Aude, Dordogne, Gers, Gironde, Haute-Garonne, Ille-et-Vilaine, Landes, Lot-et-Garonne, Meurthe-et-Moselle, Nièvre et Seine-Saint-Denis) ont présenté une étude de faisabilité d'un *revenu de base* qui pourrait se substituer au RSA, à la prime d'activité et éventuellement aux APL, versé mensuellement et automatiquement sans contrepartie, mais sous condition de ressources avec un périmètre élargi aux jeunes de 18 à 24 ans[1]. L'objectif: aboutir à un texte de loi d'expérimentation, permettant de le tester sur un échantillon de 20000 personnes. Avec cette proposition, il s'agit de lutter contre les non-recours (30 % pour le RSA) et de réorienter les travailleurs sociaux des missions de contrôle vers des missions d'accompagnement. La difficulté reste le coût d'une expérimentation qui ne s'adresse qu'aux ayants-droit potentiels, sans remettre en cause notre système socio-fiscal. Jusqu'en 2021, aucun texte de loi n'a été voté pour autoriser une telle expérimentation.

Toute expérimentation d'un revenu universel ne peut se limiter à une unification des divers minimas sociaux et à la simplification de leurs conditions d'attribution.

Avec l'allocation universelle il s'agit d'un revenu distribué à tous les membres d'une communauté, individuellement, cumulable avec les revenus du travail, du patrimoine financier ou immobilier. Il est alloué sans conditions de ressources et il ne dépend pas de la situation familiale de chacun. Système

1. Lire: «Revenu de base: 13 départements veulent tenter l'aventure», *Le Monde*, 06/06/2018.

de redistribution universel qui se substitue localement au système socio-fiscal actuel. Son financement s'appuie essentiellement sur les ressources (revenus et patrimoine) des mêmes membres concernés par l'expérimentation. Pour en analyser tous les effets et assurer son équilibre financier il doit donc s'adresser à tous les habitants des communes concernées, de la personne sans emploi au salarié à plein temps, de l'agriculteur au médecin, du chef d'entreprise à l'employé municipal, de l'étudiant au retraité. Lorsque tous les membres de la communauté concernée sont éligibles à l'expérience, on parle alors de saturation du site.

Méthodologie d'une expérimentation sur un site de saturation

- On peut circonscrire l'espace de l'expérimentation à quelques entités communales de plusieurs milliers d'habitants, du département volontaire, dont le revenu médian et l'indice de Gini soient le plus proche possible de celui de la France (1 770 € – 0,29)[1]. Autant de communes aux caractéristiques similaires devront servir d'échantillon témoin ;
- dans l'expérimentation, le revenu universel ne doit remettre en cause ni le système des retraites, ni l'assurance chômage, ni l'assurance maladie et leurs financements ;
- l'allocation de ce revenu universel avec son financement doit se substituer au système de redistribution actuel. Il est donc nécessaire de définir et de recenser la situation de tous les habitants, la réalité des aides que chacun reçoit ainsi que les impôts sur les revenus et sur la fortune immobilière que l'État perçoit de la part des foyers fiscaux des communes concernées :
  - Appelons *A + nom de la commune* l'ensemble des aides aux familles, des minimas sociaux et aides à l'emploi, bourses d'études, etc. que le revenu universel est censé remplacer ;

1. Voir le niveau de vie des communes en France avec le comparateur des territoires : http://www.comparateur–territoires.fr/niveaux–vie/, 2020.

– appelons *I +nom de la commune* la totalité de la collecte fiscale que le financement du revenu universel doit remplacer. (Impôt sur le revenu, IFI).

- À partir de la première année de l'expérimentation, les aides concernées, au lieu d'être versées aux allocataires, seront versées directement à une *caisse communale de compensation (CCC)*. Cette caisse de compensation reversant, à la place des foyers fiscaux, les impôts à l'État. Ainsi l'expérimentation est totalement transparente pour le budget de l'État et les institutions concernées (Caf, départements);
- La différence: *D = I + nom de la commune – A+ nom commune*, représentant la compensation à charge de la commune.

Schéma des flux

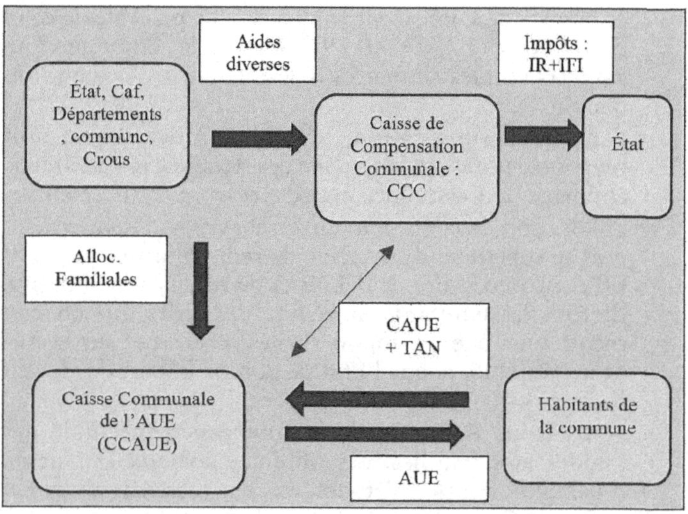

- Il faut s'entendre aussi sur le montant de l'AUE et sur son financement et créer une *caisse communale de l'AUE (CCAUE)*. La proposition de revenu de 860 € tout au long de la vie modulé suivant l'âge et les nécessités de la vie présentée au chapitre 6 peut servir de base d'expérimentation ;

- pour le financement, chacun devra s'acquitter de la cotisation mensuelle sur tous ses revenus primaires bruts pour l'allocation universelle (de 25 % en moyenne) et d'une taxe annuelle sur l'actif net de 2 % en moyenne. L'ensemble serait calculé comme indiqué au chapitre 6 ;
- les allocations familiales seraient versées directement à la CCAUE et se substitueraient pour l'expérimentation à la cotisation sur l'EBE.

Pendant l'année zéro, une simulation par foyer fiscal calcule les effets de cette nouvelle redistribution :

- Situation initiale : revenus nets + aides diverses – (IR+IFI) ;
- situation finale : revenus nets + AUE – (CAUE + TAN) ;
- une fiche avec le tableau de calcul sera remise à chaque foyer fiscal qui pourra ainsi connaître l'évolution de sa situation avec l'allocation universelle d'existence.

Expérimentation

- À partir du premier jour du mois de la première année de l'expérimentation, la CCRU verse à chaque foyer fiscal, suivant sa composition, le montant de l'AUE qui lui est affecté ;
- à la fin du premier mois, chacun perçoit ses revenus d'activité ou du patrimoine ;
- La contribution à l'allocation universelle est prélevée.

Bilan financier

Le bilan financier sera fait au 31 décembre de l'année après les derniers prélèvements.

- Recettes : somme des CAUE et TAN et des allocations familiales de la commune ;
- dépenses : somme des AUE de la commune corrigée du bilan de la caisse de compensation (CCC).

Le déficit global représentera le coût de l'expérimentation. Il devrait être relativement réduit. Sur une expérimentation concernant 10000 habitants, il serait nécessaire de provisionner 2 mois d'AUE par habitant, soit 30 millions d'euros qui serviront à financer le premier mois et à parer à tout déficit qui devrait être largement comblé à la fin de l'expérimentation par les effets bénéfiques attendus tant pour les revenus individuels que pour la baisse des dépenses des services sociaux.

Recueil des évolutions

À la fin de chaque année on pourra :

- Faire un état des lieux complet de la situation individuelle de tous les habitants, sur la base d'un questionnaire à élaborer, avec l'aide d'économistes, de sociologues et d'anthropologues. Il permettra de montrer les évolutions dans tous les domaines de la vie (emplois, formation, changement de situation, santé, addictions, accidents ou violences, temps libéré, rémunération, reconversion, évolution au sein de la famille, implication politique ou sociale, vie démocratique dans la commune, activités économiques locales, activités culturelles ou sportives, etc.) ;
- constater l'évolution des dépenses de l'assurance maladie, de pôle emploi et d'autres services publics, la sollicitation des services de police et de secours pour les habitants concernés ;
- comparer ces évolutions avec les communes témoins où le même travail d'état des lieux aura été fait.

Seule une expérimentation dans la durée (cinq ans minimum) qui n'exclue aucune catégorie de citoyens, est à même de révéler tout le potentiel de ce revenu émancipateur, tant au niveau de la lutte contre la pauvreté que dans le rapport au travail, la relocalisation de l'économie et la nécessaire transition écologique. Il reste, comme ce fut le cas à Dauphin dans le Manitoba au Canada en 1973[1] à mobiliser chercheurs, responsables politiques locaux, associations, pour mettre en œuvre une large expérimentation, seule capable de dégager les conséquences sur l'ensemble de la société d'une allocation

1. Lire p. 39 et suivantes d'*Utopies réalistes,* Rutger Bregman, Éditions du Seuil, 2017.

universelle d'existence, pour pouvoir ensuite dessiner un modèle à l'échelle nationale qui prendra en compte les résultats de cette expérimentation.

Annexe 5

Une simulation

Pour se projeter, simulez ce que vous apporterait cette allocation universelle d'existence.

En fonction de votre situation familiale, de votre âge, du nombre d'enfants du foyer, des revenus bruts de chacun des membres du foyer (salaires bruts, pensions, revenus mixtes), des revenus du patrimoine, de la valeur du patrimoine, net d'emprunt, de chacun, de toutes les aides sociales perçues de l'État et des collectivités, des allocations familiales, de l'impôt sur le revenu, de l'IFI, de la CSG sur le patrimoine payés pendant l'année, vous pouvez simuler ce que l'AUE changerait pour vos revenus, gain ou perte.

Simulez votre situation

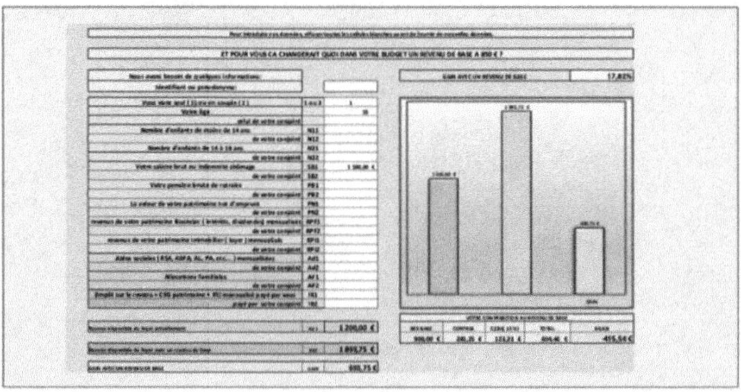

Lien :
https://guyvaletteparis.files.wordpress.com/2020/11/simulateur–1.pptx

Remerciements

Si tu as une pomme, que j'ai une pomme, et que l'on échange nos pommes, nous aurons chacun une pomme. Mais si tu as une idée, que j'ai une idée et que l'on échange nos idées, nous aurons chacun deux idées. George Bernard Shaw

Si je porte cette idée depuis plusieurs décennies, les membres de l'association AIRE[1] et en particulier un de ses fondateurs, Yoland Bresson, m'ont permis de nourrir ma réflexion. Depuis 2013, avec le MFRB[2] les rencontres, les échanges ont été plus nombreux, plus divers. Les multiples initiatives auxquelles j'ai participé, les belles rencontres que j'ai pu faire dans le cadre de ce mouvement, m'ont permis d'étayer mes arguments en faveur de cette allocation universelle d'existence; mon blog en témoigne[3].

Parmi toutes les personnes qui m'ont accompagné dans ce long chemin de réflexion et d'écriture, je remercie en particulier Christian Massault, trésorier du mouvement, qui n'a eu de cesse de m'encourager à oser écrire ce livre, Jean-Noël Marzo, pour sa contribution sur un financement par la TVA et sa relecture attentive, François-Michel Drevet pour avoir suggéré à Guillaume Mathelier d'écrire une préface.

Enfin, rien n'aurait été possible sans le long et fastidieux travail de correction de Geneviève Lebouteux[4], membre du mouvement et auteure de différents ouvrages. Je lui exprime toute ma gratitude.

1. Association pour l'Instauration d'un Revenu d'Existence.
2. Mouvement Français pour un Revenu de Base.
3. https://guyvaletteparis.wordpress.com/
4. Son blog: https://genevieve–lebouteux.com/

Bibliographie

Daniel Bensaïd, *Éloge de la politique profane*, Éditions Albin Michel, 2008

Jacques Berthillier, *Pour une réforme humaniste du droit de propriété*, Éditions La pensée universelle, 1991.

Abdebbour Bidar, *Libérons–nous ! des chaînes du travail et de la consommation*, Éditions Les liens qui libèrent, 2018.

Rutger Bregman, *Utopies réalistes. En finir avec la pauvreté*, Éditions du Seuil, 2017.

Yoland Bresson, *Une clémente économie, au-delà du revenu d'existence*, Éditions L'esprit frappeur, 2008.

Robert Castel, *L'insécurité sociale. Qu'est–ce qu'être protégé ?* Éditions La République des Idées, Seuil, 2003.

Julien Dourgnon, *Revenu universel, Pourquoi ? Comment ?* Éditions Les petits matins / Institut Veblen, 2017.

Dany-Robert Dufour, *L'individu qui vient… après le libéralisme*, Éditions Denoël, 2011.

—, *Baise ton prochain, une histoire souterraine du capitalisme*, Éditions Acte Sud, 2019.

—, *Pléonexie : Vouloir posséder toujours plus*, Éditions Le bord de l'eau, 2015.

—, *L'art de réduire les têtes – Sur la nouvelle servitude de l'homme libéré à l'ère du capitalisme total*, Éditions Denoël, 1993.

Marie Duru-Bellat, *Les inégalités sociales à l'école – Genèse et mythes*, Éditions PUF, 2002.

Nancy Fraser, *Qu'est–ce que la justice sociale ? Reconnaissance et distribution*, Éditions La découverte/poche, 2011.

Roland Gori, *La fabrique des imposteurs*, Éditions Les liens qui libèrent, 2013.

André Gorz, *Bâtir la civilisation du temps libéré*, Éditions Les liens qui libèrent, 2013.

—, *Écologica*, Éditions Galilée, 2008.

—, *Les chemins du paradis, l'agonie du capital*, Éditions Galilée, 1983.

David Graeber, *Bullshit Jobs*, Éditions Les liens qui libèrent, 2018.

Anselm Jappe, *La civilisation et le travail de William Morris*, Éditions Le passager clandestin, 2013.

—, *Les aventures de la marchandise, pour une critique de la valeur*, Éditions La Découverte/poche, 2017.

Paul Lafargue, *Le droit à la paresse*, Éditions Allia, 2011.

Christopher Lasch, *La révolte des élites et la trahison de la démocratie*, Éditions Flammarion–Champs Essais, 2007.

Michel Lepesant et Baptiste Mylondo, *Inconditionnel, Anthologie du revenu universel*, Éditions du Détour, 2018.

Sandra Lucbert, *Personne ne sort les fusils*, Éditions du Seuil, 2020.

Guillaume Mathelier, *L'égalité des dotations initiales – Vers une nouvelle justice sociale*, Genève: Éditions Georg, 2020.

Jean-Claude Michéa, *L'enseignement de l'ignorance et ses conditions modernes*, Éditions Climats, 2006.

Baptiste Mylondo, *Ne pas perdre sa vie à la gagner, pour un revenu de citoyenneté*, Éditions du croquant, 2010

Yann Moulier Boutang, *L'abeille et l'économiste*, Éditions Carnet Nord, 2010.

Mouvement français pour un revenu de base, *Pour un revenu de base universel, vers une société du choix*, Éditions du Détour, 2017.

—, Ouvrage collectif coordonné par Jean-Éric Hyafil, *Revenu de base, un outil pour construire le XXIe siècle*, Éditions Yves Michel, 2016.

—, Ouvrage collectif coordonné par Jean-Éric Hyafil, *Revenu de base, comment le financer?* Éditions Yves Michel, 2016.

George Orwell, *Dans la dèche à Paris et à Londres*, Éditions 10/18, 2005.

—, *La ferme des animaux*, Éditions Folio, 1981.

Thomas Piketty, *Le capital au XXIe siècle*, Éditions du Seuil, 2013.

Sylvie Portnoy Lanzenberg, *Cheminer en tâchant d'être lucide, Chroniques,* Éditions l'Harmattan, 2017.

—, *Notre métier d'humain. Chroniques,* Éditions l'Harmattan, 2020.

Léon Régent, *La face cachée des prestations familiales, projet de simplification*, Éditions de l'Onde, 2017.

Robichaud David et Turmel Patrick, *Prendre part: Considérations sur la démocratie et ses fins,* Montréal: Éditions Atelier 10, 2020.

Barbara Stiegler, *Il faut s'adapter – sur un nouvel impératif politique*, Éditions Gallimard, 2019.

Bernard Stiegler, *Dans la disruption, comment ne pas devenir fou,* Éditions Les Liens qui libèrent, 2016.

Philippe Van Parijs, *Qu'est-ce qu'une société juste?* Paris: Éditions du Seuil, 1991.

Alice Zeniter, *Comme un empire dans un empire,* Éditions Flammarion, 2020.

Les éditions Utopia

Ces ouvrages sont disponibles en version papier et en version numérique chez les libraires et sur les sites de vente en ligne.

COLLECTION **CONTROVERSES**

Par le Mouvement Utopia :

Sans-papiers ? pour lutter contre les idées reçues, juin 2010
Nucléaire, idées reçues et scénarios de sortie, novembre 2011
Le travail, quelles valeurs ? idées reçues et propositions, novembre 2012
Agriculture et alimentation, idées reçues et propositions, mai 2014
Propriété et communs, idées reçues et propositions, janvier 2017
Démocratie ?, idées reçues et propositions, mai 2018
Migrations, idées reçues et propositions, septembre 2019

COLLECTION **RUPTURES**

Thomas Coutrot, David Flacher, Dominique Méda, *Pour en finir avec ce vieux monde, les chemins de la transition*, avril 2011 (épuisé). Disponible en version numérique
Nicolas Sersiron, *Dette et extractivisme, la résistible ascension d'un duo destructeur*, octobre 2014
Guillaume Borel, *Le travail, histoire d'une idéologie*, novembre 2015
Renaud Duterme, *De quoi l'effondrement est-il le nom ?*, mars 2016
Collectif, *Des droits pour la nature*, septembre 2016
Aurélien Bernier, *La démondialisation ou le chaos*, octobre 2016
Aurélien Bernier, *Les Voleurs d'énergie, Accaparement et privatisation de l'électricité, du gaz, du pétrole*, septembre 2018
André Koulberg, *Le FN et la société française*, mars 2017
Jean-Jacques Gury, *Le coup d'État milliardaire, petit traité de résistance au néolibéralisme*, novembre 2017

Stéphane Bikialo, Julien Rault, *Au nom du réalisme, Usage(s) politique(s) d'un mot d'ordre*, janvier 2018

Jean-Francois Simonin, *La tyrannie du court terme*, octobre 2018

Alain Coulombel, *De nouveaux défis pour l'écologie politique*, mars 2019

Jean-Marc Sérékian, *Capitalisme fossile. De la farce des COP à l'ingénierie du climat*, mai 2019

Aurélien Bernier, *L'illusion localiste*, janvier 2020

Valérie Garcia et Marc Pleysier, *Voyages en effondrement*, juin 2020.

Cyrille Cormier, *Climat, la démission permanente*, novembre 2020.

Patrick Viveret, *La colère et la joie. Pour une radicalité créatrice et non une révolte destructrice*, juin 2021.

Guy Valette, *L'allocation universelle d'existence, la protection sociale du XXI*e *siècle*, août 2021.

Alice Canabate, *L'écologie et la narration du pire*, septembre 2021.

COLLECTION THÉMATIQUE DÉCROISSANCE

Baptiste Mylondo, *Un revenu pour tous, précis d'utopie réaliste*, juin 2010 (épuisé)

Baptiste Mylondo, *Pour un revenu sans condition*, novembre 2012

Vincent Liegey, Stéphane Madelaine, Christophe Ondet et Anne-Isabelle Veillot, *Un projet de décroissance, manifeste pour une DIA*, janvier 2013

Michel Lepesant, *Politique(s) de la décroissance*, juin 2013

Paul Ariès, *Écologie et cultures populaires*, mars 2015

COLLECTION THÉMATIQUE AMÉRIQUE LATINE

Marta Harnecker, *Amérique Latine, laboratoire pour un socialisme du XXI*e *siècle*, novembre 2010

Rafael Correa, *De la République bananière à la Non-République*, septembre 2013

Alberto Acosta, *Le Buen vivir, pour imaginer d'autres mondes*, mars 2014

COLLECTION THÉMATIQUE DÉPASSER LE PATRIARCAT

Collectif Femen, *Le Manifeste Femen*, avril 2015

Taslima Nasreen, *À la recherche de l'amant français*, octobre 2015

Davy Borde, *Tirons la langue, plaidoyer contre le sexisme dans la langue française*, avril 2016

HORS COLLECTION

Thierry Ternisien d'Ouville, *Réinventer la politique avec Hannah Arendt*, novembre 2010

Mouvement Utopia, *Le Manifeste Utopia*, janvier 2012

Emmanuel Delattre, *Requiem pour l'oligarchie*, avril 2013

La Confédération paysanne, *Cause animale, cause paysanne*, février 2020.

CHEZ D'AUTRES ÉDITEURS

Mouvement Utopia, *Le Manifeste Utopia*, Parangon, 2008

Mouvement Utopia, *Le Manifeste Européen*, L'Esprit Frappeur, 2009

Les Éditions Utopia
61, bd Mortier 75020 Paris
www.editions-utopia.org
contact@editions-utopia.org
01 43 57 32 14

Direction artistique/couverture : Fabienne Couderc
Maquette : Palimpseste
Corrections : Erick Montagne et Jean-Jacques Pascal

Achevé d'imprimer sur les presses de l'imprimerie Laballery
à Clamecy sur du papier issu de forêts gérées durablement labellisé
PEFC. Imprimeur certifié ISO 14 001

Dépôt légal : août 2021
ISBN : 978-2-919160-41-9 – N° imprimeur : 106794

IMPRIM'VERT®

La Nouvelle Imprimerie Laballery
est titulaire de la marque Imprim'Vert®